图书在版编目（CIP）数据

月上 / 陈新著. -- 杭州 ： 浙江教育出版社，
2022.6（2024.7重印）
ISBN 978-7-5722-3143-8

Ⅰ. ①月… Ⅱ. ①陈… Ⅲ. ①报告文学－中国－当代
Ⅳ. ①I25

中国版本图书馆CIP数据核字(2022)第025057号

月上

YUE SHANG

陈　新　著

项目策划：吴颖华　　封面题字：师力斌
责任编辑：吴颖华　　美术编辑：刘亦璇　韩　波
责任校对：余理阳　　封面设计：观止堂_朱　璇
责任印务：陆　江　　营销编辑：滕建红
出版发行：浙江教育出版社
（杭州市环城北路177号　电话：0571-88909724）
图文制作：杭州林智广告有限公司
印刷装订：浙江海虹彩色印务有限公司
开　　本：710 mm×1000 mm　1/16
印　　张：25.5
插　　页：4
字　　数：379 000
版　　次：2022年6月第1版
印　　次：2024年7月第3次印刷
标准书号：ISBN 978-7-5722-3143-8
定　　价：68.00元

从生产队长到中国探月工程总设计师，他的人生轨迹充满传奇、充满故事；亦如中国探月科技一样，从零起步，快速成长，达到或超过世界先进水平……

序　月满华夏

那金灿的地方实在凄凉
高悬夜空的月亮
并不是当初亚当见到过的情形
人们无数世纪的凝注使它积满了泪水
看吧
它就是你的明镜

这首诗名叫《月亮》，是阿根廷著名诗人、小说家博尔赫斯的作品。这首诗是写给他那比他小47岁的妻子玛丽亚·儿玉的。

博尔赫斯被誉为作家中的作家。他的小说千回百转，读起来像诗一样耐人寻味；他的散文看似简洁、散淡，却有感人至深的情节和跌宕起伏的悬念，读起来又像小说，让人酣畅淋漓；而他的诗奇想联翩、意境飞翔，文辞精妙令人叫绝，又有散文的广阔。

玛丽亚·儿玉是日裔阿根廷人，12岁时认识博尔赫斯。当时，博尔赫斯声名赫赫，但却只差1岁便是花甲老人。

受父亲的影响而喜欢诗歌的玛丽亚·儿玉中学毕业后，进入布宜诺斯艾利斯大学文学和哲学学院学习，常常和博尔赫斯在一起研究盎格鲁－撒克逊文学，学习冰岛文。博尔赫斯带着原版文学书，玛丽亚·儿玉则抱着一本语法书，耳鬓厮磨，彼此间加深了感情。

1985年，玛丽亚·儿玉带博尔赫斯去日内瓦治疗肝癌时，见博尔赫斯孤苦伶仃，且病入膏肓，于是，心仪博尔赫斯已久的玛丽亚·儿玉于第二年嫁给了比自己大47岁、已是87岁高龄的博尔赫斯。

然而这对情投意合、举案齐眉的老夫少妻的幸福，却终止于上帝的嫉妒，他们婚后才8周，博尔赫斯便去了天堂。

虽然博尔赫斯与玛丽亚·儿玉令人艳羡的婚姻戛然而止了，但博尔赫斯在自己86岁时写给玛丽亚·儿玉的这首《月亮》，却传遍了全世界。

遥挂在天上的月亮，成了博尔赫斯与玛丽亚·儿玉之间进行情感传递的纽带。这种纽带，如同中国传说中专管姻缘的月下老人手中的红线。

博尔赫斯《月亮》中的月亮金灿而凄凉，我们无法解读这与他和玛丽亚·儿玉的爱情有怎样的关系。但是，关于月亮凄凉的意境，在中国的诗词中却并不鲜见。

明月几时有
把酒问青天
不知天上宫阙
今夕是何年
我欲乘风归去
又恐琼楼玉宇
高处不胜寒
起舞弄清影
何似在人间
……

宋代苏东坡这首传诵千古的《水调歌头》中的月亮，也是富贵、华丽，且寒冷凄凉的。“明月几时有？”豪放的苏东坡既在追溯明月的起源、宇宙的起源，又在惊叹造化的巧妙，大气壮阔。

遥想神话世界里最伟大建筑的华丽与梦幻，也真是一种惬意的享受。

在目光所及的景物中，月亮是很有浪漫色彩的，它很容易启发人们的艺术联想。一钩新月，可联想到羞涩初生的萌芽事物；一轮满月，可联想到美好幸福的团圆生活；月亮的皎洁，让人联想到光明磊落的人格魅力。

月亮，这颗被绚丽意象装点的星球，集中了人类无数的憧憬与理想。

《大业拾遗记》载：“瞿乾祐于江岸玩月，或谓此中何有？瞿笑曰：‘可随我观之。’俄见月规半天，琼楼玉宇烂然。”

苏轼性格豪放、气质浪漫，当他抬头遥望中秋明月时，思想情感犹如长了翅膀，在天上人间自由翱翔，反映到词里，遂成了一种豪放洒脱的风格。

词中的月亮，也是苏东坡寄托感情的工具。

月亮，孤寂地悬于高天之上。古今中外，人们总是将月亮与情感联系在一起：外国，如博尔赫斯、雪莱等；古代，如李白、苏东坡等；今天，也有美美的月亮意象与感情亲密地契合在一起。

月亮之上是富贵、华丽，还是寒冷、凄凉，一直都是人们向往登上月球，向往登上月球探秘的动力。

要登上月球，何其难哉！

“公输子削竹木以为鹊，成而飞之，三日不下。”

《墨子》的记载说明，早在春秋战国时代，中国人便有了飞天梦，而鲁班则是中国原始航空科学的先头兵。

到了唐代，中国人的飞天梦似乎更强烈，就如同那个朝代著名的三彩瓷器般的绚烂，书写着令人惊叹的传奇。

《唐逸史》载，唐开元年间，唐明皇登上月球，在广寒宫里欣赏过数百名身着白纱裙的仙女跳舞，“仙女数百，皆素练霓衣，舞于广庭。问其曲，曰《霓裳羽衣》”，并默记这首优美的舞曲。回到人间后，依调整理出《霓裳羽衣曲》传世。

唐明皇真的登上过月球吗?

肯定没有。

因为没有科学依据能够表明这个热爱音乐的唐朝皇帝有过这段传奇般的经历。

同样在唐代，还有另一个记载，似乎表明唐朝人与月亮是有联系的。之所以这样说，是现今的科学能够证明这个以纪实手法书写的传说故事中有些元素并非空穴来风。

这个故事被唐人段成式记录在《酉阳杂俎》一书中。

段成式在唐朝文名颇盛，与李商隐、温庭筠合称“三才”，时号“三十六”，因三人排行都是十六，故有“三十六体”之称。

故事原文如下:

> 大和中，郑仁本表弟，不记姓名，尝与一王秀才游嵩山，扪萝越涧，境极幽夐，遂迷归路。将暮，不知所之。徙倚间，忽觉丛中鼾睡声，披榛窥之，见一人布衣，甚洁白，枕一襆物，方眠熟。即呼之，曰:“某偶入此径，迷路，君知向官道否?”其人举首略视，不应，复寝。又再三呼之，乃起坐，顾曰:“来此。”二人因就之，且问其所自。其人笑曰:“君知月乃七宝合成乎?月势如丸，其影，日烁其凸处也。常有八万二千户修之，予即一数。”因开襆，有斤凿数事，玉屑饭两裹，授与二人曰:“分食此。虽不足长生，可一生无疾耳。”乃起二人，指一支径:“但由此，自合官道矣。”言已不见。

故事讲述的是唐朝大和年间，郑仁本的表弟曾经和一个姓王的秀才到河南嵩山游玩。当时的嵩山植被茂盛，风景优美，两人为了追求野趣，穿行在野藤丛生、萝蔓密布的幽静山涧，渐渐迷了路。不觉间天色向晚，倦鸟归林，两人才着急起来，开始寻找出路。

正当两人一边行走一边找路的时候，突然听见不远处树丛中有人鼾声如雷。于是拨开挡住视线的榛树丛，以探究竟。目光所及，竟看到一个穿着一身洗得发白衣服的人，枕着一个包裹正在酣睡。

总算有一个可以问路的人了！两人欣喜，大声问道："我们偶然来这山沟中游玩，迷了路，请问你知道通往外面世界的大路该咋走不？"

那个正在酣睡的人被叫醒后，只是抬头瞧了他俩一眼，并不理睬他们，又自顾自地继续睡了。

这人怎么这么没礼貌啊？郑仁本的表弟和王秀才有些生气，但这大山之中只有这一个山民可以问路，纵然心里有气，也不便发作。

于是两人继续呼唤那个嗜睡的人，直到呼唤多次，那个人才打着呵欠坐了起来，并对他们说："来这里坐吧。"郑仁本的表弟和王秀才便走了过去，继续问路。

那人非但未给他俩指点迷津，还答非所问向他们提问题："你们知道月亮是由七宝合成的吗？月亮就像一个巨大的汤圆一样，上面明亮的地方，是太阳照到月亮的凸处而显现的。听人说，有八万二千户在修理起伏不平的月亮，我就是其中一户！"

那人说着便打开包裹给郑仁本的表弟和王秀才看，包裹里果然有凿子、斧头什么的，还有两坨像玉屑一样的米饭。见郑仁本的表弟和王秀才惊奇的目光中透着几分饥饿，那人便从包裹中拿出一坨玉屑一样的米饭来赠送给他们："你们分着吃了它吧，虽然吃了这坨饭后不能保证长生不老，但也可以一生不得疾病。"

那人说罢，站起身来，给郑仁本的表弟和王秀才指了指前方："你们只要朝着我指的方向一直朝前走，便能走上出山的大道。”

说完这句话后，那个人便突然不见了。

这虽然是一个怪异故事，但是站在现代科技的角度看，故事中所包含的几个元素却令人惊异：月球表面是凹凸不平的；月球上明亮的地方，是太阳照到月亮的凸处而显现的；有八万二千户在修理起伏不平的月亮……

然而，现代人类得知月球凹凸不平、有山脉、有平原的真实面貌，却是1609年意大利人伽利略制造出第一架天文望远镜之后的事，而《酉阳杂俎》一书写于9世纪，作者段成式是怎么知道月球表面起伏不平的呢？

或许，段成式笔下的人物真遇到过来自地外的高智慧生物。

古人渴望登上月球的故事，堆积如山，但所有愿望，都渺如轻烟，如梦如幻。

从古至今，为何人们渴望登上月球呢？我们为何如此离不开月亮？月亮跟我们的生活有哪些直接的联系？难道仅仅是因为月亮被古今中外的文人墨客赋予了与亲情、爱情、友情有关的诗意？或者被渴望探秘的人寄托了诸如蟾宫、嫦娥、玉兔之类可与自己人生际遇相关联的神话或幻想？

“有月亮，我们就有月薪，有了月薪才能生活。”

“有月亮，才会有那么多的美好传说，有那么多的幻想。”

“有月亮，我们才能过中秋节，才能有月饼吃。”

“‘月上柳梢头，人约黄昏后’，有月亮，我们才能浪漫地谈恋爱，享受痛并快乐着的爱情。”

这些都是玩笑话。人们向往月亮的原因，是自古至今一直在流传的、关于月亮的美丽神话。那些神话将月球装点成了美丽的风景区，令人们心生向往。

当然，月亮不仅被赋予诗意，不仅是被神话包装了的风景区，还有令人垂涎的宝贵资源，可谓是聚宝盆。

据人类对月亮初步的探测得知，月亮上稀有金属的储藏量比地球上还多。月亮上的岩石主要有三种类型：第一种是富含铁、钛的月海玄武岩；第二种是主要分布在月亮高地，富含钾、稀土和磷的斜长岩；第三种是主要由0.1毫米—1毫米的岩屑颗粒组成的角砾岩。月亮岩石中含有地球上的全部元素和60种左右的矿物，其中6种矿物是地球上没有的。

月亮上还含有丰富的氦-3，这种物质主要来自太阳风，是一种高效、清洁、安全、廉价的核聚变发电燃料。100吨氦-3所发的电，就能满足目前全球一年的电力需求；10吨氦-3所发的电，相当于目前我国一年的用电量。据估计，月壤中氦-3的资源总量可以达到300万吨—500万吨，能支持地球3万年—5万年的用电需求。

月球上这些特有的矿产和能源，是对地球资源的重要补充和储备，能对人类社会的可持续发展产生深远影响。开展月球探测，探明月球上这些矿产和能源的储量与分布，对未来能源战略有着重要意义。

“我在仰望，月亮之上，有多少梦想在自由地飞翔。”

这虽是一首流行歌曲的歌词，却相当有道理。

人与人不同，每个人心中的月亮也都不尽一样。

有的人心中的月亮寄寓着爱情；有的人心中的月亮寄寓着友情；有的人心中的月亮寄寓着亲情；有的人心中的月亮寄寓着风景；也有的人心中的月亮寄寓着财富和战略性资源；还有的人心中的月亮寄寓着长生不老的神话……

月亮，它就是一根线，是一根连接情感与希望的线。比如中国人，谁的童年没有被嫦娥的故事装点过？嫦娥在蟾宫曼舞，月桂之香冉冉，这美好而凄婉的神话，给我们开启了惠敏，启蒙了同情心、正义感和丰富的想象力。凝神之际，谁不曾有过心驰神往？

有一个人的童年也是一样，他心中的月亮也曾寄寓着希望和美好。这个人后来成了中国探月工程总设计师。他童年里的月亮故事，是他连接从现实到理想、从农民到科学家的一根线。

他，就是吴伟仁。

吴伟仁在21岁之时，还是一个面朝黄土背朝天、双腿沾满泥的农民，还是一个劳动时汗如雨下的生产队长。每天收工之后，骨头累得快散架的他，总爱用童年的嫦娥故事疗乏疗累，让美丽且飘逸的神话传说令自己放松，以便在第二天星光阑珊时再奔向瘠薄的土地，继续挥汗如雨，挚诚地付出。

而此前，美国、苏联在月球的探索正如“华山论剑”，短兵相接，激战犹酣。

当两个科技大国斗得天昏地暗，乾坤倒转，最后胜负难分之时，中国的探月事业，却如正在牛耕锄种的吴伟仁未来的科技事业一样，还是一张白纸。

起点很重要，起点也不重要。中国人妇孺皆知的《龟兔赛跑》，便能回答这个起点为什么既重要也不重要的问题。

吴伟仁从污浊昏黄的稻田里洗脚上岸，筚路蓝缕地走向了中国科技大学，从零开始学习航天科学知识。

中国探月工程也在春风渐吹的过程中渐渐萌芽。

中国探月，是对月球资源的探测，更是对人类深空梦想的实践和延伸。

目录

第三章　壮志冲霄汉

第四章　走向瑰丽蟾宫

第五章　飞上月球

第六章　月背的风景

第七章　采集月球青春

第八章　九天漫步

引子

心念蟾壤
眼沥血

这个团队有这样的座右铭：化蛹成蝶的过程肯定是痛苦的，但不经过如此磨砺，又哪来阳光下翩跹起舞的荣耀与快乐？

“吴总，您千万别激动！千万别激动！”

“我知道……我知道……”

助手最担心的是他在激动的时候流泪。

然而，他还是激动了，还是流泪了，以至于眼睛瞬间充血了。

“吴总，不能流泪啊！您的眼睛刚做完复明手术不久啊……”

可是，今天他能不流泪吗？

这是一个什么样的日子啊！

这是一个对他来说有着无比幸福感和无比成就感的日子！

这是一个对中国来说开天辟地的日子！这是一个对世界来说重圆梦想的日子！这是一个践证中国方案的日子！

是的，在高尖科技领域！在航空航天领域！在深空探测领域！在九天揽月领域！在宇宙探索领域！

这天是2020年12月17日，在闯过月面着陆、自动采样、月面起飞、月轨交会对接、再入返回等多个难关，并创造多个“中国首次”后，历经重重考验的嫦娥五号，从月球挖掘月壤返回地球的日子，身为总设计师的他怎么能不激动？

为了这一天，在16年的漫长岁月里，他废寝忘食地操劳，不舍昼夜地研发，最终导致视网膜撕裂，每每发作都疼痛难忍，视野模糊，其间虽进行过多次激光治疗，却非但未见到什么疗效，相反病情还越来越重。

最令他难受的是，到2020年初时，他的一只眼睛还出现大出血，甚至几乎失明。肩负着中国探月工程“绕”“落”“回”三步走中最重要的“回”重任的嫦娥五号发射在即，自己的眼睛却出现如此严重的问题，这是多么令人焦急忧焚的事。

所幸，他在做过一次较大的手术后，康复了。

主治医生告诫他，他的眼睛手术虽然很成功，视力也恢复了，但是他不可以再像以前那么操劳用眼，遭遇悲欢之事时也不要激动。因为激动会落泪，落泪会揉搓眼睛……

不像以前那样操劳用眼？任务这么重，事情这么多，这怎么做得到呢？只能尽量将息了。

遇到悲欢之事不激动，这个能够做到！毕竟自己已经一把岁数了，历事甚多，情感不会像以前那么脆弱了。

然而，现在嫦娥五号成功取回月壤，奋斗了这么多年，这伟大的一天终于到来，之前深以为自己能够做到“遇到悲欢之事不激动”的他，还是激动得泪如雨下，这让他的助手担心得不得了……

其实，此刻激动得泪如雨下的人又何止他一个！

这些纷飞的泪雨，是一个团体16年如一日夙兴夜寐披荆斩棘俯首奋斗后，取得穰穰收获的喜悦和昂扬的自豪。

这个团队有这样的座右铭：化蛹成蝶的过程肯定是痛苦的，但不经过如此磨砺，又哪来阳光下翩跹起舞的荣耀与快乐？

这个团队是中国探月工程团队！

他是中国探月工程团队万千奋斗者中的一员！

他是吴伟仁，中国探月工程总设计师！

第一章 月韵飞翔

月亮的故事充满无限美好，多少人在嫦娥、玉兔、月桂的故事中成长。

后来长大了，虽然知道长辈所讲嫦娥、玉兔、月桂的故事，都是虚构的神话，却对月亮的神秘产生了更加浓厚的兴趣：月亮上如果没有嫦娥，没有兔子，没有月桂，那月亮上到底有什么？

在物质文化和精神文化极为匮乏的年代，能够在夜露氤氲中遥望圆月，遐想月亮上的仙女、玉兔、蟾宫等可能的存在与不存在，是一种很不错的放松和休闲方式。虽然这种遐想如稻田里的杂草一般平常，可谁又能否认，即便最伟大的成就也可能萌芽于遐想的事实。

山中望月

月华如水，淡淡地洒在天地间，犹似洒了一层朦胧且清薄的面汤。

鸟嘤、蝉鸣，虫豸的欢歌，或者静寂的树们、山们，都在这浩淼的“面汤”之中，各自腻润。

虽然空气依然如凝固似的一动不动，或大或小的风，也都热得不知躲到哪个地方乘凉去了，除了呼吸时才在鼻翼前有微微的流动，但沐浴在月光里，吴伟仁的内心，还是像在汗涔涔的炎热中饮下了一碗凉水般舒服。

其实对于农民来说，最热的不是天气，而是劳作。因为劳作，即使是大冬天，也可能热汗淋漓，丝丝细流铆足了劲似的与辛劳一起往体外漫溢。习惯了劳作时的挥汗如雨，农民哪怕是在赤日炎炎的夏天，只要坐着歇歇气，也能让凉快沁人心脾地铺陈在自己周围，犹如大片的绿与荫往心里钻。

在田地里劳动了一天，熬到晚上，终于可以躺在临时放在房前晒坝里竹编的凉席上，乘乘凉，歇息一下了。虽然空气似乎如蒸笼，但人只要静下来，便能感受到炙烤了一天的大地在有一阵没一阵的蝉鸣声中，凉快了许多。

夏天除了热以外，还有蚊子。那些蚊子贪婪且执着地一次又一次扑向迷离的人们，吸食着人们的血液。

同一块晒坝里还有不少男人和女人，也跟吴伟仁一样躺在竹席上乘凉。因为劳累，有的人已经发出了呼噜声，一任如轰炸机般嗡嗡作响的蚊子叮咬也没醒。

吴伟仁却没睡着，看着浩瀚的夜空繁星点点、缺月高挂，他的思绪又回到了童年，回到了1958年自己5岁那年的夏天。忆起那时妈妈给他讲的关于月亮与嫦娥的神话，一颗心被柔柔的月光牵引着：

“妈妈，月亮上那些暗的东西是啥啊？”

也是这样一个火热的夏天，也是这样一个乘凉的夜晚，躺在妈妈怀里的吴伟仁看到夜空中那轮明亮的圆月，问正一边给他摇着蒲扇，一边给他唱着儿歌的妈妈。

“那是树啊，月亮上的树呢！”妈妈微笑着说。那种微笑在月亮的清辉中显得慈祥而充满幻想。

“树？月亮上也有树？”吴伟仁睁大眼睛好奇地问。

妈妈望了望挂在天上的月亮，又看了看吴伟仁：“月亮上当然有树了，你看吧，那树还动呢。”

听了妈妈的话，吴伟仁专注地看起月亮来，然而，除了淡淡的云从月亮旁边擦肩而过之外，并没有看到月亮上的“树”在飘摇，在动荡。

“妈妈，那树没动呀，我没看到它动呢。”

“你看得久一些，便能看到月亮中的树是在动的。”妈妈依旧慈祥地说，“而且，还有可能看到那树下有兔子呢。”

“月亮上还有兔子？”吴伟仁睁大眼睛，好奇地问妈妈，“谁养的兔子啊？”

“是一个叫嫦娥的姑娘养的兔子呢。”

“嫦娥？嫦娥是哪个？”

“嫦娥是一个仙女。”

“嫦娥是仙女啊！妈妈，给我讲一讲嫦娥的故事吧。”

“好吧，妈妈给小伟人讲讲嫦娥的故事吧。”

……

虽然自己如今长大了，成了一个壮硕的农民，但是妈妈所讲的故事，吴伟仁还记忆犹新：

很久很久以前的尧帝时期，天上有十个太阳，烤得大地如架火的炉灶，河水也枯竭了，民不聊生，饿殍遍野。

这件事让一个叫后羿的猎人心如刀绞。后羿是一个百发百中的神射手，他决定为民除害，射掉几个太阳。于是他登上昆仑山顶，运足神力，拉开神弓，一口气射下九个太阳，只留一个悬于空中。

天空只有一个太阳之后，大地重新恢复原貌，花红柳绿，生机盎然，后羿也因此成了英雄，受到百姓的爱戴。不仅如此，还有不少人慕名前去投师学艺。而在后羿的这些弟子中，有一个叫逢蒙的人奸诈刁钻，学射箭仅是为了沽名钓誉，谋取好处。

自古美女爱英雄。有一个叫嫦娥的美女喜欢上了后羿，并嫁给后羿为妻。嫦娥既贤惠又善良，后羿爱她爱得不得了，除传艺狩猎外，他终日和嫦娥在一起。就这样，两口子琴瑟和鸣，很是令人羡慕。

一天，后羿到昆仑山访友求道，西王母正巧经过。西王母感慨于后羿救民于水火，便赠给他一包不死药，对后羿说，如果他想成仙，服下此药便行。

拿到这包不死药之后，后羿首先想到了妻子嫦娥，问其是否愿意当神仙。

嫦娥问：“你更有资格当神仙，干吗将这个机会给我呀？”

后羿回答说，他舍不得撇下嫦娥。

嫦娥说：“我也舍不得你，所以我也不当神仙。”

后羿想了想，对嫦娥说：“那这药就放你那吧，你啥时想当神仙了，将它吃了便能如愿。”

于是，嫦娥将药放进了梳妆台上的首饰盒里。

不料，后羿与嫦娥推让不死药的事被逄蒙听到了，逄蒙由此产生了一个念头。

几天后，后羿率众弟子外出狩猎，逄蒙装病，留在了家里。之后，这个心术不正的家伙来到嫦娥房间，威逼嫦娥交出不死药，否则便要杀了她。

被逼无奈，嫦娥拿出不死药含在嘴里，想蒙混过关，却不慎将药吞进了肚里。

就在这一刻，奇迹发生了，嫦娥身子立时离开地面，飘了起来，向天上飞去。由于嫦娥牵挂着丈夫，便飞落到离人间最近的月亮上成了神仙。

傍晚，回到家的后羿从仆人们口中得知白天所发生的事情，既惊又怒，便欲惩戒逄蒙。然而此时哪里还有逄蒙的影子，做贼心虚的逄蒙早逃走了。

往日温馨的家因为没了妻子而变得空冷孤寂，后羿捶胸顿足。

就在他仰天长叹之时，却惊奇地发现，大而圆的月亮之上，有一个熟悉而愁寂的身影，那不是自己的爱妻嫦娥吗？

世界上如果有一种东西既懂人性又狂傲不羁，那便是爱。

自此，千百年来，嫦娥便一方面承受她与后羿撕心裂肺的亲情分离，一方面被众生所艳羡。这个凄婉的故事独树一帜，世代传诵。

“妈妈，那兔子是怎么回事呢？”听得入迷的吴伟仁在听完母亲所讲的嫦娥故事后，又问起月亮上兔子的故事来。

妈妈又讲了月亮上兔子的故事：

那也是很久很久以前所发生的一个故事。那时人间有一对修行千年的兔子，得道成了仙，它们有三个可爱的兔女儿，个个白皙，乖巧伶俐。后来，兔爸爸被玉帝任命为兔王，掌管人间所有兔子之事。它在上天庭接受玉帝册封的途中，看到偌大的月球上有一个孤独、美丽且似曾相识的仙女，觉得很奇怪，后来向天神打听才得知，这位仙女名叫嫦娥，本是凡间一个贤惠的女子，被歹人所害才一个人到了月球而无法返回地球。

天宫岁月太凄清，朝朝暮暮数行云。

嫦娥的遭遇，让兔爸爸动了恻隐之心，它想帮嫦娥一把，帮她排遣孤独。兔爸爸还想起来，在它千年修行的过程中，嫦娥的前世曾救过它一命，现在嫦娥身处逆境，自己此时不报恩更待何时？但自己仅是一只兔子，怎么帮嫦娥呢？善良的兔爸爸想来想去，想起自己的三个兔宝宝来——要是有一个兔宝宝愿意去月宫陪伴嫦娥，那嫦娥不是就不孤独了吗？

当兔爸爸回家将嫦娥的故事讲给兔妈妈和兔宝宝们听了之后，善良的兔子一家心中都对嫦娥充满了同情。之后，兔爸爸又对兔妈妈和兔宝宝们讲了自己欲报救命之恩的想法。起先，兔妈妈舍不得宝贝女儿离开自己，这是割自己的心头肉啊！兔宝宝们也舍不得离开兔爸爸兔妈妈去到月宫。

后来当兔爸爸说愿意牺牲自己的千年道行，去向玉帝求情，帮助嫦娥重返人间时，大家才紧张了：如果兔爸爸要去救嫦娥，不仅仅是牺牲道行的问题，更在于它违迕了玉帝，辜负了玉帝委任它当兔王的器重，不仅可能被赐死，还可能全家都遭祸殃。

在这关键的时候，最小、最漂亮、最懂事，也最孝顺、最心疼父母的兔宝宝站了出来，说它自己愿意去月宫陪伴嫦娥。

于是从此，月亮上嫦娥姑娘的身边，便多了一只洁白如玉的小兔子……

这个故事真美丽，吴伟仁听得入迷。

就在妈妈快讲完之时，吴伟仁的爸爸却说：“你在乱讲故事哈，月亮上玉兔的故事不是这样的。”

吴伟仁好奇地问：“爸爸，不是这样的啊？那是怎样的呢？”

“月亮上的玉兔跟《封神演义》有关。”爸爸说着，也讲起玉兔的故事来：

《封神演义》中说：西伯侯姬昌曾被商纣王囚禁了七年多。在姬昌被囚禁的日子里，姬昌的大儿子伯邑考前去拜见纣王，并献上轩辕黄帝破蚩尤时所用的不用推引、欲东则东、欲西则西的七香车，酩酊大醉卧于其上不消片刻即会醒酒的醒酒毡，以及能得识人妖之别的白面猿猴三件自始祖亶父便传下来的家传宝物，另附美女十名，代父赎罪，请求纣王释放父亲还乡。

不幸的是，伯邑考因长相俊美，而令纣王妃狐妖苏妲己觊觎。敦厚仁爱的伯邑考拒绝了苏妲己的美色诱惑。于是恼羞成怒的苏妲己便想着法儿收拾伯邑考，最后怂恿纣王将他剁成肉馅烹成肉饼，给其父姬昌吃。

会卦象的姬昌推算得知爱子遭受如此大劫，虽悲愤不已，但为保全性命以待日后推翻纣王暴政，便装着若无其事地将肉饼吃进了肚子。

后来，姬昌的臣子闳夭等人为营救姬昌，搜求美女、宝马、珠玉献给纣王。纣王大喜，便放了姬昌，并赏给姬昌弓、矢、斧、钺，授权姬昌讨伐不听命的诸侯。

姬昌逃出牢笼之后，刚踏上属于自己的土地，便觉得一阵恶心，张口吐出三只小白兔。他占卜之后得知，这三只小白兔是自己大儿子伯邑考的三魂所化，痛苦地流下了眼泪。这三只小白兔东瞧瞧西看看之后，便沿着大路进了姬昌的家，在姬昌的夫人和姬昌的母亲面前徘徊。婆媳俩虽不知哪来的这三只小白兔，但见到小白兔后内心却顿然升起一种莫名的悲伤。

女娲娘娘怜悯伯邑考，便命嫦娥下界，将伯邑考三魂所化的三兔合为一兔，接往广寒宫做了宠物……

父亲所讲的嫦娥与玉兔的故事更加吸引人，也更加玄幻。

一个月亮，两个时空。

嫦娥的故事凄婉而美好。在自己成长的过程中，每每看到天上的月亮，吴伟仁都会想起妈妈和爸爸讲的那些与月亮有关的故事，在他小时候有很长一段时间，他甚至认为那些故事都是真的。

苦寂的童年被蓊郁美丽的大巴山景色牢牢囚困，梦想和未来只能由神话的彩笔勾勒，离吴伟仁的真实生活遥不可及。

不过，在娱乐匮乏的岁月里，月亮无论多么华丽明亮，抑或多么暗淡卑微，都充斥着人间烟火气。这数不清的想象也构建了他青少年时期枯燥凋敝生活中的美丽，贫瘠的土地上珍藏了亲情的富庶和神话的妖娆，那种滋味如同拙陋粗朴的苦瓜，初尝苦涩，然后有丝丝回甜。

随着吴伟仁渐渐长大，他也渐渐得知，父母所讲的关于嫦娥和兔子的故事，不过是神话传说。而且这些神话还与历史上所记载的不太一致，父母所讲的故事中寄寓了百姓许多美好的想象和期望。

落花有意，流水无情。这个总爱阴晴圆缺的月亮装盛了多少闺怨的泪和离人的愁？又曾在花好月圆夜有多少有情人两心相爱心相悦，成双成对鸳鸯戏水比翼飞？

虽然知道父母所讲嫦娥的故事、玉兔的故事都是虚构的，但读完高中，知识面扩大之后，吴伟仁反而对月亮的神秘产生了更加浓厚的兴趣：月亮上如果没有嫦娥，没有兔子，那月亮上到底有什么？那明明皎皎的存在，不可能皆是虚无吧？

这个疑问对吴伟仁充满着吸引力，也牢牢地困扰着他。他遐想，要是哪一天自己能够去月亮上看看，或者凭己之力能够去揭开这个谜底该多好啊！

面对冷僻的巍巍大山，吴伟仁又无奈地明白，自己连出生、成长及生活所在的山沟沟都走不出去，又怎么能揭开月亮之谜呢？

这个遐想简直就是妄想啊！

……

这是1974年的一个夏夜。在以后多少个夏夜仰望月亮之时，吴伟仁都会回忆起童年时父母给自己讲的与月亮有关、与嫦娥有关，美丽、凄婉且弥足珍贵的故事。

一个双腿沾满泥土的身世卑微的天才，他被破衣和汗臭包裹着的身体疲惫地躺在古朴的凉席之上，思想却穿过乡邻们一阵紧似一阵的呼噜声，在月亮，在星空，以及在浩瀚宇宙的最深处飞扬，穿越时间与空间，追寻传说的本真与尽头。

自古以来，农民想离开土地的欲望一直如基因般地在身体里遗传着。这不仅仅是一出生社会就给他们打上了“乡下人”的烙印，更因为一直以来以原始方式耕作、面朝黄土背朝天，背太阳过山的苦，因而一代又一代的农民都渴望能够摆脱困境，去外面开阔视野。

人，其实身份卑微没什么，再伟大的人也不是一生下来便伟大的。

“人只不过是一根苇草，是自然界最脆弱的东西；但他是一根能思想的苇草……我们全部的尊严就在于思想。”法国著名数学家、物理学家、思想家帕斯卡曾经这样说过。

抬头望天，眼界高阔。每一次仰望，高度对于人生都可能构成魅惑。低头看地，咫尺天涯，脚踏实地的同时也可能目光短浅。

也许，一个人的志趣与胸怀有多大，他人生的舞台便有多大；目光和思想有多远，他的人生、事业便有多远。

童年望月，无边遐想，大山里的理想萌芽，冥冥之中为吴伟仁铺就了一条幻想与科学有机融合的康庄大道，让他的未来有了康德的星空、罗素的尊严和帕斯卡的芦苇……

月韵飞翔

吴伟仁是大巴山的儿子。

1953年10月的一天，吴伟仁出生于四川省平昌县得胜区得胜公社独柏大队第四生产队，一个当地人称作“新房子”的地方。

如千千万万一代又一代拙朴的大巴山人一样，吴伟仁的降生毫无亮点；他降生的家里也跟四邻五舍的家里一样，有悲，有欢，有无奈。

吴伟仁有七兄妹，他是家中老大，下面有四个弟弟，两个妹妹。

在那个年代，子女兴旺既是一种欢悦，更是一种穷苦。

阳光以最明亮、最透彻的方式与大山对望，或温暖，或火热，或如那个年代澎湃的运动。然而直射如思想的阳光却并不能填饱饥肠辘辘的肚子。

在贫瘠的大巴山里，无论土地与汗水怎么相亲相爱，相同的劳动力所挣来的生活资料都是有限的，家里一年两年便添下一个小孩，这件事本身温润的只能是一对农民夫妇疲惫空乏的内心，和满足他们人丁兴旺那种传统的虚荣。但欢颜注定会被沉重的生活压力注销，他们的脸上原本存在的些许欣喜也很快会被木然代替。

其中的原因，经历过那个年代的人会毫无悬念地猜到，家里每增加一个小孩，那原本有限的生活资料便会被那多出来的一张，且渐渐长大的小嘴分享，自然每个人的分量都会减去几分。而父母对每个子女的关爱也无法做到如独生子女时代那样视若掌上明珠般地牵肠挂肚和精心尽瘁地大包大揽。

也因此，后来吴伟仁那排行老六的弟弟在6岁那年放牛时，不幸被电击中而死。

吴伟仁的父亲吴林一，虽然长得轩昂，但终因没有读多少书，也仅是农村的一个耕种的好把式。母亲王大荣更是一字不识的农民。夫妻俩终日像牛一样劳作，踩着星星的阑珊光亮出门，背太阳过山，汗滴禾下土；再踩着星星的灿烂回家，身体劳累得如同散了架，就这样没日没夜，以质朴的方式来打发空虚寂寞日复一日的生活。

由于吴伟仁是“人”字辈，为让孩子有出息，父母给他取了一个很大气的名字“吴伟人”。这个名字既对他的未来寄寓着希望，也期冀他能够长大成人振兴吴家。

事实上，吴家祖上是出过人才的，吴伟仁的祖先曾在清朝朝廷为官，他家老房子便是清朝朝廷恩赐所修。吴伟仁的爷爷年轻时也曾在平昌县政府做过秘书。祖上的荣光，如火炬般照亮着后辈们卑微的身份，也激励着后辈们一颗颗不甘平庸、努力奋进的内心。

由于人口增长，吴家后来拆掉了雕梁画栋、高大恢宏的老房子，吴林一另择屋基修建了一幢普通的四川土木结构房子，以容一家九口人栖身。

平昌县位于大巴山南麓。

自古以来，大巴山便与僻远和穷困紧密地联系在一起，太平洋暖湿的季风，既没有改变这里的地貌，也没有改变这里的经济。大巴山给山民们更多的不是骄傲，而是一层忧伤的情绪，多少人时常在与大山对望时，对自己的人生与命运，陷入雾岚缭绕的迷茫之中。晚唐著名诗人李商隐有首著名的诗——《夜雨寄北》：

君问归期未有期，
巴山夜雨涨秋池。

何当共剪西窗烛，
却话巴山夜雨时。

《夜雨寄北》，是李商隐脍炙人口的抒情短章，当时他被秋雨阻隔，滞留荆巴一带，妻子从家中寄来书信，询问归期。但秋雨连绵，交通中断，无法确定归期，他便作了此诗。

此诗是当时身居遥远异乡巴蜀一隅，孤寂的李商隐写给在长安的妻子的“信”，全诗朴实无华，虽只有四句，却情景交融、虚实相生，既包含空间的反复对照，又体现时间的回环跳跃。新巧的构思让人叫绝，流淌的深情令人动容，再有跌宕的韵致、隽永的意境，以至于被一代又一代的后人吟哦、传诵、研习。

虽然《夜雨寄北》是一首情诗，但我们却看出了诗人置身“巴山”的落寞与无奈。因为“巴山”是远远不能跟当时的帝都长安相比的。

事实上，在古诗文中，“巴山”总是被代指贫穷，或者僻远。

唐朝诗人刘禹锡的《酬乐天扬州初逢席上见赠》一诗，便是很好的说明：

巴山楚水凄凉地，二十三年弃置身。
怀旧空吟闻笛赋，到乡翻似烂柯人。
沉舟侧畔千帆过，病树前头万木春。
今日听君歌一曲，暂凭杯酒长精神。

这首诗是刘禹锡在唐敬宗宝历二年（826年）岁暮，从和州返回洛阳，途经扬州与白居易相会时所作。

“巴山楚水”，指四川和两湖一带。刘禹锡先后被贬到朗州、连州、夔州、和州等地。

“二十三年”，从唐顺宗永贞元年（805年）永贞革新失败后刘禹锡被贬官为连州刺史到写此诗时，前后共22年，因第二年才能回到京城长安，所以说23年。

“闻笛赋”，指西晋向秀的《思旧赋》。刘禹锡借用典故怀念已死去的王叔文、柳宗元等故人。

“烂柯人”：传说晋人王质进山砍柴，观仙人下棋。看到局终，仙人问王质为何不回去，王质才惊悟过来，见斧柄已经腐烂。回到家乡，已历百年，无人相识（见《述异记》）。刘禹锡借这个故事表达世事沧桑，人事全非，暮年返乡恍如隔世的心情。

抛开诗中刘禹锡与白居易以诗相答的感情因素，单从诗中所说“巴山楚水凄凉地”，便可看出，“巴山”这个地域环境并非诗意氤氲、美好腾腾。

这两首古诗中的“巴山”，便是大巴山，亦泛指大巴山脉。

大巴山脉位于中国西部，是陕西、四川、湖北三省交界地区山地的总称。东西绵延500多千米，故称千里巴山，简称巴山。大巴山同时也是嘉陵江和汉江的分水岭，四川盆地和汉中盆地的地理界线。

广义的大巴山系绵延在四川、甘肃、陕西、湖北四省边境山地的总称。狭义的大巴山在汉江支流河谷以东，四川、陕西、湖北三省边境。

千百年来，大巴山的风景没变，气候条件没变，人文风情没变，贫穷状况也没变。

事实如此，风景越优美的地方，往往越贫穷。“世之奇伟、瑰丽、非常之观，常在于险远，而非有志者所能至焉。”

天空在穷山沟里变得扭捏。站在山谷，遥望苍穹，天在山顶之外，让人浮想联翩。

吴伟仁出生成长的得胜区位于四川省平昌县北部，距县城42千米，与通江县、巴中县接壤，地处大巴山南麓，海拔800多米，虽然林木葱郁，山傍水而青，水依山而秀，却峰峦叠嶂，山高沟夹，十分贫穷。

得胜区古名南北场，场头、场尾有南山、北山，是历代兵家必争之地。1933年，红军在此设苏维埃政府，红四方面军先后对敌作战30多次。吴伟仁的一个叔父当年便参加了红军，但从此杳无音讯，许是战死沙场，不为人知。

俗话说，穷人的孩子早当家。身为老大的吴伟仁是家中最苦的孩子，为了给父母分忧，他总是想着法子帮父母做事。放学后，不是去给生产队放牛，就是割草，或者去捡狗屎，以挣些工分，帮补家里。

跟同龄的小伙伴相比，吴伟仁早熟、懂事，却有些木讷。1961年9月，8岁的吴伟仁自己去独柏大队小学报名，开始了学习生涯。

当老师问他叫什么名字时，他落落大方地说："我叫吴伟人！"

"伟人啊？这个名字很好，今后肯定会很有出息的！"老师一边摸着他的小脑袋，一边笑着说。

老师的话让吴伟仁害羞得低下头去，他喃喃地补充说："老师，我是个普通人，不是伟人，我爸爸说，如果怕同学们嘲笑我，报名时也可以将'人民'的'人'，改成'仁义'的'仁'，这样实在一些。""好吧，那我将你的名字中'人民'的'人'改成'仁义'的'仁'。"从此，"吴伟人"便成了"吴伟仁"。也就是吴伟仁的这个表现，让老师感觉到，他一定是个脚踏实地的好学生，起码不会调皮。

刚读书时，同学们觉得吴伟仁的反应有些迟钝，有些笨，便常常嘲笑他。但很快，他们便发现吴伟仁很爱学习，成绩很好，后来还当上了班里的学习委员。

100个孩子便有100种未来，良好的习惯是一个人成功的挚友。吴伟仁除了学习成绩好以外，还有一个好习惯，便是今天要做的事绝不拖到明天。

吴伟仁的母亲王大荣一字不识，却时常给他们兄妹背诵《明日歌》："明日复明日，明日何其多。我生待明日，万事成蹉跎……"

这首《明日歌》，在一定程度上促进了吴伟仁性格的形成，让他明白凡是自己该做的事，决不拖延，并积极进取，以免蹉跎了时光。

那个时代，学生成绩好不一定会受到父老乡亲的推崇，但听话、不调皮捣蛋的孩子却是受人欢迎的，因而，吴伟仁便成了同龄人的榜样。

被认可、被赞许的力量是无穷的，就好像阳光对植物电光火石的刺激，一种积极向上的能量被激发。上初中后，吴伟仁越来越乖，成绩越来越好，不仅从不偏科，数、理、化还特别冒尖。他再次被同学们选为学习委员。

被人夸赞当然好。但面对夸赞，吴伟仁却很清醒，他更在意的是自己能够学到更多的知识——他发现自己真的太喜欢学习了。事实上，他好成绩的取得跟他朴实无华、踏实肯干是分不开的。

初中毕业后本该读高中，但由于当时学校停课搞运动，吴伟仁回到了老家农村，回到了一成不变的、贫穷的家乡。在不知未来的日子里，他独自承受生活的苦难和磨砺。

岁月在狂热、烦躁和喧嚣中过了几年。转眼到了1971年，这时曾遭无情践踏、被人弃如敝履的高中校园重新被理性看待。高中复课的机遇到来，让吴伟仁喜不自禁地沿着理想的脚印继续前行，他进入了平昌中学就读。

破旧的学校，再次扶起了吴伟仁先前被沉重的泥土折腾得奄奄一息、遍体鳞伤的理想。饥饿缠身皮包骨头的他明白，哪怕丰满的理想时时会遭致嶙峋现实的摧残，依然要坚持不懈地奋斗。

索然寡味的校园里一个又一个枯燥的日子，被如饥似渴学习的吴伟仁活出了非凡的味道，他夜以继日、废寝忘食，出色的成绩在迎来老师称赞的同时，组织能力也显现了出来，智高，德高，他被师生们选举为平昌中学学生会主席，以及团委副书记。这是一个令人羡慕的荣誉，因为团委书记是一位名叫冯大湘的老师担任的——吴伟仁能从数千名学生中脱颖而出，足见其优秀。

当时的学生不光要学习，还要参加社会活动，到工厂和部队搞慰问演出。每次活动学校只是定下大的框架，吴伟仁领命之后，总是搞得有声有色，极少让老师操心。但频繁的社会活动并没影响他的学习，每天晚自习后，高73级的教室里，最后熄灭的那盏煤油灯，一定是吴伟仁的。

当时名义上是读书，却并没有读到什么书，语文还有课本，学习内容是毛主席诗词；数理化却没有教材，全靠老师口授，或自拟教材教授，因而课程内容或深或浅参差不齐，但吴伟仁却教深学深，授浅学浅，成绩一直优秀。

那个时代，上过高中的青年人都被定义为“知识青年”，按规定，知识青年要上山下乡，到农村锻炼。吴伟仁本来就从农村出来，他理所当然地回到了生他养他的得胜公社独柏大队第四生产队。

在学校读书学习成绩很好，是个“书生”，放下书本回到家，拿起锄头镰刀，吴伟仁也一样出色。其实无论是体力劳动还是脑力劳动，要想有收获，劳动的本质并没有区别，只需要勤奋就可以了。回乡务农，他先当了一阵子独柏大队的宣传队长，过了一阵文艺青年的瘾，且将宣传工作搞得有声有色。之后，他便被推举为独柏大队第四生产队的队长。

实在的人就该干一行爱一行，且力争干好所干的这一行。这是吴伟仁的人生哲学。他认为，能不能干好所干的事，是能力问题；是否认真干好所干的事，是态度问题。如果一个人做事态度都不端正，是很难干好一件事的，这样的人也不会受到尊重。

当上生产队长这个比芝麻还小的“官”之后，吴伟仁并没有因为“官”小而漫不经心，他积极投入了全部身心，琢磨如何当好这个“官”，如何带领乡亲们改变家乡的穷困面貌。

“庄稼之人不得闲，面朝黄土背朝天。”黄梅戏《天仙配》中有这样一句唱词。这句唱词写出了农民的苦。农民，刀耕火种、牛耙人挖的劳作，占据了所有白天和部分黑夜，只有到了深夜，才可以松懈一些。

当农民已经很苦很累了，当生产队长就更苦更累。但上进的人，凡事都往好处想，以欢喜之心想欢喜之事，自然成就欢喜而明媚的人生。颓废的人，凡事都朝坏处想，愈想愈苦，终成烦恼且疲惫黑暗的人生，亦所谓“心在沼泽，便身在沼泽”。

作为村里唯一的高中毕业生，吴伟仁没有像其他父老乡亲那样在劳作之余鼾声如雷，尽享休憩。他想的却是童年脑海中的月亮，县城平昌的时尚，以及通过广播所听到的更远地方的风景。比如“苏修”，比如“美帝”，甚至，还有“万恶”的阶级敌人“孔老二”。

在物质文化和精神文化极为匮乏的年代，能够躺在相对精致的凉席之上，在大巴山深处的夜露氤氲中遥望高挂天上的圆月，遐想月亮上一些可能的存在，不可能的存在，可能的不存在，或者根本就是传说中的仙女、玉兔、蟾宫，甚至将自己也置身于这种飞天状态的遐想之中，其实也是一种很不错的放松和休闲方式。

月亮，这种生长于童年稚嫩中的欢娱与向往，有多少人隔着时空呼唤，夜色清朗之时，更有多少思绪在翩飞。

嫦娥为月亮而生，为宁静与落寞的灵魂而生；嫦娥也为人们的遐想而生，为人类情感的疏离与紧密而生。

虽然人类这种遐想如稻田里的杂草一般平常，又如肥皂泡一般绚丽却虚无。这样的遐想对多少人来说，其产生与消失，皆似茫茫山野里的草芥春荣秋败，了无痕迹，从而被漠视和鄙弃。可谁又能否认，即便最伟大的成就也可能萌芽于遐想的事实。

将遐想泯于琐碎的生活之中，且抛此弃彼者，注定只能有平淡无奇的人生；而将遐想盛于心中，并为之奋斗者，则可能有波澜壮阔的人生。

因为对于有心人来说，遐想能演绎成梦想，梦想会成为理想，理想会变成奋斗目标，而奋斗目标则是成就一番事业的动力！

当然，理想不能如烟花绽放。烟花纵然美丽，终究是闪亮的一瞬之后满地的无章杂乱。

而理想，不仅仅是思想火花，还得为之脚踏实地地奋斗。

神秘织就的深爱

我在仰望，月亮之上，
有多少梦想在自由地飞翔……

正如这首流行歌曲《月亮之上》所唱的那样，就在吴伟仁仰望浩瀚夜空中的月亮，遐思月亮上有什么的时候，在距离他数千年到数百年之前的古代，或近在咫尺的时光里，也有多少双渴望的眼睛曾抬头望天。他们在一个又一个不同的环境和气候里，用抬头望天的方式解读月亮和天空，解读月亮上到底有什么，冥想宇宙、天空、月亮、星辰的神秘与神奇，以及人类的生活与命运与之的某种关联，并因此产生过环肥燕瘦的想象。

然后，他们又一个个在未解的困惑中故去，就如一缕烟岚，在历史的大山间，在寥廓的天地里，消失得无影无踪，无迹可寻。

不过，在一望无际的历史视野里，虽然时间的河流如水冲沙般地淘尽了多少望天故事，以及望天故事中深情如许的主角，但我们仍然要感谢文字，我们能从神圣的文字记录中，找寻到个别灿若晨星的痕迹。

中国关于月亮的神话较早载于《山海经》《楚辞》《淮南子》等古籍中，这些古籍在带给阅读者古代的风景之外，还带给了阅读者无尽的想象和诗意的启蒙。

我国古籍中关于月亮有据可考的文字，始见于4000多年前《山海经》中关于帝俊的神话。《山海经·大荒西经》说：“帝俊妻常羲，生月十有二，此始浴之。”帝俊之妻常羲，实际上就是嫦娥。

而《淮南子》中关于嫦娥的故事是这样记载的：

昔者，羿狩猎山中，遇嫦娥于月桂树下。遂以月桂为证，成天作之合。

逮至尧之时，十日并出。焦禾稼，杀草木，而民无所食。猰貐、凿齿、九婴、大风、封豨、修蛇皆为民害。尧乃使羿诛凿齿于畴华之野，杀九婴于凶水之上，缴大风于青丘之泽，上射十日而下杀猰貐，断修蛇于洞庭，擒封豨于桑林。万民皆喜，置尧以为天子。

羿请不死之药于西王母，托与姮娥。逢蒙往而窃之，窃之不成，欲加害姮娥。娥无以为计，吞不死药以升天。然不忍离羿而去，滞留月宫。广寒寂寥，怅然有丧，无以继之，遂催吴刚伐桂，玉兔捣药，欲配飞升之药，重回人间焉。

羿闻娥奔月而去，痛不欲生。月母感念其诚，允娥于月圆之日与羿会于月桂之下。民间有闻其窃窃私语者众焉。

另有一种说法：嫦娥吃不死药飞升，并非逢蒙所逼，而是她偷吃所为。

《全上古文》辑《灵宪》记载“嫦娥化蟾”的故事云：“嫦娥，羿妻也，窃王母不死药服之，奔月。将往，枚占于有黄。有黄占之，曰：‘吉，翩翩归妹，独将西行，逢天晦芒，毋惊毋恐，后且大昌。’嫦娥遂托身于月，是为蟾蜍。”

嫦娥变成癞蛤蟆后，在月宫中终日被罚捣不死药，过着寂寞清苦的生活。

依据这个传说，唐诗人李商隐还曾作过《嫦娥》一诗：

云母屏风烛影深，
长河渐落晓星沉。
嫦娥应悔偷灵药，
碧海青天夜夜心。

嫦娥奔月之后，饱受独对青灯冷屋的沧桑。日复一日，年复一年，除了只能在广寒宫中轻舒广袖之外，黛绿年华，锦绣岁月，都在凄清冷寂中度过。

宋代苏轼在《水调歌头》一词中所写："我欲乘风归去，又恐琼楼玉宇，高处不胜寒。起舞弄清影，何似在人间……"，可谓切中了嫦娥寂寥的心境。

嫦娥姓佬狐氏，原本叫姮娥，是在西汉的时候，为避汉文帝刘恒的讳，而改称嫦娥。

除了关于嫦娥与玉兔的神话传说外，在我国民间，关于月亮的神话传说也有很多。

我国黑龙江省的赫哲族中，便流传着这样一个月亮的故事：

古时，一位妇女去江边挑水，抬头望着天上的月亮，觉得月亮的世界清亮纯洁，再想到自己的身世和在婆家受到的种种虐待，万念俱灰的她突发奇想：如果能在月亮上生活就好了，自己不就不会受人欺负了吗？于是她祈祷起来。

令这位妇女惊讶的是，就在她祈祷之时，江面上竟然漂来了一张毯子样的东西，直至漂到她面前才停了下来。她想，难道这个毯子便是自己祈祷来帮助自己脱离苦海的东西吗？于是大着胆子踩了上去。

这时，神奇的事情发生了，那张毯子带着妇女飞了起来，吓得她赶紧抓住身边的树。未曾想，那棵树非但没有将她留在地面，反而还被她连根拔起，并被毯子一起带着，越飞越高，直至飞到月亮之上。

于是此后，赫哲族人眼中的月亮上，便有一个妇女和一棵树了。

而在希腊神话中，关于月亮女神阿尔忒弥斯的传说，更加凄婉：

希腊神话中，海神波塞冬有个儿子名叫俄里翁。俄里翁虽生在海里，但他却更喜欢到山野间攀岩、捕猎。

打猎的过程中，俄里翁经常碰到太阳神阿波罗的孪生姐姐、也喜欢打猎的月神阿尔忒弥斯。接触的过程中，共同的爱好拉近了两人的距离，他们渐渐成了无话不谈的朋友，且暗生情愫，恋爱起来。

姐姐爱上了不起眼的俄里翁，这让太阳神阿波罗很不爽。浩渺的天空有那么多男子，姐姐从中选一个作姐夫该多好啊！但阿波罗知道姐姐性格倔强，仅凭游说根本改变不了她的主意。咋办呢？想来想去，他觉得只有断了姐姐的念想才行。

一天，俄里翁像往常一样，在海面上游动，准备上岸去捕猎。那天，他的全身都浸在水里，只有头部露出水面。

而这时，阿波罗和姐姐阿尔忒弥斯“正巧”从海面上飞过。

“姐姐，人们都说你箭法很准，我真不信你能比我强，要不今天咱俩比试比试？”

阿尔忒弥斯一直认为，天下只有俄里翁敢与她比箭术，没想到弟弟竟敢挑战自己，便同意了比试。

“好吧，比就比，你说射什么？”

“你看，江中有个小黑点，估计是块礁石，就射它吧。”阿波罗知道姐姐眼力不如自己，根本看不出那个黑点是什么。

“没问题！”话音未落，只听“嗖”的一声，一支利箭不偏不斜，正中那个小黑点。

“姐姐箭法果真名不虚传，我再也不敢跟你比了。”说完，阿波罗悄悄地走了。

阿尔忒弥斯十分得意，她落到海上，想看看被自己射中的目标。可她看到的却是头部中箭、已经气绝身亡的俄里翁。

心爱的人竟然死在自己箭下，阿尔忒弥斯一下昏倒了。

这幕惨剧使阿尔忒弥斯和阿波罗的父亲、众神之王宙斯很难过，他施法将俄里翁升到天上化作猎户座——生前不能与阿尔忒弥斯相守，死后，让俄里翁和心爱的人挨着也不错。

宙斯知道俄里翁生前最喜欢打猎，还在他身边放了一只小小的猎物——天兔座。

日本也有关于月亮的神话传说。

古时候，日本岛有个叫赞岐造的樵夫在竹林中砍竹时，忽见前方出现一道神奇的光。禁不住好奇的赞岐造走过去一看，发现芦苇丛中躺着一个只有四寸长的柔弱的小女孩。谁抛弃了这个早产的孩子啊？真可怜啊！动了恻隐之心的赞岐造毫不犹豫地抱起小女孩，也顾不得砍竹子了，直接把小女孩带回了家。赞岐造的妻子见到小女孩后也很喜欢，于是两口子决定将小女孩养起来。

之后，赞岐造仍天天上山干活，但与之前比，他的生活中却不时发生一些奇怪的事情：他采割芦苇时，捡到了一堆金子；小女孩在他家刚过三个月，个子竟然长得和成年女孩一样高。赞岐造看到女孩的这种变化，心里非常高兴，便给她取了一个好听的名字，叫“辉夜姬”。

为了庆祝女孩的长大，赞岐造还专门设宴，宴请邻居和其他村民。

当辉夜姬被赞岐造唤出来和大家见面的时候，几乎所有的人都惊呆了——他们从未见过这么漂亮的女子，而且青春如火，魅力四射。

这次村宴之后，辉夜姬的美名如长了翅膀，一下子传遍了全国，前来求婚的人络绎不绝，原本僻静的山村也变成了闹市。

但是怀揣着求婚成功的希望而来的男子在见到辉夜姬本人后，却都纷纷羞愧地打消了曾经的妄想——这么漂亮的女孩，自己怎么配得上呢？

于是喧嚣又在时间的河流中渐渐退去，山村也渐渐恢复了原本的清静。最后只剩下五个求婚者，他们是：石造王子、车持王子、左丞相安倍见牛、大臣深雪、领主诸常。他们仗着权和钱，不得到辉夜姬答复誓不罢休，冰雪寒冬酷热炎夏都没能使他们却步。

这五个求婚者见始终不能打动辉夜姬的心，便转而向赞歧造求情。赞歧造也觉得女儿到了应该结婚的年龄了，就劝辉夜姬在这五个人当中挑选一个。为了考验这些男人是否真心对自己，辉夜姬要求这些男子为她做一件事情，谁能真诚地做到了，她就和谁结婚。辉夜姬提出的要求如下：请石造王子去印度取来菩萨化斋用的发光石钵；请车持王子去东海中的野良居山，折来山上那棵银根金干白玉果树上的一根枝条；请左丞相安倍见牛去中国找来不怕火烧的火鼠皮做的皮袍；请大臣深雪找来藏在龙头深处的像虹一样美丽的宝石；请领主诸常取来燕子飞过大海时所带的玛瑙贝。

三年过去了，石造王子送来了石钵，但辉夜姬一看就知道是假的，因为这石钵不发光；车持王子送来了宝石树枝，并口若悬河地讲他是如何历尽艰险获得此宝的经历，辉夜姬听得如痴如醉，非常感动，可就在此时，六个工匠却来向他要制造宝石树枝的工钱……谎言就这样不攻自破；左丞相安倍见牛也带来了由火鼠皮做的珍贵袍子，但当辉夜姬把它放到火上去烧时，皮袍顿时化为灰烬；而大臣深雪和领主诸常在寻宝的过程中，都被危险吓得退缩了。

天皇得知辉夜姬的美名后，欲将辉夜姬招进宫廷。对于这多少女子求之不得的机遇，辉夜姬却断然拒绝。皇命岂可违？天皇的侍卫便将辉夜姬强行抓进了宫里。

进宫后的辉夜姬常常对着月亮流泪，经宫女们追问，她才说她是月宫里的仙女，本想离开人间回月球，但想起养父养母对她的养育之恩，不忍离去，故而悲伤。

后来月亮里的神仙来到地球，要接辉夜姬回月球，且对她说：“吃点长生不老药吧，因为你在人间久了，精神受了污染。”

依依不舍的辉夜姬便悄悄给养父赞歧造留下一点长生不老药，以报答养育之恩；同时还给天皇写了一封告别信，然后乘着彩云回了月球。

失去心爱的女儿，赞岐造悲伤不已，不愿继续活下去了，也不肯吃女儿留下的长生不老药，而是将信和药献给了天皇。天皇想到美人从此不在，也感伤无限，便令人把信和药送到国内最高的山上，在峰顶将之焚烧了，以祭曾经的美好。

从那时起，这座高山就被命名为“富士山”，就是“不死山”的意思。据说，烧那信和药的烟至今还在富士山山顶袅袅升腾，和天上飘动的白云混合在一起。

这个故事见诸《竹取物语》这本书。

《竹取物语》创作于10世纪初，是日本最早的一部物语文学。每个日本人在童蒙初启时便知悉辉夜姬的故事。这个来自月亮的仙女全名叫细竹辉夜姬，也是日本人心中的月亮女神。

处于蒙昧状态下的人类，因为不了解，除了对月亮产生神秘而美好的想象以外，也有恐惧和晦暗的传说，比如“天狗吃月亮”。吴伟仁从小就听过“天狗吃月亮”的故事。

传说古时候，有一位名叫目连的公子。他生性好佛，为人善良，十分孝顺母亲。但是，目连之母身为娘娘，却乖张暴戾。

有一次，目连之母无事生非，想捉弄一下和尚，做了三百六十只狗肉馒头，说是素馒头，去寺院施斋。这事被玉帝知道后，十分震怒，便将其打下十八层地狱，变成一只恶狗，永世不得超生。

目连是个孝子，得知母亲被打入地狱后，为救母亲他日夜修炼，终成地藏菩萨。之后，他用锡杖打开地狱门。目连之母和全部恶鬼都逃出地狱，投生凡间作乱。

目连之母逃出地狱后，第一件事就是窜到天庭去找玉帝算账。在找不到玉帝后，就去追赶太阳和月亮，想将它们吞了，让天上人间变成黑暗世界。这只恶狗没日没夜地追呀追，追到月亮，就将月亮一口吞下去；追到太阳，也将太阳一口吞下去。但这条恶狗，最怕锣鼓、爆竹。因而在恶狗吞吃太阳、月亮之后，如果敲锣打鼓、燃放爆竹的话，恶狗便会吓得吐出太阳、月亮。

见日月重辉，不甘心的恶狗又追赶上去，并一次次重演吞吐太阳、月亮的过程，这就是“天狗吃太阳”“天狗吃月亮”的传说。

随着科学的发展，人类最终知道月食发生的原因，是月球和地球相互运行，刚好到了地球位于太阳、月球之间的位置，当太阳、地球、月球依序形成一直线，月球接收从太阳射来的光芒会被地球挡住，月球处在地球的影子中，就发生了月食。

除了民间传说以外，自东晋郭璞始，便把《山海经》里记载的“天狗”“天犬”解释为天狗星了。郭璞在注释中引《周书》云:“天狗所止地尽倾，余光烛天为流星，长数十丈，其疾如风，其声如雷，其光如电。吴楚七国反时，犬过梁国者是也。”

清代学者郝懿行的《山海经笺疏》指出,《山海经》里的“天犬”“天狗”都是兽名，“郭注以天狗星当之，似误也”。正因为郭璞的错误注释，“天狗”“天犬”才升天为天狗星，也就成了民间崇拜的天狗神。

天狗星又称“犬星”，就是苏轼写的“西北望，射天狼”中的天狼星。天狗星是天上较亮的恒星，太阳系中只有太阳、月亮、金星、木星、火星等比它亮。当它接近地平线时，常闪烁着多彩的光芒。郭璞的描绘正符合这一表征。

大约在3000多年前，我们的祖先就对日食和月食现象进行了记载:在河南安阳发掘出来的殷代最后都城遗址的文物——殷墟甲骨文中，记载着公元前1000多年前发生的日食和月食，如“庚申，月有食”“旬壬申夕，月有食”；这一记录比两河流域巴比伦王国的日食和月食记事要早得多。在我国春秋时期的242年里，至少记录了37次日食，经近代天文学家的计算，其中33次被证明是可靠的，成为古代最完整的日食记录。

在《诗经·小雅》中也有“彼月而食，则维其常”的月食记录。

日（月）食的发生，不仅是难得一见的天文奇观，在我国古代，更被当成某种“天意”的象征而与重大的历史事件联系在一起，被永久地记录下来。这些记载如今具有重要的文献学和自然科学研究价值。

世间所有的深爱都既有美好又有神秘。

神秘，有时是阳光下翠绿的树叶背面的蓊郁，充满诗意；有时却是一种未解的恐怖。

鸟儿的鸣唱婉转，打在心上犹如露水一点一滴，但如果不知是鸟儿在欢歌，也许便是夜半惊魂的恐惧。

灿烂阳光下，远远地走来衣袂飘飘的美女，你定会感觉天使下凡；但如果在深更半夜，猛然有仙女降临，那恐怕也会将人吓晕过去。

但无论是美好的寄寓，还是神秘或恐惧，都是心灵的写意。

月亮，这方霓裳飘动的乐土，承载了古今中外文人墨客太多的情感和诗意。

月亮无处不在，它或高挂于天空，或高悬于内心。它慈眉善目像一尊佛，为旅人照亮漆黑的夜；它不离不弃像你的家人，你走它也走；它血脉相连像你的父母，与你同悲同欢；它又如影随形像你的挚友，寄托你的思念……

每一次在天空或者在心里与月亮不期而遇，都能让人感受到它满身散发出的玄妙气息与神秘光环。

月桂自古便被赋予了高贵的气质。

在古希腊，人们常以月桂树叶编成冠冕，奉献给英雄或诗人，以表示崇敬。后来在英国还有“桂冠诗人”的称号，甚至成为王室御用诗人的专称。月桂属樟科常绿乔木，春季开花，原产于地中海地区，与中国桂相近但不同科。

中国也有桂冠之说，三国时魏国繁钦《弭愁赋》中“整桂冠而自饰，敷綦藻之华文”一句，便是编织桂冠来打扮自己，铺排像锦绣一样的华美文字。

因为桂花清香高洁，古人还用它来形容、评价人物。汉武帝曾问东方朔：孔子和颜渊，谁的道德更高尚？东方朔说：颜渊的道德是高尚的，但他只像一山桂花，独自芳香，而孔子的道德则像春风一样浩荡，天下万物都受其化育熏陶。

晋武帝泰始年间，大肆选拔人才，郤诜被选中，后来升为雍州刺史。晋武帝在东堂巡游时接见了郤诜，问他感觉如何。郤诜回答说：“臣举贤良对策，为天下第一，犹桂林之一枝，昆山之片玉。”这便是“蟾宫折桂”的出处。蟾宫即月宫。

唐代以后，科举制度盛行，蟾宫折桂还用来比喻考中进士。唐代大诗人白居易先考中进士，他的堂弟白敏中后来中了第三名，白居易写诗祝贺说：“折桂一枝先许我，穿杨三叶尽惊人。”

围绕蟾宫折桂，不少地方还有这样的习俗：每当考试之年，应试者及其家属亲友都用桂花、米粉蒸成糕，称为广寒糕，相互赠送，取广寒高中之意。

而与月亮有关的古诗词更是俯拾皆是，其中最著名、也是妇孺皆知的便是李白的《静夜思》。略略翻一下唐诗选，就会发现，李白关于月亮的诗作不仅有《静夜思》，还有《渡荆门送别》：“月下飞天镜，云生结海楼。”有《月下独酌》：“举杯邀明月，对影成三人。”

王维的“月亮”诗句也很美，如：“松风吹解带，山月照弹琴。”“深林人不知，明月来相照。”“明月松间照，清泉石上流。”

杜甫的诗中也少不了“月亮”诗句，《月夜忆舍弟》道：“露从今夜白，月是故乡明。”

陶渊明《归园田居·其三》里“晨兴理荒秽，带月荷锄归”的生活，是何等惬意。

李煜词《相见欢》中的月亮，则有一种令人心碎的孤寂：“无言独上西楼，月如钩，寂寞梧桐深院锁清秋。剪不断，理还乱，是离愁，别是一般滋味在心头。”

辛弃疾词《西江月·夜行黄沙道中》里的乡村之月，则有一种静谧之美："明月别枝惊鹊，清风半夜鸣蝉。稻花香里说丰年。听取蛙声一片。"

最令人吟哦的是张若虚的《春江花月夜》中的句子："春江潮水连海平，海上明月共潮生。滟滟随波千万里，何处春江无月明……"

华山论剑

无论是在蒙昧时代因对月亮的未知而产生的神话传说，还是对月亮寄寓的诗意情感和无尽的渴望，人类对月亮上到底是否有人，有神，有动物，有森林，有蟾宫等想象中的内容，以及一切能想象、已想象，或者还未能想象得到的真相的探索，自古以来都绵延不绝。

那么多结在月球的谜团，是宇宙奥秘的结晶，是神仙上帝的美食，是妖魔鬼怪的眼睛，是外星智慧生物的科技，还是孤寂千年嫦娥的秘密……

不得而知。

这些都给人类探索月球以无穷动力。

1965年5月底，正读小学三年级的吴伟仁在老师的组织下，和同学们学习了一首对当时的他来说很懵懂的词。这首词诞生于当年的5月25日。

这一天，历史定格了经典的一幕：美丽的井冈山云蒸霞蔚，烟雨氤氲。一位伟人微笑着漫步在崎岖的山道上，一会驻足远眺，一会凝神静思，一任思绪在回忆和现实的时光隧道中穿梭往复。曾经晦暗且艰苦的日子，多像天边已经渐渐远去的阴霾，而近在眼前的一切又是那么闲适和美好，今昔对比，这位伟人不由得灵感飘飞，豪迈之气澎湃于胸，于是情之所至，挥毫泼墨：

久有凌云志，
重上井冈山。
千里来寻故地，
旧貌变新颜。
到处莺歌燕舞，
更有潺潺流水，
高路入云端。
过了黄洋界，
险处不须看。

风雷动，
旌旗奋，
是人寰。
三十八年过去，
弹指一挥间。
可上九天揽月，
可下五洋捉鳖，
谈笑凯歌还。
世上无难事，
只要肯登攀。

这首《水调歌头·重上井冈山》，“兴酣落笔摇五岳，诗成笑傲凌沧洲”。它的作者便是伟人毛泽东。

“可上九天揽月，可下五洋捉鳖”，词意旷达，充满了理想主义色彩，后来被中国科技界理解并广泛认同为奋斗目标，那就是航天工业要实现“可上九天揽月”，航海工业要实现“可下五洋捉鳖”。

“上九天揽月”，这实际是中国人由来已久的飞天梦想。

“日月安属？列星安陈？”这是屈原《天问》中的一句话，意思是问：日月是附着在什么地方的？众星又是布放在哪里的呢？它们为什么不掉下来？

这句话，彰显了人类对星空、宇宙一种发自本能的探索欲。

我国第一位尝试制作木制风筝的是墨子。关于此，被记述在《韩非子》里：“墨子为木鸢，三年而成，飞一日而败。”

虽未成功，却启迪了他的学生公输班（即鲁班）。

《墨子》载：“公输子削竹木以为鹊，成而飞之，三日不下。”

鲁班制作的木鸟，能乘风力飞上高空，三天不降落。

由此可见，早在春秋战国时代，中国人便有了飞天梦，而鲁班则是中国原始航空科学的先头兵。

不仅如此，《鸿书》上说，“公输班制木鸢以窥宋城”，还开了风筝用于军事目的之先河。

风筝在我国出现已有2000多年历史。传说，风筝的发明者是韩信——据唐朝赵昕的《息灯鹞问》载，垓下之战时，韩信制成风筝，叫张良坐风筝上天，高唱楚歌，楚歌传到楚营，动摇了项羽军心。宋朝的《事物纪原》也记载韩信曾利用风筝测量距离之事。

天空辽阔，风筝，这种人类最早的飞行器，凭着一根绵长的线，寄托了多少人的飞天情怀。如今，在美国国家航空航天博物馆的大厅里，便陈列着一只中国风筝，旁边还有铿锵的说明文字：“人类最早的飞行器是中国的风筝。”

到了东汉，著名天文学家张衡也是一个了不起的木鸟制作专家，据传他所制作的木雕能在天上飞行。

而唐代，中国人的飞天梦更强烈。

《唐逸史》载：“罗公远多秘术，尝与玄宗至月宫。初以拄杖向空掷之，化为大桥。自桥行十馀（余）里，精光夺目，寒气侵人。至一大城，公远曰：‘此月宫也。’仙女数百，皆素练霓衣，舞于广庭。问其曲，曰《霓裳羽衣》。帝晓音律，因默记其音调而还。回顾桥梁，随步而没。明日，召乐工，依其音调，作《霓裳羽衣曲》。一说曰：开元二十九年中秋夜，帝与术士叶法善游月宫，听诸仙奏曲。后数日，东西两川驰骑奏，其夕有天乐自西南来，过东北去。帝曰：‘偶游月宫听仙曲，遂以玉笛接之，非天乐也。’曲名《霓裳羽衣》，后传於乐部。”说的是唐开元年间中秋之夜，一个名叫罗公远的道士邀唐玄宗游月宫，掷手杖于空中，手杖顿时变为银色大桥。踏上大桥并走了十余里后，见到一大城阙，横匾上有“广寒清虚之府”几个大字，罗公远对唐玄宗说：“我们到月宫了。”进入月宫后，看见有数百名仙女，穿着白纱裙在跳舞。唐玄宗默记仙女优美舞曲，回到人间后，即命伶官依其声调整理出《霓裳羽衣曲》，此曲从此传于后世，成为千古名曲，月宫也由此有了“广寒宫”之称。

“唐明皇游月宫”的故事不仅穿越，还很玄幻。不清楚这是不是道士罗公远与宫廷乐师头领李龟年联手导演的一场大型实景剧。不过，从另一个角度可以看出，唐时从帝王到百姓，对月球的向往都相当疯魔。

月球上神秘的东西太多了，因为神秘未解，人类才产生了诸多神话。因为神秘，人类才对月球的研究与探索充满了浓厚兴趣。

生命起源于海洋，人类起源于海洋，这是经受过无数科学家模拟实验及考古证明的、不争的科学观点，由此可见海洋于人类的重要性。

但是海洋是宇宙的一部分，生命物质本质上也起源于宇宙，人类对太空的研究、对宇宙的研究，便是研究生命起源、物质起源的根本。

要研究太空，研究宇宙，不可一蹴而就，需要由近及远。

月球是离地球最近的星体，对月球的研究，是人类对太空的研究、对宇宙的研究无法跨过、也不可能跨过的一步。

月球，距地球38.4万千米。曾经，天文学家用望远镜详细地观察过月球，对月球地形地貌已经有了一定程度的了解：月球上有山脉和平原，有累累坑穴和纵横沟壑，但没有液态水和空气，昼夜温差悬殊，到处一片死寂和荒凉。

尽管巨型望远镜能分辨出月球上50米左右的目标，但仍不如实地考察那样清楚，因此，人类仍会派出使者探访这个地外天体。

距离是个玄妙的东西。历史的车辙记载着人类的进步：伟大的四大发明轻而易举地改变了世界的容貌；蒸汽轮机富有质感的轰鸣，掀起了工业革命的浪潮；还有发电机，还有人类的一切发明与进步……

在黑夜里一路划过朦胧而繁杂的求索轨迹，随着岁月的前进，人类对走出地球的愿望更加强烈，于是，现代航天器应运而生。

现代航天器总体上分为无人航天器和载人航天器两大类，这两大类航天器又可按照用途和轨道等层层细分。根据是否绕地球运行，无人航天器可分为人造地球卫星和空间探测器，其中人造地球卫星包括科学卫星、试验卫星和应用卫星三种，而应用卫星又分为军用卫星和民用卫星；空间探测器则包括月球探测器、火星探测器、金星探测器和冥王星探测器等，它们探测星球的方式多种多样，有轨道器、着陆器、漫游器、撞击器等。

载人航天器有载人飞船、空间站、航天飞机三种。按照飞行轨道又可分为两类，宇宙飞船和航天飞机属于一类，用于接送航天员和货物，且在太空飞行时间不超过20天，又称为天地往返运输器；空间站属于另一类，在太空长期运行，不返回地面，主要用于观天看地、研究空间科学、太空生产和在轨服务，是开发太空的理想地点。

人造地球卫星按运行轨道可以分为几种：低轨道卫星的轨道高度为200千米—2000千米；中高轨道卫星的轨道高度为2000千米—2万千米；地球静止轨道卫星的轨道高度为3.6万千米，位于赤道上空。人造地球卫星通常根据其任务和应用要求来选择轨道。对地面摄影的地球资源卫星、照相侦察卫星，常采用圆形低轨道；为了尽量扩大空间环境探测的范围，卫星可采用扁长的椭圆形轨道；为节省发射卫星的能量，卫星常采用赤道轨道和顺行轨道；对固定地区进行长期连续的气象观测和通信的卫星，常采用地球静止卫星轨道；需对全球进行反复观测的卫星，可采用极地轨道；要使卫星始终在同一时刻飞过地球某地上空，也就是说要使卫星始终在相同的光照条件下经过同一地区，需要采用太阳同步轨道。

我们司空见惯树木的年轮，也能在见到树木的年轮之时，感受到这美丽的纹路深处所历经的风风雨雨。人类对太空的探索史，尤其是人类近现代对太空的探索史，也是如此。

1957年10月4日，苏联开天辟地，成功发射了人类历史上第一颗人造地球卫星，箭体直刺苍穹，石破天惊。

苏联《真理报》或许因为没有见过这阵仗，不知其威力，而只在第一版发表了篇小文章，轻描淡写地介绍了这件事。

苏联本国媒体的低调，却并未阻止世界上别的国家对此种前无古人的“绝世武功”的大声喝彩——不少国家的报纸均在头条位置以通栏大标题的方式报道了这一爆炸性新闻，并有多篇文章推测这一事件对未来的意义。

美国人不相信其他国家能够在空间技术上超过他们，这一事件让他们既震惊又害怕。为了超过苏联，1958年8月18日，美国发射了月球探测器。遗憾的是，接连4次发射，均告失败。

失败是成功之母，美国更加投入。

自此，美国和苏联两大科技强国狭路相逢，没有选择，没有退路，开始“华山论剑”。至阳至刚，无坚不摧，乃天下掌法之巅峰的降龙十八掌，精妙无双、闻者胆寒的打狗棒法……各种奇门绝技竞相施展，一决高下。胜利者睥睨同侪，笑傲江湖；失败者卧薪尝胆，秣马厉兵，以期东山再起。

1959年1月2日，苏联再次出招，发射“月球1号”探测器。1月4日，该探测器从距月球表面7500千米的地方飞过。遗憾的是，此招剑走偏锋，未能命中月球，只在9个月后成为第一颗人造行星飞往太空深处。

1959年3月3日，美国也出招，发射了名为“先锋4号”的月球探测器。但是，可能是技术问题，也可能是上马太急，“先锋4号”在发射之后只不过是虚晃一枪，继而便从距月面59000千米的地方飞过，败阵而走，也未命中月球。

如果说成功是春天的话，那么失败则是冬末。当春天煦暖地款款到来之时，冬天的尾巴总会“长亭更短亭”，一步三回头。然而，既已是冬末，春天还会远吗？

缭绕的狼烟和轰鸣的战火在激烈地上演。

从1958年至1976年，苏联发射了24个“月球号”探测器，其中18个完成月球探测任务。1959年9月12日发射的“月球2号”，两天后在月球表面的澄海硬着陆，成为到达月球的第一位使者，首次实现了从地球到另一个天体的飞行。“月球2号”的成功，让喜悦飞上了人类的眉梢，也让平庸乏奇的生活多了一丝精彩的亮色。

1959年10月4日，“月球3号”探测器飞往月球，3天后环绕到月球背面，拍摄了第一张月球背面的照片，让人们首次看全了月球的面貌。图片发布之后，有无数天文爱好者为此泫然。因为作为离地球最近的一颗充盈诗意和盛满传说的星体，月亮不知承载了多少人缠绵的想象与乡愁。

太空的土地谁能捷足先登，这是美国和苏联两位航天科技大佬接下来最在乎的事情。

虽然在嫦娥之前，中国人早已在《山海经》里登陆月球，但诗意与传说布满天空，毕竟是形而上的。世界上率先在月球软着陆的探测器，是苏联于1966年1月31日发射的“月球9号”探测器，这个家伙重1583千克，经过79小时的长途飞行后，在月球风暴洋附近着陆，并拍摄了月面照片。

1970年9月20日，苏联“月球16号”在月面丰富海软着陆，第一次使用钻头采集了120克月岩样品，装入回收舱的密封容器里，于当月24日带回地球。

也是苏联。1970年11月10日，“月球17号”载着人类第一辆自动月球车——“月球车1号”上天，7天后在月面雨海着陆，月球车在月面开展了长达十个半月的科学考察。

这辆月球车重756千克，长2.2米，宽1.6米，装有电视摄像机和核能源装置，它在月球上行程10540米，考察了8000平方米月面地域，拍摄了200幅月球全景照片和20000多张月面照片，直到1971年10月4日核能耗尽才停止工作。

同样是苏联。1973年1月8日发射“月球21号”，把“月球车2号”送上月面考察，取得更多成果。

1976年8月9日，苏联最后一个月球探测器“月球24号”发射，并于同年8月18日在月面危海软着陆，钻采并带回170克月岩样品。

至此，苏联对月球的无人探测宣告完成，人们对月球的认识也更加丰富和完整了。

在探月的科技比拼方面，苏联与美国你追我赶，决心一个更比一个强，招式也一个更比一个狠。

在这场探月竞争中，美国先后发射了9个“徘徊者号”和7个“勘测者号”月球探测器。“徘徊者号”探测器像个蜻蜓，长3米，两翼太阳能电池板展开4.75米。探测仪器装在前部，电视摄像机放在尾部。“勘测者号”有3只脚，总重达1吨，装有当时最先进的探测设备。

“徘徊者号”系列探测器初出茅庐并不顺利，最初5个“徘徊者号”探测器均无建树，直到1964年1月30日发射的“徘徊者6号”，才在月面静海地区着陆。但由于摄像机出故障，没能拍回月面照片。

随着人类月亮探测器的次第造访，月亮数亿年的孤独渐次消散。

1964年7月28日，“徘徊者7号”发射成功，在月面云海着陆后，拍摄到4308张月面特写照片。随后1965年2月17日发射的“徘徊者8

号”和1965年3月24日发射的“徘徊者9号”，都在月球上成功着陆，并分别拍回7137张和5814张月面近景照片。

1966年5月30日，美国发射“勘测者1号”新型探测器，经过64小时的飞行，在月面风暴洋软着陆，向地面发回11150张月面照片。

后来，美国又发射了5个月球轨道环行器，为“阿波罗”载人登月选择着陆地点提供探测数据。经过这一系列的无人探测之后，月球面目的冰山一角显露了。

1969年7月16日，美国“阿波罗11号”飞船发射，并于7月20日首次实现载人登月，科技终于绽放出了绚丽的花朵。

美国“阿波罗计划”（Project Apollo），从1961年5月开始，到1972年12月第6次登月成功结束，历时11年。该计划组织实施了一系列载人登月飞行任务，成为世界航天史上一个划时代的里程碑。

这次美苏之间你追我赶奋勇向上的探月竞赛，一定程度地展现了月球的神秘：根据对月球的多次实地勘探和对从月球带回的岩石、土壤进行分析研究之后，人类对月球的面貌已有了前无古人的了解。

科学家认为，月球上的岩石比地球上的还要古老，月球和地球几乎是由同样的化学元素构成的，只是组成的成分有所不同，含量高低也有差别。另外，月球没有磁场，其外壳比较稳定，近30亿年以来几乎没什么变化。

美国探月成就高处不胜寒的寂寞格局，结束了人类此轮、更准确地说是美国与苏联之间的探月争霸赛。

这一回合的探月较量，美国以神来之笔的登月冲顶赢得高光，而苏联探月的一次次点“球”，则显得黯然了许多。

中国卫星来了

在科技的十字路口，从来都是有人沉默，有人发声；有人退缩，有人前进。

虽然“宠辱不惊，闲看庭前花开花落；去留无意，漫随天外云卷云舒”是一种素朴且超然物外的人生境界，但世界强国都在争先恐后地对月球进行科学探索，作为发展中国家的中国，又怎能落伍于此呢？

一个伟大的民族，一个有着高度文明的国家，从来都不会忽略对太空、对宇宙的探索及研究，这完全可以看成一个国家、一个民族科技发达程度的体现。

事实上，中华民族的历史与太空及宇宙的研究和探索息息相关。

“作于禹益，述于周秦，行于汉，明于晋”的千古奇书《山海经》，既讲了山经、海经，也讲了“太阴”。还有《淮南子》《离骚》等古籍亦是如此。

在泛黄的历史卷轴中，还有多少研究月亮的赫赫有名的先辈，曾给这个勤劳勇敢的民族以无尚的光荣和自豪：

你有一个月球仪的话，你一定会惊奇地发现，在月球上，有一些我们相对熟悉的中国古人的名字，被标注在月球地貌上，他们是石申、张衡、祖冲之、郭守敬……

无论是美国，还是苏联，如果要登上月球，都一定离不开“天体测量”这门天文学科。所谓天体测量，便是测定天体的具体星空位置、天体在星空运行的规律，以及天体到达某个位置的准确时间。天体测量是天文学中最古老、也是最基本的一个学科分支。

在春秋战国时期，中国的天体测量水平遥遥领先于世界，当时魏国有一个名叫石申的人，采用赤道坐标系，对121颗恒星的位置进行了标注，并著述成一套8卷本的书——《天文》（又名《石氏星表》《石氏星经》），这套书是目前世界上已知最早的一份古星表。

赤道坐标系是一种天球坐标系。

由于西方世界一直流行“地心说”，认为地球是宇宙的中心，且静止不动，宇宙中别的星体都围绕地球转，因而，“赤道坐标系”在欧洲的广泛使用到16世纪才开始。

环形山是月面上最显著的地貌特征。环形山多以著名科学家的名字命名，为了纪念石申的功绩，国际天文学界把月球背面西北隅，离北极不远，月面坐标为东经105°、北纬76°，面积约为350平方千米的一座环形山，命名为“石申环形山”。

东汉时期南阳人张衡，在数学、天文、地理、绘画和文学等诸多领域，都表现出了非凡的才能和广博的学识。张衡在天文学上取得的成就最为卓越，他认为月球本身并不发光，月光其实是日光的反射，即“月，光生于日之所照，魄生于日之所蔽”。

而对月食，张衡认为是因为地影（暗虚）遮蔽月光而产生的月亮消失现象。

张衡还发明了世界首架观测天体的浑天仪，并通过浑天仪，科学地解释了月光、月食两种月球现象，揭示了地球上四季及昼夜变化的原因。

为了纪念张衡在天文学上的贡献，国际天文学界将月球背面的一座环形山，命名为“张衡环形山”。

南北朝时的数学家祖冲之，博学多才，在音律、机械、文学、天文诸多方面都颇有成就，不仅求出了广为人知的圆周率，还是世界上第一个测量出冬至时刻的人。他制定的《大明历》一年的日子为

365.2428日，与现代测得回归年长度仅差0.0006日。

为纪念祖冲之的功绩，1967年，国际天文学家联合会把月球上的一座环形山命名为“祖冲之环形山”，将“小行星1888号”命名为“祖冲之星”。

跟石申、张衡、祖冲之一样，郭守敬也不能不提。

郭守敬，河北邢台人，是元朝著名的天文学家、数学家、水利专家和仪器制造专家。他曾担任都水监，负责修治元大都至通州的运河。这一时期，他创制和改进了简仪、高表、候极仪、浑天象、仰仪、立运仪、景符、窥几等十多种天文仪器；主持了中国历史上规模最大的一次天文大地测量，在全国各地共设立27个观测站，最北的观测点在西伯利亚，最南的在西沙群岛，有的观测点至今仍有遗迹。

1276年郭守敬修订新历法，经4年时间制定出《授时历》，后通行360多年，是当时世界上最先进的历法。1981年，为纪念郭守敬诞辰750周年，国际天文学家联合会以他的名字为月球上的一座环形山命名。

……

一个个波澜壮阔且熠熠生辉的故事，使中国的智慧犹如钻石宝珠，在严谨的科学年表上尽显璀璨。无论是浪漫的文学，还是抒情的歌曲，都无法纤毫毕现地描述这种壮美。

石申、张衡、祖冲之、郭守敬，我们记住了他们的名字，人类记住了他们的名字。他们在人类航天探索史上，宛如早晨太阳刚冒出的一弯眉红，张扬着蓬勃之势；又如珍珠一般撒在一望无际的历史原野之上，闪亮着历史的年轮，让古代人类空寂的科学发展，不至于看上去那么寒凉。

伟大的他们，用极端艰深的数学公式，计算出了一个民族的纵横捭阖和对天文地理的澎湃激情；他们用华丽庄严的创造，将自己的一生和人类的进步撰写进了多舛动荡的史册。

历史如水东逝，梦想源远流长。

当岁月的车轮进入当代，尤其是进入新中国后，科学家们对月亮的研究与探索的兴趣更加浓厚起来。

中国空间科技事业起步于20世纪50年代，起跑线则是卫星和火箭的研制。

1955年6月，在周恩来的亲切关怀下，44岁的钱学森博士回国。随后，他向国务院递交了为中国火箭导弹技术的发展提供重要实施方案的《关于建立我国国防航空工业的意见书》。这份意见书，实际上也是一份关于我国航天技术的建议书。为了保密，钱学森用“国防航空工业”一词来代替“航天技术”。之后，钱学森受命组建我国第一个火箭、导弹研究机构——国防部第五研究院，并担任首任院长。

钱学森祖籍浙江临安，1911年12月11日生于上海，2009年10月31日卒于北京，汉族，吴越王钱镠第33世孙。

钱学森是世界著名科学家、空气动力学家、中国载人航天奠基人、中国科学院及中国工程院院士、中国“两弹一星”功勋奖章获得者，被誉为“中国航天之父”“中国导弹之父”“中国自动化控制之父”和“火箭之王”。由于钱学森回国效力，中国导弹、原子弹的发射至少提前了20年。

钱学森于1934年毕业于上海交通大学机械工程学院，曾任美国麻省理工学院和加州理工学院教授。自美国回国后，他先后担任中国科学技术大学近代力学系主任、中国科学院力学研究所所长、第七机械工业部副部长、国防科学技术工业委员会（以下简称国防科工委）副主任、中国科技协会名誉主席、中国科学院数理化学部委员、中国宇航学会名誉理事长、中国人民解放军总装备部科技委高级顾问等重要职务。

1957年，“R-7”火箭携带世界第一颗人造卫星在苏联发射成功，标志着人类航天时代的真正到来。

这枚人造卫星成功发射所激起的波澜，也影响到了中国。

1957年10月，中国科学院地球物理研究所地球物理国家委员会，在全国范围内组织科学家对苏联卫星展开观测，并成立了人造卫星光学观测组和射电观测组。这是中国航天事业的起点。这个观测组其实并非中国主动建立的，而是应苏联科学院要求设立的。

之后，分管科技的副总理聂荣臻及时找到中国科学院原党委书记、国务委员张劲夫，要求他密切关注有关情况。

1958年5月17日，在武昌召开的中共八大第二次会议上，毛泽东主席发出了“我们也要搞人造卫星”的号召。

继而，中国科学院在竺可桢、钱学森等人的建议下，开会研究了中国的卫星研制工作，并决定将卫星研制列为1958年的第一项重大任务，为对外保密，代号为“581”任务。1958年7月，中国科学院向聂荣臻汇报，力争苦战3年，将第一颗人造卫星发射上天。

可行性方案上呈之后，中央研究决定，以中国科学院为主研单位研制卫星，并拨款2亿元人民币用于该工程。于是，负责实施该计划的“581组”和3个设计院很快成立，研究所大楼和高空模拟实验基地也相继建成。

然而，随之而来的三年困难时期却将卫星计划推迟了，中国科学院调整“581”任务，决定先从研制探空火箭开始。

1960年3月，代号为“603”的火箭发射基地在安徽与江苏交界的深山中设立。这个地方如今早已杂草丛生，少有人知道。然而当年中国科学院却在这里，连续5年进行了24次高空科学探测试验。成功与失败所致的跌宕起伏的心情，一直伴随着这段处于摸索状态的时光。

1962年，中央成立了卫星专门委员会，周恩来任主任。这个委员会提出要把人造卫星搞成，并能通过卫星播放《东方红》乐曲。3年后的1月，周恩来批示了中国科学院的新方案，“581”更名为“651”，计划在1970年左右发射我国第一颗人造地球卫星。卫星设计院因此成立，负责研制东方红一号。同时，第七机械工业部领过了研制长征一号运载火箭的任务。

1965年，中国科学院开始草拟第一颗卫星研发的初步方案。

1967年1月后，卫星研制科研队伍、实验基地、科研设施等被一起移交给国防部门。1968年，中国空间技术研究院成立，接过了东方红一号的研制任务。

1970年4月24日，长征一号运载火箭首次发射，将中国第一颗人造地球卫星——东方红一号送入预定轨道，太空中传来了来自中国的声音。一波三折，历经10余年风雨的研制和成功发射，真正开启了中国的航天之路。

1971年4月，80多家单位、400多名航天专家齐聚北京，开始了对载人航天可行性报告的深入讨论，最后确定了“714工程”。时任国防部五院院长的钱学森将载人飞船命名为曙光一号，计划在1973年底发射升空。但在那个时势动荡、经济困难的年代，国家已拿不出更多钱来支持和发展航天事业。最终，毛泽东拍板：“载人航天的事暂停一下，先处理地球上的事，地球外的事往后放放。”

载人航天工程研究虽暂时搁浅，但此后数十年里，中国学者对于月球的研究却从未停止。

从1962年起，我国科技工作者一直在对“月球号”“徘徊者号”“勘测者号”“月球轨道”和“阿波罗”等系列月球探测器进行跟踪性与综合性研究……

雄关漫道，纵然荆棘丛生，但既为英雄，何惧路有坎坷？

逐梦九天揽月

也许孟子这句话是对的。

“天将降大任于斯人也，必先苦其心志，劳其筋骨，饿其体肤，空乏其身，行拂乱其所为，所以动心忍性，增益其所不能。”

不经历风雨，怎么见彩虹？

对人如此，对事亦是如此。

那个特殊的时期，从事航天工程研究的科学家相当苦闷。由于研究经费的停拨，他们的日子也过得甚为不易。

在吴伟仁的母亲王大荣给他第一次讲嫦娥奔月神话故事的1958年夏天，美国发射了月球探测器，虽然探测失败，却迈出了人类探索月球的实质性的第一步。

而当吴伟仁在大巴山中四川平昌县得胜公社独柏大队第四生产队当队长的1974年，中国的航天科研却遭遇了两次沉重的打击：7月14日，长征一号火箭在甘肃酒泉卫星发射中心发射风暴一号时失败；11月5日，也是在甘肃酒泉，长征二号发射返回式卫星时又失败。

说到1974年11月5日的这次失败，就不能不提到一个人。

这天，发射中国第一颗返回式遥感卫星的运载火箭矗立在甘肃酒泉茫茫戈壁滩中的发射台上，静待出发号令的到来。

当日13时，一切准备工作就绪，发射即将开始，调度指挥的扬声器里传出铿锵的号令：“一分钟准备！”

号令的发出令人们屏声静气，时间如沙漏，一点点地逝去，离火箭点火的时间越来越近。然而此时，大家却惊异地发现，卫星没有按既定的程序转入内部自供电。

这可不是一个小问题：这个问题的存在意味着运载火箭如果准时发射的话，不能正常供电的卫星即便飞到太空中，也是一坨死铁。

大家面面相觑，不知该如何应对。就在这千钧一发之际，听到一声大喊：“停止发射！”

这个声音是孙家栋发出来的。

孙家栋，辽宁营口人，1929年生，1958年毕业于苏联莫斯科茹科夫斯基空军工程学院，获金质奖章，同年回国。

1967年以前，他先后领导和参加我国第一枚自行设计的液体中近程弹道地地导弹与液体中程弹道地地导弹的研制试验工作。1967年以后，他开始从事人造地球卫星的研制试验工作。在我国第一颗人造地球卫星的研制中，孙家栋作为技术总负责人，主持完成卫星总体和各分系统技术方案的修改工作，为我国东方红一号卫星的成功发射做出了重要贡献。

孙家栋不顾一切地一声令下，发射程序即刻被终止，但他本人却由于高度紧张而一下子昏厥了过去。

卫星发射是国家大事，按照卫星发射的正常程序，如果中途有程序的变更，必须逐级上报，等待指挥员发布“停止发射程序”的命令，并一级级反馈下来，才能执行。按正常情况，“停止发射”的命令绝不该由孙家栋发布。然而，现在这个卫星不能完成自己供电的情况的出现，只有几十秒钟就得发射，哪有请示汇报、得到批准且反馈回来的时间？

所幸，德高望重的孙家栋在卫星“生死攸关”之际不计个人后果的这一声“断喝”，最终成功阻止了一场灾难的发生。

在这紧急关头“越俎代庖”果断处置“国家大事”需要多大的胆

子啊！将要承担多大的风险啊！但以国家为重，孙家栋早已将自己的安危置之度外。

在这之前，孙家栋便有过一次激昂的爱国热情及严谨的科学态度与失去理智的领袖崇拜之间的生死碰撞：

在中国第一颗人造地球卫星研制的过程中，有人血脉偾张地提议在卫星的仪器上镶嵌毛主席像章，以彰显毛泽东思想的光辉。但这从一个航天专家的角度看，却因有违科学规律而十分危险，并直接关系到卫星发射的成败。在那个政治高于一切的时代，是要崇拜还是要成功？航天专家们困扰不已，谁都想陈述事实，但谁又都怕因此而被扣上“帽子”。怎么办？

关键的时候，孙家栋站了出来。他向周恩来总理提出了自己反对这样做的观点：“总理，目前卫星的初样试验已经基本完成，可是正样卫星的许多仪器上都镶嵌有毛主席的金属像章，安装紧凑的卫星仪器可能会由于毛主席像章而导致局部发热，还会涉及质量分配，使卫星运行的姿态受到影响，另外也会增加卫星的整星质量，使火箭的运载余量变小。”

孙家栋的这个提议可是冒天下之大不韪的啊！要知道那时正是政治运动的狂热时期，任何冒犯领袖的言行都不可能有好下场！

令人欣慰的是，周恩来认真地听完孙家栋的汇报后，点了点头说：“搞科学便应当尊重科学，应该从科学的角度出发，把道理给群众讲清楚，就不会有问题。”

周总理的话使孙家栋悬在心头的石头一下子落了地，这也使得东方红一号卫星在1970年4月24日一举发射成功。

也因为这个经历，孙家栋更有了报国不计己难的气魄。

处理完故障后的卫星和火箭又重新进入发射程序，4个小时后的1974年11月5日17时40分，发射再次进行，“各系统转内电”的口令再次发出。随着“点火”口令的下达，火箭在震耳欲聋的呼啸声中离开了发射台……

在吴伟仁的青少年时期，美国和欧洲在探月研究方面，在发生着截然相反的两种变化。

月球是地球的近邻，无边的天赋和温婉的皎白让它在人类心中是那么可爱。然而它的起源一直是人类不断探索的谜题之一，探测月球也有助于找到有关地球生命的线索。

在古代，中国有一个又一个天文学研究成果领先于世界；但在近现代，在与地球最亲近天体的科学探索上，欧洲却一度领先于世界。

1609年，意大利人伽利略与英国人哈略特几乎同时想到，利用荷兰人研制的“可将物体放大的镜片”来观察月球。伽利略自制了望远镜，它能将物体放大30倍。他凭着这个神奇的发明，首次观测到月面上星罗棋布的斑点，如同孔雀尾巴上的眼睛图案。

就此，他绘制了第一幅月面特征图。这张图虽然粗糙，却霎时惊呆了跟他一样喜欢天文观察的伙伴。

当然，由于时隔久远，一时无法求证，也有业内人士认为，地球上第一位观测到月球的“专家”并非伽利略，而是哈略特。

先河既开，利用望远镜观察月球便成了潮流。

1647年，德国人海威留斯出版了首部有关月球题材的科学专著《月图》。这些月图，来自他经年累月的观察：在每一个晴朗月夜，海威留斯都坚持利用自制望远镜观察月球，并将所观察到的月球图像进行记录。为了使这本科学专著更引人注目，他还特地为专著配上铜版月面插图，并运用地球的地理名词为月面特征命名。于是，月球上也就有了“亚平宁山脉”和“高加索山脉”，这些来源于地球的名字由于熟悉好记，被沿用至今。

人类对月球的科学探测和研究始于20世纪50年代。自1957年苏联发射第一颗人造卫星，并于1961年把加加林送上近地轨道之后，人类便开始闯入太空并着手探测月球。

从此，美国和苏联展开了那场轰轰烈烈的、以月球探测为中心的空间科学技术竞赛。

苏联航天员进入太空，美国航天员登上月球，这股科技界的明争暗斗，使欧洲人迫切感受到他们不能再这样停滞不前了。

太空探索，既是新奇科技，又是烧钱科技。在一些国家各自财力不济，无法独立进行太空探索时，抱团出击不失为最佳之选。尤其是第二次世界大战后各国正百废待兴之时，更是如此。于是1964年，欧洲七国成立了欧洲太空火箭开发组织和欧洲太空研究组织，在英国的倡议和促成下，开始合力开发火箭发射系统，科学家们融合英国的“蓝光”洲际弹道导弹、法德的运载火箭、意大利的卫星测试装置、比利时的地面发射站，以及荷兰的光纤传输系统等技术或设备，进行了一系列的火箭试射。

虽然这两个组织取得了一定的成绩，但是因受战后财力的限制，与美、苏相比，欧洲在月球探索领域落后了一大截。

所谓知耻后勇，且须快马加鞭。1974年，总部位于巴黎的欧洲航天局成立，成员国由之前的7个国家变成了17个国家，包括奥地利、比利时、丹麦、芬兰、法国、德国、希腊、爱尔兰、意大利、卢森堡、荷兰、挪威、葡萄牙、西班牙、瑞典、瑞士、英国。它是欧洲国家政府间的空间探测和开发组织。欧洲航天局的官方宣言声称，希望“集17国的人力、物力、财力，完成单个国家不可能完成的任务”。

……

“此时相望不相闻，愿逐月华流照君。”

而这段时间，中国还没有探月工程。

不管你是否愿意，时间总在嘀嗒着向前。世界科技的发展，像攀登高山，或快或慢的脚步，从未停歇。

中国，何时可上九天揽月？

尘寰静寂，却有暗香萌动……

第二章 梦想的高度

月球探测实际上是科技强国之间的“亮肌肉，秀身材”。

月球上丰富的矿产、能源和特殊环境，是未来人类能够利用的重要资源，假如中国漠不关心、从不问津的话，也将有失大国风范。

校园里的玉兰花华贵地开了，大朵大朵绽放着纯洁与芬芳，展示着时间和挚诚的感动与美丽。

这种大气的花儿，在霜雪寒冬里，顽强地坚守着自己的信念，矢志不渝，且总是走在春天的前面。

钉子精神

一般人往往在闲暇的时候，才会产生种种想法，但有理想的人却从不会停止思考。即使是当农民，天天披星戴月，背太阳过山，累得精疲力竭，可一旦坐下来，抽一袋叶子烟，躺在虫子鸣叫的大地上，看到繁星满天或月辉清亮，吴伟仁脑海中便会再现童年时妈妈和爸爸讲给自己听的关于月亮的神话，也因此浮想联翩。

他没有将被梦想充盈的童年扔在人生的半路上，时日风脆，夜色苍老，茅蜩嘶鸣中，不变的一直是那春天般煦暖的想象。

当然，神话只能愉悦自己青灯独照的夜晚，打发枯燥的农耕生活之余的闲暇和无聊，并不能填饱饥肠辘辘的肚子。何况，虽然留在心底的嫦娥奔月之类神话故事的记忆仍然鲜活着，但童年的人和事早已四散开去。当第二天晨光尚熹微之时，吴伟仁又得将那些美好的、奇幻的神话抛在脑后，抛在锄禾日当午的滴滴汗水之外，而投入面朝黄土背朝天、虔诚专注的重体力劳动之中。

这并不是有意要将美好的、奇幻的神话抛于脑后。在汗如雨下的劳动中，在机械式的原始且重复的动作里，那种让肉体和灵魂抽风的劳累，已让他无暇顾及那些神话不神话的东西。虽然偶尔，他也会感叹，自己这样日复一日地“修理”地球，何时是尽头啊？但人，只有先活着，才有希望。何况自己是生产队长，还得带领队员们好好干。

事实上，吴伟仁不是一个好高骛远的人，他从小就明白一个道理，要想自己生活得好，就得脚踏实地，干一行就该爱一行：自己是学生，便要搞好学习成绩，不蹉跎大好的学习时光；自己是农民，则要搞好农业生产，成为一个称职的、好的农民，不辜负春种秋收的土地；当生产队长，则不仅要当好一个农民，更要带好队，将自己所学的知识用到农业生产中去，凝聚团队的力量搞好生产，帮助大家解决温饱问题。

甚至，那时，他的人生奋斗目标朴实得成了时下那句被篡改了的流行的广告词："农妇，山泉，有点田"。有一个老婆，有饮用水，有一点田，老婆孩子热炕头，没比这更幸福的了。

吴伟仁知道人生不能相信定数，奋斗才是最佳的命运走向。可是贫瘠的环境，精疲力竭的劳作，以及凭己之力无法改变的囿于一处的社会大环境，也使他觉得，当一个出色的农民也挺好。因为这世间最珍贵的不是"得不到"和"已失去"，而是眼前能够把握的幸福。

晨雾氤氲，包围着群山。这是1974年冬的一天，吴伟仁起了个大早，穿行在萧瑟的风景里，朝县城走去。像钉子一样执着地钻研贫穷的家乡生产队脱贫问题的他，前往县城去解决"钉子问题"。

得胜区独柏大队第四生产队山多地少，怪石嶙峋，在平昌县是出了名的穷生产队。

与大山对望，贫穷地面对着同样贫穷的山谷，这肯定不是办法。穷则思变，才是解决温饱问题的最佳法则。

吴伟仁当队长后，实行科学耕种，首先将土地进行肥沃和贫瘠分类：肥沃的土地春种玉米秋种小麦，贫瘠的土地则种洋芋或者黄豆等自身具有固氮作用的粮食作物；肥水田直接插秧种水稻，瘠薄的田则撒上他带领群众用杂草烧成的灰烬与农家牲畜粪便混合而成的自制土肥料后，再插上水稻秧苗……

而且田地都进行复合种养：在种玉米的同时，还在其中插种红苕；肥沃的水田在栽上水稻秧苗后，又在其间放养鱼苗，还在田埂上种丝瓜、黄瓜和四季豆，或者种上黄豆、绿豆……

由于农作物会有病虫害，他又利用所学知识，发动群众上山采草药制作土农药灭菌、杀虫。

田里杂草起坨坨，脱了花鞋挽裤脚；
白嫩四肢水里忙，婆娘干起薅秧活；
过路汉子你莫笑，丈夫无能莫奈何。
大田薅秧行对行，薅些鲤鱼装进篮；
小的拿来过端阳，大的拿去送亲娘；
哪个汉子帮一把，做条鲤鱼让你尝……

春风如绸缎般在大地荡漾，阳光似霓霞般在风中绚烂。

贫瘠的田里响起了瘦削的人们欢快的薅秧歌声，心里丰收的希望随着古老的歌声悠扬地回荡在群山之间。

还有蜻蜓亮翅，驮着斑斓的梦，婉转地飞来飞去；春燕呢喃，整齐的燕尾，剪来片片阳光，剪开朵朵心花。

这幅由自己参与的山村稼穑图，让吴伟仁和父老乡亲们脸上绽放了原始而质朴的笑。

渐渐的，群众的口粮问题解决了，生产积极性也调动了起来。这时，为了让群众能够吃上肉，他又带领大家修猪圈养猪，“自给自足”。

经过全体社员的一阵忙活之后，砖石、木料都准备好了，独缺钉子。当时钉子属特供商品，镇上没有钉子卖，怎么办呢？吴伟仁明白苦叹哀怨不是办法。思来想去后，他决定到40千米外的平昌县城去想办法买钉子。

那天下着小雨，路很滑，吴伟仁穿着一双解放牌胶鞋一早就出了门，经过几个小时的跋涉到达县城后，挨家挨户地问店铺，都没买到钉子，就算有钉子，也得凭票供应。怎么办？这么远跑来，总不能无功而返吧？

淅沥的小雨，飕飕的寒风，吴伟仁在人来人往的县城街道上感到孤独无助，十分茫然。

失败对失败者来说往往锋利如刀，意志从此被拦腰斩断；而成功者的成功则是莫大的鼓励，自此志得意满。吴伟仁当然在乎自己进城后能否搞到钉子，但他更在乎自己去不去想办法搞到钉子这个过程。不努力试过，怎么知道能不能搞到钉子？

是的，得想想办法！

他想来想去，突然想到了“老领导”冯大湘，兴许找冯大湘老师能“开后门”。

吴伟仁读高中时，曾经是冯大湘的“副手”——冯大湘是校团委书记，他是校团委副书记兼学生会主席。就在吴伟仁高中毕业回乡当上生产队长后，冯大湘也由校团委书记升为平昌中学校长。虽然吴伟仁也知道，冯大湘不过就是一个老师，根本没有批售钉子的特权，但他想冯大湘怎么也比自己认识的人多吧？

吴伟仁这个思路是对的——他找到冯大湘说明情况后，果然有了希望。

“这事我也说不好能不能帮得上你，我试试吧，但不敢打包票！”

冯大湘沉思片刻后说：“县委书记潘志久的儿子是我班上的学生，不知道我这个班主任贸然去找他父亲妥不妥？”

不管妥不妥，冯大湘还是去找了潘志久。

潘志久了解到情况后，被吴伟仁的奋进精神所感动，破例给他特批了十斤钉子。不仅如此，潘志久还对吴伟仁说，他听说过吴伟仁的名字，正准备啥时候去得胜区得胜公社独柏村第四生产队现场看看。

潘志久知道吴伟仁名字的原因，是因为吴伟仁的实干。吴伟仁虽当生产队长时间不长，却把生产队的生产管理得有声有色，不仅把农业知识学以致用，还很会用人，调动起了每个社员的积极性。

而且，他是全县生产队长中唯一一个回村的高中生——当时高中生很好找工作，像供销社、运输社、铁器社、木器社等单位都非常需要有文化的人。这个年轻人当生产队长后，不怕苦不怕累，把生产搞得远近闻名，很受区委书记、区长的喜欢，区委书记、区长多次把他评为先进予以嘉奖，也经常把他的情况反馈到县里。

买到钉子后，眼见天色向晚，冯大湘知道吴伟仁回家的路又险又滑，担心他出意外，便留吴伟仁在他家住一晚，第二天再回去。但吴伟仁为了赶上第二天猪圈修建的正常施工，坚决要回生产队，背着钉子就往家赶。

由于下着雨，天又黑得伸手不见五指，陡峭的山路极难行走。夜风呼啸，从身边吹过，其声犀利，令人寒栗。

漆黑的乡间山重水复，幽径难觅，明月青松也都不知道藏匿到何处去了，小雨淅沥，一路上清冷欲绝。

吴伟仁一路摸索着往家赶。一想到生产队的猪圈在有了钉子后，便能很快完工，产出效益，他心中却又好似有一盏明灯，亮堂堂的。

吴伟仁走后，冯大湘心里一直放心不下他，“这么好的学生，万一在回家的路上跌下山崖怎么办？”越想心里越不踏实的冯大湘便给得胜区办公室打电话，问“到县城买钉子的那个高中毕业的年轻的生产队长，回去了没有？”

得胜区委一位副书记接到电话后，马上派人到独柏村里去问，得知吴伟仁已平安回家，冯大湘心里悬着的一块石头才落了地。

就这样，得胜区得胜公社独柏大队第四生产队，这个因穷且治安最乱而出名的生产队，在吴伟仁队长的带领下，很快便改变了面貌，从平昌县最穷的生产队，一跃成为全县有名的富生产队，平昌县和达县专区还经常组织农村基层干部前去参观学习，召开生产现场观摩会，并打出“远学大寨，近学独柏”的标语。

吴伟仁这种吃苦和拼搏的精神，不仅感动了冯大湘，也感动了时任平昌县委书记潘志久。因而在1975年县里有几个推荐读大学的名额时，潘志久便和冯大湘力荐吴伟仁上大学。

最终，相关部门在对吴伟仁进行综合考察和层层审核后，吴伟仁幸运地成了中国科技大学无线电专业的一名学生。

一个纯粹的农民，一下子便成了中国顶尖高校的学子，这个新闻在封闭、落后的独柏大队炸开了锅。

“真是鸡窝里飞出了金凤凰啊！”社员们纷纷感叹。

但是这个喜讯却让吴伟仁既开心，又忧虑。

开心的是，自己从小的愿望就是能够进入大学学习，现在终于如愿了，终于有机会脱掉草鞋穿上胶鞋了。

忧虑的是，自己突然从大山沟里走进城里，却连一件像样的衣服也没有，连像样的鞋也没有，如何是好啊？

在大巴山，至今还有不少农民一天只吃两顿饭，煮饭的方式也是比较古老的，就是在堂屋的中间弄一个火堂，在火堂上架上一只如同鼎一样的锅来烧饭。

因为贫穷，有不少家庭只有一条比较好的裤子，每当家里有人赶集时，才穿这条裤子，如果不逢集，家里无人赶集，这条裤子便放着不穿，而穿着补丁重补丁的裤子。

因为贫穷，山里的小伙子打光棍的不少，原因是山高沟夹，少田少土，不好找对象：山外的姑娘会嫌山里贫穷而不肯轻易嫁到山里来；山里的姑娘又会嫌自己的家乡穷，而想尽办法嫁到山外去。尤其是在那个既不允许农民外出打工挣钱，也不允许农民搞副业的时代，大巴山里贫穷的农民便很难改变其贫困面貌。

虽然吴伟仁只当了一年多的生产队长，但由于他科学的种植方法，一定程度地改变了乡亲们的生活质量。当得知他被推荐去中国科技大学读书时，社员们都舍不得他走。

要追逐梦想，必然会留下一段离别的伤情。

或许，社员们也知道这个年轻人虽生于斯长于斯，与大家同吃同住同劳动，但他心中却有一腔鸿鹄之志，他的未来不属于这个村子，因而又不敢耽误他的前程，都依依不舍地全力支持他去读大学。

在别无选择的情况下，乡亲们用自己的方式表达了对吴伟仁的感谢和关心——大家都穷，但却张三家两毛钱，李四家三毛钱，王五家五毛钱地一家出一点钱，凑钱给他买了一双解放鞋，买了一身新衣服。

更有一位大哥索性将自己身上的毛衣脱下来给了吴伟仁："你去大城市读书，没件像样的衣服会被人耻笑的，拿去穿吧。"

要知道，当时农村穿毛衣者少之又少，因为毛衣属于高档消费品。这件毛衣虽然有人穿过，但在吴伟仁心中却十分珍贵，何况这还是这位大哥为了娶老婆而掏出全部家底置办的。

1975年8月下旬，离乡的头一天晚上，吴伟仁几乎一夜没睡。天快亮的时候，他实在忍不住了，便点亮煤油灯，在日记本上写起来，写内心对乡村生活的留恋和对大学生活的向往，写着写着，泪水便情不自禁地落了下来，将刚写的墨迹也弄花了。他不知道自己是什么时候写完的，但他心中的那种难以割舍的留恋以及对未来生活难以抑制的向往悲喜交织的复杂情愫，却一直清醒地留在他脑海中。

天天生活在故乡，只知道故乡的苦，一旦某天离开故乡，眼中却都盈满了不舍的泪。

清晨，轻风拂面，吴伟仁怀揣着对故乡的不舍、对前途的期盼，三步一回头地在乡亲们的送别中，离开了生他养他的独柏大队第四生产队，离开了平昌县得胜公社。

曾经的时光，在一滴滴依依的泪中，掉进了心里。腐木含彩，枯木藏烟，这一刻，他相信自己未来感情的一角，会一直僻居在这大巴山的风景之中，犹如一丛芭茅，无论月缺月圆，无论花开花落，都始终翠绿、葳蕤。

站在晨曦中，他感受到了空气里那份净洁和清新，但却有一种花季渐落的感伤，有如一种果实在渐渐结蒂之时的惆怅。

车开了，汽车轮胎碾起一路尘烟，碾起了吴伟仁心中的阵阵不舍，他从车里探出头来，看着那熟悉的乡村风景、那亲切的父老乡亲、那茅屋柴门，在车后迅速退去，越变越小，越变越远，直到消失，他的视线再一次模糊。

宁静的清晨没有雾霾和阴云，但刚刚离开就开始的思念却雾霭沉沉。

有的情感，你即便没有刻意保留，但它却永远停留在你的心间，根深蒂固。

感恩之心不死，遗忘便会很遥远，往事也总是近在咫尺。

自然而然便植根心底的乡情，镌刻进了吴伟仁的灵魂。此后，他觉得自己的心变成了一片树林，每有山野之风吹拂，便会翻动起无法抑制的对乡亲乡情思念的心事，连连意韵，久久难以平复。

时间给人的记忆，说到底是情感的记忆。之后的岁月，吴伟仁的人生一路攀高，但他的内心却从来没有远离过故乡。

离开平昌，离开四川，一路向东。

第一次坐火车，在如同闷罐的火车中，忐忑前行，经重庆，过湖北、江西，两天两夜后，终于到达了位于安徽省合肥市的中国科技大学校园。

天啊，原来大学这么大啊，这是平昌中学的多少倍啊？真是天外有天，校外有校。

通过了解，吴伟仁得知了中国科技大学“显赫”的“身世”。

这所大学于1958年成立，华罗庚、钱学森、马大猷、贝时璋、严济慈、吴有训、柳大纲、赵九章、赵忠尧等一批国内最有声望的科学家兼任校、系领导并亲自授课。

虽然成了中国科技大学校园内的一名学子，但进校以后，没高兴几天，吴伟仁便愁上了：他的其他课程都还好，能听懂，可英语课却让他听得如坐飞机——晕，因为他在高中时学的是俄语，英语碰都未碰过。

内心颇为自卑，也颇为着急的吴伟仁没有退缩，他坚信只要努力，一定能够将英语成绩补上去。于是他便从A、B、C开始学习，将英语单词写在一张又一张小纸条上，课余看，走路看，上厕所看，吃饭看……一有时间就拿出来看，拿出来背。

尽管用功如此，第一学期英语考试时，他的成绩依然是全班倒数第一。

这个丢人现眼的英语成绩，对吴伟仁来说是一个很大的打击。他最担心的是，如果英语成绩太差而拖垮总成绩的话，他很有可能会被遣返回大巴山重新当农民。

吴伟仁不怕当农民，他是怕丢不起这人！何况自从跨进中国科技大学校门后，他的人生理想便十分明朗——他不再想当农民，而想当一名工程师，或者科学家。因而面对糟糕的英语成绩，他没有放弃，没有服输。

当他大学校园生活中第一个春天到来的时候，他赶走了心中的自卑。

梦想的高度

春天袅袅婷婷地走来，就如一位纤纤细步的美女，盈盈过处，能闻见蓬勃清淡的体香。春天是属于每个人的，无论你贫穷或者富贵，也无论你成绩优异与否，她都准时出现在你的面前，暖暖地簇拥着你。

那天，徜徉在大学校园的林荫小道上，吴伟仁身边是高雅的“玉树”——在不知不觉中到来的春风的吹拂下，校园里的玉兰花华贵地开了，大朵大朵绽放着纯洁与芬芳，展示着时间和挚诚的感动与美丽。吴伟仁爱这种大气的花儿，尽管生活对这种花儿来说同样是那么不顺，同样风刀霜剑，但它却在隐忍与磨难中坚守着自己的信念，向着春天的方向行进，要开就脱俗地开，不管不顾，豪放大气，风姿绰约。

善待春天，就是善待自己。又或者，哪种鲜艳和美好的绽放未曾迎霜傲雪？

春天到来之时，那些冬天里的寒冷、颓败和萧瑟在万物复苏的同时开始隐退，吴伟仁觉得，自己不应该辜负了春风之暖，应该以一颗春天之心迎接新气象的到来。

虽然在读高中时没有英语底子，但如果花上比别的同学多10倍的时间来恶补英语，是一定能够赶上别的同学的。吴伟仁认定自己的“小纸条”学习法是正确的，因而一如既往地将生疏的和刚学到的英语单词、语法写在一张张小卡片上；也一如既往地利用一切时间背这些单词和语法。

激情与浪漫全都蛰伏于琳琅满目的图书之中，吴伟仁如在明媚阳光下正日复一日长大的树，贪婪地吸食着知识的营养。天空那片银亮皎洁的月，一直被吴伟仁虔诚的理想张望，如许的思乡孤独，渐渐在执着的追求中消弭。

图书馆的书林，成为吴伟仁疏离理想之外杂念的屏障。一个伟大而又壮志满怀的天才，痴恋于知识的迷宫中，装扮着校园的风景。一个面黄肌瘦追求拙朴的农民渐渐似是而非，一个内心坚毅充满睿智的天才的面貌渐渐绽放。

一分努力一分收获，老师和同学们眼中，出现了一个求知狂人，更看到了他的成绩如芝麻开花一般节节攀升。

就在第二学期期末考试，吴伟仁的英语成绩已经处于班上的中等了；而当他毕业时，他的英语成绩则成了全班第一名。

看到吴伟仁的英语成绩进步这么大，他的英语老师非常吃惊，夸他“简直是英语天才!”

1978年11月，吴伟仁从中国科技大学无线电系本科毕业，因成绩十分优异，被分到当时顶尖的科研机构——航天工业部第一研究院北京遥测技术研究所当技术员。

这一年3月，全国科学大会召开，科学的春天到来了。虽然那立在枝头上的嫩，还有丝丝孱弱丝丝羞怯，但能赶上这么个好时候，也算是“春风得意马蹄急，一日看尽长安花”了。吴伟仁真高兴，也觉得自己真幸运!

吴伟仁高兴的原因不仅仅是自己终于毕业了，取得了大学文凭，成了端铁饭碗吃供应粮的城里人，不再是面朝黄土背朝天的“泥腿子”；而且赶上了科学的春天这么个好时候，可以一展才华，一施抱负；更因为他成了航天科技队伍中的一员，这离自己从小便对月球充满好奇，希望有朝一日亲睹月球上到底有没有嫦娥和玉兔，如果没有嫦娥和玉兔，又到底有些什么的愿望，更近了一步。

从这一天起，吴伟仁便下定决心，要凭自己的努力钻研航天科技，揭开沉睡在月亮里、沉睡在太空里的秘密。

更让吴伟仁自豪的是，航天工业部第一研究院的第一任院长，是大科学家钱学森！

他要向这位“耐得住寂寞，也挡得住诱惑”，一门心思扑在祖国卫星和导弹科学研究上的伟大的科学家学习。

对一个科技工作者来说，他的追求便注定了他的孤寂与热爱将如影随形。

热爱无需雕琢装饰，而且雕琢装饰也没用。纵然自己身边到处都是华丽如虹的泡影，到处都是迷幻动人的温柔陷阱，你也得稳如泰山，漫随天外云卷云舒，细心地、专注地做自己的事。

说得直白且诙谐一点便是，你不能见着谁比你混得好你就急，也不能见谁比你混得差，你就瞧不起。

也就在这一年，中国发生了一件很重要的事：那便是《中美建交公报》发布。

这既是人意，又是天意。

高不可攀的蟾宫，正从远古走来，一米一米地降低它与中国的高度。

所有拉近距离的手，都在渐行渐近的中华民族与月亮的情谊中忙碌。

1978年12月16日，《中美建交公报》开启了中美历史崭新的一页，时任美国总统吉米·卡特因为见证了这段历史，而被永久载入中美关系的史册。

而在此之前，不得不说尼克松访华。

20世纪60年代末，美国总统尼克松入主白宫后，想通过改善中美关系，增强美国对付苏联的力量，并调整其亚洲政策，因而多次表现出友好姿态，包括建立了通过巴基斯坦和罗马尼亚与中国互传口信的渠道。

中国政府从调整中、美、苏大三角关系的外交战略需要出发，通过请美国作家斯诺传话、邀请美国乒乓球队访华等方式，表达了愿与美方接触、争取打开中美关系僵持局面的信息。

1971年4月21日，中国政府就美方提出双方举行高层对话的建议，给美国政府一个答复："要从根本上恢复中美关系，必须从中国的台湾和台湾海峡地区撤走美国一切武装力量。而解决这一关键问题，只有通过两国高级负责人直接商谈才能找到办法。因此，中国政府重申，愿意公开接待美国特使如基辛格博士，或美国国务卿甚至美国总统本人来北京直接交谈。"

尼克松总统随后答复说，为解决两国之间的分歧问题，并由于对两国关系的重视，他准备在北京同中国诸位领导人进行直接交谈，并建议由基辛格赴华与中国高级官员举行一次秘密的预备会议。

中国同意这一建议。

于是，1971年7月9日—11日，基辛格秘密访华，中美双方讨论了国际形势及中美关系问题，并就尼克松访华一事达成协议。《人民日报》1971年7月16日又发表公告，称："获悉，尼克松总统曾表示希望访问中华人民共和国，周恩来总理代表中华人民共和国政府邀请尼克松总统于1972年5月以前的适当时间访问中国。尼克松总统愉快地接受了这一邀请。"

1972年2月21日上午11点30分，美国总统尼克松及夫人乘坐的"空军一号"飞机降落在北京机场，自此，已隔绝20多年的中美关系开始了一个新时代。

尼克松一行对中国进行的为期7天的访问，后来被称为"改变世界的一周"。因为1972年2月28日，中美双方经过反复磋商，在上海发表了《中华人民共和国和美利坚合众国联合公报》(简称《中美联合公报》，又称《上海公报》)，此后中美逐渐打破坚冰。

尼克松跨越历史与中国领导人的握手，让时任美国佐治亚州州长吉米·卡特很兴奋。然而，尚未来得及实现中美关系正常化，尼克松就因“水门事件”提前下台，继任总统福特由于各种原因也未能实现中美关系的突破。

1977年1月20日，卡特入主白宫，宣誓就任美国第39任总统。他对中美两国关系的停滞状况颇感失望，决心在任内彻底改变彼此之间的隔阂面貌。

卡特在1977年7月7日的日记里，记录了自己希望中美建交，且建交前自己所承受的巨大压力：“伍德科克（后出任美国首任驻华大使）和国务卿万斯来到白宫，我告诉他们要与中国正式建交的决定。伍德科克一周以后就要去北京，我对他说，与中国建交是可行的，我要向所有美国人民说明这一点，并愿为这一决定承担所有政治责任。”

经过艰难的努力，中国和美国终于在1978年敲定了建交公报的所有细节，并于1978年12月16日，双方同时发表了《中华人民共和国和美利坚合众国关于建立外交关系的联合公报》，即《中美建交公报》。

《中美建交公报》的发表，是中美两国关系中具有历史意义的重大转折，中美关系从此进入了一个新阶段。

在《中美建交公报》诞生之前，卡特总统曾派美国国家安全事务顾问布热津斯基访问中国，布热津斯基向当时的中国国家领导人赠送了一件特殊礼品：一块略大于黄豆的月球岩石样品。样品放在一个类似于凸透镜的密封的有机玻璃盒内，看着有小指尖大，但其实质量只有1克。

国家领导人将这块穿越古今的神秘石头样品，转交给科研部门要求研究。由于当时全国搞天体岩石的研究人员很少，有关部门便找到了远在贵阳的欧阳自远。

生于1935年10月的欧阳自远，是我国著名天体化学与地球化学家。

从孩提时代开始，欧阳自远便对璀璨的星空有着浓厚兴趣，中学时，还参加了天文小组。虽然在报考大学时，他响应国家号召，报考了当时国家最需要的地质学专业，但对航天的痴迷并没有就此消退。

1956年7月，欧阳自远从北京地质学院毕业后，震撼于苏联发射第一颗人造地球卫星，且受到美苏两国探测月球的启示，本来从事地质工作的他，便将研究视角从大地转向了太空。

1960年，一颗陨石坠落在中苏边境，让欧阳自远成了中国最早研究陨石的人。

1976年3月，吉林出现罕见的陨石雨现象，有关部门在当地搜集到了一百多块陨石，于是由欧阳自远带队，对这些陨石进行了系统性的研究，并取得了一系列具有国际水准的研究成果。

很久以后，欧阳自远才发现，在欧美，很多探测月球、火星的首席科学家，竟然都是地球科学研究者。

美国赠送给中国的这块来自月球的样品，被安全地送到贵阳后，欧阳自远小心地将之一分为二。一块用于做研究，另一块保存了起来。然后请来全国近百名相关专家，对之进行包括矿物成分、结构构造、化学成分、微量元素、物理性质、产出环境等方面的研究，并发表了几十篇相关论文。

美国人赠送月岩样品给中国，可谓意味深长，这既有架设友谊的桥梁的意思，也是在探测中国的科技能力和研究水平。

人生不能永当看客，自己的历史得自己好好书写。

如果不奋斗，那么生命将会平淡无奇，也索然无趣。

人弱被人欺，马弱被人骑。穷在闹市无人问，富在深山有远亲。

人如此，国如此，探月科技孰不若此？

月亮的阴晴圆缺枯荣着岁月。

时间的波光里，人类的一次次努力也是一次次帅气的成长，稳健的脚步如史籍般厚重，如阳光般真实。

到航天工业部第一研究院北京遥测技术研究所工作后，吴伟仁继续坚持学习英语，风吹雨打没有击退他那颗矢志不渝的进取之心，稍纵即逝的闲暇时光全都被孜孜不倦的苦读占据。进院不久，他便在航天工业部第一研究院所组织的英语大赛中获了第一名。这可不是一件容易的事啊，因为第一研究院参加此次英语比赛者，有20000多人。

自此，英语成绩优异的吴伟仁一下子在航天一院有了名气。不仅如此，还因为英语成绩好而遇到了他的美好姻缘。

一个名叫丛秀荣的漂亮女孩英语也很棒，他们两人经常在一起切磋全英文的航天科技期刊，并日久生情，最后共结连理。吴伟仁没想到，丛秀荣还是航天工业部第一研究院副院长丛学成的千金。

吴伟仁与丛秀荣，这对才华横溢的学人夫妻，举案齐眉地将青春与幸福锁定在对航天、对月球、对神秘深空的探测事业上，并肩向航天科学的高峰前进。自此，他们相濡以沫，共同进步。

从1978年11月到1997年8月，吴伟仁在航天工业部北京遥测技术研究所历任技术员、工程师、工程组长、高级工程师、研究室副主任、总体室主任和研究所副所长、研究员等；1997年8月到1998年7月，又担任北京建华仪器厂厂长，研究员。

1998年8月，吴伟仁调往当时的国防科工委科技司工作，并先后任副司长、司长，研究员，博士生导师，国家科技规划论证专家组副组长、国防科技中长期规划论证办公室主任。

20世纪80年代中期，我国研制成功首套数字化遥测系统，实现航天遥测由P频段向S频段、由模拟遥测向数字遥测的技术跨越。1991年，该系统获国家科技进步奖三等奖，吴伟仁排名第一。20世纪80年代末，吴伟仁设计实现以灵活性为核心的开放式体系结构，突破负荷平衡优化等关键技术，研制成功首套计算机遥测系统，达到同期国际先进水平。1995年，该系统获国家科技进步奖一等奖。吴伟仁论证提出航天器在远距离飞行过程中实时变换遥测状态的测量方法，所研制的相关应用系统，荣获国家科技进步奖特等奖……

吴伟仁所研究的系统或方法成功应用于多种航天型号的仪器或工程，一定程度上推动了我国遥测理论与技术的跨越式发展。

从1993年起，吴伟仁先后任中国科学院研究生院、北京理工大学、华中科技大学、北京航空航天大学等多所高校兼职教授、博士生导师；

任中国宇航学会深空探测技术专业委员会主任委员、深空探测器着陆返回控制国防重点学科实验室学术委员会主任委员、空间智能控制国防科技重点实验室学术委员会副主任委员；任《中国科学：信息科学》编委,《深空探测学报》主编；获国家科技进步奖特等奖2项，一、二、三等奖各1项，省部级一等奖3项；发表论文60余篇，出版著作10余部；培养博士研究生10余名。

就在吴伟仁从生产队长成长为科技人才，特别是大学毕业成为航天人后，取得一个又一个科技成果的那段时间，我国的空间研究技术也在递进式地发展。

1978年，中国科学界迎来煦暖的春天。

1983年3月23日，时任美国总统里根宣布了举世震惊的《战略防御倡议计划》，即“星球大战”计划。该计划明确要发展监视/捕获/跟踪及拦截评估技术、定向能武器技术、动能武器技术、系统分析及作战管理技术、抗毁致毁及其关键技术，要建立4段3层防御战略拦截体系。4个拦截段是按照洲际弹道导弹的4个飞行阶段划定的，即助推段、助推后段、中段和末段。前两段被划定为第一层，后两段分别为第二层和第三层，总拦截成功率计划达到99％。

“星球大战”计划的另一目的是将苏联拖入更高层次的军备竞赛之中，最终将其拖垮。因为经过多年的冷战和美苏大规模的军备竞赛，苏联的经济结构已严重失衡。

在这一轮太空竞赛中，也不只美国与苏联在打擂台，其他国家也纷纷参与了进来：法国提出了“技术欧洲”计划；日本提出要研制“希望号”航天飞机；欧洲开始“哥伦布”空间站研制，甚至巴西、韩国、印度、南斯拉夫，也都制定了航天技术发展计划……

面对喧嚣的太空竞赛，有一个国家似乎无动于衷，只愿意做一个旁观者。这个国家便是中国。

是这样吗？

当然不是。

也探琼楼玉宇

春寒料峭，华夏大地早有蓓蕾暗萌。

1986年3月，四位著名的老科学家——“中国光学之父”“两弹一星”元勋王大珩，“中国核武器之父”“中国原子弹之父”“两弹一星”元勋王淦昌，中国自动化学科创建人之一、“两弹一星”元勋杨嘉墀，中国卫星测量技术奠基人之一、“两弹一星”功勋奖章获得者陈芳允，联合提出《关于跟踪研究外国战略性高技术发展的建议》。邓小平在这份建议书上作了批示：“此事宜速作决断，不可拖延。”

中央很快便组织200多位专家论证此事。之后，选取了生物技术、航天技术、信息技术、先进防御计划、自动化技术、能源技术、新材料技术七大领域的15个主题项目，作为我国今后发展战略性高技术的重点。

这就是著名的“863计划”。

1986年10月，中央在批准“863计划”时，决定拨出专款100亿元，而其中的40亿元，被用于航天领域的项目。

由于航天技术是“863计划”的第二个高技术领域，因此“863-2”被冠在其研究子课题编号之前。航天专家在论证该领域的研究目标时，认为我国已具备返回式卫星、气象卫星、资源卫星、通信卫星等应用卫星的研制和发射能力，但在载人航天方面仍是空白。

尽管如此，一个严峻的问题仍然困扰着国家领导人：作为一个发展中国家，中国要不要搞航天？如何起步？

面对这一问题，当时的航天部组织了载人航天可靠性论证。由于载人航天投入大，风险高，直接经济效益不明显，参加论证的专家们也存在较大分歧。

百家争鸣中，这场争论又持续了5年。

那段时间，中国航天业响应“军转民、军民结合”的号召，以“找米下锅”的方式来度过艰难岁月。自此，中国宣布进入国际发射市场，1986—1997年先后进行了24次国际商业发射服务，将美、法等国的27颗卫星送入太空。

之后，为了迎接1997年香港回归，有人提出利用运载火箭往月球上发射一个象征中国的铁质标志，永远“烙”在月球上，以扬国威、鼓志气。

这完全是从政治角度考虑的“奔月”，除了一种虚荣以外，基本上没什么科学价值，而且还费钱。

虚荣是一种扭曲的自尊，一种绚丽的幻象。生活在这个世界上，我们需要的不是哗众取宠，不是孔雀开屏式的浮躁功利，而是实在的、硬朗的生命本真。

科研也是如此。所以当报告打到中央后，被中央领导否决了。

1991年春节前夕，原航空航天部向邓小平送呈了《关于开展载人航天飞船工程研制的请示》的报告，报告强调：“上不上载人航天，是政治决策，不是纯科学问题，不是科技工作者能定的。”

邓小平很重视，并与其他中央领导开始讨论这个问题。

1991年6月，以时任中国航天领域首席科学家屠善澄为首席专家的专家委员会向中央专委作了第一次汇报：中国是一个大国，备受世界瞩目的载人航天技术不能不搞。

时任“863计划”航天领域首席科学家闵桂荣院士提出建议——中国也要搞月球卫星。

1992年8月1日，中央专委会议提出设想，载人航天首次飞行不晚于2002年（后因故推迟至2003年10月），第一艘试验无人飞船争取1998年、确保1999年首飞。

这次会议上，还提出了要在未来建造20吨级的空间站，解决有较大规模的、长期有人照料的空间站应用问题。

1992年9月21日，中央政治局常委会召开会议，载人航天工程小组组长王永志回答了常委们的有关问题。这次会议，将中国的飞天梦再次变成实实在在的行动。这一天，是中国航天史上具有里程碑意义的一天。

1992年11月，国防科工委主任丁衡高被任命为中国载人航天工程总指挥，国防科工委副主任沈荣骏和原航空航天部部长刘纪原出任中国载人航天工程副总指挥，航空航天工业部科技委副主任王永志任总设计师。

在载人航天工程的基础之上，真正意义上的探月构想也被提了出来。

1994年，欧阳自远向“863计划”专家组递交一份正式的探月科研报告，并得到认同。

在此之前，一直留心世界探月活动进展的欧阳自远，在搜集国外探月资料的基础上，相继写出了《月质学研究进展》《天体化学》等科学专著，为未来的中国探月进行着科学资料搜集整理的准备。

但在欧阳自远递交正式的探月科研报告后，围绕“探月有没有必要？是否可行？上月球干什么？做哪几件事情？”等问题，科学家们又反复论证了10年。

经过论证，科学家们制定了探月20年大规划，也就是“绕”“落”“回”三个阶段，计划在2020年前后完成。

所谓“绕”，就是发射我国第一颗月球探测卫星，突破至地外天体的飞行技术，实现卫星首次绕月飞行。这期工程的任务是地月转移加环月飞行。这个阶段的工程将突破地月转移轨道和近月制动等关键技术，实现绕月探测，对月球进行全球性普查式探测。

所谓“落”，就是发射月球软着陆器，并携带月球巡视器（俗称月球车），在着陆器落区附近进行就位探测，这一阶段主要突破在地外天体上实施软着陆的技术和自动巡视勘测技术。这期工程的任务是地月转移加环月飞行，再加上软着陆及巡视探测。这个阶段的工程要求掌握在月面着陆、巡视探测及月夜生存等方面的技术。

所谓“回”，就是发射月球采样返回器，软着陆在月球表面特定区域，并进行分析采样，然后将月球样品带回地球，在地面上对样品进行详细研究，这一步主要突破返回器自地外天体自动返回地球的技术。这期工程的任务是地月转移加环月飞行、软着陆、巡视勘察、月面上升、月球轨道交会对接、月地转移及地球大气再入。这个阶段的工程要求掌握月面起飞、月面取样和月球轨道交会对接、月球与地球返回飞行的技术。这个阶段还将新研制上升舱和返回舱，继承并完善轨道器、着陆探测器、巡视探测器等功能单元，突破月球轨道交会对接和月面采样返回等关键技术，实现采集月表样品返回地面后的实验室精准分析。

“绕”“落”“回”三个阶段工程的科学目标，有着递进关系：“绕”，全球性、整体性与综合普查；“落”，区域性精细就位分析；“回”，样品返回地面后的实验室精准分析。

在科学家们反复论证中国探月工程的这10年里，包括欧阳自远院士在内的很多专家，除了搞研究外，做得最多的工作便是四处游说和呼吁。

游说和呼吁不仅毫无诗意，还相当艰难、相当折磨人。毕竟10多亿元的科研投资不是个小数目，大家都很谨慎。但科学家们只要逮住机会，就会向决策者、科技界和公众阐述月球探测的重要性，强调中国开展探月工程的必要性。可以说，如果没有热心科学家的这些外围努力和攻关，中国探月工程可能还会被推迟启动。

历史会记住这些为中国探月工程的立项做出过卓绝贡献的科学家们：

1997年4月7日至10日，中国科学院的杨嘉墀、王大珩、陈芳允三位院士以“863计划”的名义发表了《我国月球探测技术发展的建议》。

1998年，总装863航天领域办公室组织杨嘉墀等航天专家对清华大学、中国航天科技集团五院502所、国防科技大学、中国科技大学的“月球车”项目申请报告进行评审，通过了由清华大学牵头的“月球探测机器人总体方案设计及关键技术分解”的立项研究，揭开了我国月球车研究的序幕。

2000年5月，清华大学组织了月球探测技术研讨会，反响强烈。

2000年10月5日，北京召开了首届“世界空间周”庆祝大会。会上，国防科工委副主任、时任国家航天局局长、中国工程院院士栾恩杰作了《面向21世纪的中国航天》的专题发言：“我国将在无人实验飞船成功飞行的基础上，实现载人航天飞行。在空间探测方面，将实现月球探测，并积极参与国际火星探测活动，使我国的空间探测技术上升到一个更高的水平。”

2000年11月22日，我国政府首次公布《中国的航天》白皮书，明确了近期发展目标中包括“开展以月球探测为主的深空探测的预先研究”。

2001年8月，时任中国科学院副院长江绵恒约见欧阳自远、孙家栋等多位专家，表示要大力推动国家开展月球探测。

就在欧阳自远的团队开展论证时，嫦娥一号总指挥叶培建等人也在忙着建造月球卫星的前期工作，叶培建等专家在1998年已经完成月球探测卫星关键技术的初步研究。

在叶培建的设计中，嫦娥一号以东方红三号卫星平台为基础，利用资源一号、资源二号等卫星的成熟技术和产品，进行适应性改造。

2001年9月25日，江绵恒在北京香山主持召开月球探测工程研讨会，这标志着中国探月工程的启动又向前迈进了一步。

接着，由欧阳自远院士牵头制定的“发射绕月卫星”第一期科学目标和有效载荷配置也通过了国家评审。

在2001—2002年间，孙家栋组织全国各方专家，对第一期目标又进行了为期一年的综合论证，并得出结论：科学目标明确、先进，技术能够实现，没有颠覆性的技术问题。

郑和下西洋的故事众人皆知。明成祖朱棣命太监郑和率领庞大船队远航西太平洋和印度洋地区，到访过爪哇、苏门答腊、苏禄、彭亨、真腊、古里、暹罗、榜葛剌、阿丹、天方、左法尔、忽鲁谟斯、木骨都束等30多个国家，最远曾达非洲东部、红海。

郑和的跨洋远航早于麦哲伦、哥伦布、达·伽马等葡萄牙、西班牙的航海家近100年，堪称“大航海时代”的先驱。

郑和下西洋是中国古代规模最大、船只最多、海员最多、历时最长的海上航行，是明朝强盛的直接表现。

但是郑和的航海之举最终却因被召回而结束。

“召回郑和案”在美国科学界和政治界影响不小。美国的科学家喜欢把这个故事搬出来，以说服美国国会，来达到自身目的。

2002年，布什政府决定取消旨在实现人类首次对冥王星等柯伊伯带天体探测、寻找有关太阳系起源和演化线索的“新视野探测”计划任务的巨额拨款。得知这个消息的美国行星协会把郑和的故事搬了出来，他们在写给美国国会的声明中指出，“1433年，当中国明朝的郑和航队即将启程探险那未知的大西洋时，明英宗朱祁镇却将他们召回了——中国从而失去了比哥伦布提前数十年发现美洲新大陆的机会。而今天，在21世纪，我们是否又要由于目光短浅而失去另一次探索太阳系新疆界的良机？”

最后，美国国会对“新视野探测”计划任务的态度由“取消”变成了“支持”。

当然，美国行星协会说明英宗朱祁镇于1433年召回郑和团队，这其实是错误的。因为郑和去世时是1433年，那时朱祁镇年仅6岁，尚未即位，怎么召回郑和团队呢？但这个故事确实起到了影响美国国会决策的作用。

美国国会的动作在一定程度影响了中国的决策者们，因为“召回郑和案”的故事，中国人比美国人更熟悉。

2003年2月28日，国防科工委召开月球探测工程预发展会议，宣布月球探测工程进入预发展阶段，随后下达月球探测工程关键技术攻关重大背景型号预研项目。月球探测工程由此进入工程前的攻关阶段。

2004年1月23日，国家正式批准了中国探月计划实施方案。同年2月，国防科工委宣布中国月球探测一期工程正式立项启动。

嫦娥奔月是我国流传千年的一个美丽且悲凉婉转的神话故事，这个神话故事寄托了一代又一代中国人无数的美好梦想，所以，在第一次绕月探测工程领导小组会议上，经过讨论，大家一致决定将我国的第一个月球探测卫星命名为嫦娥一号。

从1994年国家组织相关专家对我国开展月球探测的必要性、可行性进行初步分析和论证，到2004年国防科工委宣布中国月球探测工程“嫦娥工程”正式实施，前后有50多位院士、150多位专家参加了探月工程的论证和实施准备工作。旷日持久的10年探月工程论证之路，虽然过程曲折，颇费周章，但好在结局令人欣慰。

而此段时间，正在华中科技大学控制科学与工程专业攻读博士学位的吴伟仁，也成了中国探月工程专家阵营中的一分子，因为“嫦娥”要奔月，离不了控制科学与工程科学。

吴伟仁自2001年6月进入华中科技大学控制科学与工程专业攻读博士学位，到2004年6月毕业，在毕业前夕的2004年2月13日，国防科学技术工业委员会秘书长兼国家航天局副局长孙来燕，向世人庄重公布，中国月球探测计划已经进入实施阶段：3年内，一颗属于中国的卫星将开始绕月飞行；6年内，中国的月球车将在月面软着陆，展开巡视探测；2020年之前，中国研制的机器人将把月壤样品采回地球……

事实上，设定这样的探月目标，也是很有必要的。因为印度已经宣布2007年发射绕月卫星，而且印度的技术力量挺强，我们必须得赶到前面去。

中国探月工程的领导班子由总指挥栾恩杰、总设计师孙家栋和首席科学家欧阳自远组成。栾恩杰时任国家航天局局长，担任过中国载人航天的副总指挥、航空航天工业部总工程师；孙家栋是中国科学院院士、“两弹一星”元勋；欧阳自远是中国科学院院士、第三世界科学院院士、国际宇航科学院院士、中国科学家协会荣誉会长。三人强强合作，组成了嫦娥工程建设坚不可摧的“铁三角”。

栾恩杰、孙家栋、欧阳自远三人分工很清晰：总指挥是行政首长，发号施令，调动队伍，执行计划；总设计师构筑所有的工程资源和组织技术力量；首席科学家具体指挥相关仪器设备的研制。

何似在人间

本已是“百亩中庭半是苔，桃花净尽菜花开”，为何世界又掀起了新一轮的探月高潮？

人类的未来与月球的关系越来越近，而且随着高新科技的发展，世界各国的探月实力又经过重新洗牌，好似逆水行舟，不进则退。

从某种意义上讲，在新一轮探月比拼中，各国又站在了同一起跑线上，都选择绕月探测作为第一步，即使美、俄两国也不再沿用40年前的技术搞月球探测，毕竟如今的技术日新月异，科技水平较40年前已实现巨大的飞跃。

对于计划首次开展月球探测的中国、日本、印度、德国等国家来说，因既有美、俄曾经的经验可循，又有新技术支撑，都不会再重复美、俄开始探月时掠月、撞月等试验性过程，而会直接从绕月起步，探月路线也几乎都是“绕”“落”“回”。不仅如此，首次绕月探测的科学目标也基本一致，都包含绘制月球全图、月球资源调查、地月环境探测等。

与冷战时期相比，各国在新世纪的探月活动目的存在着显著不同：当年美、苏探月的目的是满足政治和科技需要，而现今各国的主要目的是把科学探索和经济需求相结合，以探测月球资源为主，为未来月球资源开发、利用奠定基础。

从规模上看，现在人类探测月球的规模更宏大。各国陆续发射多种先进的月球探测器，收集各种月球地理数据，从月表到月球内部结构都有研究。现在加入“月球俱乐部”的国家越来越多，打破了以往由少数国家垄断探月的局面。

2008年7月，美国、印度、韩国、日本、加拿大、英国、法国、德国和意大利签署联合探月协议，共同发起了名为“国际月球网络”的探月活动，计划逐步在月球上建立数个科学站。航天大国俄罗斯也制定了其月球探测计划。

“绿杨烟外晓寒轻，红杏枝头春意闹。”

欧洲希望在月球上建立一个“诺亚方舟”，将地球物种的基因存储起来，使人类的生命在地球遭遇核战争危机或小行星撞击时，可以得到延续。

当然，在此轮月球探测比拼中的所有国家，其探测活动终极目标又各不相同，这跟科技实力和经验有关。因而，开展月球探测的国家又划分成了两个“集团”。

第一个“集团”是美国、俄罗斯和欧洲航天局：美国提出将月球作为载人登陆火星的中转站，重返月球是为登陆火星做准备；俄罗斯提出要在月球上建立基地，开发月球资源；欧洲航天局的主要目的则是将月球作为开展火星探测和载人登陆火星的试验场，试验载人登陆火星的各项技术。

第二个“集团”是日本、印度、德国和中国等首次开展月球探测的国家。这些国家处于月球探测的起步阶段，积累经验、发展技术是首要目标。

首次探月的各国虽然基本目标相似，但相互之间还是有细微差别的，各有创意和侧重。

发射人造地球卫星、载人航天和深空探测是人类航天活动的三大领域。重返月球，开发月球资源，建立月球基地，已成为世界航天活动的必然趋势和竞争热点。我国在发展人造地球卫星和实施载人航天工程之后，与时俱进，适时开展以月球探测为主的深空探测是航天活动的必然选择，也是我国航天活动可持续发展，有所作为、有所创新的必然选择。

然而现实中，我们还有很多经济、社会、环境问题需要解决。为什么地球上的事情还没做好，却要“奔月”？实施探月工程对我国科技和经济发展有什么好处？我国为什么要跟世界科技强国一样，追赶这一轮重新到来的探月高潮？它真的有意义吗？

这是不少中国普通老百姓所关心的问题。

在中国科学界，也不乏类似质疑。

月球探索真的对我们毫无意义吗？

非也！从事月球探索至少可以归纳出7大好处：

1. 维护我国月球权益的需要。

尽管1984年联合国通过的《指导各国在月球和其他天体上活动的协定》(简称《月球条约》)中规定，月球及其自然资源是人类共同财产，任何国家、团体和个人不得据为己有。但是，当前主要航天国家和组织正加紧实施月球探测计划，作为联合国和平利用外层空间委员会的成员国，我国只有开展月球探测，并取得一定成果，才具有履行《月球条约》和分享开发月球权益的实力，才能切实维护我国的合法权益。

2. 推动空间科学和空间应用的发展。

月球是人类研究宇宙和地球本身的最佳平台，通过对月球的研究，了解其成因、演变和构造等信息，有助于了解地球的远古状态、太阳系乃至宇宙的起源和演变，有助于搞清太空现象和地球现象之间的关系，从中寻求有关地球生命起源和进化的线索。

3. 有利于提高我国航天技术水平。

开发月球需要解决一系列难题，这必然会带动诸如大推力火箭、巨型航天器、高速飞行、人工智能、计算机、机器人、加工自动化、精密仪器、遥感作业、通信、材料、建筑、能源等工程技术以及空间生物、空间物理、空间天文等科学技术的突飞猛进。

4. 月球是资源储备库。

月岩中含有地壳中的全部化学元素，拥有丰富的氧、铁、镁、钙、硅、钛、钠、钾、锰等物质，仅铁便估算有8万亿吨。其中玄武岩的分布区域有中国的领土面积这么大，厚度达一两千米，所含钛铁矿成分达20%以上。

此外，月球上还有丰富的能源，尤其是氦-3。

月球上这些特有的矿产和能源，是对地球资源的重要补充和储备，将对人类社会的可持续发展产生深远影响。开展月球探测，探明月球上这些矿产和能源的储量及分布，对未来能源战略有着重要意义。

同时，由于月球表面没有任何云层遮挡，每年到达月球范围内的太阳光辐射能量大约为12万亿千瓦。如果人类在月球表面建立三座全球性的并联式太阳能发电厂，就可以获得极其丰富而稳定的太阳能。

5. 促进深空探测。

月球表面的引力只有地球表面的六分之一，因此，航天器从月球上起飞，可大大节省能源。月岩土壤中氧占40%，可以就地生产推进剂，可以作为受控生态环境和生命保障系统的氧气来源。硅占20%，可以为航天器制作太阳电池阵，其他金属可以为航天器制作各种部件设备。还可以用月球作中转站，为过往的航天器进行检修和补充燃料。

6. 月球是环境监测的制高点。

月球表面的地质构造极其稳定，超高真空、无大气活动、低磁场、弱重力、无污染、宇宙射线丰富……人类可以利用其特殊的空间环境，建立精度高、造价低、运行与维护费用低的天文观测站与研究基地；月球也是环境监测和军事战略的制高点。

在月球上建立发射场，发射深空探测器比在地球上要容易得多；在月球上建立天文观测站，可以不受地球大气层的限制，是理想的对天观测和对地监测站。由于月球自转与公转周期相同等因素，在月面上可以持续进行14个地球日的夜间观测，因此，在月面可以对地球的地质构造及环境变化进行监测与研究，特别是监测小天体对地球可能构成的威胁。一旦发现有陨石、彗星等物体向地球方向运行可能撞击地球时，可及时采取措施将其摧毁或改变其运行方向，从而起到保护人类的作用。

7. 推动经济发展。

月球探测是科学技术发展的必然，是空间探测发展的必然。月球探测可以成为科学技术的孵化器，会强有力地带动信息技术、新能源技术、新材料技术等高新技术的发展。

20世纪60年代的探月工程研发证实，空间探测是一个具有高科技产出和高经济产出率的项目，它能实现的真正价值远远高于工程本身。

美国的阿波罗登月计划历时11年，有2万家企业以及200多所大学和研究机构参与其中，为美国培养了一大批高水平的科学家，产生了3000多项专利，相关科研成果带动了美国20世纪六七十年代计算机、通信、测控、火箭、激光、材料和医疗等高新技术全面发展，把美国的整体科技水平提高到了一个全新高度。阿波罗登月计划产生的科技成果渗透到经济领域中，带来了美国20世纪80年代的经济繁荣。

“探月有什么用？”这个问题同样在20世纪60年代被美国民众质疑过，但事实证明，探月促进了美国经济的高速发展和应用科技的高度进步。

如果说，我们现在所使用的电脑、手机、电视，以及很多电子产品都与航天科技，与探月科技有关，你信吗？

别不信，这可是真的！

因为现代的电子产品都是电子元件高度集结而成的。集成电路虽是1958年发明的，但能让它迅速改良并普及者，却是美国的阿波罗登月计划：50年代的计算机庞大如屋，甚至庞大如楼，但航天员们需要质量轻且功能强大的计算机来控制飞船，因此德州仪器公司开发了更轻巧的集成电路嵌入式计算机供美国国家航空航天局（NASA）使用，于是运用于阿波罗飞船上的阿波罗引导计算机（Apollo Guidance Computer，AGC）便诞生了。之后，集成电路高速发展，也高度集成，便有了今天轻便且功能强大的电器。

今天，数码相机、能拍照的手机、数码摄像机比比皆是，可你想到过吗？这些也与航天科技，与探月科技有关！

别不信，这也是真的！

数码相机，以及能拍照的手机、轻便的数码摄像机都采用了一种叫作CCD的电子影像传感器技术。

CCD，英文全称“Charge-coupled Device”，中文全称“电荷耦合元件”，亦可称为CCD图像传感器。CCD发明于1969年。

CCD是一种半导体器件，能够把光学影像转化为数字信号。CCD上植入的微小光敏物质称作像素（Pixel）。一块CCD上包含的像素数越多，其提供的画面分辨率也就越高。

由于CCD成像原理远胜于传统底片，加上可以实时读出图像而无需经过烦琐的化学处理过程，且光效率可达70%（能捕捉到70%的入射光，优于传统胶片的2%），天文学家们在20世纪70年代末期就开始将许多望远镜上的照相底片替换为灵敏度更高的CCD。

在80年代，来自天文学家的需求一定程度上刺激了工程师们不断设计和制造更大、更灵敏也更稳定的CCD芯片。

到了90年代中后期，装备CCD的家用数码相机开始变得流行，如今使用传统底片的相机已经几乎从市场上绝迹。从某种角度来说，天文学家们“不经意间”促成了家用数码相机的普及。

除了手机、电脑、电视、数码相机外，得益于航天科技，却又与我们生活息息相关的东西还有很多。

比如无线局域网也与航天科技有关。由于电磁波性质的限制，射电望远镜的精确度不高，因而科学家们不得不寻找其他方法，以期改进射电望远镜。1977年，以荷兰天文学家哈梅克（J. Hamaker）为首的小组发明了一种方法，可以利用干涉技术优化射电数据。后来，工程师们发现，这一技术可以大大提高无线网络的可靠性和加快传输速度。就是这一技术，后来用到了无线局域网上。

曾经，坐飞机几乎和坐公交一样，无需安检，买票便能直接上飞机。但后来，由于劫机事件和恐怖活动渐次频繁，从安全角度着想，登机过程开始变得烦琐。1972年12月，美国联邦航空管理局要求各航空公司在一个月内实现对乘客行李的全面搜查，于是，刚刚运用不久的X射线光电成像技术被派上了用场。X射线成像技术可以让工作人员实时“透视”乘客的行李。你能想到吗？X射线成像技术也与航天事业有关——最初主要是为美国第一颗X射线天文卫星——1970年发射的“乌呼鲁”研发的。

除了上述例子外，因航天科技及探月科技发展而诞生的，还有尿不湿、育婴箱、心脏起搏器、保暖内衣、防划痕太阳镜、家用过滤净水器、核磁共振技术、飞机除冰、污染物检测及防控、建筑物探伤、探矿、生物制药、生物及医学影像处理及增强、肿瘤探测和治疗等。

这些航天科技、探月科技的产物，早已深入普通百姓的日常生活。

由此可见，航天科技、探月科技离人们的生活并不遥远，航天科技、探月科技的发展能为全人类带来可共享的成果，很多技术已进入人们的日常生活，改变着人们的生活质量，改善着人们的生活品质。

有人估算，阿波罗登月计划每投入1美元，就会产生4美元—5美元的国民经济回报。同样，我国数十家科研院所和高等学府参与“嫦娥工程”，所产生的科技创新，也将通过各种途径渗透到国民经济和人们的日常生活之中。

人类航天科技、探月科技发展，将原本浓烟滚滚的工业文明，带出了落后的生态丛林，带进了闪亮辉煌的电子化时代。

探月之势如燎原之火不可遏止。丰富又厚重的悬念，丰饶且强烈的渴望，使得现今世界各国的月球探测计划目标更明确、规模更宏大。甚至，还被上升到了体现一个国家尊严的高度。

在月球上建立永久基地，发展产品和工业，建立自给自足的外星家园，是开发太空资源、拓展生存空间至关重要的一步。空间微重力科学研究条件、特殊生物制品的生产，需要在月球这样的“太空实验室”里进行。还有月球潜在的矿产资源和能源的开发利用前景，能保障人类社会的可持续发展。

因而，月球探测实际上既是科技强国之间的“亮肌肉，秀身材”，也是一个国家强大的综合国力的体现。我国启动探月工程，对于提高在国际上的威望、增强民族凝聚力有着重要的意义。

月球探测是我国实现载人航天和应用卫星之后又一个新的里程碑，是一个国家高技术发展的标志。月球上丰富的矿产、能源和特殊环境，是未来人类能够利用的重要资源，假如中国人漠不关心、从不问津的话，也将有失大国风范。

婵娟今安在

幻想中的神奇如火如荼。

期待中的谜底尽善尽美。

随着吴伟仁对空间遥测技术的研究日渐深入，他对月球探索的愿望越来越强烈，童年时期心中对月亮的一些谜团也在渐次打开。

举头望月，我们在赞叹月亮如玉清辉的同时，也会看到，其实这块“玉”是有瑕的，上面有着一些暗黑色的斑块，颜色比别的区域要暗许多。这样的地区，被科学家们叫作月海。

月海是月球表面的主要地理单元，总面积约占月面的25%。迄今已知的月海有22个，绝大多数分布在月球面向地球的正面，月球背面只有东海、莫斯科海和智海3个，面积很小。在月球正面，月海约占整个半球表面积的一半。

月海虽叫作“海”，却是依其形似而得名，只是表面看上去像海，是月面上较暗的区域。此“海”没有半点水，而是较平坦的、比周围低洼一些的广阔大平原，它的表层覆盖着类似地球玄武岩那样的岩石，即月海玄武岩。

月球上最大的“海”叫作风暴洋，位于月球正面西北部，宽达1700千米，面积约500万平方千米。“阿波罗12号”飞船登月舱在风暴洋着陆时，取回了34.6千克月岩和月壤。充填风暴洋的岩石主要是月海玄武岩，其年龄为32亿年—40亿年，还有含钾、稀土元素及含磷酸盐较高的特殊岩石——克里普岩。

雨海是月球上的第二大月海，面积约88.7万平方千米。雨海也位于月球正面西北部，西邻风暴洋，东邻澄海，呈圆形。1971年7月，“阿波罗15号”飞船降落在雨海边缘靠近亚平宁山脉、深达366米的哈德利月溪地区。两名航天员对哈德利月溪进行了系统调查，并采集了可能是月球上年纪最大的结晶岩——斜长岩，它的寿命可能有46亿年。据对其成分和同位素年龄的研究表明，雨海是在39亿年前由直径约100千米的小天体冲击月表而成的，大量抛射物堆积在雨海周围，形成朱拉山脉、阿尔卑斯山脉、高加索山脉、亚平宁山脉、喀尔巴阡山脉等一系列山脉。

月球正面中央偏东北的静海，其面积约42万平方千米。1969年7月20日，“阿波罗11号”飞船登月舱着陆于静海西南角，共采集22千克样品。充填静海的岩石为典型的月海玄武岩，主要为高钾和低钾月海玄武岩，形成年龄为32亿年—39亿年。

位于月球正面的月海名叫澄海，近乎圆形，直径约620千米。它西邻雨海，东南邻静海。1972年12月，“阿波罗17号”飞船在澄海东南边缘峡谷地带金牛座—利特罗山脉着陆。

东西延伸长达1600千米的冷海呈带状分布于月球正面的最北边。

此外，位于月球正面的较大的月海还有丰富海、酒海、危海、云海、湿海、知海、界海、史密斯海和南海，它们的面积多在7万平方千米—28万平方千米之间。而位于月球正面中心的汽海、最东北的洪堡海、危海东北角上的蛇海以及丰富海东北角上的泡海和浪海，面积都较小，为1万平方千米—5万平方千米。

月海“海面”比月陆要低得多，如静海和澄海“海面”比月球平均水准面低1700米左右，湿海“海面”比月球平均水准面低5200米，月球表面最低处在雨海东南部，其海底深达6000多米。

大多数月海都具有圆形、封闭的特点，但也有不少圆形月海相互之间是连接着的。孤立的危海是一个例外。圆形封闭的月海大多被山脉所包围，最突出的例子是雨海，其四周环绕着亚平宁山脉、高加索山脉、阿尔卑斯山脉、朱拉山脉和喀尔巴阡山脉等，这些山虽不连贯，但都是雨海周围环状外壁的一部分。

月球背面还有一些直径为500千米左右的圆形凹地，形状像月海，但未被熔岩物质充填，被称作“类月海”。有时把大的圆形凹地称为“盆地”或“月盆”。很小的月海被称作“湖”。月海中的岭形隆起叫“海岭”。

月球上除了月海外，还有月坑。

月坑是月球表面那些圆形凹坑构造，就像人脸上的麻子一样，小而醒目，又似一个迷宫城堡，层层叠叠的都是谜面。

月坑大小不一，小的直径只有几十厘米甚至更小，大的直径达200多千米。估计月面上直径大于1000千米的月坑总数在3.3万个以上。月坑的形态和构造多样，有些月坑只是一个浅的凹坑，有的月坑周围是环形山，有的月坑中央有山峰或峰群，有的四周有辐射纹。大多数月坑周围环绕着高出月面的环形山，高度在300米—7000米之间。月坑底部一般很平坦，深度约几十米到6千米不等。多数月坑是陨石撞击形成的，而且有不同的形成年龄，也有的可能是火山喷发所形成。最大的几个月坑是：克拉维月坑，直径达240千米；贝利月坑，直径达295千米；牛顿月坑，直径达230千米。

哥白尼月坑是著名的年轻月坑之一，位于月球正面中央偏西北和雨海南面，直径为90.7千米。它有穹状隆起的中央丘，周围是环形山，内侧有同心圆状阶梯。它的一个突出特征是有亮的辐射纹，长达600千米左右；周围还有一系列被抛出物撞击出的次生小月坑链。

第谷月坑是典型的有辐射纹的月坑，位于月球正面中心与南极之间，直径为85千米。坑底下凹4.5千米，有高2千米的中央峰，周围是环形山。它有12条亮辐射纹，最长辐射纹长达1800千米。它附近还有许多抛出物撞击而成的次生小月坑链。

远古时代的人类，用肉眼观察月球，由于距离太远，加上地球大气层的干扰，即使在晴朗无云的夜空，满月时也只能看到月球正面影影绰绰，依稀可辨出阴暗的月海和明亮的月陆，就如现代人看远古的龟甲背上书写的玄机。

望远镜的发明是天文观测史上的一次革命。这个并不复杂的仪器，能够越过错综复杂的迷雾，看到事物的真实原貌。因而望远镜里古老而遥远的月球，不再是朦胧的影子和梦幻的天宫，留存于人类心中所有的记忆和美好，都会被月球表面坑坑洼洼、凹凸不平的地形以及千疮百孔般的月坑所击溃。原来皎洁如玉的月亮，不过是一个满目凄凉、万籁俱寂的世界，华丽的诗意下，积存的是悲怆的往事。

月亮的真实面貌是那么令人失望，曾经对月亮的仰望，倏忽间给人的感受，不过是雾里看花，它那远观时玉盘般光洁的面貌，近观其实不忍卒看。这正如美好的爱情示人的光鲜，孔雀开屏背后的尴尬。

虽然冲破未知的欲望层出不穷，但由于望远镜的分辨率有限，客观上限制了人类对月球的进一步了解。而且以地球为基地，人类永远只能看到月球的正面，对月球背面的形貌仍然一无所知，所以还不能说已经了解月球。

20世纪50年代，太空时代到来，苏联和美国先后多次发射宇宙飞船对月球进行摄影和研究，并且实现了人类登月的夙愿，使我们对月球有了一个初步的了解。

美国1994年发射的“克莱门汀号”和1998年发射的“月球勘探者号”甚至对月球的每个角落进行了扫描，并绘制了全月球的地形图，使人类对月球的了解更进了一步。

人们过去认为，月球的地理地貌与地球是相似的，因此把地球上的地理地貌名词也照搬到月球上来。月面上大面积的阴暗区域被称为“海”，较小的阴暗地区叫作“湖”“湾”或“沼”，较明亮的地区当然就叫作“月陆”了。

但通过望远镜等现代仪器观察，利用飞船、机器人、人眼的实际观察，以及采样月壤月岩探测证明，月球的面貌并不像我们看到的那样简单，它表面既有平原和高原，也有山脉、断层、穹隆构造和类似地表河流一样的沟纹。而地球上不常见的撞击构造，如撞击坑、放射纹等，在月球上比比皆是。

月球上还有质量瘤。月球质量瘤亦即月球上的质量密集区，是月球的重力正异常区。史密斯海、危海、澄海、雨海、酒海、湿海等撞击盆地都有正的重力异常。质量瘤的存在表明月壳是足够刚性的，可以长期支持质量瘤的过剩质量。

关于质量瘤的成因，主要有外因说和内因说两种观点：外因说认为质量瘤是由一些小天体落在月表形成的，原因是这些小天体的密度比初始月壳的密度要大；而内因说则认为质量瘤是月球本身演化的产物。

通过对月球的探测与研究，人类除了知道月球表面的一些情况外，还对月球的内部结构也有了一些了解。

月球内部结构的相关推测主要来自月震资料——美国航天员在月球上放置了灵敏度很高的月震记录仪，还制造了数次“人造月震”，得出了月球内部结构：表层0千米—2千米，岩石碎块和月壤；上月壳2千米—25千米，由玄武岩和非玄武岩组成；下月壳25千米—65千米，由富含斜长石的辉长石、富铝玄武岩、斜长苏长岩组成；上月幔65千米—250千米，由相当于地球的基性岩、超基性岩（橄榄岩、辉石岩等）组成；下月幔250千米—1000千米，橄榄石为主要成分；月核1000千米，相当于地球的软流圈……

宇宙的创造力太强大，又有着书之不尽的魔幻主义。虽然人类探测月球的历史已有几十年，但对月球的了解却微乎其微，氤氲缭绕，看得见月球的表面，看不见月球的内心——月球仍存在着很多未解之谜。

一想到自己已成为中国探月工程团队的一员，吴伟仁就心潮澎湃：月亮啊，等着吧，在不久的将来，我们中国人将进一步揭开你神秘的面纱！

世间不少事都是雾锁烟笼，更何况月球之事。

虽然吴伟仁从一些书籍和科技资料中读到了关于月球的知识，但他还是对自己正在从事的探月科技事业壮志在胸。因为要进一步揭开月球的神秘面纱，终归“纸上得来终觉浅，绝知此事要躬行”。

这，也是中国实施探月计划的重要原因。

第三章 壮志冲霄汉

有一个人遇到难事，去求观音菩萨保佑。

走进庙里，他惊异地发现另一个也在拜观音的人竟长得和观音菩萨像一模一样。

他便奇怪地问：“您是观音菩萨吗？”

那人答道：“我正是观音。”

他又问：“您既然是神通广大的观音菩萨，那您为何还拜自己？”

那人笑道：“我也遇到了难事，但我知道，求人不如求己。”

能从面朝黄土背朝天的“泥腿子”，变成中国探月工程遥测系统的领军人物，他明白自己所拥有的一切不是靠求谁求来的，而是靠自己奋斗得来的。这正如中国探月工程一样，要想“嫦娥”成功奔月，只有自己努力才可能鲜花夹道。

零的突破

三年太短，更争朝夕。

嫦娥一号奔月，三年成功。

三年，我们能破解隔绝了人世的烟火、沉浸在自己幽独蟾宫里的嫦娥的秘密吗？

对一个人来说，三年可以从呱呱坠地的婴孩变成口齿清楚的儿童，可以从懵懂无知的少年成长为人生目标明确的青年。

但是中国探月的“绕”工程，时间设定为三年，这个时间却相当紧张。紧张得如同进入高中阶段的学生所肩负的人生重担。

三年用功，便会一飞冲天！三年懈怠，则虚度光阴。

一飞冲天，当是鲜花夹道；三年虚度，则会终身遗憾。

嫦娥一号研发的三年，与人生中的高中三年，同，也不同。

均是幽闭静寂，化茧成蝶，却又起点迥异。

嫦娥一号研发的这三年，分为三个部分，并对应相应的任务：

头一年叫启动年。这一年的任务是把所有原理都要搞清楚，把原理的样机都要做出来，一切从无到有，很紧张。

第二年是攻关年、攻坚年。在这一年，嫦娥一号所有技术难题都必须解决。

第三年是决战年。这一年的任务是研制出产品来，做到各个系统无缝对接。

月球探测工程是我国的航天器第一次走向外太空的深空探测活动，因而自该工程立项起，科学家们的脑神经便紧绷着。

航天是一项高风险事业，探月尤其如此。

面对这项无直接经验可循的伟大事业，我国的月球探测工程该怎么起步？遵循什么原则？确立什么目标？……一系列重大问题摆在决策者和工程组织者的面前。

搞发明创造是艰难的，但发明创造对于人类的发展却又至关重要。一个民族，一个国家，所拥有的发明创造越多，就越有活力，幸福指数也越高。

有一个佛教故事说，某人在屋檐下躲雨，看见观音菩萨正撑伞走过。于是这个人连忙对观音菩萨说："观音菩萨，普度一下众生吧，带我一段如何？"

观音菩萨说："我在雨里，你在檐下，而檐下无雨，你不需要我度。"

这人立刻跳出檐下，站在雨中："现在我也在雨中了，该度我了吧？"

观音菩萨说："你在雨中，我也在雨中，我不被淋，因为有伞；你被雨淋，因为无伞。所以不是我度自己，而是伞度我。你要想度，不必找我，请自找伞去！"

说完便走了。

第二天，这人遇到了难事，便去寺庙里求观音菩萨。

走进庙里，才发现观音菩萨的像前还有一个人也在拜，那个人长得和观音菩萨像一模一样，丝毫不差。

这人便奇怪地问："您是观音菩萨吗？"

那人答道："我正是观音。"

这人又问："那您为何还拜自己？"

观音菩萨笑道："我也遇到了难事，但我知道，求人不如求己。"

对影响国家发展和安全战略全局的尖端科技，我国的历史经验是自力更生，依靠自己的努力来取得突破。事实上，也只有这样，才能牢牢掌握推动经济社会发展和科技发展的战略主动，不用看谁的脸色。

月球探测工程涉及多学科的技术集成，必须统筹规划，合理确定科学和工程目标，充分整合各方面的科研资源，团结协作才行。

中国探月工程确定了四个实施原则：服从和服务于科教兴国战略和可持续发展战略，以满足科学技术、政治经济和社会发展的综合需求为目的，把推进科学技术进步的需求放在首位，力求发挥更大作用；根据国情国力，选择重点目标，集中力量突破关键领域，为深空探测活动奠定坚实的基础；高起点、高优化相关技术实施途径，做别人未做之事，使之具有先进性和创新性，形成独家特色；在独立自主开拓创新的基础上，大力开展国际交流合作。

在此基础上，嫦娥一号要实现四大科学目标：为月球绘制一张全面的立体三维图，分析月球表面的组成元素，测量月壤的厚度，勘测地球与月球之间的空间环境。

设定这四大科学目标的原因，是中国探月晚美国、苏联几十年，要后来居上，就一定要填补美国、苏联探月留下的科技空白。

在此之前，尽管有苏联、美国等科技大国多次去探测过月球，但月面立体图做得并不完整，因而嫦娥一号一定要做一个完整的全月球三维影像。

那么获取月球表面三维影像，有何意义呢？

意义相当大！

因为全月球立体影像可用于划分月球表面的基本构造和地貌单元；进行月球撞击坑形态、大小、分布、密度等的测量和分析，为类地行星表面年龄的划分和早期演化历史的研究提供基本数据；划分月球断裂和环形影像纲要图，勾画月球地质构造演化史；为后续着陆探测优选合适的区域提供科学依据。

而月壤厚度是月球演化的集中表现，研究其物理化学特征，能得到月球形成的一些参数。比如月球在演化的过程中，便积累了丰富的氦-3，科学家们认为，氦-3可以替代氚来进行可控核聚变发电。

氦-3是氦的同位素，含有两个质子和一个中子。氦-3原本大量存在于太阳喷射出来的高能粒子流太阳风中。在几乎没有大气的月球上，太阳风直接落到月球表面的沙粒、岩石中，且越积越多，成了月壤重要的组成部分。

氦-3是既无污染又安全的能源材料，氦-3和氘可进行核聚变，且不产生中子，所以放射性小，反应过程也易于控制。氦-3既可用于地面核电站，还适合作为火箭及宇宙飞船的燃料。从月球土壤中每提取1吨氦-3，可得到6300吨氢、70吨氮和1600吨碳。

氦-3是个好东西。如果现在采用氦-3核聚变发电，那么，美国年发电总量仅需消耗25吨氦-3，中国年发电总量只需消耗10多吨氦-3，全世界仅耗100吨氦-3就足以满足一年的发电总量需求。法国科学家曾宣布，2030年，法国利用氦-3进行核聚变发电将实现商业化。

据估算，地球上的氦-3仅有15吨左右储量，而月球上的氦-3有300万吨—500万吨储量，且全在几米到二十几米的月球表面土层里。这些氦-3如果用来发电的话，能够支持地球上万年的用电量！

另外，氦-3在军事、医学等方面也有很大的用途。

当然，氦-3也挺贵，1克氦-3要比1克黄金贵三十几倍！

嫦娥一号探测月球土层的厚度，也将估算月球表面氦-3的含量及其主要分布区域。

我国以往发射的都是地球卫星，而嫦娥一号是月球卫星；以前的卫星都是绕地球飞行，而嫦娥一号要飞行38万千米到月球轨道上去绕月球飞行。嫦娥一号能否在前往月球的过程中成功实现8次以上变轨，能否实现多次近月制动，能否让紫外敏感器准确进行姿态确定，能否实现远程测控通信……这些都需要人造地球卫星不具备的关键技术的支撑。

嫦娥一号工程由绕月卫星、运载火箭、发射场、测控和地面应用五大系统组成。

绕月卫星，是嫦娥一号星体，由中国空间技术研究院（中国航天科技集团五院）负责研制，选用东方红三号卫星平台，设计寿命一年。

运载火箭相当于嫦娥一号的“花轿”系统，由中国运载火箭技术研究院负责研制。

发射场系统，相当于探月“嫦娥”的出发地，由西昌卫星发射中心负责建设，或改建既有的发射工位。

测控系统相当于嫦娥一号奔月过程中的“风筝线”，由西安卫星测控中心和总装测通所负责建设，以我国3频段航天测控网为主，辅以甚长基线干涉天文测量系统组成。

地面应用系统由中科院空间科学与应用研究中心负责研制和建设，由数据接收、运行管理、数据预处理、数据管理、科学应用与研究五个分系统组成。

嫦娥一号绕月工程的每一个大系统都很复杂，科学要求高，技术含量大，其中尤以星体本身系统为甚。

如同人有五脏六腑一样，嫦娥一号星体由结构分系统、热控分系统、制导导航与控制分系统、推进分系统、数据管理分系统、测控数传分系统、定向天线分系统和有效载荷等9个分系统组成。这些分系统各司其职、协同工作，保证月球探测任务的顺利完成。卫星上的有效载荷用于完成对月球的科学探测和试验，其他分系统则为有效载荷正常工作提供支持、控制、指令和管理保证服务。

在总设计师叶培建、副总设计师孙泽洲的带领下，嫦娥一号团队开始了艰苦卓绝的技术攻关。为了让“嫦娥”飞越迢迢旅途，顺利奔向月球，研制人员先后攻克了卫星轨道设计、大幅度提升远距离测控技术等多项技术难关。

国际上走在深空探测最前沿的国家，进行月球探测的第一步往往选择“撞”或者“掠”，即利用撞向月球或者从月球身边掠过的时间，对月球进行基本的探测，在掌握了月球的一些基本数据后再进行绕月飞行，而嫦娥一号的起点就是“绕”。

怎样才能选择一条既精准又合适的地月转移轨道，并在异常复杂的太空环境下调整、维持和优化轨道呢？这对设计人员来说是一个棘手的任务。他们通过极其精确的分析求解，建立中途修正的数学模型，同时巧妙利用调相轨道来扩大发射窗口的能力。按照设计方案，嫦娥一号发射后先在三个调相轨道运行几天，轨道周期分别是16、24和48小时，之后再奔月而去，并在抵达月球前“急刹车”，在绕月轨道上围绕月球极地轨道做三次轨道调整后，进入预定工作轨道。

也就是说，从任务的角度来看，嫦娥一号是一颗全新的卫星。在轨道设计、制导导航和控制系统设计、测控系统设计和热控系统设计等方面均与地球卫星不同。

传说中嫦娥奔月的过程孤独无趣。她孤独无趣的原因便是她与后羿之间再也联系不上，鸿雁不能传书，从此无人关心她，她也不能关心别人。

但是嫦娥一号在奔月的过程中，不会这样，因为它虽形体孤独，但“情感”却与地球紧紧相连，可随时相互沟通。

这根隐形的“情感线”，便是嫦娥一号与地球的信号交换系统。

嫦娥一号需要克服的技术障碍很多，其中最大的问题就是天线无法接收到信号。

此前，我国离地面最高的卫星是位于地球上空3.6万千米处的卫星，而嫦娥一号与地球相距38万千米。在那么远的地方，它所发出的信号在传回地球时将会有百倍衰减。如果地球上的接收天线无法完整地接收到这些信号，又如何能够指挥它对月球进行测控？

为了解决这个问题，解放军总装备部在山东青岛和新疆喀什分别建了两个大天线，直径从12米加到18米。可接受的信息余量大了一点，但到底行不行还是没底。最后利用法国卫星来检测，才发现测控能力可以完成对嫦娥一号的跟踪和测量。

科学探索从来不可能凭一种愉悦慵懒的姿势，享受岁月静好的闲适，便能取得成果。想要有一番建树，你得有猎豹飞奔的动力、鹰隼高远的眼力和蜜蜂不辍劳作的精力才行。只有付出大量的汗水，才可能收获成倍的鲜花和掌声。

嫦娥一号经历了很长的摸索、设计过程，在这个过程中，研究人员不断交流、碰撞、协作，每个人都尽可能地去了解系统环境，并尽可能地让别人认同，从而使很多棘手的问题得到了解决。

嫦娥一号自主创新幅度非常大，这些创新的先进性和可靠性能否得到承认，对科研人员来说都是极大的考验，因而没成功之前每个人的心都是悬着的。

工程原计划是按照“一星一箭”来安排的，考虑到月球探测工程本身在科学上的风险性和不确定性，最后中央决定增加一颗“备份星”。

这种按科学规律办事的精神，减轻了科技人员的压力，更鼓舞了科技人员奋发努力的斗志。同时，也表明中央下决心要搞探月活动，一次不行，就再来一次。每每念及于此，月球探测工程总指挥栾恩杰都既激动，又感慨。

最令中国探月团队感到温暖的是，在嫦娥一号研制的整个进程中，中央领导始终关注着工程的进展，并多次到研制现场了解情况，解决困难，看望科研人员。

鼓励和关怀是无穷的精神力量。到2005年上半年时，中国空间技术研究院的专家们攻克了一个又一个难关，各种方案基本确定，大家终于舒了一口气。

然而，就在此时，我国气象部门预测却得知，嫦娥一号在一年的寿命期内不可避免地需经历两次月食！

这是又一个巨大的考验！这个考验甚至可能推翻之前已然成形的成果，重新开始设计。

月食发生时，由于太阳光被地球挡住，月球上没有太阳光，此时围绕月球运行的嫦娥一号，将和月球一起进入黑暗时光。

嫦娥一号在绕月运行之时，主要依靠身上如天使翅膀一样的太阳能电池板接受阳光照射发电，如果月食发生，这些太阳能电池板将因黑暗而无法工作。另外，由于没有太阳的照射，嫦娥一号表面的温度会急剧下降，最低可达零下130℃，探测器上的仪器便有可能无法正常工作。

最重要的是，嫦娥一号在轨运行期间的阴影期需要从原来的45分钟延长到3小时，而在此期间需要运用蓄电池实现电源的供给，因而对蓄电池的要求便高了许多，且要接受低温下放电的能力、温度的维持能力，以及耐受低温的性能等更严峻的考验。

突然的打击虽始料不及，却并未令中国空间技术研究院的专家们心绪凌乱。沮丧是会有一点点的，但他们很快振作起来，调整方案。

面对功能要求必须更加强大的嫦娥一号，他们又开始了有条不紊地攻关，在全面分析各种不确定性因素的情况下，改进相关分系统的设计，对关键环节进行专项试验验证，用琐碎的细节来保证研制工作的圆满成功。

继而，专家们还调整了嫦娥一号的整星工作模式，对卫热设计和数管软件进行了修改和完善：一方面尽量将嫦娥一号在月食期间的功率负载降下来；另一方面，组织技术人员运用一些新技术，加强嫦娥一号热控方面的能力，以解决整星热量补充不足的问题。

由于相关数据乏可借鉴，在设计时，专家们遵循了两点理念：一是尽量多地去认知环境；二是尽量降低环境模型的不确定性对系统的影响，把实验做充分，把环境认知做全面，把整个工作过程验证做好……只有这样，才能成功。

又一次经过数月没日没夜的努力，终于攻克了一个又一个新的技术难题，且将所有能想到的问题都做了预案。

就这样，先后经过1000多个日日夜夜的艰苦奋战，嫦娥一号诞生了！

这位新时代的“淑女”可没有曼妙的身姿：重达2350千克，是一个方头大耳、呈立方体状的“胖妞”，“三围”分别为2米×1.72米×2.2米。

这个“胖妞”还是个长翅膀的天使。它的翅膀是其分布于头部两侧、最大跨度达18.1米的太阳能电池帆板。

根据我国探月卫星工程的四大科学目标，嫦娥一号将搭载重约130千克的8种24台件的科学探测仪器，这些科学探测仪器包括微波探测仪系统、γ射线谱仪、X射线谱仪、激光高度计、太阳高能粒子探测器、太阳风离子探测器、CCD立体相机、干涉成像光谱仪等。

CCD立体相机能拍出月面立体三维图，拍摄时实行三线阵拍法：在嫦娥一号飞过去前17°拍一张，在嫦娥一号下面拍一张，在嫦娥一号身后拍一张。由于所拍月貌都有一个前视角、后视角和正上方视角的三张照片，经过数据处理，便能构架出立体的地形来。

为了使所拍立体地形更精确，专家们又给嫦娥一号加了激光高度计。

激光高度计的工作原理是：用一个激光发射器对月面进行点射扫描，每一秒钟打一个点。嫦娥一号在其一年的绕月寿命里，就这样连续性地进行打点射扫描月面，月面每一个被扫描点的高度也因此被准确地记录。将这些扫描点全都连起来，便能构成一个完整的月面立体图。再将之与CCD立体相机所拍月面照片结合，便能得到一个全面、精确的月面立体图。

护花使者

什么时候能让嫦娥一号一飞冲天，化茧成蝶，成为万众瞩目的时代“仙女”？

令人期待的日子，在日复一日的奋斗中，越来越靠近。

2007年是月球探测工程的决胜年。决胜在即，万事俱备，只欠发射。

跟发射地球卫星不同，月球探测卫星的发射时间非常重要，一个正确的发射时间是其取得成功的关键条件之一。原因是，月球探测卫星在奔月、绕月飞行的过程中，其姿态、供电、能源和测控等方面都有特殊的要求，在必须符合月球探测的诸多条件的前提下，一年内一般只有4月和10月两个时间段适合发射——这两个月里，地球距离月球最近。

但这两个月的发射窗口非常窄，如果都错过的话，那就只能等到第二年才能发射。

发射窗口是什么？可是“当窗理云鬓，对镜贴花黄”的“窗”？

发射窗口是指适合运载火箭发射的一个时间范围。窗口宽度有宽有窄，宽的以小时计，甚至以天计，窄的只有几十秒钟，甚至为零。发射窗口是根据航天器本身的要求及外部多种限制条件经综合分析计算后确定的。即使发射同一类型、同一轨道的航天器，发射窗口也不一样。所以，航天器的发射有时在早晨，有时在傍晚，有时在白天，有时在夜里。

月球探测器的发射窗口，除了受太阳、地球和月球的相对位置的制约，还受发射方向、地面跟踪与测控条件、气象条件等的限制。

就气象条件而言，按要求，火箭发射时高空风速要小于75米每秒，地面平均风速要小于10米每秒，而最大的地面风速要小于15米每秒，因为风速过大会对火箭发射过程中的精度产生影响。

而且，火箭发射过程之中最忌讳侧向风，因为火箭是杆状结构，强劲的侧向风会如利刃切割火箭，风速过大时甚至能把火箭拦腰“切”断。

风中折桂还好，起码有芬芳有荣誉，但风中折箭，那将会前功尽弃啊！

考虑到月球探测工程是我国首次开展对地球以外天体的近距离探测，未认知的环境因素可能存在，极具创新性、挑战性和风险性，因而月球探测工程领导小组根据实际情况，将原定的4月份发射，调整到10月份发射。旨在充分利用半年时间，再次开展质量复查，以提高工程可靠性、各大系统准确协调性，完善故障预案，确保首发成功。

当年传说中的嫦娥从一个凡人变成仙女，从地球奔到月球，从此成为月亮的主人。她有飞天之功就在于吃了长生不老药，是长生不老药让她身轻如羽，如同插上了翅膀。

那么嫦娥一号要飞天成功，其“长生不老药”是什么？

是长征三号甲火箭（长三甲）！

长征三号甲火箭于1986年启动研制，1994年2月8日首次发射成功，是以中国运载火箭技术研究院为主体，历时8年研制而成的三级大型液体运载火箭。

长征三号甲火箭全长52.52米，地球同步转移轨道运载能力为2600千克，低轨道运载能力约7200千克，太阳同步轨道运载能力约5200千克，是我国长征火箭系列中出色的大力士。

长征三号甲火箭继承了长征三号运载火箭的成熟技术，第一、二级为常规燃料发动机，但第三级却采用了液氢液氧低温推进剂大推力发动机。

除此以外，长征三号甲火箭还攻克了数字化小型控制系统、动调陀螺四轴平台、冷氦加温增压系统、推进剂利用系统和用氢气气动机作动力的双向摆动伺服机构等关键技术。由于拥有更灵活先进的控制系统，长征三号甲火箭还能在星箭分离前对有效载荷进行大姿态调姿定向，并提供可调整的卫星起旋速率。

长征三号甲火箭主要用于发射地球同步转移轨道卫星，兼顾低轨道、太阳同步轨道等其他轨道卫星的发射，也可进行一箭双星或多星的发射，因其一专多能而大大提升了我国运载火箭的适应性，增强了其在国际商业发射市场上的竞争能力。

经过三年紧张且艰难的研制，嫦娥一号终于迎来了飞天的日子，出发地点在西昌卫星发射中心。

西昌市是凉山彝族自治州州府所在，位于四川省西南部，自古便是祖国西南重镇，自秦汉始，历代政权在此建立过郡、州、司府，委派过官吏。汉元鼎六年（公元前111年），汉武帝曾遣著名文学家司马相如为使，建邛都（今西昌），设越西郡，辖15县。唐置建昌府，元置建昌路，明改卫。清雍正六年（1728年）置西昌县，以其城在唐代建昌旧城之西，故名“西昌”。

蜀地以西的这片土地，历史厚重的肌理，连绵不绝地叠加着司马相如、司马迁、诸葛亮、忽必烈、马可·波罗、杨升庵、石达开、宋美龄等名人的脚印。悠久的文明散发着发酵之后的清香，迄今，一些历史遗迹依然存在。

日月辉映，让西昌的天空瓦蓝如玉。西昌是一座与月亮有缘的城市，因为自古人们在西昌能经常观赏到分外明亮皎洁的月亮，月光只因袭阴晴圆缺，千百年不变，地理与人文相互激荡，最终形成充满鲜明月亮特色的文明。

故西昌以“月亮城”的美称闻名海内外。

西昌卫星发射中心位于凉山彝族自治州冕宁县群山深处，组建于1970年12月29日，是中国规模较大、设备技术先进的新型航天器发射场。1984年11月，西昌卫星发射中心正式对外开放。

西昌地处东经102°、北纬28°，因其所处纬度低，如果发射月球卫星的话，可以充分利用地球自转的附加速度，节省运载工具的能量消耗，因而最适合发射嫦娥一号了。

西昌卫星发射中心可谓功勋卓著，自1984年首次发射成功之后，接连创造了我国航天史上第一个发射地球同步轨道卫星、第一个发射通信广播卫星、第一个发射商务卫星等多个第一。

自此，物华天宝的西昌除了拥有“月亮城”“小春城”“攀西聚宝盆”和“黄金地带”等富有大自然美好情调的名字外，又增添了充满现代科学技术魅力的名称:“中国航天城”“东方休斯敦”……

2007年8月10日，原国防科工委组织召开了绕月探测工程进场动员会，宣布完成了嫦娥一号和长征三号甲运载火箭的产品研制，通过了各项试验考核验证；完成了发射场、测控、地面应用系统的建设；嫦娥一号通过了出厂评审，经绕月探测工程领导小组批准，工程转入发射实施阶段。

这个消息如同秋天收获的讯息，振奋了国人。

中国探月梦夙愿千年，神话传说和史料记载林林总总，无不令人遐想联翩，然而这个伟大的梦想却一直停留在遥不可及的想象之中。

但而今，三年，从2004年到2007年，咱们中国人心中这个存在了千年却一直未能实现的探月梦，终将圆梦在即，美好的梦想与精巧的智慧将在这一刻巧妙地结合，绽放，喷薄。这是何其令人喜悦啊！

被尊为“中国航天之父”“中国导弹之父”“中国自动化控制之父”和“火箭之王”的钱学森，在跟年轻人交流之时，总会讲起他的导师、中国航空事业先驱王士倬教授曾经给他讲过的“万户的故事”。

这个故事发生在公元15世纪的中国明朝。

明宪宗皇帝成化年间，有一个名叫万户的富家子弟，虽熟读诗书，却从不参加科举考试。因为他只爱科学，尤爱中国古人发明的火药和火箭，并梦想有朝一日借助其巨大推力，将自己送上蓝天，高空揽胜。为此，他孤注一掷且费时费力地设计了自己的登天设备。

这一天，万户手持两个大风筝，坐在一辆捆绑着47支火箭的蛇形飞车上，准备点燃火箭，飞上天去。

但当万户指挥仆人们点火时，仆人们手举火把却迟迟不愿意点燃引信。正当万户要发火时，一个仆人却心情沉痛地对万户说道：“主人，我心里好怕。”

万户很奇怪：“你怕什么呢？”

那个仆人说：“倘若飞天不成，主人的性命怕是难保啊，我怎么能点啊！”

万户哈哈大笑，壮怀激烈地说：“飞天乃是我中华千年之夙愿，今天，我纵然粉身碎骨，血溅天疆，也要为后世闯出一条探天的道路来。尔等不必害怕，快来点火！”

仆人们只好服从万户的命令，举起熊熊燃烧的火把，点燃了第一排火箭。

引信被点燃，炫光耀眼。火舌如蛇，逶迤摆动。

众皆愕然，心跳加速。除了引信“嘶嘶”燃烧的声音外，一片寂静。

此时无声胜有声。

只一瞬间，“轰”的一声巨响，飞车周围浓烟滚滚，烈焰翻腾，定睛再看，飞车已经离开地面，升入半空。

然而，正当人群发出欢呼的时候，第二排火箭自行点燃了。突然，横空一声爆响。只见蓝天上万户乘坐的飞车变成了一团火，万户从燃烧着的飞车上跌落下来，手中还紧紧握着两支着了火的巨大风筝，摔在万家山上。

钱学森讲到这里停了一下。有一个青年人问道："后来呢？"

"后来？"钱学森神情惋惜地说道，"万户长眠在鲜花盛开的万家山。当然，他进行的飞天事业停止了。明朝以后，特别是到了近代，我国的科技事业日趋落后，以至备受列强欺凌。但是，万户开创的飞天事业，得到了世界的公认。美国一位叫詹姆斯·麦克唐纳的火箭专家，称中国的万户是人类第一位进行载人火箭飞行尝试的先驱。他研制的蛇形飞车，也是人类有史以来了不起的发明。"

万户为了探索飞天之道，付出了生命的代价，这种奉献精神是这个民族的骄傲。这看似一场荒诞不经的命运交响，却嘹亮高亢得响彻寰宇。

国际卫星组织为了纪念这个人类有记载以来的第一位探索高空飞行的人，便把一颗小行星命名为"万户星"。同时，月球上也有一座环形山被命名为万户山。

虽然万户寄希望于火箭能让自己飞天，却不幸失败，献出了宝贵的生命，但他的钻研精神却鼓舞着后来的科技工作者继续钻研飞天之路、探月之路。

正如有史可考的张衡、鲁班、韩信等先辈科学家、军事家，以及故事中的万户等前人在探月过程中的不断探索一样，三年来，为了把"嫦娥"成功送上月球，火箭专家们不断研究、思考，实现了许多技术上的改革与创新，以避免万户的悲剧再度发生。

长征三号甲运载火箭自诞生以来，先后发射14次，取得了100%成功的佳绩，是名副其实的"金牌火箭"。

当然，即便长征三号甲运载火箭是神箭手，是神行军，也并不能说发射没有风险。

鲜花总是与成功相伴，但也可能陪伴死亡。航天发射既是高科技，也是高风险。

科技亦如人生。成功和失败，加冕和顿足，总是相伴相生，却又捉摸不定。误入歧途的歌唱得再洪亮，也是不受人待见的噪声。步步为营的循序脚步和殚精竭虑的智慧力量，才是成功的根本保障。

甘当人梯的长征三号甲运载火箭，虽然有力气托举起质量达到2350千克的嫦娥一号飞升，但要满足它发力的条件也挺多，可以说与风险伴行，也可以说是踩着刀尖行走：

射前准备阶段，假如天气发生变化，或者准备不充分，存在发射中止的风险。长征三号甲运载火箭使用的是低温推进剂液氢液氧，储存温度分别为零下253℃和零下183℃，要求产品绝热性能要好，如果加注过程中或发射前出现管路或连接器泄漏、冻住等问题，将可能导致中止发射。而中止后再次组织发射至少要在3天后，机遇稍纵即逝，3天时间，说长不长，说短不长，极有可能错过发射窗口。

火箭从准备点火、起飞到星箭分离的20多分钟的飞行过程中，考验也多多，得有50多个重要的飞行动作或关键环节得一帆风顺才行。否则，这些环节如果出现任意一个问题，都将可能导致发射失败。

具体地说，长征三号甲运载火箭有两大系统比较关键：一是控制系统，它相当于人的大脑，是控制火箭飞行的神经中枢。它主要由软件和电气系统产品构成，电气系统产品最担心的就是电子元器件的偶然失效。二是动力系统，它是给火箭飞行提供动力的机构。它的许多低温活门非常精细，性能指标要求很严格，有的导向间隙只有0.04毫米—0.08毫米，若有多余物卡住，后果不堪设想。

成熟不等于可靠，可靠不等于成功，一次成功不等于次次成功。中国火箭专家必须一丝不苟，确保发射任务万无一失。

失败固然不是人类探月的终极主题，但任何事业要想成功，在奋进的过程中，总免不了遭遇失败的打击，人类探月工程也一样。

“月球号”是苏联的第一个月球探测计划中所使用的空间探测器的

名称。美国方面的对应计划是“先驱者计划”，先驱者计划所使用的探测器被命名为“先驱者”。

1958年8月17日，美国发射第一颗月球探测器“先驱者0号”，然而，这个开路先锋尚在发射台上就爆炸了。一个月后的1958年9月23日，苏联也开始尝试发射月球探测器，但结局同美国的第一个月球探测器一样，也失败了；而且苏联“月球号”的前3次发射均未能接近月球，直到1959年1月2日发射的“月球1号”才飞掠月球，使该系列最终成为人类第一个取得成果的太空探测计划。

前车之覆，后车之鉴。不管火箭研发团队如何努力，发射风险依然是存在的，志得意满的信心代替不了客观的事实。

20世纪90年代，日本的第一次探月任务中的环月飞行任务也是失败的。

经过复杂的计算，嫦娥一号在2007年10月的24日、25日、26日三天时间发射都可以。但这三天中最好选择零窗口发射。因为零窗口发射之后，嫦娥一号基本上不用做太大的校正，变轨也很方便，能节约很多燃料。为此，西昌卫星发射中心将嫦娥一号的发射时间确定为2007年10月24号18点05分。

极目远眺，斗志满怀。

2007年10月24日，在这个盼望中的日子开始倒计时的时候，西昌卫星发射中心再次吸引全世界的目光。

淅沥沥的小雨，把西昌的天空擦洗得如同青花瓷一样漂亮、洁净。想必这是为了迎接嫦娥一号的奔月吧？从2007年10月22日开始，灿烂的阳光出来了，这座大凉山深处的风情之城也渐渐热闹了起来，城内的大小宾馆全部爆满，几日内往返于此的飞机票、火车票被订购一空，观众、记者人头攒动，熙熙攘攘。

这天晚上，国家航天局里也充满着喜庆气氛。举头望月，北京的天空繁星满天，丝丝缕缕的云彩飘在月亮的周围，娴适、祥和。

虽然发射在即，激动的心怦怦地跳，但大家心中却并非全然是喜悦。

“我现在最担心的，就是还有什么事情没想到。”绕月探测工程卫星系统总指挥、总设计师叶培建说。因为科学家们谁都清楚，随着中国首次绕月探测任务实施进入最后倒计时，对嫦娥一号的全方位考验才真正开始。

2007年10月23日上午，阳光普照，灿云蓝天，徐徐的清风带着富氧的空气拂人心旌。

这天上午，来自全国各地观摩嫦娥一号发射的天文爱好者，将之前的预售门票兑换成现场实况参观券，并乘坐印有“西昌卫星发射中心参观车”字样的车辆前往发射中心。

长征三号甲运载火箭的燃料已开始加注。这些燃料有常规燃料和低温燃料两种，常规燃料的总质量达200多吨，在发射前36个小时开始加注。

秋叶染霜，层林如花。

鸟鸣山幽之处，一种期待在膨胀，含苞待放。

此时，娇容光润的“嫦娥”端坐火箭之上，也在静静地等待，等待出发前往月球那一刻的到来。

冲出云霄

心花膨胀，含晕带露。

尽管人们努力平复着激动的心情，期盼着翌日嫦娥一号一飞冲天时刻的到来。但脸上却依然掩饰不住写满春天的颜色，以及眉眼间流露出节日里的喜庆。

然而，就像是念到女儿远嫁心情会难受一样，2007年10月24日清晨，西昌的天空却突然降起雨来，从依依不舍的“满眼含泪”到“无语凝噎”再到越下越大的“号啕大哭”……

这是轻风徐徐，把蛰伏的离情吹得潸然泪落？

人生自古情难尽，更哪堪“长亭更短亭”。阳光穿过云层，在大地上走着猫步，人们的心里却没有这么闲适，都不禁为嫦娥一号能否如期发射捏着一把汗。

西昌卫星发射中心的专家早就预知这场降雨：即使有小雨，也不会影响卫星发射，只要降雨量小于1毫米，没有台风和雷暴，卫星就可以发射。

果然，到上午10点，天气渐渐转晴，太阳也露出了笑脸，淡淡的云层镀上了金光，好像在以热烈的气氛欢迎嫦娥一号的飞升。

“天气情况有利于嫦娥一号探月卫星的发射升空。”中央气象台11时发布嫦娥一号专项气象预报显示，10月24日17时至20时，西昌卫星发射中心场区天气多云间晴，气温15℃—17℃，偏西风1—2级……

这个消息给关注卫星发射的人们吃了一颗定心丸。

2007年10月24日中午，西昌卫星发射中心阳光灿烂，四处洋溢着“送亲”队伍的喜气。此时火箭上端，雾气缭绕，好似神仙飞升之前的祥云。这是第三级火箭使用的储存温度分别为零下253℃和零下183℃的燃料液氢液氧制造的“效果”。

之前，被研究和投入火箭发射试验的液体推进剂多达百余种，分为氧化剂和燃烧剂。液氧、四氧化二氮等是常用的氧化剂，主要起助燃作用；液氢、煤油、偏二甲肼等是燃烧剂。在这些常用的推进剂中，同质量的液氢液氧释放的能量最高，比冲最大。

西昌卫星发射中心是我国唯一采用液氢液氧低温推进剂的发射场，液氢液氧装在长征三号甲火箭的第三级，而火箭的第一、二级使用的推进剂是四氧化二氮和偏二甲肼等。燃料加注时，首先加注第一、二级火箭的常规推进剂，然后在发射前8小时给第三级火箭加注液氢，发射前5.5小时加注液氧低温推进剂。

尽管燃料贮箱有着水平极高的保温设计，火箭周围空气里的水分子还是迅速地被冷凝成水汽，使得火箭看上去雾气蒸腾、祥云缭绕。为了防止结冰，便要不停地用氮气吹除，直至发射前的最后几秒。

在常温下不断汽化的液氢液氧，会使贮箱的压力越来越高。这种情况是相当危险的，因为哪怕是一粒沙子从一米高处落下来的能量，也能引起燃烧和爆炸。因此给第三级火箭加注液氢和液氧并不容易，必须一边加注一边泄压，绝非像给汽车加油那么简单。从发射前8小时液氢液氧开始加注的那一刻起，两条专用的管路就要不停地把汽化的燃料导入燃烧池烧掉，而燃料的加注也会持续到发射前4分钟。

2007年10月24日下午4点，发射在即。此时，卫星发射中心邻近乡村的村民开始有序撤离。村民必须撤离的原因是发射嫦娥一号的长征三号甲运载火箭装有大量液体燃料，发射时一旦出现意外，将可能对周围居民的生命财产安全构成威胁。

此外，火箭在上升时如果出现意外，也可能对火箭弹道下方的居民造成影响。为防万一，在安全半径2.5千米范围内的村民都要予以疏散，并于发射前1小时疏散至安全区。而这个范围内必须疏散的群众达数千人，包括卫星发射中心附近的八一村、那基村的村民，3号山头的森林管护人员，泽远派出所至八一村报废铁路沿线的人员，田间劳动人员，工程施工人员，铁路工作人员和零散参观人员等。

距离产生美。发射现场的人们敞开胸怀拥抱嫦娥一号，热爱、景仰、恭敬，全都是由衷的，现在一定距离地撤离，只是为了更好、更安全地仰望。

尽管该撤离的人员都撤离了，卫星发射现场还是准备了很多救护车、消防车——不期望不祥之事发生，但是不得不做最坏的打算。因为是否有风险谁也说不清楚。比如1992年3月22日晚，西昌卫星发射中心为澳大利亚发射一颗通信卫星时，由于火箭发生故障，在已点火的状态下，卫星发射紧急中止。此刻，火箭已摆脱了发射塔架的固定，400多吨的箭体和卫星随时有倒地的可能。一旦倒地，推进剂爆炸所产生的巨大能量，会把发射场毁灭殆尽。为了固定火箭，抢险的勇士们冒着生命危险，在发动机还在喷着余火，发射台上不仅严重缺氧，还充满有毒气体的情况下，奋不顾身地冲了上去……发射台被烈火烘烤过，手脚一触上去就被烫得发出“哧哧”声，但谁也没有后退，即便手指被烫得粘在了一起，也坚持不下火线……

像这种因火箭发生故障而紧急中止且未引发灾难性后果还算好的。事实上，火箭刚发射时便爆炸的例子在国外并不少见。

当然，发射现场也并非所有的人都要撤退。未远远撤退的人除了与发射台保持一定距离的工作人员外，还有记者——发射现场周围的梯田和石滩里，设有8个记者指定观测点，记者们可以在此拍照和观察。这些记者每人都必须拿一条湿毛巾，一旦有意外发生，可用来捂住鼻子，隔断毒气，防止中毒。

时间一分一秒地过去，发射的时刻渐渐到来。

2007年10月24日下午5点05分，发射塔架大部分测试操作人员开始撤离，继而，塔架的第五层平台徐徐打开。20分钟后，塔架第一层和第四层平台打开。又过了10分钟，塔架第二层和第三层平台打开。直到17时45分，塔架平台全部打开。夕阳金晖之下，托举着嫦娥一号的长征三号甲运载火箭在巍巍的群山中傲然屹立。

当塔架上最后三名操作手开始撤离时，时间已指向17时50分。此时，01号指挥员李本琪下达15分钟准备口令。随之，连接在火箭上的最后六个插头自动脱落，摆杆全部摆开。又过了一会儿，火箭由地面供电转为自身供电。

发射进入30秒倒计时，从西昌卫星发射中心各测量站到青岛、喀什测控站，从北京航天飞行控制中心到太平洋上的远望二号、远望三号测量船，所有参试单位准备就绪。

看火箭的眼神像蝶恋花似的，目不转睛、须臾不离。

暮色苍苍，山水隐约，晚霞盈天，宛若画卷。

2007年10月24日，世界会记住这个日子！

2007年10月24日18时05分，中国会记住这个时刻！

在这一刻，中国首颗探月卫星嫦娥一号点火发射，伴随着“轰”的一声响，有一种美顿时熊熊燃烧，火箭带着骄傲的翎音，穿越万年的静寂，直冲云霄。

脚下尘寰多姿多彩，渐行渐远，身边云朵花团锦簇，令人欣悦。嫦娥一号带着中国人千年万年的期冀，在喜悦的惊叹和雷鸣般的掌声中一路飞升，奔向梦想的彼岸……

“归去尘寰外，春山桂树丛。”

嫦娥一号奔向月球的每一个过程，人们都倍加关注；它每一个阶段成功的消息，都被人们津津乐道。这背后，是中国人几千年来对于月亮的美好向往。“嫦娥”这美妙的名字，本身就浓缩了太多中国人对于月亮的独特情感。

再者，随着时代的发展，城市化程度的提高，每个人都变得越来越理智，越来越绅士，想找疯狂的机会，真是难上加难。现在“嫦娥”来了，啤酒，狂欢，昼夜颠倒……好一个肾上腺素飙升的机会啊！

从西昌大山深处的发射场腾空而起，到冲进云霄天际，嫦娥一号在人们肉眼视线里不过只存在了短短的20多秒，发射成功似乎就在一瞬间。然而，这一瞬间却凝聚了中国航天科技工作者们近半个世纪的探索和3年来的辛苦付出。

奇迹在欣喜、期盼和祝福中一步步接近桂冠。

嫦娥一号这个“中国制造”，就这样第一次离开地球，奔向了月球。

紧随其后的，是中国航天一个崭新时代的来临。

脚踏祥云，衣袂飘飘，御风而行，云髻玉面，秋波流转。

一个身姿曼妙的美丽女子，朝着一轮桂枝婆娑、殿阁仙山矗立的明月飞升而去……

这一幕画面是多么神奇，浪漫，而又不可思议。

古代传说中，嫦娥奔月的故事留给一代代中国人的印象就是这么诗意。

嫦娥奔月令人向往，这是一个美女从凡人羽化成仙的过程。虽然奔月过程中沿路没有鲜花和掌声，唯孤独凄清和渐行渐远，但这个凤凰涅槃的过程却能将一生变为永远。

嫦娥一号奔月过程中也是如此吗？

非也！这个过程是一个风险与鲜花并存的过程，甚至，还是一个向死而生的过程！

种种数据表明，嫦娥一号发射之后，奔月过程一切都正常。

但“嫦娥”奔月其路迢迢，哪怕是一个小环节出现故障，都会前功尽弃。因而，“嫦娥”的奔月之旅，如履薄冰，步步惊心。心被“嫦娥”锁定，发射前因激动没敢睡个好觉的专家们，发射后又因担心不敢睡一个好觉。

“嫦娥”奔月技术问题姑且不说，奔月之旅，还有太空中一些不可预知的、与技术设计无关的风险在考验着它。

比如防不胜防的太空垃圾，以及如鬼魅出现的太空粒子。

什么是太空垃圾呢？你可以通过画面来得到答案：

2007年7月23日上午，国际空间站的俄罗斯航天员费奥多尔·尤尔奇欣和美国航天员克莱顿·安德森进行了一次太空行走。他们此次行走不是为了作秀，也不是为了做实验，而是将空间站一些废弃不用的设备从太空扔向地球。

安德森是此次“打扫空间站卫生”的主要执行者，尤尔奇欣则辅助完成其他一些小任务。

安德森倚靠在空间站机械臂顶端，将一个废旧照相机支架从空间站卸下，而后奋力抛进了太空——这个相机支架有1.22米长，大约90千克重。

接下来，安德森开始了惊人的“第二投”——将一只约620千克的废旧氨水罐扔掉。这个氨水罐2001年被安装在空间站上，如电冰箱一般大小，原计划用以提供备用冷却剂，不过自安装之日起就从未被使用过，一直到它超过使用寿命。

安德森将他扔出这些废弃物的举动戏称为玩“太空棒球”。为了玩这些“棒球”，两位航天员的太空行走持续了7个多小时。

这两位航天员将这些废弃物扔向太空是为了给国际空间站减负，以增添其他设备和进一步修整实验室腾出空间，但他们所在国际空间站的“负”是减了，却给太空环境增加了“负”——他们扔向太空的这些废弃物，成了太空垃圾。

他们自以为潇洒的一举手一投足，却在太空埋下了灾难的种子。云淡风轻的天庭被植入了随时可能增长的“肿瘤”细胞。

太空垃圾最早产生于1965年。这一年，美国第一位太空行走者怀特在他第一次进入太空行走时掉了一副备用手套。从这一年开始，航天员由于不小心而在环绕地球的太空轨道中丢下了近10万件不同寻常的太空垃圾。

从1957年苏联发射第一颗人造卫星开始，人类探索太空已经有50年的历史了，在这50年间，发射过数千颗航天飞行器，这些航天飞行器因各种原因而制造的空间碎片也是太空垃圾。

太空垃圾名目繁多：有在空间轨道兜圈子的弃用卫星、空间站等航天器，有被遗弃的运载火箭推进器残骸、意外爆炸形成的碎片，及星箭分离用的爆炸螺栓、卫星包带和弹簧等，还有航天员“随地乱扔”的垃圾……据粗略估计，目前太空垃圾总重达5500吨。

不要小看这些太空垃圾，由于其飞行速度高达每秒6千米—7千米，因而蕴藏着巨大的杀伤力。即使一块10克重的太空垃圾撞上卫星，撞击力也相当于两辆小汽车以100千米的时速迎面相撞，卫星会在瞬间被打穿或击毁！

如果一个在较低轨道上运行的卫星与太空垃圾相遇时的平均碰撞速度为每秒10千米，那么一个直径只有1厘米大小的颗粒在与卫星碰撞时就能释放出一颗手榴弹爆炸的能量；一颗迎面而来的直径为0.5毫米的金属微粒，也足以戳穿密封的飞行服；人们肉眼无法辨别的尘埃，如油漆细屑、涂料粉末等，也能使航天员殒命；一块仅有阿司匹林药片大的太空垃圾，可将人造卫星撞成“残废”。

近几十年来，因太空垃圾造成的空间事故和灾难屡见不鲜：

1983年，“挑战者号”航天飞机曾碰上一块从废弃的航天飞机上脱落的直径为0.2厘米的漆皮，结果舷窗玻璃被削出一个小坑；同年，人们在返回地球的“阿特兰蒂斯号”航天飞机的散热器上，发现一个被太空垃圾击穿的小洞；

1986年，“阿丽亚娜号”火箭进入轨道之后不久爆炸，分解成564块直径为10厘米左右的残骸和2300块小碎片，这些残骸使2颗日本通信卫星“命”丧太空；

1991年9月15日，美国发射的“发现号”航天飞机差一点与苏联的火箭残骸相撞，当时“发现号”与这个“不速之客”仅仅相距2.74千米，幸亏地球指挥系统及时发出调轨信号，才避免一难；

1999年6月，美国“发现号”航天飞机返回，身上有64处被撞击留下的痕迹；

2005年，美国一架运载火箭也因为撞到一块太空垃圾而损失惨重；

2005年1月17日，美国国家航空航天局公布，南极上空885千米处，发生了一起看似偶然的“宇宙交通事故”：一块31年前发射的、美国“雷神”火箭推进器遗弃物，与中国6年前发射的长征四号火箭CZ-4碎片相撞。这是一起典型的太空垃圾“交通肇事案”。

……

太空垃圾不仅给航天事业带来巨大隐患，还污染宇宙空间。尤其是核动力发动机脱落，会造成放射性污染。1978年，一颗装有核装置的苏联军事卫星在加拿大坠落，造成了地表的核污染，苏联为此向加拿大赔款600万美元。

太空垃圾的产生数量跟航天器的发射数量有直接关系。美国国家航空航天局2004 年的一份报告显示，俄罗斯是太空垃圾的最大来源国，其次便是美国。

太空垃圾的形成跟被忽视的开始有关。

自20世纪50年代开始进军宇宙以来，人类已经发射了4000多次航天运载火箭。人类刚开始发射卫星时，都觉得太空是无限的，可以容纳很多很多垃圾，甚至可以将地面上不好处理的垃圾都扔到太空去。

太空垃圾的存在是一个令人头痛的事件。而且，太空垃圾的增加有“雪崩效应”：目前地球周围的宇宙空间还算开阔，太空垃圾发生碰撞的概率很小，但一旦撞上，就是毁灭性的，且每一次撞击都会产生更多碎片，而每一个新的碎片又是一个新的碰撞危险源。有科学家预测，如果太空垃圾问题得不到及时解决，照此下去，不但可能会导致灾难性连锁碰撞事件发生的频率增加，而且到2300年时，任何东西都可能无法进入太空轨道了。

虽然有些太空垃圾能逐渐落回地面，在重返大气层的过程中烧毁。但离地球越远，落回地面的时间就越长。因为在距离地球1000千米以上的太空，大气非常少，对太空垃圾的运动没什么影响。在距离地球三四百千米的太空，尽管空气非常稀薄，却会对太空垃圾产生阻力，有阻力的话，太空垃圾的运行速度就会降低，速度降低后，它就会往地面掉，离地面越近，大气越稠密，阻力也便越大，最后就掉进大气层燃烧了。但是太空垃圾要掉进大气层，这个过程所需的时间可能会很长，距离地球三四百千米处太空中的垃圾可能要1年才能掉到地球上；距离地球五六百千米处太空中的垃圾掉到地球可能要10年时间；而在800千米高度上的太空垃圾却要经过数十年才有可能落回地面。

因为地球上的大气是按指数往上递减的，距离地球1000千米和100千米的大气密度相差很多，所以碎片离地球的距离越远，它的寿命便可能越长。

太空垃圾要完全清除是非常困难的，为控制和减少太空垃圾，宇航专家们可谓殚精竭虑。

首先是尽量减少卫星或者航天器的数量。因为只要发射卫星，这些卫星最终都会成为垃圾；其次是在航天器完成使命之前，将其剩下的燃料耗尽。因为剩下的燃料如果没排光的话，航天器可能在空间运行一段时间之后，由于某种原因忽然爆炸，便会产生几百个甚至几千个碎片；而若剩余的燃料排光了的话，便不会爆炸。

1993年，美国国家航空航天局、欧洲航天局、日本宇宙开发事业团和俄罗斯航天局联合发起成立了机构间空间碎片协调委员会。这个委员会是与空间碎片处理有关的唯一一个国际组织，其功能主要是组织开展空间碎片的研究和协调，同时制定空间碎片减缓标准。

如何清除既有的太空垃圾?

美国国家航空航天局在尝试研发一种“激光扫帚”技术，以击落太空垃圾；同时，也在研制一种长400米、宽45米的“太空风车”，当这种“太空风车”与太空垃圾发生碰撞时，会使碎片放慢速度和失去能量，然后脱离地球轨道，坠入大气层烧毁；俄罗斯科研人员还开发出保护航天器与太空垃圾碰撞的新型防护屏，这种网状的防护屏上涂了一层特殊材料，当太空垃圾与其发生碰撞时，将降低碰撞强度，碰撞产生的能量还会使太空垃圾发生爆炸式的化学反应，大大加快太空垃圾变成粉末的过程；英国科学家则推出了“自杀式卫星”系统，这些自杀式卫星倘若发现了太空垃圾，便会开动以丁烷驱动的火箭引擎把垃圾“抓住”，再将之推到地球大气层，与之“同归于尽”……

那么航天器如何躲避和防患既有的太空垃圾呢?

对于非常小的碎片，防护屏便可防护。航天器在制作过程中都考虑到了这些情况，外壳不仅进行了加厚，还在表面添加了屏蔽防护层。这样，小的碎片对航天器就不会带来致命危害，充其量只会在航天器上留下“伤痕”。

而对于一些大的碎片，则只能采取监测并躲避的方法，“敬”而远之。当监测到这些大碎片后，地面监控系统便会计算出这个太空垃圾何时与哪个航天器相撞，并及时向正在运行的航天器发出信号，使航天器在轨道上适时抬升或下降，以躲避碰撞。待避过大碎片后再重新归位。

美国的空间站1998年发射到太空，从此每年都会躲避一些大的太空垃圾。

嫦娥一号也是采用这种监测并躲避的方法，以免与太空垃圾“正面冲突”，发生意外。

当然，除了太空垃圾可能危害嫦娥一号外，太空中还有一些物质也很可怕:

高能带电粒子很可怕。太阳释放出很多高能粒子，一个粒子就可以造成计算机软件里面的芯片翻转，使其数字化的0101中的0变成1、1变成0，于是整个控制便乱了。所以一个高能粒子就有可能令一个航天器毙命。

等离子体也是航天器的克星。地面上是没有等离子体的，但在太空环境里，99%的宇宙物质是以等离子体的形式存在的，等离子体能使航天器表面带电，如果带电的电子和离子的速度不一样，航天器就会产生很高的电压，这样，带电的航天器一放电，也便瞬间玩完……

面对这些“拦路虎”，嫦娥一号研发团队都进行了充分的考虑，并尽可能地规避一切既知的风险。

不经历风雨，怎么见彩虹？不畏旅途的风险，才能留下岁月的芬芳。

嫦娥一号一路向前，要脱胎换骨，又怎可能皆是坦途？

轻抚月桂霄晖

河汉浩瀚，前路漫漫。

华灯初上，星光竞辉。

在嫦娥一号的奔月之旅中，霓虹流转的楼阁间，虫豸鸣唱的乡野里，有多少双眼睛在仰望当空皓月，有多少束关切的目光投向了浩渺太空。

这，全都是为了追寻以一位中国古代美女的名字冠名的现代倩影，全都是为了感受时间和空间的交织与变奏。

但从地球一级级升上去，伸向太空、伸向月球的天梯之路下宽上窄。

嫦娥一号发射之后，一刻不停地向宇宙的纵向、向月球的怀抱奔去，无所畏惧。

2007年10月25日17时55分，北京航天飞行控制中心按照预定计划，向其发出变轨指令，对其实施远地点变轨。

庄严的手指，以虔诚地接近颂歌的方式，让严谨的电波飞向太空，让梦想与现实对接，让嫦娥一号创造自身生命和科技的辉煌。

这一刻，一切被误读和被混淆的可能，都被心细如发的准确毫不留情地摒弃于成功之外。

指令发出130秒后，嫦娥一号近地点高度由约200千米抬高到约600千米，变轨圆满成功。

这次变轨表明，嫦娥一号推进系统工作正常，也为随后进行的三次近地点变轨奠定了基础。

2007年10月26日下午，当嫦娥一号再次到达近地点时，嫦娥一号身上的主发动机再次打开，巨大的推力使其上升到了24小时轨道。

在24小时轨道上运行3圈后，2007年10月29日，嫦娥一号又进行第二次近地点变轨，进入48小时地球轨道。

这几次变轨都是通过嫦娥一号上的发动机使之加速得以实现的。从理论上讲，嫦娥一号通过一次变轨就可以实现进入月球轨道的目标，但为了充分利用燃料，同时也为了方便地面控制，科学家把变轨逐步分解。

在嫦娥一号上，推进分系统配置了1台大功率变轨发动机和12台小功率推力器。12台推力器分成A、B两分支，每分支6台推力器互为备份。

当长征三号甲火箭将嫦娥一号送入绕地球飞行的大椭圆轨道后，推进分系统就开始工作，经过1次远地点和3次近地点变轨，嫦娥一号进入地月转移轨道，再经过2—3次中途修正和3次近月制动，进入绕月轨道。在随后的1年内，还需要定期进行位置控制和姿态控制。

假如嫦娥一号身上的大功率变轨发动机发生意外，是不是嫦娥一号就不能实现变轨了呢？一样能！因为，此时12台小功率推力器便替代大功率发动机工作，力挽狂澜。

为了确保嫦娥一号在奔月过程中有足够的动力，嫦娥一号设计团队在总重为2350千克的卫星中，装上了约1200千克燃料。

我国的卫星推进系统是完全依靠自己的力量建立和发展起来的。经过40多年的努力，我国已经成功研制了能够适应各种轨道任务需求的推进系统平台，其性能达到国际先进水平。

当然，嫦娥一号能够准确入轨，除了成熟的卫星推进系统外，也跟西昌卫星发射中心在发射嫦娥一号时实现了零窗口发射有关。因为零窗口准时发射，为嫦娥一号精确入轨创造了基本条件。

就这样，嫦娥一号实施了1次远地点变轨、3次近地点变轨，行程达144万多千米后，于2007年11月1日正式进入地月转移轨道，真正开始奔向月球。

这一刻，也令人怦怦心跳，既盼望，又紧张。

2007年11月1日17时，北京航天飞行控制中心飞控大厅内气氛紧张而凝重。大厅中央三块巨大的显示屏上，一条条色彩分明的弧线显示着嫦娥一号的即时飞行轨迹，呈矩阵式排列的白色工作台前，身着蓝色工作服的技术人员，目不转睛地监视着屏幕上快速流动的数字，神情庄重而专注。

遥控机房内，一串数据输入计算机，软件专家欧余军沉着果断地按下了发令键，向嫦娥一号发出指令——这是嫦娥一号第三次近地点变轨成功与否的重要指令。作为整个奔月过程中最为关键的轨道控制之一，它直接关系着嫦娥一号能否顺利进入地月转移轨道，与月球交会。这种控制也如大姑娘上轿，是我国航天测控史上的第一次。

2007年11月1日17时15分。“发动机点火！”“轨控开始！”一声声洪亮的口令在飞控大厅里响起。

飞控大厅的大屏幕上，形象生动的三维动画将嫦娥一号旋转的姿态清晰地呈现出来：金黄色的卫星星体上，一条浅蓝色轴线向显示推力方向的红色轴线渐渐靠近，直至与之重合，卫星在天空中划出一条长长的白色轨迹。

784秒后，准确有力的报告声再次在飞控大厅里响起：“发动机关机！轨控结束。”

嫦娥一号的速度迅速提高到10.58千米每秒以上，进入地月转移轨道。

嫦娥一号就此走近了那一片充满魔幻的月球天空。

时间一秒一秒跳过，人们焦急地等待着。位于大厅后侧的计算机终端机房，轨道专家李革非、谢剑锋、陈明，软件专家欧余军、于天一全神贯注地收集着从各测控站传送来的数据，有序地进行着卫星遥测数据和轨道数据处理。

几分钟后，轨道专家陈明报出了精确的卫星轨道参数。

“卫星进入地月转移轨道，开始了距地38万千米的太空旅程！”

总调度张炜洪亮有力的报告声骤然打破了大厅的沉寂。

顿时，飞控大厅内响起了雷鸣般的掌声。坐在专家席上的测控通信指挥长、飞控中心主任朱民才起身和几位专家激动地握手。

2007年11月5日上午6点，距离嫦娥一号实施第一次近月制动还有5个小时，但负责绕月探测工程的总指挥栾恩杰、总设计师孙家栋、首席科学家欧阳自远早早地就到了北京航天飞行控制中心，因为嫦娥一号的此次制动直接关系嫦娥一号能否顺利进入环月轨道。

越是在顺利的情况下，就越要保持清醒的头脑，不漏看一个数据，不下错一条口令，不出现一次误操作。准确处置，确保万无一失。

2007年11月5日上午10时35分，经过180多万千米长途飞行的嫦娥一号，被月球成功捕获，进入近月点210千米、远月点8600千米的椭圆绕月轨道。

2007年11月5日上午11点15分，制动口令发出；2007年11月5日11点37分，工作人员宣布：“嫦娥一号第一次近月制动过程正常，已顺利进入12小时环月轨道。”

这个声音传遍了全世界，宣告嫦娥一号绕月探测卫星成功实施了第一次近月制动，中国有了自己的第一颗绕月卫星。

在这一刻，为了这个梦想奋斗了一辈子的总指挥栾恩杰、总设计师孙家栋、首席科学家欧阳自远，情不自禁地拥抱到了一起。

栾恩杰激动地说：“中国嫦娥工程可以说是画了一个惊叹号。虽然离整个工程完成任务尚早，但这个惊叹号画得精彩，现在入轨的精度非常高，完全被月球捕获，中国人首次探月就获得了辉煌的成就。”

时任国防科工委副主任、国家航天局局长孙来燕说："我们航天事业开辟了一个新的里程，我们向更远的空间开始迈进。"

时任绕月探测工程领导小组副组长张建启抑制不住激动的心情说："这一次任务，我们定了四个目标，第一个是准时发射，第二个是准确入轨，第三个是精密测控，第四个是顺利绕月。到今天为止，这四个目标都完满实现了。为了这一刻，航天人不知度过了多少不眠之夜。"

紧接着，嫦娥一号又进行了两次近月制动，最终进入距离月球200千米、周期为127分钟的极月圆轨道，这是嫦娥一号的工作轨道。它将在这个轨道上开心地待上一年，并完成中国探月工程的科技工作者们赋予它的探月任务。

嫦娥一号一年，便是它的一生。

嫦娥一号继承了嫦娥奔月的传统，蟾宫、桂树、玉兔的仙气在这一刻凝聚一体。但嫦娥一号这一刻却不是一个人在战斗，在绕月轨道上，还有一个来自邻邦的姐妹——在此之前的北京时间2007年9月14日，日本发射了探月卫星"月亮女神"（又名"辉夜姬"）。

"辉夜姬"这一名称是由日本公众选出的。因为辉夜姬是日本的大名人——日本古代传说中的月亮女神。"月亮女神"让日本成了第一个成功发送绕月卫星的亚洲国家。

"月亮女神"重3吨，除主星外还有两个小卫星，是一箭三星，其科学目标有的与嫦娥一号相近，如：探测月表元素、矿物质，绘制月表立体图像，探测月球空间环境。但"月亮女神"还有探测月球结构等目标。嫦娥一号有探测月壤厚度的目标，"月亮女神"却没有这个目标。

日本科研人员称，"月亮女神"探月，是日本2025年建立载人太空站目标的第一步，之后，"月亮女神"定轨于离月面100千米的轨道开展工作。

有比较，便引出了话题。于是有人说，嫦娥一号是小儿科，根本不值一提。

比如嫦娥一号的绕月轨道是距月球200千米的圆形轨道，而日本“月亮女神”选择的是距离月球100千米的绕月轨道，仅这一点，嫦娥一号就逊色于“月亮女神”。

又比如，“月亮女神”卫星搭载有14种探测仪器，是嫦娥一号所搭载探测仪器的两倍，而且“月亮女神”还是一颗主卫星和两颗子卫星的多星系统。嫦娥一号在探测仪器的数量上与“月亮女神”相比，也相形见绌。

再比如，嫦娥一号月球CCD相机的分辨率为120米，“月亮女神”CCD相机的分辨率为10米，这个差距太大。即使相比13年前美国“克莱门汀号”月球探测器窄带相机的30米分辨率而言，嫦娥一号也有所不及。

还比如，运载嫦娥一号的长征三号甲火箭，地球同步转移轨道的运载能力为2.65吨，全箭起飞质量241吨；而30多年前，美国阿波罗登月计划所动用的巨无霸“土星5号”运载火箭，月球轨道的运载能力为47吨，起飞质量达到了3000吨。

……

嫦娥一号真的不值一提吗？

当然不是！

首先，根据绕月卫星轨道距离月面远近，而得出卫星品质优劣的结论很外行。因为探测卫星先进不先进，跟卫星距离月面的远近无关。

嫦娥一号选择距月球200千米的圆形轨道作为工作轨道，这完全是出于有效载荷开展工作的需要。因为嫦娥一号搭载的CCD立体相机、激光高度计、微波探测仪等有效载荷，在200千米的圆形轨道上便能够充分发挥性能，具备完成获取月球表面三维影像、分析月球表面元素含量和物质类型的分布特点、探测月壤特性、探测地月空间环境这4大科学目标的能力。轨道高度是根据绕月探测的科学目标确定的，与轨道控制技术的难度无关。

就如同我国的载人飞船在323千米高度的轨道上飞行，而通信卫星在约36000千米高度的轨道上飞行一样，飞行器的轨道高度并不代表控制难度，也与技术先进与否无关。如果嫦娥一号选择其他高度的工作轨道，一样能够控制。

其次，绕月卫星所搭载探测仪器数量的多少，也不能说明绕月卫星的优劣。比如欧洲航天局2003年发射的“Smart-1号”月球探测器，有效载荷仅为19千克，也只载了7套仪器，却完成了10多项技术试验和科学研究。

再次，关于嫦娥一号月球CCD相机的分辨率为120米，与“月亮女神”CCD相机的分辨率为10米，以及“克莱门汀号”月球探测器窄带相机的30米分辨率相比，这个差距的问题的确是存在的。但世间事物，各有所长所短，且相机分辨率的大小与实现探测目标有关，只要满足需求即可。

最后，关于月球轨道的运载能力和起飞质量的问题，也是按需设计，越匹配越好，如果硬要用高射炮来打蚊子，那是一种很大的浪费。

……

实际上，嫦娥一号也有傲视群雄的优势，绝非不值一提。

最打动人心的美从来不会浓墨重彩，她的玉颜总是在你忽略或罔顾的地方暗自绽放。

小鸟翱翔，拥有的是蓝天。

“嫦娥”奔月，拥抱的是月亮。

小鸟拥有蓝天，靠的是其与生俱来的天性；而“嫦娥”拥抱月亮，靠的则是后来居上的科技实力。

40多年里，人类向月球发射了100多个探测器，却没有一个探测器拍出哪怕一张三维月球全图，嫦娥一号的首要任务便是要填补这个空缺，拍出月球全球的三维图像。貌不惊人却有如此壮志，此种气魄不是很震撼人心吗？

嫦娥一号的绝世武功还不仅于此：嫦娥一号要探测14种元素，超过其他国家探测器探测数量一倍之多；嫦娥一号激光高度计精度为1米，而“月亮女神”只有5米；此外，嫦娥一号还将首次使用微波方法探测月壤。

科学家为嫦娥一号设定了4个科学技术目标：通过CCD相机与激光高度计获取月球表面三维立体影像，描绘月球地质与构造图；通过γ/X射线谱仪分析月球表面的元素及矿物质的含量和分布；通过微波探测仪测量月壤的厚度并评估月壤中的氦-3资源；通过高能粒子探测仪探测地月空间环境。

世界科技强国探月的重点各有不同，正是“萝卜青菜各有所爱”：日本探月侧重于重力场的探测；俄罗斯探月卫星砸进月壤几米深处，为的是探测月球内部结构。

四川回锅肉与广东海鲜大餐烹调方法迥异，你能说哪个菜更好吃？同样，探月侧重点的异同，岂能说谁先进谁落后？假如世界科技强国在进行探月之时重点都一样，那恰恰是最不适宜的，那是对人类科技资源的最大浪费。

事实上，正是因为世界各国探月的重点不同，各科技强国才能联合起来，共同探测外太空，这也将是未来的必然趋势。

“不须浪饮丁都护，世上英雄本无主。”

这是唐代诗人李贺在《浩歌》一诗中的感叹，这句诗告诫人们不要在哀伤的乐曲中醉生梦死，英雄从来就不是与生俱来的。意谓人不可以自我消沉，而应积极进取，奋发向上，这样才可以成为英雄。

月亮给了嫦娥一号和“月亮女神”施展才能的舞台，内实精神，外示安仪，谁强谁弱，哪是外行人一句话便能定论的！

仰望夜空，圆月如盘，总让人涌起无限情愫。

我的思念是圆的
八月中秋的月亮
也是最亮最圆的
无论山多高，海多宽
天涯海角都能看见它
在这样的夜晚
会想起什么

作为中国探月工程关键技术重要设计专家的吴伟仁，脑海中又出现了著名诗人艾青《我的思念是圆的》中的诗句，出现了故乡的影子，出现了母亲慈祥的面容，出现了童年时母亲给自己所讲的嫦娥与玉兔的故事、月亮与吴家的故事。

对，母亲还讲了月亮与吴家的渊源。

身在繁华都市，吴伟仁内心却装着大巴山的朴素与寂静。平日里，他虔诚地把自己对探月科技的钻研，当作对故乡的思念和倾诉。月亮这块精神高地寄托了他的热情与乡愁。

翩飞的思绪中，贫穷的故乡，装满慈爱与善良，童年里母子间童心稚气的对话，隔着时空传来：

“儿子，天上的月亮，以及月亮里的嫦娥还与咱老吴家有着联系呢。”

“跟咱们吴家有联系？跟咱们吴家谁有联系啊？我认识不？他叫啥子名字？”

“他叫吴刚啊。”

“吴刚？我没听说过这个人，吴刚是谁？妈妈，我见过他吗？”

“你当然没见过，不仅你没见过，连妈妈也没见过呢。他可是吴家的老祖宗啊！”

“吴家的老祖宗？他跟月亮和嫦娥有啥关系呢？他也是住在月亮里

的吗？”

“是的，吴刚也是住在月亮里的。”

“吴刚真是住在月亮里的啊？妈妈，给我讲讲吴刚的故事嘛。”

“好吧，妈妈现在就讲给你听。”

母亲说，汉朝一个名叫吴刚的人，听说用月亮里的桂树所开之花泡水给得了瘟疫的灾民喝，能治好瘟疫，为救民于瘟疫，便以彩虹为天梯，上到月宫采摘桂花，并将桂树上的花儿全都摇落人间。未承想这事惹恼了玉帝：这可是一万年才开一次的花儿啊！于是派天兵将吴刚抓了起来，准备治罪。

当玉帝得知吴刚这样做是为了救百姓之后，又被感动了，可吴刚毕竟犯了天条，如果不惩罚吴刚则难以服众，也有损玉帝的威信。

正在玉帝为难之时，月桂开口说话了，他说掉落人间的桂花不是吴刚采摘的，而是自己擅自做主摇动树身弄掉的，玉帝如果要惩罚便惩罚自己吧，这与吴刚没关系。

月桂的话让玉帝忽然有了主意：“你如此胆大妄为，是该受到惩罚！来人，将月桂砍了！”

见月桂为保护他竟遭此灭顶之灾，吴刚着急了，连忙向玉帝求情，让自己去砍月桂。他想的是，自己砍月桂时可以使假动作，便能在一定程度上保护月桂。

吴刚的话对玉帝来说正中下怀：“那好吧，等你砍倒月桂之后，你再返人间！”

其实玉帝怒斥月桂，不过是想做做样子，内心并不想伤害仗义且心地善良的月桂树。不仅如此，他还怕吴刚在砍月桂时真的伤了月桂，而对月桂施了法术，每当吴刚对月桂砍一斧子，斧子从桂树身上抽离时，被砍的地方便能马上复原。

当然，玉帝让吴刚这样不停劳作的原因，也在于他想将具有仙心凡身的吴刚留在天庭。

就这样，吴刚便长年累月地在月亮之上砍那棵高大的月桂树，一砍砍了几千年。

……

母亲在给吴伟仁讲这个故事的时候，吴伟仁的思绪也在飞扬：今后如有机会，自己一定要去月亮上看看那棵高大的月桂树，看看吴家的老祖宗吴刚，也用吴刚的斧子试着砍砍月桂树，看砍了后月桂是否能立马复原。

后来渐渐长大，吴伟仁对月亮的知识了解多了些后，才觉得母亲所讲的关于吴刚的故事很可笑，而且吴刚怎么就是吴家的老祖宗呢？这不过就是同一个姓而已。

在当生产队长的那段苦涩日子里，面对贫瘠的土地，晚上热得躺在土地上乘凉的时候，看到一轮皓月当空，小时候母亲给自己讲的嫦娥奔月的故事便又浮现在吴伟仁的脑海之中。那时他就想，月球这么神秘，自己要是吴刚多好！即使劳累，也能看到真切的月亮，看到美丽的嫦娥，更能知道月亮上到底有什么、没有什么。

再继续长大，特别是离开大巴山后，随着学识的增加，吴伟仁心跟明镜似地知道，嫦娥与吴刚的故事，都是前人编出来的，是根本不存在的。

但嫦娥与吴刚的故事纵然是神话传说，在吴伟仁心中却成了一根根串起童年美好的琴弦，每每忆起，便乐韵悠扬，撩动着他对母亲、对母爱、对童年的思念。

嫦娥一号什么时候能够传回第一张月球照片啊？这一张月球照片里有没有童年记忆中母亲所讲的神话传说中的月桂与吴刚，以及嫦娥和玉兔的蛛丝马迹呢？

有没有传说中的这些东西，吴伟仁的心里都充满着无穷期待。因为这样的照片，是中国科技人员多年奋斗的收获！

皎皎银蟾

“望美人兮未来，临风怳兮浩歌。”

千百年来，月亮或许也是如此落寞。

“小的时候，我曾经梦想过登上月球。我总想知道月球究竟是什么样子的，我很想知道桂花树究竟是怎么个形态。我很敬佩吴刚无止境地砍树，但砍了又复原。究竟是什么力量使桂花树永远没有办法被砍倒？所以我很想探寻一下这个秘密，探寻一下月球上究竟是什么样的情景。后来长大了，慢慢知道了月球是一个非常严酷的、死绝的世界。但这更引起了我的兴趣。因为我就是要研究这些东西，探求它为什么会形成这样，探求它为什么不能像我们地球这样生机勃勃、万物繁茂、五彩缤纷、欣欣向荣？”

中国探月工程首席科学家欧阳自远曾说过这样一段话。

当嫦娥一号成功飞天，且进入月球轨道绕月工作之后，吴伟仁跟欧阳自远一样盼望着能够一睹嫦娥一号发回来的月球照片，期盼着能够尽早看到这些由包括自己在内的中国人自行研制的探月卫星发回来的月球照片上，究竟有些什么。

这片遥挂高天明晃晃却冷艳的球体，以及球体上神秘的一切，承载了他们多年沸腾的向往和梦想，这些向往和梦想一直促使他们不知疲倦地为之探索而奋斗。

2007年11月22日，对中国人来说，这是一个值得记住的历史性的日子，因为这一天，嫦娥一号传回首张月面图。

当然，严格地说，嫦娥一号向地面传回的是图像的数据，并非图像，成像还得在地面应用系统中完成。

“嫦娥一号传回的数据非常好。现在，我们得到的数据非常完整。”绕月探测工程总指挥栾恩杰看到这些收到的数据比工程之初预期的更加理想后，感到很兴奋。

嫦娥一号通过电波发射回来的数据，别的国家不也可以接收吗？会不会泄密呢？如果会泄密的话，那中国研制嫦娥一号的三年之功岂不毁于一旦了？

这些数据别的国家当然可以接收，但是如果不知道这些数据的处理方法的话，即使接收了，也无法获取信息。这个道理就跟密电码一样。

2007年11月26日下午3时，国务院新闻办公室举行新闻发布会，现场向媒体展示了嫦娥一号传回地面的首张月球照片。

这幅“嫦娥”眼中的月球真实世界，属月球高地，分布有不同大小、形态、结构和形成年代的撞击坑。图幅宽约280千米，长约460千米。图像覆盖区域位于月表东经83°到东经57°，南纬70°到南纬54°。

图中右侧60千米宽的条带，是嫦娥一号“睁开眼睛”后获得的第一轨景象。

这幅真实月面图景，由嫦娥一号搭载的CCD立体相机采用线阵推扫的方式获取，轨道高度约200千米，每一轨的月面幅宽60千米，像元分辨率120米。从2007年11月20日开始，随着CCD立体相机开机工作，地面应用系统获得第一批原始图像数据，经过对接收的图像数据进行技术处理，并对19轨图像进行拼接，完成了“第一幅月球图像”的制作。

“嫦娥”“月宫”的照片展现在世界人民面前时，中国人开心得奔走相告。激情颤栗萦绕着神州大地，掌声和欢呼声更如惊涛拍岸。

这就是洪钟大吕，这就是金声玉振。

欢呼是一种超出秩序的宣泄，也是一种高处不胜寒的寂寞。

万事开头难，这是欣慰，是惊叹，更是鼓励和期冀。

这张月面图给人的快意，远比开奥迪、穿迪奥的快意来得要强烈许多。

对嫦娥一号公布的第一幅月球图，我国台湾地区的媒体也同样表现出了极大的欣喜：

台湾《中国时报》比较全面地介绍了嫦娥一号对月探测原始图像数据的技术处理过程及拍摄范围："这张照片涵盖月球东南部12.88万平方千米的范围，图片影像清晰。"

报道称，这幅图像覆盖区域属月球高地，分布有不同大小、形态、结构和形成年代的撞击坑。从图像中也可看出图像范围内的月球表面主要系由斜长岩组成，右上角暗色区域则有玄武岩覆盖。

《联合报》报道称，首次探月工程的圆满完成，使中国跨入世界上为数不多的具有深空探测能力国家的行列。

报道指出，嫦娥一号的科技团队十分年轻，工程研制队伍的平均年龄不到40岁，骨干成员包括主任设计师、副总设计师、副总指挥等都在30—40岁之间，还有一名年仅25岁的科研人员，这说明大陆航天事业的发展人才辈出。

台湾地区的通讯社、广播电视及网络等媒体也即时发布了相关新闻，并配发了嫦娥一号传回的第一幅月面图像。

台湾无线卫星电视台（TVBS）表示，嫦娥一号不只传回清晰的月表图，同时也从遥远的月球传回了音乐片段。"不只代表嫦娥一号探月计划的第一步成功，同时也写下大陆航天事业的新里程碑。"

部分台媒还指出，这幅月球图发布的同时，也是向世界骄傲地宣告，中国已经成为名副其实的"月球俱乐部"的成员了！

当全世界热爱且关注"嫦娥奔月"的人们在为此欢庆之时，最开心的当然是嫦娥一号的“娘家人”，特别是一直与其保持“情感”联系纽带的“娘家人”。

因为嫦娥一号奔月之旅路途迢迢，所以与之保持联系的测控系统尤为重要。嫦娥一号的测控系统以我国现有的S频段航天测控网为主，辅以甚长基线干涉仪天文测量系统，并进行了必要的适应性改造。

嫦娥一号不仅需要对月球进行全天候观测，还需要太阳能电池板始终对准太阳，同时又要把传送天线对准地球。

但在当时，我国在上海佘山和新疆乌鲁木齐分别拥有一个直径25米的天线，它们只能有4—6个小时可以用来接收嫦娥一号上的信息。

我国的绝大部分卫星距离地面在4.2万千米以内，极少数卫星离地面最远距离也不过8.5万千米，都属于“近程”的范围；在中国探月工程中，嫦娥一号距离地面最远可达44万千米，是地球同步卫星距离地面的10倍以上，所以这种远程测控难度要高许多。

嫦娥一号的地面应用系统包括月球探测卫星运行管理中心、数据接收中心及科学数据处理和研究中心3个部分。

运行管理中心是地面应用系统的神经中枢，负责对嫦娥一号上的科学探测仪器进行指挥调度，保证仪器有序工作，以免“撞车”现象发生。比如，下达指令给卫星上的照相机什么时候睁开眼睛工作、给月球拍照，什么时刻闭上眼睛给照相机充电，都要通过地面系统来发出指令。

数据接收中心负责接收嫦娥一号送回地面的科学数据。嫦娥一号工作在距地面38万千米之外，数据信号传输的衰减量大，传输时间延迟也长，地面能够接收到数据的地域覆盖率低。为了能够接收从遥远的嫦娥一号上传来的数据，地面应用系统建设了两座国内最先进的深空探测地面站：密云地面站和昆明地面站。这两个地面站拥有我国当时口径最大、接收能力最强，并集深空探测卫星数据接收和射电天文观测与研究为一体的50米天线和40米天线。

通过天线接收下来的信息只是一些二进制数据，不能供给科学家直接进行科学研究，只有把这些二进制数据转换成能够被科学家进行科学研究的图像、谱线等数据才行。

具体的操作过程是这样的：经过预处理之后，抽象的探测数据变成科学家能识别的标准数据产品，但这些产品还不能成为公众所能理解的成果，需要对这些数据产品进行“深加工”，加工成能够很直观地反映月球表面各种特征的图件，例如我们期望看到的月球表面的“立体地图”、岩石类型的分布图等。这个工作是由科学数据处理和研究中心最终完成的。

终于看到了嫦娥一号传回来的第一张月球照片，虽然照片中的月球上没有传说中的吴刚，也没有嫦娥与桂树，但是吴伟仁依然高兴万分。这种高兴并非来自童年中的神话传说，而是一个中国航天人付出之后得到收获时的快慰。这种高兴，比曾经的童心飞扬还美好。

嫦娥一号成功探月，国人千年夙愿一朝梦圆。

嫦娥一号是一个别致的存在，却也遭遇了舆论之争。如同后羿之妻嫦娥的历史，从首张月面图像发布那一刻起，便有着不同凡响的际遇和波谲云诡的变数。

中国首颗探月卫星嫦娥一号从38万千米之遥发回我国首张月面图像，这本来是一件可喜可贺之事，然而却有个别网民对照片真实性提出质疑。月照公布当天，即有网友发表了一篇帖子——《我认为嫦娥拍到的图片是假的》。该帖说，通过Google Moon找到美国国家航空航天局提供的月球照片，在相同区域的Google照片与嫦娥一号照片进行对比，嫦娥一号照片旋转20°后与Google图片比较相似。

另一个质疑帖中，有网友又找到一处“疑点”：嫦娥一号照片最左侧，一个小环形山下，有一块长方形马赛克状的区域，甚至有网友怀疑上面写着英文字母“MIN”，或者是倒过来的“WIN”。网友进而认为这是别人的图片，马赛克是没有抹干净的痕迹。

当然，也有许多网友力挺这张图，认为它真真正正来自嫦娥一号。

对于与Google月图的相似，有网友分析道："注意两张图阴影方向略有不同，如果要PS，那么需要将亮的地方变暗，暗的地方变亮，图里面有那么多环形山，环形山的山脊高度也存在差异，PS？可能吗？而且请仔细看大图，嫦娥一号得到的细节更多，小环形山更多，你不会说这也是PS上去的吧？"

至于那块很像是字母的马赛克，很多网友都试着做出了猜想和解释，一种观点认为是数据传输重新转换拼接制图时出现的正常情况，根本没什么字母。

网民中质疑方和力挺方的观点相持不下：

质疑方："为什么嫦娥一号拍的照片和Google Moon及NASA的一模一样？"

力挺方："废话，月亮只有一个。Google Moon用的也是NASA的数据，而月面数据美国的卫星早都完全获取了，现在拍的任何一张新的图像都能找到美国卫星拍的同一位置的图像，你要是能拍出新的就见鬼了。"

质疑方："但是美国卫星是很多年前拍的呀？"

力挺方："你以为月球和人一样啊，几十年就变了模样？要知道它可有46亿岁了。"

质疑方："那也不会完全一样吧？"

力挺方："不是完全一样啊，你仔细对比阴影投向，有很明显的差别。"

……

哗众取宠的质疑，有时候是缺乏理性的，而且往往会流露出无法自圆其说的不镇定和论据混乱的慌张。

对此，嫦娥一号总指挥兼总设计师叶培建感到很气愤："尽管网络是个非常自由的平台，但也不能不负责任地乱说。我们这么多科学家都坐在这里，怎么能是假的呢？"

实际上，图片公布之后，国外媒体也纷纷报道及评议：

路透社：中国国家领导人庆贺嫦娥一号发回首批月表图像，这显示中国已跻身世界科技强国的前列。

美联社：在一个节日般的庆祝仪式上，中国公布了嫦娥一号月球探测器传回的首张月表图像，这标志着嫦娥一号进行月表探测的正式开始。

同中国人关注日本“月亮女神”一样，日本人也对嫦娥一号十分“倾心”。日本几大媒体都对此表示十分“期待”。

日本的“月亮女神”计划始于1999年，而我国的“嫦娥工程”却启动于2004年，比日本晚了足足5年，但发射升空并传回照片却几乎和日本同步，这让日本媒体在心理上有点不平衡。“虽然我国于1970年2月发射了第一颗人造卫星，早了中国两个月，但37年后的今天，中国已经用自主研制的飞行器成功地实施了载人航天，而日本却未能实现，这一点值得日本思考。”日本《产经新闻》的评论似乎对本国的航天科技工作者抱有一种怨愤，“从‘隼鸟’号小行星探测器可以看出，日本的宇宙科学能力很强”“但为何至今并没有着实的进展？”“国家和宇宙航空研究开发机构到了该认真分析的时候了。”

美国国家航空航天局官员表示，中国探月工程所取得的成功是一项非常重要的成就，全世界的科学家都会对嫦娥一号从月球获取的新数据非常感兴趣，美国国家航空航天局祝愿嫦娥一号继续顺利运行和探测。

日本航天工程学分析家中富信夫对嫦娥一号发射成功并拍下第一张月照图发表意见说，嫦娥一号所取得的成功使中国的航天实力大幅提升，包括探月工程在内的航天开发会促进中国科学技术的发展，也会带动相关产业的发展。

在谈及嫦娥一号和“月亮女神”各自的特点时，中富信夫指出，嫦娥一号搭载有微波探测仪等设备，它发出的微波可深入月球内部，探测月壤信息，所以在探测地质构造等方面可能更为先进，而“月亮女神”在探测月球表面重力场分布等方面性能卓越。

在嫦娥一号刚刚发射没几天的2007年10月29日，日本《读卖新闻》便发表了题为《“嫦娥”让日本宇宙战略相形见绌》的社论：“……日本政府官员和宇宙机构负责人以前对中国的航天技术不以为然，即便是对嫦娥一号，也嗤之以鼻，认为嫦娥一号的观测目标虽与‘月亮女神’相似，但性能相去甚远。

“中国的宇宙开发工作进展迅速。嫦娥一号只是中国探月计划的开始，今后中国还要实现登月，其载人宇宙飞船技术也日臻完善。地面监视卫星、独立的全球卫星定位系统等等这些，都在一步步地推进。

“此外，中国还帮助委内瑞拉、巴西和尼日利亚等国发射通信卫星。就连法国都请中国帮助其发射通信卫星。中国还跃跃欲试想加入由美国、俄罗斯还有日本参与的国际空间站。照此发展下去，中国成为像美、俄一样的航天开发大国将指日可待。日本虽然也积极地进行宇宙开发，但无奈缺乏资金。现在日本甚至连今后要发射什么卫星都没有具体计划。有相关人士认为：如果再不拿出固定的战略，日本将被国际宇宙开发大潮淘汰出局。”

试想，同样发射探月卫星，同样具备卫星测控能力，如果中国的嫦娥一号真没有发射成功，且没有探测能力，不能拍出月面照片，那日本能不对嫦娥一号进行质疑？

而且，如果中国的探月照片真是又一乌龙事件的话，美国国家航空航天局和欧洲航天局不站出来对中国的探月科技“揭秘”？不对嫦娥一号所拍照片进行质疑？西方新闻自由，连总统的隐私都会被曝光，倘是嫦娥一号照片真有乌龙，新闻还不被炒爆？

精妙绝伦的成绩，岂容粗制滥造的玷污？

对此，《澳门日报》在综合分析和研究了嫦娥一号所拍的第一张月面照片后，也发表社论力挺：“……从人造地球卫星、载人航天到探月工程，中国航天事业进入了一个又一个新里程，这里面凝聚了太多航天人的心血。许多航天人为了我国航天事业的振兴起早贪黑，废寝忘餐，不计报酬，奉献自己的青春甚至生命，个中辛酸，外界知之甚少。他们夜以继日地工作，最终取得举世瞩目的成就，应该受到全国人民的尊重。

“美国人、日本人对中国首幅月图都是持赞赏的态度，毫不质疑中国月图的真实性，因为他们知道，中国人完全有能力拍摄出月图，不可能向世界撒弥天大谎。而且嫦娥一号真真实实地正在绕月……未来一年，嫦娥一号将陆续发回更多月球图像和探测数据，包括世界首幅整个月球的三维影像，造假谣言将不攻自破。”

“芙蓉不及美人妆，水殿风来珠翠香。”

事实不会因人为的赞许而变得耀眼，也不会因被人诟病而猥琐暗淡。

无论你怎么看，它就在那里，经受着时间的检验，不卑不亢，不在乎鲜花夹道，也不害怕玷污扑面。

龟兔赛跑

嫦娥一号自发射并开始探月后，转眼一年时间过去了。

这一年里，平静中有惊喜，惊喜中又有着叠加的期待。

美国华盛顿儿童博物馆的进门处写着这样一句格言：“我听见就忘记了，我看见就记住了，我做了就理解了。”

为了告诉未来，教育后代，铭刻国防科技工作者为中华民族崛起所做出的杰出贡献，增强民族自豪感和凝聚力，国防科工局（2008年3月11日，国务院实施机构改革后，先前的国防科工委更名为国防科工局）于2008年11月12日15时，举行了绕月探测工程全月球影像图发布暨科学数据交接仪式，将有关资料交给中国国家博物馆永久保存。

经过一年多的飞行与探测，嫦娥一号获得了大量科学数据，创造了我国航天领域许多新的纪录，圆满完成了探测任务。特别是依据它获取的数据所制作的全月球影像图，在图像质量和影像制作上都达到了国际先进水平，且是世界上已公布的最为清晰、完整的月球影像图。

按原定计划，嫦娥一号在轨运行寿命为1年。但1年之后，发现仍剩下很多燃料，因此探月工程领导小组又让嫦娥一号发挥余热，超期进行了4个月时间的在轨实验。

嫦娥一号的绕月之旅并不浪漫，也有坎坷和荆棘。因为，虽然月球轨道上少有太空垃圾，但有“第三者”。这个第三者便是日凌。

什么是日凌呢？

每年春分和秋分前后，太阳位于地球赤道上空。由于通信卫星多定点在赤道上空运行，如果太阳、通信卫星和地面卫星接收天线恰巧在一条直线上，那么太阳强大的电磁辐射便会对卫星下行信号造成强烈干扰，这种现象被称为日凌。

2007年11月10日前后，太阳又一次运行到地球赤道上空时，日凌便发生了。太阳强烈的电磁辐射，干扰到地面观察站，也一定程度地影响到地面测控系统给嫦娥一号所发指令的准确性。幸运的是，日凌这个嫦娥一号与地面测控系统之间的“第三者”，并没有“拆散”嫦娥一号与地面测控系统之间的“感情”。

除了遭遇日凌之外，嫦娥一号还经历过3次月食的考验。在月食期间，嫦娥一号见不到太阳，太阳能电池帆板不能发电，只能依靠蓄电池供电，但坚强的嫦娥一号终究还是挺过了这三个近乎“冬眠”的难关……

嫦娥一号探月，旅途坎坷，硕果累累，圆满完成了各项科学研究计划。

嫦娥一号的成功，实现了我国的千年之梦，扬了国威，增强了民族凝聚力，也带动了科学技术的发展。

俗话说，再美的鲜花都会凋谢。这正如世上没有不散的筵席一样。嫦娥一号在完成既有使命之后，也同样面临着“永别”。

不过嫦娥一号的“永别”不是寿终正寝。

北京时间2009年3月1日16时13分10秒，一共运行了494天、绕月飞行了5514圈的嫦娥一号脱离月球轨道，朝着月面迎头撞去。

人们虽然早就明白，嫦娥一号迟早会离开我们，但当其落月一撞，在溅起一阵月尘之时，仍禁不住心里难受。

然而嫦娥一号以头抢月，却并非自杀，而是在进行又一个实验。

面对嫦娥一号终将死亡的宿命，中国探月科技团队的专家们觉得，与其让它因燃料耗尽，彻底失去地面控制，而被月球吸引自然坠落，何时撞月、撞到哪里完全听天由命，不如趁着还有点燃料之时，让其以自杀的方式，主动撞向月球。

因为探月工程二期将实现探月卫星软着陆，技术跨度大，嫦娥一号的一撞，能在落月过程控制和轨道测定方面积累经验，溅起的尘埃、气体，也会对研究月球表面的自然形态有所帮助，为月球探测器的软着陆做些技术储备，以减少后续工程的风险。所以此“撞”无疑是一次“实战演习”。

显然，给嫦娥一号选择撞月的地点不是随意的，而是综合考虑多方面的结果：这个地点必须在面对地球的那一面，容易被地面观测到；这个地点最好是后来的月球探测器选择落月的地域。

时间的选择同样和多个因素有关：为了更好地观测撞月的效果，嫦娥一号必须运行到地面控制和观测均较好的时段，甚至，撞月的时间都要精确到秒。

挑日子也很有“讲究”。2009年3月1日嫦娥一号撞月时，地面仰望所见是一钩新月，月亮大部分地方是黑暗的，地面红外望远镜能够探测到嫦娥一号撞击时所产生的红外信号，这就像萤火虫的原理一样——在光明的白天，我们看不到萤火虫发光，但在漆黑的夜晚，就很容易看到。

2009年3月1日16时，在北京航天飞行控制中心的精确控制下，嫦娥一号开始减速、下落，最终准确落于月球东经52.36°、南纬1.50°的预定撞击点，为中国探月工程一期探测任务画上了一个完美的句号，也为中国探月工程二期任务验证了一些关键技术。

嫦娥一号撞月，意义非凡。它不仅让月球表面第一次留下了中国痕迹，也让中国成为少数几个利用探测器或者卫星撞击月球的国家，表明中国的远程遥控登上了新的台阶。

继“两弹一星”、载人航天之后，嫦娥一号绕月探测工程被誉为中国航天发展的第三个里程碑，它不仅实现了中国的探月梦想，带动我国科技的发展，更充分证明了中国拥有进入外太空的能力。

“嫦娥”一期工程创造了中国航天器史上的多个第一：第一个进入月球轨道的航天器；第一次在飞行中实现至少8次变轨的航天器；第一次使用紫外敏感器进行姿态确定的航天器；第一次实现远程测控通信的航天器……

自2007年10月24日成功发射，至2009年3月1日成功受控撞月，嫦娥一号在为期一年零四个月的在轨运行期间，共获得原始数据1.37TB。通过对这些探测数据的分析研究，我国取得了五方面的科研成果：

第一，获得了具有国际先进水平的全月球影像图。嫦娥一号CCD立体相机第一次实现了月球表面的100%覆盖，制作的全月球影像图在几何配准精度、数据完整性与一致性、图像色调等方面均在国际上处于先进水平。

第二，获得了精度和分辨率最高的全月球数字高程模型（DEM）和三维月球地形图。利用激光测高数据制作了分辨率为3千米左右的全月球数字高程模型，达到国际先进水平。而采用三线阵数字摄影测量方法制作的全月球三维数字地形图，在数据覆盖范围、平面定位与高程精度、空间分辨率等方面均优于之前的全月球数字地形产品。

第三，获得重要元素的全月球和局部区域的含量分布数据。

第四，获得月表微波辐射亮温数据全月球分布数据，得到全月球亮温图，这对月壤特性、月壤厚度及月壤稀有气体的研究有重要的科学价值。虽然以前一些国家对月探测也曾做过月壤厚度的测量，但真正对全月球月壤厚度的测量，在嫦娥一号之前还没有过。

第五，获得了独特的近月空间高能粒子和太阳风离子数据。嫦娥一号携带高能粒子和太阳风离子探测器对月球轨道空间环境进行了探测，这对丰富太阳辐射及其与地球磁场和行星的认识具有特殊意义。

在技术成就方面，嫦娥一号也创造了多个第一：

第一次采用深空探测VLBI手段。VLBI是一种天文深空探测手段，“嫦娥”卫星发出无线电信号，VLBI在不同地点建立基站接收信号，通过接收到的时间差，测算出卫星位置。

第一次在航天器的测控中引入天文测量手段。用于观测恒星的大型射电望远镜，在嫦娥一号测控任务中发挥了重要作用。

第一次利用国际联网对航天器进行测控。欧洲航天局3个测控站，以及智利的CEE测控站，均采用国际通用的传输协议对嫦娥一号提供测控支持。

除此之外，在科学仪器和探测数据处理方法等方面，也申请到各种专利几十项；通过对地面应用系统的研制和“嫦娥”数据的处理，催生了一批标准和规范，初步建立起了我国月球探测和科学数据处理的标准体系；单就地面应用系统而言，已完成近20项国家标准草案的整理工作；据不完全统计，利用嫦娥一号数据所发表的相关论文，已有百余篇……

嫦娥一号的成功，意义非凡！

21世纪是太空世纪，在此轮探月浪潮中，如果中国缺席，就会处于被动和落后的地位。从对月亮的探测，到对更远的火星、土星和太阳的探测，反映了人类在特定的生存需求下，向外拓展的必然，而不去选择这种必然就等于把自己抛在了时代的后面。

由于现在外太空领域主要由西方发达国家主导，如果这个秩序不被打破，就有可能产生新的“太空冷战”或太空“军备竞赛”。中国在探索月球的同时，也在谋求一种更为和谐、更公正合理的国际经济政治秩序，这样就有可能使月球上的能源和资源转化成经济效益，成为人类共享的资源。

嫦娥一号探月成功，不仅使我国成功跻身世界月球开发团队，进一步巩固中国航天大国地位，而且也为未来月球的利用，或关于月球新的协议的制定，赢得了发言权，更提升了我国在航空、国家安全等领域的科技实力，对推动国民经济的发展，创造巨大的效益，起到了积极的促进作用。

探索宇宙是全世界的事业。嫦娥一号的升空，是中国对世界的贡献，也标志中国从此要承担起对世界、对月球、对太空的责任。

嫦娥一号的成功不是一蹴而就的，是中国航天人几十年艰辛付出的结晶。

以第一颗人造地球卫星东方红一号上天和载人神舟飞船巡天为标志，我国航天事业实现了两次历史性突破，两座里程碑永远地镌刻进了深邃的太空。

面对辉煌和光荣，中华民族不仅没有停歇探索太空的脚步，还将目光投向了更为浩瀚的深空，投向中国人千百年来赋予无数美丽传说的月球。

历史忠实地记录了一代代中国航天人不懈奋斗的足迹。

奋斗铺成的天梯，终将理想辗转向上，并通向了月球。

这世上没有铺满鲜花的路。即使有，那也是鲜花和荆棘共生的坎坷之路。

当吴伟仁看到嫦娥一号发回的月面图时，他脑海中出现了阿根廷诗人博尔赫斯的诗歌《月亮》。爱好文学的他，对月亮的皎洁清辉虽停留在诗意里，但更对真实的月面充盈着惊喜和无法释怀的感动。

嫦娥一号探月工程取得圆满成功之后，吴伟仁也备生感慨：能从丝毫不懂航天科技的、面朝黄土背朝天的“泥腿子”、生产队长，变成中国探月工程的领军人物，自己所拥有的一切不是靠求谁求来的，而是靠奋斗得来的。

不自力更生地努力奋斗，怎么可能有鲜花夹道的收获？中国探月工程、嫦娥一号工程，从无到有的过程，亦如吴伟仁的人生历程一样曲折、艰难，又充满况味。

第四章 走向瑰丽蟾宫

不与先驱争功，也不跟后辈抢镜，每次临危受命都无怨无悔，且全力做到尽善尽美。

那种精神，就是中国精神，中国人的精神，务实、勤勉、担当、拼搏，无私奉献，无怨无悔。

承上启下

春风拂面，百花盛开。

一个个荣誉如暖阳抚慰着吴伟仁和同仁们久经劳累的心，他们自中国探月工程开始以来，一直神情严峻和凝重的脸上，终于像南方三月春风里的花儿一样绽放出了光彩。

这是汗水浇灌出的美丽。

这是智慧奋斗出的芬芳。

对吴伟仁来说，还有更大的喜讯，正跟着春天的脚步到来。

2010年6月2日，这个看似普通的日子，国内媒体郑重报道：被誉为我国探月工程指挥体系“三驾马车”的栾恩杰、孙家栋、欧阳自远均因年事已高退居二线，改任探月工程领导小组高级顾问。三人职务的继任者为更年轻的一代——陈求发任探月工程领导小组组长、探月工程总指挥，吴伟仁任中国探月工程总设计师，严俊任月球应用科学首席科学家。

陈求发，男，1954年12月生于湖南城步县，苗族，是国家工业和信息化部副部长、党组成员，国家原子能机构主任，国家国防科技工业局局长、党组书记。

严俊，男，1958年3月生，汉族，研究员，博士，博士生导师，月球应用科学首席科学家，国家天文台500米口径球面射电望远镜项目工程结构系统总指挥、工程部总经理。

2004年2月25日，孙家栋被任命为中国探月工程总设计师。孙家栋是中国第一枚导弹总体、第一颗人造卫星、第一颗遥感探测卫星、第一颗返回式卫星的技术负责人、总设计师；是中国通信卫星、气象卫星、资源探测卫星等第二代应用卫星工程总设计师；是中国“两弹一星”功勋科学家，他的传奇人生与中国航天领域的多个第一联系在一起。

从由孙家栋出任中国探月工程第一任总设计师这点可以看出，中国探月工程总设计师这个职位有多重要。

这一任命，对吴伟仁来说，既是荣耀，更是责任。

能成为新的“三驾马车”之一“马”，吴伟仁告诉自己，一定要好好出力，不辱使命。

每一次启程，都是一个悠长与隽永的连接，一个过去与未来的联姻。

每一次前进，也是一个新奇的风景的开端，和一个粲然目标的接近。

吴伟仁出任中国探月工程总设计师的消息，在他的家乡四川省平昌县得胜镇引起了轰动，父老乡亲不仅对他充满艳羡、崇拜，还高度关注起中国探月工程的进展来。

平昌县得胜镇交管站站长陈武德，是吴伟仁在小学和初中的同学，得知老同学是从事中国航天工程研究的顶尖专家后，他也对神舟系列及嫦娥工程的研究痴迷起来。当获悉中国探月工程更换三主帅，吴伟仁担纲中国探月工程总设计师时，陈武德更是为自己有这样的同学而自豪，而奔走相告。

吴伟仁当年在家乡当生产队长买不到修猪圈所用钉子时，曾找关系帮过他大忙的冯大湘是他高中时的老师。在得知吴伟仁出任中国探月工程总设计师后，冯大湘为自己曾经教过这么出色的学生而感到无比自豪。每每在与人谈到吴伟仁时，也都抑制不住内心的激动：“载人航天是一项庞杂的系统工程，如果没有超强的组织领导能力，是不可能成为万众瞩目的‘领头羊’的。而吴伟仁这个组织能力，便是从他当学生会主席、学校团委副书记时培养出来的。”

因为成了家乡人民心中的偶像，吴伟仁的一些陈年轶事，也常被人津津乐道。

留给陈武德最深刻的印象是，吴伟仁这位班上的学习委员平时总是“慢吞吞”的。上课时老师喊起立，同学们“噌”地一下站起来，他却不慌不忙地从板凳上起身；喊坐下，他也是最后一个屁股落凳。稳、慢是吴伟仁最显著的性格特征，而且平常话很少，看上去“闷”得不行。现今，吴伟仁当上了中国探月工程总设计师，陈武德才明白，这种木讷，并不是笨，而是一种与生俱来的沉稳品质，是一名科学工作者应该具有的重要特质。

有一个故事说，曾经有个小国派使者到中国来，进贡了三个一模一样的金人，金光闪闪，把中国的皇帝高兴坏了。可是这小国不厚道，出了一道题目让皇帝做：这三个金人哪个最有价值？

皇帝想了许多办法，请来珠宝匠检查，称质量，看做工，都是一模一样的。怎么办？使者还等着回去汇报呢。泱泱大国，如果连这个小事都搞不定，多丢人啊！

最后，有一位已退位但却以睿智出名的老大臣被请上殿来。老臣话语不多，却很有思想，在仔细地研究了三个金人之后，说他有办法。

皇帝将小国派来的使者请到大殿上，老大臣胸有成竹地拿着三根稻草，先拿一根稻草插入第一个金人的耳朵里，只见稻草从金人的一只耳朵进去，却从另一只耳朵出来了；老臣又将一根稻草插入第二个金人嘴里，但这根稻草却直接从金人的嘴巴里掉了出来；老臣又将剩下的那根稻草插进第三个金人的嘴里，结果稻草掉进了金人的肚子里，什么响动也没有。做完这一切后，老大臣对使者和皇帝说：“经过检测，我觉得第三个金人最有价值！”

对老大臣的结论，使者笑着竖起了大拇指。

三根稻草却能搞定谁最有价值的问题，这到底玩的是哪一出？对这个匪夷所思的结论，皇帝百思不得其解。最后偷偷地问过老大臣后，他才恍然大悟。

在这个世界上，最有价值的人，不一定是最能说的人，老天给我们两只耳朵一张嘴，本来就是让我们多听少说的。善于倾听，才是成熟的人最基本的素质，善于倾听并消化，才可能成就一番事业。

探月是个高风险的事业，虽然嫦娥一号取得了成功，且创造了不少世界第一，但是吴伟仁与其同仁们却仅在短暂的高兴之后，便回归到了冷静与理性的常态中。因为嫦娥一号丰硕的收获，只不过是中国探月工程的一个逗点，随着这个逗点而来的，是另一段探月旅程殚精竭虑的开启。

考虑到二期工程需要攻克的关键技术多、技术跨度和实施难度大，再起炉灶会有很大的浪费，国家国防科技工业局经慎重研究，决定将嫦娥一号的备份星改造为探月工程二期的先导星——嫦娥二号。嫦娥二号的使命在于试验验证嫦娥三号任务的部分关键技术，为嫦娥三号、嫦娥四号探测器实现月面软着陆积累经验。

由于嫦娥一号太过强大，完成探月任务的过程也太完美，这本来令身为“备胎”的嫦娥二号相形见绌，不曾想它却也有高光时刻，被赋予了承上启下的全新使命。

嫦娥二号的研制有两条指挥线，一条是行政指挥线，一条是技术指挥线。这两条指挥线是我国航天工程成功的保证。

行政指挥线的职能是领导整个工程，进行人、财、物各方面的总协调。

技术指挥线的职能是负责技术方案、技术路线、技术攻关的指挥，确保整个技术可行。

嫦娥二号工程下设五大系统，分别是运载火箭系统、卫星系统、测控系统、地面应用系统和发射场系统。这五大系统参与的单位有上千家，参与的人员有数万人，如果没有技术指挥线和行政指挥线的共同发力，整个工程便难以有条不紊地进行。

正如嫦娥二号肩负着承上启下的重任一样，吴伟仁受命中国探月工程总设计师，也是承上启下。

自己曾经不过是一个指挥百十号人的生产队长，现在却要指挥数万人组成的科技团队协调战斗，吴伟仁感觉压力巨大。因为，总设计师的位置是与整个探月工程的风险紧密联系在一起的，他丝毫不敢掉以轻心。

运载火箭系统有近3万个元器件，近10万根电缆电线，有4800多条焊缝。卫星系统有5万多个元器件。火箭加卫星有8万多个元器件，任何一个元器件出问题都会影响整个卫星系统。再者，在空中要点火起爆的火攻瓶有200多种，这些火攻瓶能不能准确起爆，焊缝有没有漏点，也关系着火箭与卫星发射的成败。

细小的问题却导致大事故发生，这样的事在人类航天史上并非没有。

比如1970年4月13日，“阿波罗13号”在登月的过程中，便因为一个小细节的疏忽而引发贮氧箱爆炸。

情节之惊险，仿佛一部科幻大片。

1970年4月11日，“阿波罗13号”载人探月飞船发射升空，这是美国第3次登月任务。执行这次任务的航天员是洛威尔、海斯和斯威加特。

4月13日，在“阿波罗13号”飞船发射后的46小时40分02秒，斯威加特按指令摇氧气管时惊恐地发现，服务舱中的2号贮氧箱贮量显示失常，1号贮氧箱压力也偏低。发现这一危险情况之后，他马上向另两名航天员进行了通报，希望能够应急处理这一险情。然而就在此时，“轰”的一声，2号贮氧箱发生爆炸，主电压持续下降，一些系统的电压也降到零。

当时电视台正在对此次航天飞行进行现场直播，有谁会想到会发生这么巨大的事故啊！直播的画面顿时把坐在电视机前的千千万万观众惊呆了。

这哪是现场直播盛况啊？这完全是现场直播灾难！

这一灾难的发生，令休斯敦飞控中心的工作人员慌作一团，但很快大家便意识到，救灾才是当务之急，因而果断决定：中止“阿波罗13号”登月计划，并指令航天员利用完好的登月舱，立即返回地球。

然而此时“阿波罗13号”飞船已飞离地球引力界面，在离地球38万千米之外，在月球引力的作用下，正高速地往月球飞去。此时要返航，必须有足够大的火箭推力来克服月球吸引力才行，但登月舱哪有这个能力？

休斯敦飞控中心的科学家们通过紧急计算，得出了一个比较安全的返回地球的办法：让“阿波罗13号”继续飞行，直到绕过月球，再启动登月舱发动机，以进入返回地球的轨道。

这种危急时刻，是最考验航天员心理素质的时候。贮氧箱所贮之氧不仅是氢氧燃料电池的原料，还担负着提供“阿波罗13号”生命保障系统氧气和水的供应。电能不足、供水供氧困难、环境温度下降……哪一样都危及生命，但3名航天员却沉着冷静，积极配合地面飞行控制中心的指令。

当一直朝着月球飞去的“阿波罗13号”在距离月球27.6千米时，接到地面指令的航天员启动了登月舱下降发动机，使飞船进入环月轨道。

4月15日上午9时41分，“阿波罗13号”到达环月轨道近地点位置，航天员在地面飞行控制中心的指挥下，再次启动登月舱发动机，并在其工作4分半钟后，使“阿波罗13号”飞船进入了月地转移轨道。

为了拯救这3名航天员，美国向全世界通报了“阿波罗13号”未能登月，且航天员正面临险情的情况，紧急请求一些国家施以救援。包括苏联在内的13个国家为这次救援行动提供了舰船和飞机。

在“阿波罗13号”进入月地转移轨道之后，航天员又启动了4个姿态控制火箭，使登月舱推着服务舱向前加速飞行。当“阿波罗13号”进入返回地球大气层的轨道后，航天员们点燃了分离爆炸螺栓，将服务舱分离。紧接着又启动反推火箭，使登月舱远离服务舱。

然后航天员回到指令舱，关闭两舱通道，点燃分离爆炸螺栓，将登月舱抛掉。

幸运的是，最后3名航天员乘坐指令舱降落到了太平洋洋面上，平安回到人间。

这次险象环生的太空之旅，虽然探月失败，但也创造了航天员生还的奇迹，因而事后被人们意味深长地称为“月球探测的一次成功的失败”。

这次事故的原因是什么？经相关部门调查得知，系安在服务舱液氧贮箱中加热系统的两个恒温器开关由于过载产生电弧放电，烤焦附近的导线所致。

无独有偶。美国“挑战者号”航天飞机的爆炸，也是因为细小疏漏导致的灾难。

这个沉痛的事故发生在1986年1月28日。

这天早晨，成千上万名航天爱好者迎着朝霞聚集在肯尼迪航天中心，希望一睹“挑战者号”腾空的壮景。

上午11时38分，“挑战者号”如期升空，发射现场顿时掌声雷动，欢声震天。

然而，就在雷动的掌声尚未停下来之时，离点火时间刚刚过去73秒，“挑战者号”却突然爆炸，化成一团橘红色的火球，现场的数万名观众瞬间瞠目结舌。

更不幸的是，“挑战者号”搭乘的7名航天员全部罹难。

在这7名航天员中，时年37岁的麦考利芙，是一位以平民身份参加太空飞行的、很受学生欢迎的女教师，她曾在美国马里兰州和新罕布什尔州从事初高中美国史、法律和经济学等课程的教学工作。在“挑战者号”发生爆炸的一年多以前，她在收音机里听到美国总统里根发布的命令：“今天，我命令国家航空航天局开始在全国所有中小学中挑选一名美国最优秀的教师，作为我们空间计划史上第一个公民乘客。”

于是，跃跃欲试的麦考利芙经过严格的测试和筛选之后，从11000名申请者中胜出，成为美国第一位平民航天员。

这是一件非常荣耀的事。1985年8月6日，这个好消息通过广播在全美国传播开来后，麦考利芙所在的康科德市的市民在市府广场举行了热烈的庆典仪式和游行活动。

然而，麦考利芙那才刚刚开启的荣耀之旅，却因一声爆炸戛然而止。

“挑战者号”爆炸的原因是什么？经美国有关部门历经两年的调查得知，事故系一个“O”形密封垫环在低温环境下硬化碎裂所致。这个密封垫环位于固体火箭推进器的两个连接头之间。密封垫环碎裂之后，泄漏的炽热气体点燃了外部燃料罐中的燃料，从而导致爆炸。

这个事故本来是能够避免的。因为在发射前夕，有工程师多次提醒“挑战者号”不要在极端寒冷的天气发射，但由于此次发射已被推迟5次，警告未能引起高层重视，遂酿祸端。

“挑战者号”是肯尼迪航天中心的第二架航天飞机，先后成功完成9次航天飞行任务，共绕轨道飞行987次，太空停留时间累积达到69天，可谓功勋卓著。1986年1月28日是“挑战者号”的第10次飞行。航天飞机在随后的3年中停止了飞行。

“挑战者号”的失事，使美国的航天事业受到沉重打击。

类似的事也同样在中国发生过。比如1974年11月5日那次卫星发射。

先是在当天13时发射即将进行的千钧一发之际，发射卫星不能自己供电，孙家栋及时大喊“停止发射！”，从而避免了一场“死铁砣砣”

卫星的发射。之后又花4个小时处理完故障，并在1974年11月5日17时40分，使卫星和火箭重新进入发射程序，火箭在震耳欲聋的呼啸声中离开了发射台。

接着，当运载火箭起飞6秒后，火箭却出现越来越大的俯仰摆动，造成姿态失稳。飞行至20秒时，安全自毁系统爆炸，火箭自毁。卫星及运载火箭残骸坠毁于发射塔东南方不到1000米的范围内，此次试验宣告失败。

……

这样的例子还有很多。在此不再列举。

正是人类航天史上这些前车之鉴，让吴伟仁深深地知道，只有设计时把问题、风险尽量考虑充分，不疏漏每一个可能出现问题的环节，将风险降低到零，才可能赢得“嫦娥”工程最完美的成功。

发射嫦娥二号，是我国实施的第二次月球探测行动，也是全世界第127次月球探测行动。

嫦娥二号肩负着为嫦娥三号当开路先锋的重任，对整个探月工程甚至航天事业的发展都具有十分重要的意义。

由于日后嫦娥三号选择在月球北纬43°左右、西经31°左右的虹湾地区实行软着陆，于是嫦娥二号最重要的任务便是去高分辨率成像虹湾地区的地形地貌，验证探测器在月球软着陆的关键技术，以降低嫦娥三号及后来者的工程风险，为后续工程积累宝贵经验。

虹湾是怎样一个地方呢，为什么选择这里作为嫦娥三号的预选着陆区？

虹湾是月球的月湾之一，位于雨海西北部，南北长约100千米，东西长约300千米。

嫦娥三号首选虹湾为预选着陆区，是因为该地区地质构造复杂，具有很高的科学探测价值。同时，月球上有些地方其他国家已经去过了，而虹湾，还是一块处女地。

开路先锋

“长江后浪推前浪”，其实科学也推崇这种精神。

吴伟仁知道，自己灯下钻研的身影，被寄托了多少期待和愿望，所以，身为中国探月工程总设计师的他只能始终如一地付出，而不敢在中国探月工程奔向成功之路上，出现丝毫懈怠。他觉得付出不应该有什么怨尤，因为时光会镌刻一切。

没有稻花香浓静寂的绽放，怎会有丰硕富饶的秋天？

同样，要保证中国探月工程大踏步前进，那么嫦娥二号就得比嫦娥一号更强大、更“贤惠”、更“聪明”。

与嫦娥一号比，嫦娥二号要做到更快、更近、更精、更多。

更快，是指到达环月轨道的时间缩短了。嫦娥一号用时12天到达环月轨道，嫦娥二号要求112个小时到达环月轨道。

更近，是指整个环月轨道变得更近。嫦娥二号的环月轨道是离月面100千米，而嫦娥一号的环月轨道是离月面200千米。此外，嫦娥二号还要进行15千米降轨，以便更近、更精细地观察月球。

更精，是指测量精度更高。嫦娥二号所带的CCD相机对月成像在100千米的时候优于10米，在15千米的时候达到1.5米，这跟嫦娥一号在200千米环月轨道上的精度相比，有了大大的提高。

更多，是指试验项目增多，试验内容增多。

“世之奇伟瑰丽非常之观，常在于险远。”要使嫦娥二号从200千米环月轨道降到100千米环月轨道，难度和风险呈几何级增长。

月球上的高山和沟谷与地球大体相似，要使嫦娥二号在100千米环月飞行之时不撞山，对其自控技术及地面的测控技术要求相当高。而且，月面上除了有高如喜马拉雅那样的山脉之外，月球的质量分布也不均匀，引力的大小有差异，稍有不慎，嫦娥二号就可能撞上月球。

嫦娥二号的发射时间计划为2010年10月1日。

嫦娥一号飞上太空，所用"座驾"是长征三号甲运载火箭，而嫦娥二号将使用长征三号丙运载火箭发射。

长征三号丙运载火箭，系长征三号甲系列火箭之一。长征三号甲系列火箭由长征三号甲、长征三号乙、长征三号丙火箭组成。

长征三号甲系列火箭电气系统的单机、发电机等基本可以通用，长征三号丙运载火箭是在长征三号甲运载火箭的基础上捆绑了2个助推器而成。

助推器数量不同，火箭推力也不同，卫星发射会根据不同的任务需要选择不同的火箭型号。从运载能力上看，长征三号甲运载火箭的标准地球同步转移轨道运载能力是2600千克；长征三号乙运载火箭是我国最大的高轨道运载火箭，运载能力能达到5500千克；长征三号丙运载火箭的运载能力为3800千克。

由于嫦娥二号的起飞质量是2480千克，不必使用长征三号乙运载火箭，不然便是"高射炮打蚊子"——大材小用，浪费动力；但嫦娥二号要直接进入地月转移轨道，用长征三号甲运载火箭动力又不足，无法把卫星送入地月转移轨道，因此，嫦娥二号科研团队最后选择使用动力居中的长征三号丙运载火箭。

2010年9月27日，像孩子们盼过年一样，吴伟仁倒数着嫦娥二号发射日子的到来，在嫦娥二号探月卫星即将奔月的前夕，他详解了其技术特点、今后开展深空探测的前景以及取得顺利进展的基本经验。

与嫦娥一号任务相比，嫦娥二号将实现六个技术突破：

第一个突破是试验运载火箭直接将卫星发射至地月转移轨道的发射技术。

相比嫦娥一号先发射到地球附近的过渡轨道，再经过自身多次变轨调整进入奔月轨道，嫦娥二号将直接由运载火箭送入近地点200千米、远地点约38万千米的奔月轨道，这样嫦娥二号的奔月时间便将大大缩短。

之所以要这样做，是因为“嫦娥”奔月的最终目的是载人登月。从国外的经验看，载人登月的在轨时间要求越短越好，这样航天员才能在有限的时间之内做更多的实验，而且直接奔月还能节省火箭的推进剂。

第二个突破是试验X频段深空测控技术，初步验证深空测控体制。嫦娥二号任务飞行测控将首次验证我国新建的X频段深空测控体制。相比嫦娥一号任务中使用的S频段卫星测控网，X频段无线电传输信号频率更高，远距离测控通信效果更好。

在嫦娥一号、嫦娥二号奔月之前，我国的卫星全都围绕地球转，最高轨道也才离地球36000千米，使用S频段测控就可以了。如果进入深空，包括火星探测、金星探测，就要使用X频段进行测控才行。因为X频段的传输速率和测定精度更高，通信距离更远。

第三个突破是验证100千米月球轨道捕获技术。相比嫦娥一号在距月面200千米处被月球捕获，嫦娥二号将在距月面100千米处进行制动，飞行速度更快，轨道更低，制动量更大，同时月球不均匀重力场对卫星轨道的影响也更大，这便提高了对其制动精度的要求。

当星箭分离后，嫦娥二号进入地月转移轨道时，其速度将超过第一宇宙速度，达到约11千米每秒。此后，嫦娥二号会经历太阳翼展开、修正轨道、空间环境探测、巡航、X频段测试实验、紫外导航试验等过程。

当嫦娥二号到达月球附近特定位置时，必须“急刹车”，也就是近月制动，以确保其既能被月球准确捕获，又不会撞上月球，并由此进入近月点100千米、周期12小时的椭圆轨道。再经过两次轨道调整，进入100千米的极月圆轨道。

第四个突破是验证100千米×15千米轨道机动与快速测定轨技术。当嫦娥二号进入离月面100千米的极月圆轨道之后，将择机变轨，由100千米圆轨道调整为远月点100千米、近月点15千米的椭圆轨道。

第五个突破是试验全新的着陆相机及数据传输技术。嫦娥二号增配了降落相机，以检验对月成像能力，为嫦娥三号月面软着陆做准备。数据传输速率也由嫦娥一号的3兆每秒翻倍为6兆每秒，还将进行12兆每秒的传播速率试验。

第六个突破是对嫦娥三号预选着陆区进行高分辨率成像试验。嫦娥一号搭载的CCD相机分辨率为120米，而嫦娥二号将在100千米圆轨道和100千米×15千米轨道的近月点处，分别对嫦娥三号的预选着陆区进行优于10米和1.5米分辨率的成像试验，验证轨道机动与快速测定轨等相关技术，为后续着陆任务做准备。

与嫦娥一号相比，嫦娥二号任务要在技术上实现多项新的突破，在许多关键技术方面都要进行原始创新，任务更加艰巨，风险性更大。

嫦娥二号奔月时，携带有帮助其完成一系列探测任务的“法宝”：用于拍摄虹湾地区立体影像的CCD立体相机，用于对全月球进行三维地形扫描式测量的激光高度计，用于测量月表有用元素含量和分布的X射线谱仪，用于探测月表有用元素含量和分布的γ射线谱仪，用于测量月壤厚度信息的微波探测器，用于对太阳粒子进行通量分析以获得地月空间环境科学数据的太阳高能粒子探测器，用于探测原始太阳风离子能谱的太阳风离子探测器。

这七件“法宝”按其功能区别，可分为四类：

第一类法宝是CCD立体相机和激光高度计，用于完成月球表面三维成像。

嫦娥一号也有相机和激光高度计，但嫦娥二号所带的这两种仪器性能有了很大的提高：嫦娥一号相机的分辨率是120米，嫦娥二号的分辨率会小于10米。嫦娥一号激光高度计是每秒钟测1次，嫦娥二号的激光高度计是每秒钟测5次。

第二类法宝X射线谱仪和γ射线谱仪，是用来探测月球表面物质化学成分的。

嫦娥一号奔月时也带有这两种法宝，但嫦娥二号γ谱仪的探测晶体灵敏度提高了，X射线谱仪谱段的选择也做了一些调整。嫦娥一号探测的元素有14种，嫦娥二号调整为重点探测3种月表天然放射性元素和6种主量造岩元素的含量。

第三类法宝是用于月壤探测的微波探测器。这是中国探月卫星的特点——国外的月壤探测没有采用微波频段，只能看到表面，没法穿透月壤。

嫦娥二号上的微波探测器与嫦娥一号上的微波探测器相比未做太大改动，但是微波的特点是统计性的，数据越多分辨率越高，嫦娥二号探测结果能进一步补充、更正、完善嫦娥一号所获得的一些数据。

第四类法宝是太阳高能粒子探测器、太阳风离子探测器，用于探测地月空间环境。

由于嫦娥二号发射正处在第24个太阳峰年，太阳活动比嫦娥一号发射时剧烈得多，因此嫦娥二号这两个探测器还肩负着对新的太阳峰年进行探测的使命。

嫦娥二号的有效载荷比嫦娥一号少了一种，那就是干涉成像光谱仪。嫦娥一号的相机分成CCD相机与干涉成像光谱仪两部分，经过嫦娥一号的测试，发现干涉成像光谱仪能够提供的信息不多，所以把干涉成像光谱仪去掉了，换成一台高分辨率的相机。

山清水秀，蓝天白云。

人烟稀少群山环抱的峡谷腹地，长征三号丙火箭一柱擎天，傲然屹立。

这里是四川西昌卫星发射中心，这里是中国通往宇宙的大门。

嫦娥二号端坐在伟岸的火箭“大花轿”之上，静候奔月。

这是2010年10月1日，一个同样会被中国航天史铭记的日子。

2010年是西昌卫星发射中心组建40周年，执行的嫦娥二号发射任务是西昌卫星发射中心执行的第60次卫星发射。

在巍巍的群山丛中，两座钢铁大厦如巨人般神圣地矗立在群山之中，这便是西昌卫星发射中心的2号和3号发射塔。

3号发射塔高87米，建于“科学的春天”到来的1978年。这座塔固定塔架高77米，塔上有11层可作180°水平旋转的工作平台，后来在2004年改建，塔高又增加了10米。

幽静的山谷中，承担嫦娥二号发射任务的是2号发射塔。2号发射塔建于1990年，由一座高97米、重4500吨的移动塔和高74米、重1040余吨的固定脐带塔以及三座175米高的避雷塔组成。塔上水、电、气、空调等设施完备，卫星工作区的洁净度超过了10万级的国际标准，2号塔被称为“亚洲第一塔”。

2号塔的移动塔底部装有64个直径1米的铁轮子，能承载上千吨质量，并可在两条巨大的火车轨道上平缓移动，前进150米。移动塔能对卫星起到保护、连接，以及充电和添加燃料的作用，因而移动塔有一个形象的名字——脐带塔，就像连接母亲和胎儿的脐带。

在2号发射塔下有一个绿色的平台，这是发射塔的第三部分，这部分便是发射台，整个火箭就立在它上面。

本来，西昌卫星发射中心还应该有1号发射塔的。这个1号发射塔原打算用来发射载人宇宙飞船，后来载人宇宙飞船改在酒泉卫星发射中心发射，1号发射塔便停止了修建。

在胜利的号角吹响之前，喜庆的气氛已经氤氲，流光溢彩的精彩已经上演。

为了报道嫦娥二号的发射盛况，来自全国乃至全球的媒体记者云集西昌，如同召开盛会，他们眼观六路，耳听八方，各施奇招，不漏掉任何一个具有新闻价值的细节。

在西昌，发射前1个多小时，原本蓝蓝的天竟被乌云覆盖，显得沉闷阴郁。但乳白色的运载火箭在高耸的塔架上傲然屹立，2480千克的“娇”躯面对即将到来的一飞冲天，却显得神采奕奕。

正如古词所写“多情自古伤离别，更哪堪，冷落清秋节”，更有“念去去，千里烟波，暮霭沉沉楚天阔”。随着发射时间的临近，离愁氛围越来越浓烈，2010年10月1日18时20分许，发射场上空竟然飘起毛毛细雨，打湿着大地的胸怀。但发射场内工作人员却一直忙碌个不停，纵然从来都是情难尽，亦任其离恨一条条。

航天发射风险很高，颗颗螺钉连着航天事业，小小按钮维系民族尊严，任何一个小小的失误都可能对发射任务造成巨大影响。为了确保嫦娥二号一步登天，从2010年7月起，嫦娥二号各大子系统就陆续进入西昌卫星发射中心发射场，进行产品质量和技术状态的测试，并对推进剂加注、高空作业、高压气体等29项重大危险源的特性及其主要伤害程度进行分析，判定风险等级，逐项采取严密的预防措施，将风险降为零。

2010年10月1日18时40分许，发射塔塔架缓缓打开，惊天的喜事即将破壳而出。然而此时，雨却越下越大，如离别的泪滴，砸得人们心中生痛，很多人由此担心嫦娥二号不能准时出发。但这种担心是多余的。因为天气预报表明发射的时间天气是良好的。美女出阁还有一个哭嫁的程序，这算什么呢？

果然，随着发射时间越来越接近，天气渐渐好了起来。

傍晚渐近，彩霞满天，遥远的天穹如同镶了金边。此时，太阳出来了，强烈的灯光照射着亭亭玉立的长征火箭，好似婚礼现场的聚光灯打在新娘子身上。

人们压抑着激动的心情，目不转睛地盯着发射场，生怕错过最精彩那一刻。

“一分钟准备！”

2010年10月1日18时58分57秒，指挥员鄢利清洪亮的声音，从山谷里骤然响起。

这个声音引起了现场记者的极大兴奋，他们迅速动作起来，抢占最佳位置，将镜头对准火箭，以便记录下最精彩的瞬间。

与此同时，在离发射塔1000多米安全距离外的多个参观台上，在发射场外安全地带的田野、村舍，在西昌卫星发射中心指挥大厅，在北京航天飞行控制中心，在电视机屏幕前面……有无数的观众心情跟现场的记者一样激动，眼睛也跟现场的记者一样专注……

“10、9、8、7……3、2、1，点火！”

2010年10月1日18时59分57秒，就在指挥员鄢利清喊出点火口令的同时，发射控制台主操作手郝军用力按下了红色的点火按钮。

一道橘黄色的火焰从火箭底部喷薄而出，发射台被白色的烟雾包围着。慢慢地，高大的长征三号丙火箭开始上升。

迷人的火焰耀眼夺目，令现场观看的人感到如梦如幻。

由于声光传播速度相差很大，火箭点火那一刻，虽然光彩炫目，却如无声电影，紧接着，现场观众开始感受到脚底传来轻微的震颤。

火光、烟雾、震颤中，长征三号丙火箭拔地而起，升上傍晚的天空，且越升越快，势如破竹，直刺苍穹。

这时，如同打雷般的隆隆的声音滚了过来，人们连忙用手捂住耳朵。在此之前，现场的观众都收到了自我保护方面的忠告：当发射过两秒钟时，火箭没有预期上升，意味着发射失败。那么之前发的矿泉水和毛巾就要派上用场：必须将矿泉水倒在毛巾上，捂住鼻子，并趴在地上，避免爆炸后气浪和毒气对身体造成伤害……

现在嫦娥二号一飞冲天，这个“忠告”的内容便用不着了。但是捂住耳朵这一条是必不可少的，毕竟火箭发射的声音是那样大，若惊雷一般。

橘黄色火焰，托举着嫦娥二号向空中飞升，如同绸缎般飘在火箭的尾部，又似嫦娥的飘飘衣袂，绚丽动人，把云层也渲染得华美无比……

为了在第一时间报道嫦娥二号的发射盛况，中央电视台《新闻联播》打破了开播32年来现场直播新闻的传统格局，在2010年10月1日这天，对节目进行了全新编排：在北京时间2010年10月1日18时59分55秒保留《新闻联播》片头这一标志性画面的同时，运用“画中画”的方式，将嫦娥二号发射倒计时实况画面嵌入报时时段和《新闻联播》片头的画面右下角。19时0分18秒片头结束，卫星发射现场实况马上切换为全屏，使观众在第一时间同步看到了嫦娥二号发射升空的壮观场面。

在播完其他新闻之后的19时25分05秒至27分11秒，《新闻联播》再次现场直播了嫦娥二号星箭分离的实况。

“嫦娥二号一路多保重啊！”在发射现场，当人们的视线看不到嫦娥二号时，有人喊起了祝福语。

这时，好似与人们打招呼似的，火箭又出乎意料地从云层中钻了出来。但因为距离渐远，此时的火箭已经小得如同纤纤女子了，尾部的黄烟在空中变成了白色，拖着长且散开的披帛，如古代美女着纱裙飞天，奇美瑰丽，十分养眼。

“嫦娥”的身影继续变小，小得如同一根火柴棍儿了；再接着，便彻底看不见了。

天色渐渐暗了下来，遥远的夜空再也看不到远去的“嫦娥”了，此时现场的观众再次眺望孤零零的2号发射塔，顿然有种隔世之感。

突然，天空升起三颗信号弹，人们的掌声再次响起。因为这是解除警戒的信号。

虽然人们的肉眼看不到嫦娥二号靓丽的身影了，但位于西昌、西安、北京、青岛、厦门、喀什等地的测控中心及太平洋上测量船上的航天人，却仍目不转睛地紧盯着穿越天际的火箭。

在北京航天飞行控制中心，在西安卫星测控中心，在远赴南太平洋的测量船上……测控系统的各单元编制了一张完整而严密的大网。这是一张对嫦娥二号呵护的网，也是一张对嫦娥二号关注的网；这是一张用无线电、用现代高科技编织的网，更是一张用中国人千年嫦娥情结、探月情结编织的网。

精确测轨和准确的轨道控制，是嫦娥二号测控的最大难点，为了保证地面与嫦娥二号的"亲情"牢不可破，嫦娥二号研制团队特地增加了一艘远洋测量船，且优化了轨道控制策略，又改造了青岛站和喀什站……

"火箭飞行正常！"

"火箭跟踪正常！"

"遥测信号正常！"

……

从西昌卫星发射中心所属各测控站的光学、红外、遥测设备，到青岛、厦门、喀什的测控站；从太平洋上的三艘"远望号"测量船，到上海的大型天文射电望远镜，如同火炬接力般跟踪"嫦娥"的行踪，并实时传送测控数据。

2010年10月1日19时02分，火箭一、二级分离。两分钟后，整流罩分离。此时，火箭已经飞出了稠密的大气层，"嫦娥"不再需要整流罩的保护。

2010年10月1日19时05分，火箭二、三级分离。

一张张神情专注的脸，目不转睛地盯着一个个不停闪烁的嫦娥二号测控屏，并适时发出相应的控制指令。

三级二次点火、三级二次发动机关机、火箭与卫星仍保持正常飞行姿态……

嫦娥二号的发射，是西昌卫星发射中心组建40年来的第60次发射，也是全世界第127次月球探测活动。

2010年10月1日19时25分，嫦娥二号与搭载它的长征三号丙火箭分离，开始以约11千米每秒的速度步入地月转移轨道。

当北京航天飞行指挥控制中心大厅里响起“星箭分离”的报告声时，先前近乎凝固的空气顿时轻松起来，欢呼声瞬间响起，掌声如潮，每个人的脸都如春花灿烂，享受着这期待已久的精神盛宴。

沿着工程师们设计的奔月“高速路”，嫦娥二号不再像嫦娥一号那样在环绕地球的椭圆轨道上逗留7天，而是直奔主题，从地月转移轨道直接飞向月球，奔月时间缩短为112小时。

2010年10月1日19时55分，嫦娥二号任务发射场区指挥部指挥长李尚福向全世界宣布：嫦娥二号准确入轨，发射圆满成功。

所谓路遥则情疏。人类对月球的不了解，便因为月球与地球距离太遥远。嫦娥二号奔月，距离月球更近了，中国人夙愿千年的登月梦也更近了。

老泪纵横

君问归期未有期，
巴山夜雨涨秋池。
何当共剪西窗烛，
却话巴山夜雨时。

这是唐朝诗人李商隐写的一首名叫《夜雨寄北》的诗，这也是中国探月工程总设计师吴伟仁在嫦娥二号发射成功时，收到家乡平昌县的朋友发来的祝福短信中的部分内容。

2010年10月1日18时59分57秒，搭载着嫦娥二号的长征三号丙运载火箭在西昌卫星发射中心成功点火发射，守候在电视机前的观众情不自禁地鼓起掌来。

而此时，在四川省平昌县，人们的欢呼更如雷动，有的人还敲起锣、打起鼓，燃放起了鞭炮……

美不美，乡中水，亲不亲，故乡人。吴伟仁在得胜中学读初中时的班主任马朝清老师收看电视直播时，喜悦的泪水在眼眶里打转，并情不自禁地赞叹:“吴伟仁是中国的骄傲，是四川的骄傲，是巴中的骄傲，是平昌人的骄傲，更是得胜镇人的骄傲啊!”

当弟弟吴雨仁将乡亲们庆祝的情况打电话告诉吴伟仁时，吴伟仁感动得一时说不出话来，那一刻，他的思绪瞬间回到了家乡，回到了难忘的往事之中。

当年，当吴伟仁被推荐去中国科技大学读书时，乡亲们自发凑钱给他买了新鞋，买了新衣服，甚至将身上的衣服脱下来送给他。

踏上行程的那天早晨，心中装满向往的他觉得，带着青草气息的家乡的风是那么清香、那么宜人。司空见惯的晨晖在东边的山顶露头，虽然熹微，却是那么明媚、灿烂。之前，离别的时间让他掐指盼望，而真到了离别之时，他又忽然变得依依流连。

自此，美丽而贫瘠的故乡，便成了吴伟仁无法释怀的爱与痛。

这世上没有人不留恋故乡。

吴伟仁进入中国科技大学读书后，吃的是国家供应粮，每月定量30斤，其中细粮10斤，粗粮20斤。所谓粗粮就是玉米面、高粱米、大碴子、小米等，细粮是大米、白面。

虽然自己都吃不饱肚子，但是吴伟仁却不忘尚在农村与饥饿抗争的父母弟妹，以及一直将他视为亲人，也被他视为亲人的乡亲们。为了帮助这些亲人，他采用了节衣缩食的办法，通常情况下，一天只买三个馒头：早上、中午和晚上各吃一个馒头，一个馒头算一顿饭。甚至，有时候他还能熬就熬，一天只吃两顿，饿得皮包骨头。

之后，将节约出来的粮票，换成全国通用粮票寄回家中，以缓解亲人们的饥荒。

大学毕业，吴伟仁被分到航天工业部第一研究院。领到工资后，吴伟仁做的第一件事便是将操劳了一辈子的父亲吴林一接到北京旅游。

吴伟仁的本意是想将父母一起接到北京游玩，但由于当时弟弟妹妹还没长大，需要母亲王大荣照顾。而且，吴伟仁住的是集体宿舍，如果将父母同时接到北京玩的话，住宿也不方便。于是他最终只接了父亲到北京玩，让从未坐过火车的父亲坐上了火车，让从未到过北京的父亲在北京玩了一个月，游览了故宫、八达岭长城、颐和园等名胜古迹。

当吴林一在北京玩了一个月准备回四川时，吴伟仁又向同事借钱，给父亲买了一套新衣服，添置了一件呢子大衣，把父亲打扮得风度翩翩；又给母亲买了一套新衣服和一件女式呢子大衣，请父亲给母亲带回家。当时，呢子大衣可是名贵的衣服，这让父母在乡亲们眼中很是荣光。

吴伟仁也没忘记乡亲们，他在送父亲回乡之时，还买了20多斤糖果，请父亲带回生产队，分发给乡亲们。

当时吴伟仁的工资只有40多元，仅接父亲从四川到北京的火车票就要花20多元钱，更不要说还陪父亲游览北京，给父母买衣服，给乡亲们买糖果食品了，所以这次他花了不少钱。当父亲走后，他又过上了好长一段时间馒头就白开水的生活。

后来，吴伟仁在还了同事的钱并略有积蓄后，又给父亲买了一块上海牌手表，让父亲成了当时村里第一个戴上手表的人。

在那个年代，自行车、手表和缝纫机被称为“三大件”。由于这“三大件”很紧缺，都凭票供应，成为当时城里人婚嫁攀比的物资，因而要是在农村，能戴上一块手表，那是相当荣耀的。

岁月虽然写下了绵长的光阴故事，却让性情中人吴伟仁的家乡情怀愈发浓厚。这正如福克纳所说：“昨天并没有过去，它在今天还活着，并且向未来延伸。”

吴伟仁的家乡情感，经过岁月的打磨，在心中愈发闪亮，愈发珍贵。

在乡邻的眼里，吴伟仁是那么平易近人。他工作之后，每每回乡，都穿着那几身衣服，简朴得如同曾经的生产队长。而且生活习惯没改变，口音没改变，敦厚的性格也没有改变。

这一切的没变，其根本，便是他内心对家乡的情结没变。

玲珑的鸟儿悠闲地站在翠玉般的枝头，婉转鸣唱。翠绿的禾苗在澄净的蓝天下蓬勃生长。极目所眺，视野里，都是满满的舒畅。

每每回川，回到平昌的怀抱，吴伟仁都感觉家乡的风吹净了自己身上不经意留下的都市的铅华，内心复归朗月高挂的宁静与安稳。

朝晖里，夕阳下，灿烂的阳光中，或者烟雨泥泞里，他跟以前的伙计一样喝白开水，吃炒苕叶，蹲在院坝里或者田边地头和大家打成一片；或者青箬笠绿蓑衣，斜风细雨中荷锄劳作，在贫瘠的土地上用汗水绘画……

有人说，思念故乡就是思念家乡的味道。这话有一定道理。

曾经的苕叶是最贫苦的食品，但远离故乡后，苕叶对吴伟仁来说却是美味：被升腾的柴火烧热之后的油锅里，放上气味厚重的葱姜蒜，并混合郫县豆瓣儿，辛辣的滋味与浓烈的热油碰撞，然后加进红苕这种天地之间生命力最强的植物孕育的叶片，一阵爆炒，苕叶原本索然寡淡的滋味顿时变得香气扑鼻。山野间平凡的食物造就非凡的人间美味，再配上一碗红苕稀饭，这便是农民们一天辛劳后的美餐。

还有家乡的苞谷糊糊，也是吴伟仁的最爱。

平昌县得胜镇独柏村绿野遍地，生态宜人，随处都有清洌的山泉水流出。往锅里倒入泉水，烧旺柴火，清凉的泉水沸腾之后，一边搅拌，一边向锅中放入用石磨碾磨成的苞谷粉，一会儿工夫，一顿香浓软糯的苞谷糊糊便做成了。这种质朴的美味不仅滋养了吴伟仁，还让他留下了对家乡的割舍不断、历久弥新的回忆。

家乡的美食、美味还有很多。岁月的积淀，愈发加深了这些原本朴实的饭食在吴伟仁心中的情感分量，他觉得无论自己脚步走得多远，家乡的味道都无法淡忘。

其实这么抒情的也许并非家乡食物本身，而是吴伟仁每每从央视上看到十分流行的《舌尖上的中国》节目之时，对家乡食物的诗意联想。

每次回乡，吴伟仁都会饶有趣味地询问家乡庄稼的收成情况，家乡旧友的生活和健康情况。

人，最不能忘记的，是在你困难时拉你一把的人；最不能结交的，是在你失败时藐视你的人；最不能相信的，是在你成功时吹捧你的人；最不能抛弃的，是和你同创业共患难的人；最不能爱的，是不看重你人格魅力的人。

吴伟仁很重感情，虽然他平时的研究工作相当忙，但若听说家乡人有谁到了北京，无论多忙，他都会尽量抽出时间与之聚一下，行“地主”之仪，好酒好菜招待。

这样一来二去，吴伟仁发达了不忘本、还很好客的消息便在家乡传开了。吴伟仁不嫌弃家乡人，家乡人也不将他当外人，那之后，无论谁家有事要上北京，都不忘去他家里“看望”他，把他家当成平昌县得胜镇的“驻京办”。

纯朴的乡亲们吃住在他家，且毫不见外：进门是不换鞋的，上厕所是不冲水的，吐痰是随地的，在吐痰后用鞋去蹭也是很“讲究”的……

在老家，一条毛巾全家用很正常，乡亲们也将这种乡风民俗带进了吴伟仁家：要洗脸时，随意抓起一条毛巾便洗起脸来，也不管这条毛巾是谁的；乡亲们知道城里人讲究，要刷牙，于是进城后他们也刷起牙来——抓起一把牙刷便刷，以为牙刷就跟鞋刷一样，一把鞋刷可以刷全家人的鞋，一把牙刷也可以刷每个人的牙。

乡亲们的这些举动让吴伟仁的家里人哭笑不得，但吴伟仁却一点也不嫌弃乡亲们，自己小时候家里是多么穷，乡亲们自己也很穷，却还时不时地接济他们家，让他们家度过了饥荒岁月，他有什么理由嫌弃他们？

不仅如此。既然乡亲们把自己当成了“驻京办主任”，吴伟仁也不敢有辱“使命”：乡亲们托他办的事，他能办到的，不会说半个“不”字。不能办到的，他也要耐心解释原因，并好酒好菜款待。

岁月的河流，濯洗掉了吴伟仁腿上故乡的泥土，但他内心对故乡的感情却愈发深沉。

这就跟神话传说中奔月的嫦娥姑娘一样，当吃了长生不老药的她飞升成仙，奔向遥远且陌生的月球时，虽然迎接她的是华丽辉煌的广寒宫，是永远年轻漂亮，是万寿无疆。但其实她的内心最知道自己——离地球越远，她越思念地球，思念地球上的生活，思念地球上的亲人，思念地球上的往事，思念地球上的一切……

嫦娥姑娘是可怜的，因为她飞到月球上之后，便与人间失去了联系。

相比之，嫦娥二号是幸运的，在奔向月球的过程中，地球上有这么多人牵挂它，也一直与它保持着联系，且随时向它传达关切的心意。

冲出地球，奔向月球。如同一支离弦的箭。

飘荡如波涛一样的火箭焰尾，在黯然的太空环境下，散发出绚烂的光芒，让地球与月亮间永恒的黑暗立刻变得斑斓炫目起来。

在经历了成功发射、星箭分离、卫星入轨、中途修正，约111小时近35万千米的漫漫旅程后，嫦娥二号迎来了探月征程上的一次严峻考验——第一次近月制动。

嫦娥二号的近月制动就是对其进行减速制动。因为嫦娥二号的绕地轨迹与绕月轨迹是一个有着相同交会点的双曲线，所以，当它以一定速度接近月球后，要想使其进入环月轨道，就必须将其速度减下来才行。

近月制动十分关键，决定着嫦娥二号能否顺利被月球引力捕获，能否成为一颗月球卫星。只有成了月球卫星，才能完成研发团队为其赋予的为嫦娥三号探路的使命。

近月制动也非常讲求技巧：地面控制力度增之一分，嫦娥二号便会与月球擦肩而过飞向深空，消失于茫茫宇宙之中；地面控制力度减之一分，则可能令嫦娥二号与月球相撞，玉石俱焚。

2010年10月6日上午10时30分，在北京航天飞行控制中心宽大的显示屏上，在人们的期盼与凝神中，灰色黯然的月球毫无诗意地在如墨的宇宙背景里旋转。虽然墨色深处有繁星若豆，以及气若游丝的星光闪烁，但遥远的星光反而更加衬出月亮的孤寂。

现在好了，带着人类文明气息的嫦娥二号远道而来了，而且是那么亮丽——显示屏中间，一条醒目的红色弧线，代表着嫦娥二号的飞行轨迹。

上午11时06分，对嫦娥二号的制动控制口令依次在北京航天飞行控制中心大厅里响起。

"490牛发动机点火！"

"第一次近月制动开始！"

中心大厅的巨幅显示屏上，金黄色的嫦娥二号正在朝着月球飞行，千年的思念化作速度，使得彼此间的距离越来越近。张扬的太阳能电池板犹如天使翅膀，把它打扮得异常美丽。

"青岛跟踪正常！"

"喀什跟踪正常！"

"遥测数据正常！"

北京航天飞行控制中心大厅里不时传来各测控站的报告声，这是对嫦娥二号的高度关切和亲昵的声声呼唤啊！

32分钟后，调度员下达指令："发动机关机，轨控结束！"

各项工作紧张有序地进行到这里，似乎嫦娥二号的首次制动应该达到圆满的效果了。

其实不然。

发动机虽关机，但嫦娥二号是否进入月球轨道，还需进一步确认。

此刻，北京航天飞行控制中心终端机房内，轨道计算正紧张地进行着，每个操作台的显示屏上，各种数据、信息、画面在不停地切换，技术人员眼睛扫视着显示屏上的数据、信息、画面，手指快速准确地在键盘上敲击……

通过计算验证，一切准确无误，与预期的要求完美契合。

随后，北京航天飞行控制中心宣布："嫦娥二号成功脱离地球重力场，顺利完成第一次近月制动，被月球捕获，进入周期为12小时的环月椭圆轨道！"

嫦娥二号成了一颗月球卫星，开启了环月圆舞曲的演奏！

话音刚落，掌声雷动。一双双熬红的眼睛闪烁着晶莹的泪光。

吴伟仁也是泪眼蒙眬。当首长和领导与他握手时，57岁的他甚至每握一次手都要擦一把眼泪。

这是喜极而泣的泪，这是百感交集的泪。

总归还是要哭一场的，要不然执着地爱了这么久，显得没什么分量。人们看到的只是"嫦娥"奔月的高科技华彩与光鲜，以为这一路走来，顺理成章，没什么风浪。

吴伟仁所从事的科研工作，平时接触的都是冷冰冰的仪器，但他何尝不是一个有血有肉有激情的人？这份探月之爱到底有多深沉，有多刻骨铭心，成功之时，情之所至，噙满泪水的画面，便是最好的流露。

在吴伟仁流淌的泪水后面，还有一份剜心的哀伤：10月6日这天，也是他母亲王大荣的祭日。

1998年10月6日，吴伟仁的母亲因为冠心病、高血压等病集中发作而去世。工作很忙，为了祖国的航天事业，忠孝不能两全的吴伟仁没能回家见母亲最后一面，这成为他心里滴血的伤悲和永远的痛。

时常在梦里看见母亲，十余年的阴阳两隔，母亲的慈祥如昨，绕膝之欢，幸福无以复加。无奈醒来时母爱成烟，徒余双颊湿泪，往事空空如也。

物是人非，情怀依旧，那种心绪最为复杂。

虹湾真容

嫦娥二号近月制动的成功殊为不易，这不是“一个人在战斗”。

为了执行嫦娥二号海上测控任务，我国第三代航天远洋测量船远望五号船船长陈进朝和他所率领的远望五号船，在茫茫大海上航行了几十天。

1991年，陈进朝被分配至中国卫星海上测控部，成了远望一号测量船上的一员。从1991年到2001年，他参加了从神舟一号到神舟五号等多次重大海上航天测控任务。

2005年，远望五号船在江南造船厂开工建造，年仅36岁却经验丰富的陈进朝成为该船首任船长。从2007年远望五号船开始奔赴大洋执行任务以来，他率领年轻的远望五号先后圆满地完成了神舟七号等多次重大海上航天测控任务。

当然，参与嫦娥二号海上测控任务的还不止远望五号，还有远望三号、远望六号航天远洋测量船。

由于嫦娥二号任务采用了大量新技术，给海上测控带来了许多新的挑战。比如嫦娥二号有3个发射窗口，便对3艘船技术状态的快速转换提出了很高的要求；与嫦娥一号相比，嫦娥二号是直接入轨，方式的变化也对测控时机的把握和船舶机动提出了很高的要求；而且第三代航天远洋测量船远望五号、远望六号是首次参加“嫦娥”卫星的测控任务，虽然这两艘测量船的测控能力非常先进，但尚有一个适应的过程。

这次远望三号、远望五号、远望六号三艘测量船联合出航，对嫦娥二号进行测控，面临着我国海上测控史上单次出海时间最长、连续执行任务次数最多的双重考验。尤其是任务之间转换快，准备周期短，技术差异大，对参试设备和人员的状态都提出了更高的要求。针对在高密度、高强度、高难度任务环境下，船员长时间出海容易产生焦虑、烦躁、抑郁等心理问题的实际，组织上特别安排了3名心理专家分别随船出海，向船员普及心理卫生常识，积极开展心理训练、干预和疏导，确保参试人员以最佳心理和精神状态投入试验任务。

在任务前的最后一次演练中，3艘远望号船软硬件工作正常，各类数据收发正确，计算准确，航行工作状况良好，达到了预期目的。

卫星的测控从来就是一个相互接力、彼此联动的事，这种联动既包括异地联动，也包括陆海联动。

西安卫星测控中心厦门测控站是嫦娥二号发射陆基测控的最后一站，将完成与海上测量船的陆海“接力护航”。

长征三号丙运载火箭将在西安卫星测控中心厦门测控站的指令遥控下进行三级一次关机，卫星火箭结合体由此进入滑行段，这一关键点对卫星能否正常进入直接奔月轨道至关重要。当嫦娥二号用时367秒飞离鹭岛上空之后，其遥测便交由海上测量船负责，于是远望号航天远洋测量船“三兄弟”开始引领它的继续奔月之旅。

为圆满完成嫦娥二号测控任务，厦门测控站进行了为期4个月的准备工作，并制定了几十项应急预案，前后共组织上百次联调演练。

嫦娥二号一路向前，吴伟仁的心情愈加澎湃。

嫦娥二号看到的月球又将会是怎样的呢？他不相信嫦娥二号看到的月球是童话中的月球。他不期待这样，他期待也不会是这样。作为科学家，他更期待通过自己的手研制的探月卫星，在月球“亲眼”看见的真切的月球。神秘也好，绚烂也好，又或者是荒漠、死寂……什么样的景致都无所谓，真实，就是最美的风景。

“嫦娥”奔月亦如下棋，步步赢才能最终赢。虽然嫦娥二号第一次近月制动令吴伟仁热泪纵横，但他十分明白，这次制动，仅仅是嫦娥二号系列制动中的第一步。

2010年10月9日11时32分，嫦娥二号成功实施第三次近月制动，顺利进入轨道高度为100千米×100千米的圆形环月工作轨道。按照预定计划，嫦娥二号上搭载的有效载荷陆续开始工作，进行科学探测活动。

到2010年10月13日时，包括在奔月行程中打开的3个有效载荷和绕月后打开的有效载荷，嫦娥二号已向地面传回了32G的科学探测数据。其传输科学数据的能力是嫦娥一号的2倍，在一定程度上保证了所获高分辨率数据能够尽快传到地面。

2010年10月26日21时左右，嫦娥二号按照测控系统预先输入的指令，在月球背面自主实施变轨，成功地从原来100千米×100千米的环月圆轨道，降轨进入月球虹湾成像轨道。该轨道为椭圆形，远月点大约距离月球100千米，近月点约为15千米。

2010年10月27日19时30分许，嫦娥二号顺着这个椭圆轨道飞到虹湾上空，在最近为15千米高度时，嫦娥二号上的CCD立体相机，对虹湾的地形地貌进行了优于1.5米分辨率的成像。

这是嫦娥二号对虹湾预选着陆区进行的第一次拍摄。

当嫦娥二号在虹湾成像轨道中一共飞行超过30圈，对虹湾进行了几十次探测和拍照后，2010年10月29日，再次在月球背面自主变轨，重新回到100千米×100千米的环月圆轨道，继续开展长期性的技术试验和科学探测。

2010年11月8日，国防科工局发布了嫦娥二号传回的嫦娥三号预选着陆区月球虹湾区域局部影像图，这标志着嫦娥二号工程任务取得圆满成功。

这张月球虹湾区域局部影像图，成像时间是2010年10月28日18

时25分，影像图中心位置为月球西经31° 3′，北纬43° 4′，对应月面东西宽约8千米，南北长约15.9千米。当时卫星距月面约18.7千米，图像分辨率约为1.3米。通过这张图，能看到直径4米的月球坑和3米左右的石块。

虹湾的影像图来之不易。

这张高清晰度的虹湾影像图背后，有着中国探月团队矢志不渝的美好梦想，和深埋心中却又壮志凌云的誓言；也有着一次又一次猝不及防的挫折，以及摔倒后坚强地爬起。

嫦娥二号搭载的CCD立体相机是新研制的，比嫦娥一号上的120米分辨率的CCD立体相机要强大许多，能在100千米时达到优于10米的分辨率，在15千米轨道时达到优于1.5米的分辨率。同时，该相机采用多条线阵电荷耦合元件，可对同一目标进行多次曝光。

从嫦娥二号担负的对月成像任务来说，100千米处拍摄的10米分辨率的照片，可以给地质学家提供更加详细的月球图，用于科学研究。而对虹湾区进行1.5米分辨率的成像，则是为嫦娥三号探路。

嫦娥二号对月球的成像跟相机拍静物不同。月球卫星对月成像时，照相机和被拍的目标始终是运动状态，而且嫦娥二号离月球很近，卫星在飞行，月球在自转，相机在飞过一片区域时，曝光时间十分短暂，飞过1米的时间，大概只有0.6毫秒，因此相机的曝光时间就不能大于0.6毫秒，否则照下来的照片分辨率便达不到要求。而曝光时间太短，当目标很暗的时候，则可能会导致曝光不足，照片出来后什么也看不到。

为此，CCD立体相机为月球拍特写时，就要用到相机的推扫成像技术，也就是先成一个条状的像，然后由若干个条状的像累加起来，组成一个完整的图像。

国防科工局发布的这张虹湾局部影像图，拍摄时间只用了9.4秒，清晰度很高，层次感很强，真实准确地反映了虹湾地区的地形地貌。

嫦娥二号所取得的成绩，令吴伟仁甚感欣慰与自豪。因为这一成绩是他带领团队通过艰苦卓绝的努力取得的。

除此以外，嫦娥二号的成就还有其他亮点。

嫦娥二号在2011年4月1日达到为期半年的设计寿命，圆满完成既定任务以后，还剩余不少燃料，且性能状态正常稳定，专家们又为它增加了拓展试验，决定让其飞离月球轨道，飞向深空，飞向日—地拉格朗日L2点开展测控。

为此，国防科工局组织专家对完成既定任务后的嫦娥二号的归宿问题进行了深入论证，提出了五种方案，并分析了利弊：

令其像嫦娥一号一样受控撞月。这是国际上的通行做法，但这个“撞”没有新意。

任其继续环月飞行，直到生命终止。但应该获得的数据已经获得，成果增量非常有限，还将徒增太空垃圾。

引导它飞回地球，回归家园。但通过计算发现剩余的燃料不足以实现这个想法。

让其离开月球飞向深空，自生自灭。

赋予它新的使命，奔向日—地拉格朗日L2点，进行相关探测。

经过论证，最终决定让嫦娥二号奔向日—地拉格朗日L2点。

由此，便有了嫦娥二号三项内容的拓展任务：

第一项是在已经获得99.9%的全月图数据基础上补拍月球两极的漏拍点，使我国拥有全世界最全的、高分辨率的全月图；第二项是再次降至近月点15千米轨道高度，在月球的背面、内侧，不可视的情况下，用主发动机降轨，来验证自动控制系统、导航控制系统与主发动机之间的协同能力，同时再对虹湾地区进行高分辨率成像；第三项也是最重要的一项，即择机从月球逃逸，奔向日—地拉格朗日L2点，飞往更远的深空。

嫦娥二号奔向深空，还肩负着两项科学目标：一是在深空开展地球远磁尾带电粒子探测；二是对可能的太阳耀斑爆发和宇宙伽马爆进行观测。

让嫦娥二号飞向深空，也在于要用嫦娥二号来测试当时正在研制的35米和66米深空测控站所具备的执行任务的能力。

嫦娥二号什么时候离开月球飞向深空，并非随意所定，这跟嫦娥二号完成各项拓展任务之间有着紧密的关系，还受燃料、测控顺序、测控能力等条件制约。

由于2011年6月16日会发生月食，嫦娥二号最好在发生月食前离开月球，否则，不仅在完成月球轨道的拓展试验时面临生存的危险，也会给飞离月球带来风险。

嫦娥二号科研团队进行了精确计算：嫦娥二号设计寿命期满时的2011年4月1日，正处于侧飞状态，不能补拍月球两极图，必须等到4月24日卫星转入正飞姿态后才行，而月球一个自转周期是27天，补拍月球两极图必须要在一个月球自转周期之内完成，一天也不能少。从4月24日开始计算，经历27天后，便到了5月21日，而嫦娥二号下虹湾的时间最理想的是4天，由于受虹湾周边地形限制，5月24日必须重新上升到安全高度。如果5月20日下虹湾，就缺少一天补拍两极图的时间，而下一个满足补拍要求的时间，恰恰包含了6月16日的月食在内。

权衡利弊后，工程总体组决定让嫦娥二号赶在第一个月球自转周期内完成月球两极图的补拍，且在完成补拍后便马上降轨对虹湾地区进行高分辨率成像。

这个时间方案既保证了嫦娥二号前两项试验任务的完成，也保证了嫦娥二号能在月食到来之前飞离月球，进行飞往深空日—地拉格朗日L2点的试验。

然而，嫦娥二号要奔向深空，到达日—地拉格朗日L2点，会涉及轨道设计等很多全新的技术。从2011年4月1日嫦娥二号圆满完成既定任务，到2011年6月9日飞离月球奔向深空，科研团队进行全新的轨道设计时间只有短短两个月，这是个很大的挑战，因为此设计牵涉复杂的多天体引力场。

而且，日—地拉格朗日L2点非常敏感，对卫星的入轨位置、速度要求非常高，稍有偏差，便成枉然。

所幸这个创举的相关技术被攻克了下来。

2011年6月9日16时50分05秒，嫦娥二号开机变轨，开始飞离月球轨道，飞向日—地拉格朗日L2点继续进行探测之旅。此次飞行距离为150万千米。

嫦娥二号飞往深空的旅程分为月球逃逸段、转移飞行段、平动点环绕段三个阶段。2011年6月9日实施的逃逸控制是嫦娥二号成功飞离月球的关键动作。由于嫦娥二号已进入超期服役阶段，所剩燃料有限，控制必须保持极高的精准度。

北京航天飞行控制中心的科技人员经过分析计算，采用了两次加速的逃逸控制策略，在2011年6月8日下午，对嫦娥二号进行首次加速控制，使其从平均高度100千米×100千米的环月圆轨道，进入近月点高度104千米、远月点高度3583千米、周期为5.3小时的椭圆环月轨道，这个环月轨道也称过渡轨道。2011年6月9日对嫦娥二号的控制就是在这个过渡轨道上实施的，并最终使其成功飞离月球。

探寻世界末日

迢迢征程已经起步，辉煌成就步步靠拢。

嫦娥二号一路向远，如能飞至距地球150万千米之外的日—地拉格朗日L2点，那它将成为我国飞得最远的卫星，也能对我国的卫星深空追踪能力进行一次很好的检阅，并能为下一步火星探测增强信心。虽然嫦娥二号正在前往的日—地拉格朗日L2点离地球的距离，与火星离地球5000万千米的距离相比，还有很大差距，但其飞行期间探测的数据、可能遇到的问题，均能为火星探测提供可供借鉴的宝贵经验。

嫦娥二号为何要选择日—地拉格朗日L2点作为深空探测点呢？

拉格朗日点（Lagrangian point）是指在两大物体引力作用下，能使小物体基本保持静止的点。

拉格朗日点又称天平点，共有5个，其中第1（L1）、第2（L2）两个点比较稳定，有实际的应用价值，其他3个点（L3、L4、L5）不太稳定。L4、L5是由法国数学家拉格朗日发现的。

对太阳系来说，拉格朗日点是指在双星系统，如行星和太阳、卫星和行星轨道面上的一些点。在日—地拉格朗日点上，卫星受到太阳的引力和地球的引力，这两个引力的合力给卫星提供绕太阳转动的向心力，使得卫星与太阳、地球相对静止。

位于拉格朗日点的卫星只需少量能源便能维持其在轨道上运行，所以适合天体望远镜和探测器驻留定位。选择日—地拉格朗日L2点作为嫦娥二号奔向深空的目的地，就在于该点既是绝佳天文观测点，也是空间探索的大热门。

一直以来，美国科学家都在试图对蜿蜒曲折的太空通道进行测绘，这些由行星与卫星间复杂引力相互影响形成的通道，恰似一条条太空高速路。而太空高速路的连接点，既是通向未来的起点，也是胜利归来的凯旋门，这些连接点，便是拉格朗日点。

测绘太空高速路，就是要打造一条条在行星与卫星间蜿蜒前行的低能量通道，利用这些通道能够减少探索太阳系过程中使用的燃料。

自2011年6月9日离开月球轨道飞向深空之后，伴随着嫦娥二号的陌路飞行，人们先前紧绷着的心弦松弛了下来，被新的期盼填满，像迎面赶上了三月里的春风，心里被吹得暖意洋洋。

让嫦娥二号飞向深空的实验，具有轨道新、距离远、飞行时间长、准备时间短等特点，因而面临着很大的风险，对嫦娥二号系统的可靠性、测控系统和地面应用系统等，都是极大的挑战：在拓展任务期间，要求嫦娥二号系统各个设备保持良好的运行状态，这是前提和保证；嫦娥二号越飞越远，接收信号的能力也越来越弱，相应设备必须具有很好的灵敏度，才能完成对其测控；嫦娥二号在整个轨道飞行的过程中，对地面测控的误差非常敏感，必须实现精确控制才行。

由于轨道设计精准，嫦娥二号在飞往日—地拉格朗日L2点途中，原定要进行4次轨道修正，结果仅进行了1次轨道修正便圆满完成，并在77天后到达了日—地拉格朗日L2点。

开天辟地，嫦娥二号就这样在另一片星空下开启了闪耀华夏的天使之美。

镜头回放，嫦娥二号奔向深空敢打敢闯筚路蓝缕，我国科技工作者技术创新一路惊心动魄。

日—地拉格朗日L2点轨道的最远端，离地球大约有172万千米，这使测控通信的难度大大增加。当嫦娥二号到达距地球170多万千米之处时，观测延时便由绕月时的5秒延长到约30秒，尽管嫦娥二号上的设备发射功率已开到最大，但地面所收信号仍十分微弱。

对此，嫦娥二号测控系统的科技工作者采取了多种应对措施：以前地面天线采用自动跟踪方式，此次由于发回的信号太弱，自动跟踪已不可靠，便改用数字引导方式，从地面预报卫星位置，控制天线进行精确跟踪。

此外，科技工作者还对嫦娥二号测控系统的相关软件进行了升级改造。

可能你想不到，在嫦娥二号飞向日—地拉格朗日L2点的过程中，飞行速度竟然比汽车还慢：从地球到月球，嫦娥二号用了112小时；进入月球轨道时，速度达到11千米每秒；而从月球到达日—地拉格朗日L2点却用了77天，最低速度仅为31米每秒。嫦娥二号跑这么慢的原因是它所剩燃料有限，跑得慢，燃料消耗才更低。

……

2012年6月1日，嫦娥二号又在中国探月研发团队的指令和授意下，受控飞向通往太阳系深空途中一个编号为4179号的小行星，对其进行探测。

于是，嫦娥二号再迎挑战。

你可能没有意识到：有一种辉煌，在荒无人迹的世界里孑然游弋，在它的生活中，梦想主宰了一切。有一种奉献与执着，在斑驳的时光中如玫瑰般馥郁。

“狡兔三窟，仅得免其死耳。今有一窟，未得高枕而卧也。”

这是《战国策》名篇《冯谖客孟尝君》中的一句话。狡兔三窟方能免去死亡危险，与兔相比，人类的智商自然要高出许多，假如人类只有地球这一处安身之所，岂敢高枕无忧？

人类的未来要发展，无法回避寻找第二个适合居住的星球的问题，因此人类未来不仅要探测月球，还要探测火星、金星和木卫二。有科学家认为，火星是可以改造的，可以成为人类第二个栖息地。但要抵达火星，首先要飞掠一些小行星。

2012年12月13日16时30分09秒，距地球约700万千米远的深空，嫦娥二号成功飞越以西方凯尔特人神话中“战神”图塔蒂斯（Toutatis）命名的小行星。

这不是一个刀光剑影的下午，也不是觥筹交错的午后。简短而漫长的一瞬，在书写丰碑。

嫦娥二号在飞离日—地拉格朗日L2点195天后，成功飞抵距地球约700万千米远的深空，以10.73千米每秒的相对速度，与图塔蒂斯小行星由远及近擦肩而过，首次实现中国对小行星的飞越探测。嫦娥二号与图塔蒂斯小行星最近时距离仅3.2千米。“嫦娥”与“战神”交会时，嫦娥二号星载监视相机对“战神”进行了拍摄，这一过程发生在距地球690万千米的地方，图塔蒂斯的时速是3.5万千米。

“只是因为在人群中多看了你一眼，再也没能忘掉你容颜。梦想着偶然能有一天再相见，从此我开始孤单思念……”

“嫦娥”与“战神”当然没有这般诗意，但却有着令人惊叹的传奇。嫦娥二号的的确确成了离“战神”图塔蒂斯最近的航天器，记录下了斗牛英雄般的“战神”纤毫毕现高清的风采。

图塔蒂斯小行星为近地小行星，这个家伙个性不羁，爱玩“消失”，爱玩“潜水”，可不是想见就能见到的。早在1934年2月10日，它就被人类观察到，之后的数十年间它却又神秘地消失了。直到1989年1月14日才再度被法国天文学家发现，随即被命名为“4179 Toutatis”，国际编号4179。图塔蒂斯正是西方凯尔特人神话中的“战神”图塔蒂斯，因在法国动画片《阿斯泰利克斯历险记》中经常被高卢地区的村长召唤出来，而在欧洲文化圈非常有名。

图塔蒂斯形状似花生，又似哑铃、鸡腿，它直径约5千米，体积约1.70千米×2.03千米×4.26千米，其轨道远日点接近木星轨道，近日点处于地球轨道附近。由于轨道周期共振，图塔蒂斯基本每4年接近地球一次，诡异的行踪给它披上了神秘的光环。2008年11月9日，图塔蒂斯接近地球时，二者相距约751万千米，而2004年图塔蒂斯与地球接近距离仅约150万千米，因为运行时与地球在太空尺度下的距离太近，且是迄今为止靠近地球最大的小行星之一，图塔蒂斯小行星被美国国家航空航天局收入“潜在危险小行星名单”。

有潜在危险的小行星是如何定义的呢？在天文学上，通常将地球与太阳的距离，也就是大约1亿4960万千米定义为一个天文单位。如果一颗小行星距离地球最近时不到0.05个天文单位，也就是大约750万千米，就归类为对地球构成潜在威胁的近地小行星。之所以有这样的规定，是因为小行星与地球距离750万千米，就有可能被地球的强大引力捕获，改变运转轨迹，奔地球而来，直至与地球相撞。图塔蒂斯小行星距离地球690万千米，因此正属于这一类型。

天文学家称，图塔蒂斯是一个有点混乱的小行星。美国国家射电天文台的研究员布希说，“它围绕着纵轴旋转，就像一个陀螺一样”，运动方式很怪异。

就是这个怪异的图塔蒂斯，甚至，有一阵子还与令人们恐慌的世界末日扯上了关系。

图塔蒂斯会是撞击地球的“战神”吗？格林尼治标准时间2012年12月12日6时40分，图塔蒂斯在距离地球690万千米的地方，以时速3.5万千米掠过。于是便有网友计算：“距离690万千米，时速3.5万千米……需要197.14小时、8.214天到达地球。也就是说，图塔蒂斯到达地球的时间是2012年12月21日一早！”

2012年12月21日，这个曾经“臭名昭著”的日子，与玛雅人预言的地球毁灭日惊人的一致！

再有，灾难电影《2012》中，地球大灾难的缘起便是一颗小行星撞击地球。而且，生物学家和考古学家普遍认为，恐龙在6500万年前灭绝也是由一颗小行星撞击了地球引发的。

难道地球真会毁灭？而且毁灭地球的小行星是“战神”图塔蒂斯？

随着玛雅预言世界末日日子的接近，世界各地都有人为此而恐慌，寝食难安。于是从2011年开始，美国国家航空航天局的官方网站就不断有世界各地的民众留言，咨询关于“世界末日”的问题。一些天体生物学家的电子邮箱也都被世界各地民众发来的信件塞爆。

图塔蒂斯真会撞击地球吗？虽然今天我们已经走过了2012年，但曾经似乎言之凿凿的世界毁灭说还是挺让人心惊肉跳的。不过，曾经在2012年要到来之前，也有天文学家通过计算说，小行星图塔蒂斯600年内都不会撞上地球！

图塔蒂斯并非唯一可能撞击地球的潜在威胁者。在人类目前掌握精确轨道的61万多颗小行星中，除去图塔蒂斯，还有10颗相同或更大尺度的小行星能到达与图塔蒂斯一样离地球这么近的距离。而且，足够靠近地球并对地球上的生物有毁灭性威胁的小行星数量实际上还有很多，尽管它们没有图塔蒂斯那么大的体积。这样的小行星到目前为止共有1354颗。

更小的小行星近距离飞掠地球就更常见了，一般每个月都有几次。

但人类没必要恐慌，因为科学家已对这些小行星的运行轨道掌握得相当精确，至少未来100年，地球发生毁灭性撞击事件的概率非常微小。

今天，人们惴惴不安的心情早已随2012年12月21日的远去而远去，地球毁灭的“警报”也已解除。虽然“世界末日”成了一个天大的笑话，但人类了解图塔蒂斯的基本情况却非常有必要。也正是基于此原因，嫦娥二号才决定接近它、探测它。如果嫦娥二号能实现近距离探测图塔蒂斯，中国便将成为世界上第四个对小行星实施近距离探测的国家。

自从嫦娥二号朝着图塔蒂斯飞去的新闻发布之后，有一位名叫比尔·盖瑞（Bill Gray）的天体力学专家，甚至计算出了嫦娥二号与图塔蒂斯相会的时间：嫦娥二号将在2012年12月13日16:27飞掠图塔蒂斯。他指出，地面轨道控制可能会使得这一时刻有几个到十几个小时的偏差，但“飞掠肯定发生在12月中旬”。

嫦娥二号本身的设计不是用来探测小行星的，飞掠图塔蒂斯时，其相对速度相当高，10.73千米每秒，因此从某种意义来说，嫦娥二号飞掠图塔蒂斯的象征性和试验性要大于科学意义。但即便如此，作为我国首次、人类历史上为数不多的尝试，嫦娥二号的探测行动仍然是值得自豪和密切关注的。

可喜的是，嫦娥二号再次创造神话，不仅成功飞掠了图塔蒂斯，还打破了世界天体学家之前所推断的嫦娥二号与图塔蒂斯之间的距离：为了能够近一点，更近一点地感受“战神”的气息，“嫦娥”与“战神”擦肩而过之时，最近相距3.2千米。毫无疑问，这是地球来客首次这么近距离观察图塔蒂斯。

让只有几米大小的嫦娥二号准确飞行约700万千米，在距离小行星图塔蒂斯3.2千米的地方飞过，不能撞到小行星，还得拍照留念，获取一堆数据，这个有多难呢？

如果我们把相关数字缩小为原来的千分之一，就知道难度了：在7000千米外，你朝着一辆正高速行驶的汽车打一枪，汽车是图塔蒂斯，而那颗子弹则是嫦娥二号，这颗子弹头最终要在离那辆车3.2米处飞过，不能打到车身上，还要捕捉并记录下那辆车的形状、运行速度、自转周期等相关数据……

嫦娥二号所拍图塔蒂斯的照片中，有最高分辨率优于9米的全身照，也有最高分辨率为3米左右的局部照。这是人类探测器首次记录到这么纤毫毕现的“战神”。

在完成与图塔蒂斯的交会后，嫦娥二号再次上路，飞向更遥远的深空。

功成身退的嫦娥二号，如此沉默地去了一个寂静的世界，让多少热爱它、追寻它的人潸然泪奔。

身为替补而没有天然的荣耀，不与先驱争功，也不跟后辈抢镜，每次临危受命都无怨无悔，且全力做到尽善尽美。绕得了月，探得了日—地拉格朗日L2点，还能前无古人近距离地追拍“战神”图塔蒂斯小行星无人能解的神秘……

这就是嫦娥二号！

嫦娥二号飞越小行星再拓展试验的成功实施，标志着我国迈进了原本只有美国、欧洲、日本三个成员的“探测小行星俱乐部”，实战检验了新建成的喀什35米和佳木斯66米两个大型深空站，以及上海65米甚长线射电干涉测量站的测控能力。

从6个月设计寿命到飞越图塔蒂斯时运行26个月，嫦娥二号超期服役近两年。科学的规划、零窗口发射、精准的测控、创新的轨道设计，最大限度地节省了燃料……从距地38万千米外的探月，到150万千米远的日—地拉格朗日L2点拓展试验，再到700万千米飞越图塔蒂斯小行星……吴伟仁对嫦娥二号所取得的成就如数家珍，欣然于心。

嫦娥二号探月任务的成功实施，验证了我国航天器直接奔月轨道发射、100千米近月制动、15千米变轨、高精度成像、X频段深空测控体制等关键技术，为未来月球软着陆积累了经验，降低了风险。

自豪仰望

带着中华民族企盼探月的千年夙愿，带着华夏儿女对深空世界的深切期盼，嫦娥二号英姿飒爽地奔向月球，就如仙女一般……

嫦娥二号继承了嫦娥一号一次成功的优良传统，书写了一个又一个惊叹。

“华枝春满，天心月圆。”

李叔同所描述的境界，莫过于此。

嫦娥二号是我国发射的第二颗绕月探测卫星，但它绝非嫦娥一号的简单重复，而是在此基础上创造了好些个令人惊叹的奇迹：它直接进入了地月转移轨道，首次使用X频段测控，对嫦娥三号着陆区进行高分辨率成像，探秘日一地拉格朗日L2点，追拍“战神”图塔蒂斯的神秘……这一系列重大技术的突破，不仅让它在神秘的深空留下了倩影，更为日后嫦娥三号实现月球软着陆奠定了基础。

一个犹太人走进纽约的一家银行，来到贷款部，大模大样地坐下来。

“请问先生有什么事情吗？”贷款部经理一边问，一边打量着来人的穿着：豪华的西服、高级皮鞋、昂贵的手表，还有镶宝石的领带夹子。

“我想借些钱。”

“好啊，你要借多少？”

“1美元。”

“只需要1美元？”

“不错，只借1美元。可以吗？”

“当然可以，只要有担保，再多点也无妨。”

“好吧，这些担保可以吗？”

犹太人说着，从豪华的皮包里取出一堆股票、国债等，放在经理的写字台上。

“总共50万美元，够了吧？”

“当然，当然！不过，你真的只要借1美元吗？”

“是的。”说着，犹太人接过了1美元。

“年息为6％。只要您付出6％的利息，一年后归还，我们可以把这些股票还给你。”

“谢谢。”

犹太人说完，就准备离开银行。

一直在旁边观看的分行长，怎么也弄不明白，拥有50万美元的人，怎么会来银行借1美元？他慌慌张张地追上前去，对犹太人说：“啊，这位先生……”

“有什么事情吗？”

“我实在弄不清楚，你拥有50万美元，为什么只借1美元？要是你想借三四十万美元的话，我们也会很乐意的……”

“请不必为我操心。只是我来贵行之前，问过了几家银行，他们保险箱的租金都很昂贵。所以嘛，我就准备在贵行寄存这些股票。租金实在太便宜了，一年只需6美分。”

按常理，贵重物品寄存在银行，应放在金库的保险箱里，这对许多人来说是唯一的选择。但犹太商人没有囿于常理，而是换了一个角度思考问题，并找到了把证券等贵重物品锁进银行保险箱的办法。除了收费不同，从可靠、保险的角度来看，两者没什么区别。

通常情况下，人们是为了借款而抵押，总是希望以尽可能少的抵押争取尽可能多的借款。而银行为了保证贷款的安全或利润，从不肯让借款额接近抵押物的实际价值，所以，一般只有关于借款额上限的规定，而无下限规定。能够钻这个“空子”，转换思路思考问题，这就是犹太人在思维方式上的“精明”。

这个四两拨千斤的故事告诉我们，善于换个角度思考问题，看似普通的事情，也能创造奇迹，并拥有意想不到的收获。

嫦娥二号在完成任务后继续飞往深空，并取得了既定任务之外的收获，何尝不似这个四两拨千斤的故事？

嫦娥二号使中国航天技术的实力向前迈进了大大的一步，创造了中国高度。嫦娥二号研发团队以其成功的实践，张扬了我国探月工程科技人员不畏艰难困苦、自力更生、开拓创新的精神，也探索出了一条具有中国特色发展深空探测技术的路子。

此刻，重新去打量美国和苏联的探月活动，便会发现，其中既有成功，又有遗憾。相比之下，嫦娥二号却在一定程度上填补了一些空白，创造了一些纪录。

从地面奔向天空，再冲进太空，继而迈向深空，迈向宇宙，以探秘，以求知，以开拓人类的未来生存环境，这是人类有智力以来便有的梦想，也是人类社会区别于动物的科学的力量、进步的阶梯、文明的标尺。

人类走近月球，是为了认识月球，为了开拓人类未来的生存领域，为了人类发展的千秋万代。地球的起源和演化历史对于人类来说，犹如斯芬克斯之谜，人类一直都在研究，但遗憾的是，迄今为止也没有得到准确且毫无争议的答案。地球与月球同处一个天体系统之中，已默默相守几十亿年，且自始至终，不离不弃，要研究地球，哪能抛开月球？只有搞懂了月球，搞懂了月球的形成“基因”，人类才可能更好地生活，也才能创造出更加美好的未来。

中华民族利用“嫦娥”系列卫星探月，是为了登上月球。当年美国的“阿波罗”登月，便是如此。美国人能登月，中国人为什么不能？

月亮，爬满皱纹的额头，书写着最高级的密码，它离我们很远；但是，我们却用最神奇的魔术来见证奇迹，使得我们离月亮的密码越来越近。

对嫦娥二号成功绕月的意义，《人民日报》评论说：

> 在共和国迎来第61个生日之际，万众期待的嫦娥二号终于从中国的大地上腾空而起，直飞月球。浩瀚的太空中，又多了一颗新星。嫦娥二号比嫦娥一号离月球更近，而中国人的探月梦想也离现实更近了一步……
>
> 探月卫星一小步，人类文明一大步。中国的“嫦娥工程”就像一场永无止境、勇攀高峰的接力赛，书写着人类太空探索史上的崭新篇章……

嫦娥二号从发射到取得成功，不仅在国内成为焦点，在国际上也引发高度关注和热议。

曾在1992年和2000年两次搭乘美国“奋进”号航天飞机遨游太空的日本首位航天员毛利卫，对中国的科技特别是航天技术的发展非常关注。

对嫦娥二号的发射，毛利卫评价说：中国的航天成果具有世界意义。月球上有很多未解之谜，为了解开这些谜，各国只有共同努力、相互协作才行。因为探索月球需要各种观测数据，由于各国使用的探月技术不同，即使观测月球上的同一个地点，也可能获得不同的数据，对比研究这些不同的数据，就有可能得出更加科学、准确的结果。

美国太空政策专家琼·约翰逊教授评价说：很明显，中国有两项非常有意义、组织得非常好的太空探索项目，这就是“嫦娥”项目和“神舟”项目。当前，这两个项目是分离的，但它们最终会紧密连接起来，中国最终会发展载人登月项目。嫦娥二号使中国向探月工程的终极目标迈进了一步，也向世人展现了中国的国力。

乔治·华盛顿大学教授、太空政策研究所前所长约翰·洛格斯登评价说：月亮在中国的文化和信仰中很重要，因此发射嫦娥二号具有重要的象征意义，将给中国带来更多有关非载人太空探索的经验。通过发展自己的月球探索项目，中国已成为国际“探月俱乐部”的成员，能够到达月球是一个国家的太空探索能力居领先地位的标志。

英国路透社评价说，嫦娥二号的成功，标志着中国在成为太空强国，和美国、俄罗斯平起平坐的路途上又前进了一步。

英国广播公司报道称：世界上只有三个国家独立地将人类送上太空，除了俄罗斯和美国，就只有中国。2008年，中国航天员翟志刚在太空进行了行走。这显示了中国有足够的雄心，而且不久就要建立空间站，相信中国将航天员送上月球将不成问题。

法新社报道说，嫦娥二号的发射，是中国朝着实现成为第二个载人登月国家宏伟计划迈出的又一大步。

美联社评价称，嫦娥二号的成功发射，是中国雄心勃勃的太空计划的最新里程碑。从阿姆斯特朗踏上月球的那一刻起，美国人的探月步伐领先了世界40多年，但是，在中国发射第二个月球探测器时，美国却放弃了“重返月球计划”。

美国《福布斯》杂志称，中国在外太空的成就已不仅限于近地领域，嫦娥二号的成功发射，标志着中国提前成为与美国和俄罗斯并列的太空强国。

美国《太空报》发表评论称，嫦娥二号仅仅是中国蓬勃发展的太空计划的一个先锋项目。

美国《时代周刊》称，嫦娥二号使用超高分辨率的摄像机为嫦娥三号拍摄预计着陆点的环境，并对月球表面和周围的空间环境进行分析，中国的太空抱负正在稳步实现。

新加坡《星岛日报》说，中国这次航天发射技术更新，难度更大，系统更复杂，实现了新的突破。

美国《华尔街日报》报道说，美国当年的探月项目是以太阳神阿波罗的名字命名的，而中国的探月项目则是以月亮女神嫦娥命名的，一个日神，一个月神，这个有趣的现象，说明中国欲与美国在探月成就方面“竞辉”。

第五章

飞上月球

过程精彩纷呈、惊心动魄，却又精准、缜密，步步关联，如绣花绣朵般细微规整，扑满气质与芬芳，以及细致的内涵和冷静。

探月之梦，一梦千年。当五星红旗闪耀在月球上的时候，多少人泪湿双眸。

仰头看天，不让眼泪落下来，心里却不禁喟然：仰之弥高，钻之弥坚，“夫天地之气，茂隆郁积，薰为泰和”！

热爱无边的细节

可上九天揽月，
可下五洋捉鳖。

人们耳熟能详的毛泽东的这两句词，由于充满理想主义色彩，词意旷达，境界高远，有极强的励志作用，而被中国科技界广泛认同为奋斗目标。

这个奋斗目标便是航天工业要实现“可上九天揽月”，航海工业要实现“可下五洋捉鳖”。

之前，人们在谈论“神舟”系列飞船时，便时常引用到前一句词，有这句词的存在，文章更显激情铿锵。

但是，真正“揽月”的航天行为，其实只有“嫦娥”可为，只有嫦娥二号之后的嫦娥三号、嫦娥四号、嫦娥五号可为。

据中国探月工程规划，嫦娥三号是我国首次地外天体软着陆的航天器，将携带月球车登月。

在探月工程重大专项领导小组的领导下，嫦娥三号任务的组织实施体系，由工程总体和探测器、运载火箭、发射场、测控通信、地面应用五大系统组成。

工程总体包括工程总指挥、总设计师系统和探月与航天工程中心，具体负责工程的系统论证、总体设计和组织实施。

探测器系统由中国航天科技集团公司负责，主要任务是研制嫦娥三号月球探测器。

嫦娥三号月球探测器由着陆器和巡视器组成。着陆月面后，在测控系统和地面应用系统的支持下，探测器携带的有效载荷开展科学探测。

嫦娥三号运载火箭系统由中国航天科技集团公司负责，主要任务是研制长征三号乙改进型运载火箭，将嫦娥三号探测器直接发射至地月转移轨道。

嫦娥三号发射场系统的主要任务是负责运载火箭、探测器在发射场的测试和发射，西昌卫星发射中心通过适应性改造，具备长征三号乙改进型火箭的测试发射能力。

嫦娥三号测控系统的主要任务是运载火箭、探测器在各飞行阶段及探测器在月面工作阶段的测控、轨道测量与确定，月面目标定位以及落月后着陆器和月面巡视器的控制。

嫦娥三号地面应用系统由中国科学院负责，主要任务是制定科学探测计划，有效载荷运行管理，探测数据接收、处理与管理，并组织开展科学应用研究。

嫦娥三号探测器，是我国第一个“有腿”的航天器，与此前的嫦娥一号、嫦娥二号相比，大有不同。嫦娥三号有四条腿六个轮子，是着陆器和巡视器的组合体，它在名称上也不叫卫星而叫“器”。

嫦娥三号有如此形状，是由其任务特点决定的。嫦娥三号主要有两个任务：一是实现月面软着陆；二是实施月面巡视勘察。意思是它既要月面着陆，还要自主运动。嫦娥三号的任务被分解给两个探测器，这有助于加快研制进度。

落月之前，月面巡视器（月球车）作为载荷被安装在着陆器上，本身并不工作。整个前期飞行、动力下降以及实施软着陆过程，都由着陆器完成。到月面后，巡视器从着陆器上释出，与着陆器成为两个独立的探测器，各自在月面开展探测任务。

嫦娥三号着陆器部分包含11个分系统，其中最有特色的当属着陆缓冲分系统，着陆缓冲分系统又集中体现在四条“中国腿”的外形上。

嫦娥三号巡视器部分包含8个分系统，其中最有特色的当属移动分系统。从外形上看，就是巡视器的6个轮子。

探月活动风险很大。从国际探测数据来看，在嫦娥三号之前，世界各国对月球的探测共进行了129次，其中，美国59次，苏联64次，日本和中国各2次，欧洲航天局和印度各1次。以上探测共成功或基本成功66次，失败63次，成功率仅有51%。也就是说，有近一半的探测是失败的，而我国要力争嫦娥三号登月一次性成功，其难度可想而知。

所谓“嫦娥”登月成功，便是嫦娥三号到达月球后不仅要完好无损，还要能正常工作。

嫦娥三号研制过程中，需突破地面试验验证，多窗口、窄宽度准时发射，月面软着陆，两器分离，月地间遥操作，月面生存，测控通信七大关键技术。

嫦娥三号落到月球上后，由于着陆器工作1年，月球车工作3个月，都要过夜。月球上一个晚上相当于地球上14天，见不到太阳，温度又低于零下100℃，设备如何工作、如何保温——这些都是难度极高的科技挑战。

另外，月面勘测的大量数据从月球传回地球要跨越38万千米的距离，这对测控系统和数据传输系统以及月球车行走时的导航，也是很大挑战。

那么，具体地说，嫦娥三号需要在技术上实现哪些突破呢？

2009年3月1日，吴伟仁在嫦娥一号圆满完成各项任务，并受控落月的新闻发布会上展望中国探月工程的未来时，便对中国探月工程二期必须突破的一些关键技术进行了解答：

一是发动机技术。轨道并轨发动机要变推力，这在我国是第一次研制。

二是软着陆技术。在软着陆的过程中要实现测距、测速，还有对发动机的控制、着陆地点的选择等都要测定。

三是测控技术。要发射无线电信号到离地球38万千米之远的月球上是一件相当难的事，要成功且稳定地建立地月之间的联系，就需要建立深空测控网，开辟更多的频段才行。还要研发高频无线电技术，因为频率更高，通信距离才更远。

四是月球车技术。月球车不仅要实现在着陆器上自动检索，自动探测，自主降落到月面的技术，还要实现自主规划路径在月面上行走。但是，月面是真空的，重力只有地面的六分之一，月球车与着陆器如何在月面平稳着陆是个难题。

……

自2008年2月立项以来，嫦娥三号先后经历了21个月的方案设计、26个月的初样研制和20个月的正样研制三个阶段，完成了设计分析仿真、产品试制生产、试验验证、独立评估、质量复查等研制建设工作。

2013年8月24日，嫦娥三号探测器顺利通过国家国防科工局和中国航天科技集团公司联合组织的出厂评审。

评审委员会专家经过认真审议认为，嫦娥三号探测器按流程完成全部工作，通过分析测试和验证，功能和性能满足工程任务要求；研制过程技术状态和质量受控，发生的技术状态修改符合技术更改的五条原则，出现的质量问题已归零，对其他型号出现的问题完成了举一反三；与火箭、发射场、测控、地面应用系统的接口关系正确、协调匹配；探测器按《航天型号出厂评审》的要求，完成出厂前分系统和技术风险分析与控制等专项评审工作；探测器出厂的各项准备工作已完成……

赤日炎炎，如同中国航天人的探月激情，热情似火。经过6个寒暑艰苦卓绝的科研，终于迎来了满坝金黄的丰收胜景。

2013年8月28日，中国探月工程重大专项领导小组召开第十一次会议暨嫦娥三号任务进场动员会，审议批准了嫦娥三号任务由研制建设阶段转入发射实施阶段。

会上，吴伟仁介绍了嫦娥三号自2008年2月立项，到2013年8月28日，近6年时间里，完成包括火箭系统、探测系统、测控系统、地面应用系统以及探测场系统五个系统在内的研制情况，令人振奋，更令人期待。

“有人要你们在月球上注意一个带着大兔子的可爱姑娘。在一个古老的传说中，一个叫嫦娥的中国美女已经在那里住了4000年……你们也可以找找她的伙伴——那只中国大兔子。这只兔子很容易找，因为它总是站在月桂树下。”

这段隔着时空传来的幽默的话，是1969年7月20日，在休斯敦地面指挥中心的罗纳德·埃文斯对太空中准备登月的航天员说的。

“阿波罗11号”航天员迈克尔·科林斯听了这句话后，心领神会，也幽默地立刻回答说：“好的，我们会密切关注这位兔女郎。”

当时，迈克尔·科林斯留守“哥伦比亚号”指令舱中，他的同伴尼尔·阿姆斯特朗和巴兹·奥尔德林正准备乘“飞鹰号”登月舱登陆月球表面。

这段精彩的对话，并非杜撰，而是真真切切地被记录在美国“阿波罗11号”飞船的通信档案里。

岁月流逝，没有濯洗掉这个如同剧本对白的情节——这个小插曲如今被挂在美国国家航空航天局的网站上，骄傲地向世界展示。

1969年7月20日这个月夜，时年15岁，躺在饥饿和蚊虫扑吸血液的炎热里乘凉的吴伟仁，全然没想到40多年后，自己竟成了探月工程总设计师。

如今，通过嫦娥一号、嫦娥二号两次探月任务，我国探月工程取得了丰硕的科学成果。

嫦娥一号圆满地完成任务，120米分辨率全月球影像图、清晰稀缺的三维月球地形图，以及十分难得的大量原始科学数据，都相当提神，能除却中国探月科研团队这一路如蜜蜂般辛劳的疲惫。为充分利用这些数据，推动月球探测科学研究，我国成立了绕月探测工程科学应用委员会，调动包括港澳在内的全国科研力量进行科研攻关，编制了我国首幅月球虹湾区域的地质图和构造纲要图，首次获得了白天和黑夜的全月球微波图像，提出了月球岩浆洋结晶年龄为39.2亿年和月球东海盆地倾斜撞击成因的新观点。这些成果，进一步丰富了人类对月球的认知。

嫦娥二号任务获得了7米分辨率月球三维影像，制作完成了优于1.5米分辨率的虹湾区域影像图，在澄海对峙区发现了月表剩磁所引起的微磁层的存在，进一步测量了月面化学元素，初步对铀、钾、钍、镁、铝、硅、钙等元素进行了分析，深入研究了全月球亮温温度分布和月壤特征，完成了四大科学目标。在拓展任务中，完成了对日—地拉格朗日L2点附近的空间环境探测，在国际上首次实现对图塔蒂斯小行星的飞越交会探测。

嫦娥三号任务作为探月工程二期的主任务，是“绕”“落”“回”三步走中的关键一步，将实现三大工程目标和完成三类科学探测任务。

航天工程既高光，又高风险，可以说每一次任务的推进都步步惊心。相对来说，成熟的、经过多次飞行的航天器可能风险会小一些。但嫦娥三号80%的产品和技术都是新的，因此存在很大风险。

为了避免这些风险，中国探月科研团队建设了大量地面设施，在北京建立了着陆实验场，在地面对探测器进行了落月实验，并模拟了月球车在月球表面行走的情况。

同时，探月科技团队又在充分试验的基础上，另做了一些预案，并给出应对措施，竭尽所能地将可能出现的问题都扼杀于萌芽之中。

嫦娥三号奔月，必须完成三大工程目标：突破月面软着陆、月面巡视勘察、深空测控通信与遥操作、深空探测运载火箭发射等关键技术，提升航天技术水平；建立地面深空站，获得包括运载火箭、月球探测器、发射场、深空测控站、地面应用等在内的功能模块，具备月面软着陆探测的基本能力；建立月球探测航天工程基本体系，形成重大项目实施的科学有效的工程方法。

嫦娥三号同时还要完成三类科学探测任务：月表形貌与地质构造调查；月表物质成分和可利用资源调查；地球等离子体层探测和月基光学天文观测。

2013年11月26日上午9时，国家国防科技工业局召开嫦娥三号任务第一次新闻发布会，同时揭晓了月球车的征名结果。

为使我国第一辆月球车的名称能够充分体现关心中国探月工程者的意愿，吴伟仁曾于2013年9月25日宣布，启动嫦娥三号月球车全球征名活动。

自2013年9月25日征名活动开始，至当年10月25日征名提交截止，腾讯网收到征名作品146898件，新华网收到征名作品46189件，两个网站共收到征名作品193087件，除去重复名称外，共收到提交名称53091个。这些名称饱含中华民族文化的深厚内涵，饱含中国航天的丰富情感，饱含全球华人的美好希望。两个网站上关注征名活动、浏览网页、发微博和评论的，合计约2580多万人次。

支持中国探月工程的这些热心人士包括在校学生、退休老人、工人、农民、科技工作者、解放军指战员，以及旅居海外的华人。此次征名活动加深了广大群众对我国探月工程的了解，宣传了中国实施探月工程的重大意义，反映了全国人民和海外同胞对国家科技进步的关心，体现了人们对祖国日渐强大发自内心的骄傲和自豪，也激发了人们强烈的爱国热情。

2013年10月26日，国防科工局组织来自社会各界的14位评审委员，对征集的53091个名称，分别从文化内涵、航天事业、民族特征、创意等角度进行评审。经过多轮投票，最终初选出玉兔号、探索号、揽月号、钱学森号、追梦号、寻梦号、追月号、梦想号、使命号、前进号10个名称入围，提交腾讯网、新华网进行网上投票评议。之后10天共收到有效投票3445248张，其中玉兔号得票649956张，在网友征名阶段重复率最高，得票数第一。继而，再通过评委投票与公众投票的结果加权计算，确定3个入选方案。最后，经探月工程重大专项领导小组批准，我国第一辆月球车命名为玉兔号。

嫦娥与玉兔的神话在中国妇孺皆知，因而玉兔号这个名称既体现了中华民族的传统文化，又反映了我国和平利用太空的宗旨。而且玉兔善良、纯洁、敏捷，其形象与月球车的构造、使命既形似又神似。

剧本定了，剧情也定了，现在女一号、女二号也有了名演员来出演，你敢说这部中华探月大片没有看点吗？

那么，玉兔号长什么样子呢？

它有司职地月对话的长长的天线“脖子”；它有头顶的导航相机与前后方的避障相机等敏锐的“眼睛”；它还有一只灵巧的机械臂“胳膊”，能够钻孔、研磨和采样；它身体两侧的太阳能电池帆板则像天使美丽的翅膀；它还脚踩用于行走的6个摇臂式“风火轮”。

除此以外，玉兔号还携带有多种科学设备，相当于一座可移动的小型月球实验室；配置了若干个传感器，在得知周围环境、自身姿态、位置等信息后，可智能重构三维地形图，勾画出到达目标点的路径，导航控制走到目的地。

当然，玉兔号既然来自地球，它便对地球充满感情，它身上的相机拍摄的所有照片都将传到北京航天飞行控制中心。北京航天飞行控制中心的科技人员则用这些照片恢复出月球表面的三维地形，为它指路，并进行各种科学探测活动。

有人说，外国人少有知道嫦娥与玉兔神话者。不然！即使在美国，嫦娥与玉兔的名气也不小，甚至还与“阿波罗11号”有着渊源。前文所述罗纳德·埃文斯与迈克尔·科林斯的那段关于嫦娥、玉兔的幽默通话便是最好的例证。

说到这事，美国行星科学家埃米莉·勒科达瓦拉也很感叹:“这真是一件值得分享的轶事，看起来，奥尔德林和阿姆斯特朗44年前就已经在月球上寻找嫦娥和玉兔了。”

全球太空科学爱好者在多个科技论坛中谈论着嫦娥三号登月任务，“嫦娥”“玉兔”也成为热议话题。

2013年9月，美国发射“月球大气与尘埃环境探测器”（LADEE），这个探测器的首要任务是了解月球上的稀薄大气和尘埃环境。耳闻嫦娥三号即将登月，于是有人在媒体上撰文称，嫦娥三号登陆月球表面时，火箭推进剂可能污染月球外层大气，从而影响月球大气与尘埃环境探测器观测。

对于“玉兔”将伴“嫦娥”奔月之事，不少美国科研人员表达出心中的兴奋。针对嫦娥三号火箭推进剂可能污染月球外层大气，从而影响月球大气与尘埃环境探测器观测这一说法，中国媒体还未评说，便有不少美国专家说，嫦娥三号非但不会给美国月球大气与尘埃环境探测器惹麻烦，甚至可能为美国月球探测任务带来独特机遇。

美国加州大学洛杉矶分校物理和天文系专家迈克尔·里奇对媒体说，嫦娥三号对月球大气与尘埃环境探测器的影响较小，根本不会给美国国家航空航天局的月球大气和尘埃探测任务带来麻烦。他还强调说:“我们对‘嫦娥’奔月行动充满期待。”

美国行星科学家埃米莉·勒科达瓦拉说，对于月球大气与尘埃环境探测器来说，嫦娥三号登月更多意味着“机遇”。

美国约翰斯·霍普金斯大学的太空科学家杰夫·普莱夏认为，当嫦娥三号进入月球轨道后，推进剂将在一个相对较高的纬度释放，然后在探测器下降至月球表面的过程中，在一系列的高度逐渐释放。月球大气与尘埃环境探测器将可以观测到火箭推进剂是如何扩散到月球外大气层，然后如何消散的。当探测器登陆月球时，月球大气与尘埃环境探测器还可以对这些尘埃进行采样分析，这是一个独特的机会。

一日随风上九霄

嫦娥一号飘逸，飘逸如兰。

嫦娥二号秀美，秀美如诗。

嫦娥三号系出名门，也将一舒广袖，云展风姿。

在国家国防科技工业局召开嫦娥三号任务第一次新闻发布会之前的2013年9月12日，嫦娥三号已进入西昌卫星发射中心，开始各项测试工作，且进展顺利。

奋斗了这么多个日子，废寝忘食的付出总算要开花结果了，吴伟仁虽心弦紧绷，但相比于之前却已经轻松了许多。

自从出任中国探月工程总设计师以来，没日没夜、提心吊胆的不仅是自己，还有妻子丛秀荣。

由于工作忙顾不了家里，平时回家的时候不多，妻子丛秀荣有时候便有些怨言，难免自言自语地嘀咕几句：要是没有月亮就好了。

于是有一天，吴伟仁在妻子的写字台上放了一张打印有字的纸。标题便是《如果没有月亮……》：

夫人，没有月亮不妙啊！

如果没有月亮，便没有嫦娥奔月这个最感伤的传说，没有李商隐“云母屏风烛影深，长河渐落晓星沉。嫦娥应悔偷灵药，碧海青天夜夜心”的诗句。

如果没有月亮，便没有张生与崔莺莺“待月西厢下，迎风户半开；

隔墙花影动，疑是玉人来”这样最浪漫的姻缘。

如果没有月亮，便没有苏轼与结发妻子王弗“十年生死两茫茫。不思量，自难忘……夜来幽梦忽还乡。小轩窗，正梳妆。相顾无言，惟有泪千行。料得年年断肠处，明月夜，短松冈”这样最缱绻的爱情。

当然，如果没月亮，就没有中秋了，就不能吃月饼了。

如果没有月亮，就不会有望月思乡的千古绝句；如果没有月亮，也不会有在黑夜里的仰望和神往……

如果没有月亮，科学家就不会研究登陆月亮；如果没有月亮，就没有嫦娥一号；如果没有月亮，那我也许会研究如何登陆行星。登陆行星比登陆月亮更难，我可能更忙，回家的时间更少。

同样的话题，腾讯网也展开了讨论，你不妨抽时间去看看，网友们的一些“神回复”风趣幽默，令人捧腹。我先摘录一些如下：

“没月亮也无所谓啊，我白天也睡得着。”

“如果没有月亮，就不会有‘如果没有月亮’这个话题。”

“其实讨论有没有月亮这个问题挺无聊的，因为月亮既然都存在这么久了，也不可能就凭空消失。不过，有时候无聊也挺不错。我喜欢这种无聊。这不？这个无聊的话题不是顿时让很多很多的眼睛开始注视月亮了，月亮不再寂寞了啊！”

“如果没有月亮，我们人类就不会有那么多的美好传说，就不会有诗人写出好的诗句。月亮代表着团圆，代表着和谐。如果我们没有月亮，一切就无从幻想！”

“正如我们每时每刻呼吸的空气一样，也许我们根本感受不到，但月球的影响无处不在。如古人编历法，就是以月亮围绕地球运行的周期为一个月的；月亮还会引起潮汐作用、人的生理周期；月球本身可用于天文导航；等等。”

“月球表面的尘埃可能隐藏着地球40亿年前遭到彗星和小行星撞击并爆炸之后的岩石碎片；月球上火山口形状的山峰甚至可能藏有地球上

某些最早的微生物的化石。”

“没有月亮就没有月亮吧。没有月亮，我想地球还是会转的。没有谁，地球不转呢？”

“如果没有月亮，那么我们的中秋节如何过下去？过不了中秋节，那么月饼厂家每年要损失多少赚钱机会？进而不是要影响当地当月、季度乃至全年的GDP啊？这样当地的泡沫经济不是要水分少多了？大家脸上怎么能好看起来？”

从秀荣看的过程中笑得捧腹，笑过之后，她便再无怨言了。

“没有爱情的生活是荒芜的，只有爱情的生活是不现实的。”

红尘自有痴情者，
莫笑痴情太痴狂。
若非一番寒彻骨，
哪得梅花扑鼻香。

回首自己因为倾心于中国探月工程，无法兼顾家事，从而发生的这些生活与家庭中的小插曲，吴伟仁既愧疚，也无悔。

知冷知热的照顾，是心；相守相望的倾注，是眼；不离不弃的沉醉，是情；一生一世的痴迷，是爱。

自从吴伟仁从事探月工程以来，那漫长枯燥且异常紧张的岁月里，正是有了同样从事科研工作的妻子的默默相伴和大力支持，他那些寡淡的日子才变得温馨多彩，有滋有味。

2013年10月27日，长征三号乙遥二十三运载火箭从北京启程，搭乘专列前往西昌卫星发射中心。2013年11月1日，长征三号乙遥二十三运载火箭，运抵西昌卫星发射中心，并陆续展开有关装配和测试工作。

圆润丰满，白皙皎洁，是那么美丽。

如女子诱人的脸庞，如仙桃遥挂苍穹。

这是在西昌看到的天上的月亮。

在被誉为月城的西昌发射中国探月工程的“嫦娥”号探测器，这是佳意天成。

嫦娥一号选择长征三号甲运载火箭“代步”，嫦娥二号的“坐骑”变成了长征三号丙运载火箭，嫦娥三号为何“花轿”独钟长征三号乙运载火箭？

长征三号乙运载火箭为捆绑式三级液体运载火箭，它受到嫦娥三号的青睐，原因在于以下几点：

1. 运载能力要求高。

嫦娥三号的质量达到了3700千克，比嫦娥二号重1000多千克，所以选择了起飞质量约为456吨、我国发射高轨道卫星能力最强的长征三号乙火箭。

长征三号乙运载火箭箭体直径3米多，高56.4米，相当于20层楼，是三级捆绑式火箭。长征三号乙运载火箭是在长征三号甲运载火箭的基础上，捆绑了4枚助推器，运载能力远高于长征三号甲运载火箭和长征三号丙运载火箭。

2. 入轨精度要求高。

作为我国的金牌火箭，发射成功率高也是长征三号乙运载火箭被确定为嫦娥三号“坐骑”的重要原因。2010—2013年，长征三号乙运载火箭共进行了26次发射，成功率达到100%。由于嫦娥三号落月任务对精度的要求更高，相当于“从巴黎打高尔夫球到上海入洞”，因而非长征三号乙运载火箭莫属。

3. 发射窗口要求高。

嫦娥三号发射具有多窗口、窄窗口的特点，要将之直接精确送入地月转移轨道，可靠性要求很高，只有长征三号乙运载火箭才能满足这个要求。

嫦娥三号的发射是长征系列运载火箭的第186次发射，虽然长征三号系列运载火箭身经百战，但为确保嫦娥三号完美落月，科研人员仍对长征三号乙运载火箭开展了6大专项技术攻关，包括：高精度制导控制提高入轨精度；多窗口发射技术，实现多轨道窄窗口发射；为嫦娥三号量身打造新型支架“座椅”；遥测图像传输系统，直观反映发射情况；减轻自重；提高可靠性。

由于改进了火箭，可以使用多窗口发射。嫦娥三号共准备了6个发射窗口，从预计的发射时间2013年12月2日至4日，每天两个。其中，第一窗口宽度为4分钟，第二窗口为1分钟。如果嫦娥三号错过第一发射窗口，则进入第二发射窗口。

多窗口、窄宽度的发射很难。6个发射窗口意味着需要提前计算、设计出6条奔月轨道，每条轨道都要做好准备，全力以赴，并做好充分的验证。

在发射场测发、测控、通信、气象、勤保五大系统密切协同下，一般而言，发射首选第一窗口，并零窗口择机发射。

零窗口发射是指在一定长度的发射窗口时间内，紧贴窗口上沿，即发射的最优时间，分秒不差地实施发射。

月球围绕着地球转，相当于人造地球卫星一样，但是转得比较慢。地球本身在自转，自转比较快，月球有自身转动的轨道平面，当这个平面扫过西昌卫星发射中心的时候，就是零窗口期，这样可以使嫦娥三号和月球在一个轨道平面上。

在零窗口发射，嫦娥三号无须中途修正就能进入预定轨道，同时又能在变轨过程中节省燃料，从而为后续工作留存更多动力。

经发射场区指挥部决定，嫦娥三号的发射时间确定为2013年12月2日1点30分。

发射时间是由落月时间决定的。要使嫦娥三号在白天落月，经过推算，那么发射时间就只能是凌晨了。而选择在月球的白天落月，是为了“玉兔”有更多的工作时间，同时太阳能电池板也能接收能量。

所以，落月的地点和时间，决定了嫦娥三号的环月飞行过程，也决定了火箭发射的时间。

“一日随风上九霄，月宫何以慰清寥。”传说中的嫦娥总是孤独凄清，写满闺怨的。但是新时代的“嫦娥”，却被配置了高科技“玩具”，赋予了神圣的使命。再探月球，断不会有寂寥之感了，因为寂寞往往因闲暇而生。

发射在即，社会大众对嫦娥三号既有期待，也有迷惑。吴伟仁对嫦娥三号的相关问题进行了释疑，讲述了嫦娥三号发射的4个主要环节：近月制动，变轨，软着陆，两器分离。其中，软着陆即“落月”，是最大的考验。

嫦娥三号在到达月球前首先要做的便是近月制动，也就是减速，不然“勇往直前”的结果就是撞上月球。探月科技团队为前两位“嫦娥”设定的奔月轨道是先变成椭圆轨道，再变成圆轨道。但从节约能源的角度着想，便为嫦娥三号设计了先在100千米×100千米的环月圆轨道飞行，而后变轨为100千米×15千米的椭圆轨道，并在近月15千米处开始下降的方案。

在嫦娥三号的发射、近月制动、变轨及最后的月球降落这几个阶段中，月球降落更为关键，必须从15千米处开始下降时，在几百秒之内安全降落到月面预选的着陆区。

如果完好无损地降落，嫦娥三号任务便成功了一大半；否则，中国探月科技团队之前6年的辛苦付出便功亏一篑。

月球上没有大气，无法使用降落伞的嫦娥三号在落月的过程中将采用火箭进行反推，靠发动机实现反推减速；同时为了测定着陆器的高度、速度，又特地研制了新的激光测距、微波测速测距雷达，采取多种措施精确测量其与月面的距离及其下降速度，力助嫦娥三号平安落月。

但风险还是比较大。因为月球表面的月石、月坑很多，嫦娥三号下降后，既可能碰到石头，也可能掉进壕沟。

还在嫦娥二号执行任务时，有一个月球上的地名就引起了人们的注意，这个地名便是虹湾。虹湾是嫦娥三号月球探测器的预选着陆点，嫦娥二号作为探月二期工程先导星，特地对虹湾进行了高分辨率成像。

相比月球表面坑坑洼洼的普遍地貌，虹湾要平坦许多，这样的地形不仅让嫦娥三号着陆更加安全，也能让嫦娥三号接受太阳光获取能量，且对地通信不受地形的遮蔽。

对于载人登月，现在全世界设计的着陆点基本上都集中在月球南极，因为月球南极96%以上的地方有光照，能保证能源供应，同时温度也不会突变，基本保持在零下60℃左右。不过月球南极是高山地区，着陆时被撞毁的风险也大。

与之相比，虹湾虽然没有高山，相对平坦，但却遍布撞击坑，有的撞击坑甚至有一两千米长。而撞击坑对嫦娥三号的着陆也是不利的，这需要嫦娥三号具备很强的自主寻找安全区的能力。

嫦娥三号奔月的难关可谓一关接一关。就算着陆器安全降落，还有一个很重要的环节，那就是月球车从着陆器上分离、释放、解锁、转移等过程。

月球车要从着陆器上分离出来，走到月球上，咫尺之远，也考验功夫：嫦娥三号落月之后，如果降落点周围相对平坦，月球车踏上月球就要容易一点；如果降落点附近有障碍物，那么月球车走到月面的难度就比较大……

为了克服这些风险和难度，嫦娥三号科研团队圆满完成了变推力发动机、高精度激光测距、激光三维成像系统、微波测距测速雷达的研制；在喀什研制建设了35米口径的S频段、X频段和ka频段大型深空站；在佳木斯研制建设了66米口径的S频段、X频段的深空测控站；在上海建设了一个VLBI站和65米的大型深空望远镜。

值得一提的是，这些大型深空站的建设，能为月球探测和以后的火星探测、太阳系探空测控解决联络的问题。在此之前，美国和俄罗斯有大型的深空测控网，欧洲航天局也建立了相应的深空测控网，虽然我国深空测控网建设晚，但起点高，水平、精度、技术难度也比前三家强。

除此之外，嫦娥三号还将挑战人类科学探测月球史上的几个第一：

第一次在月球上安装月基天文望远镜，首次实现人类以月球的视角观测恒星、星系和宇宙世界。

人类在地球上看惯了天体，却从未在月球上看过天体，那么在月球所看到的天体又是怎样的呢？与地球上所看到的天体、宇宙有差别吗？在地球上看天体、研究太阳系、研究宇宙或者某个星球，地球大气层会对视觉存在很大的影响，而月球上没有大气，如果在月球上看天体、看宇宙的话，清晰度一定会非常高。

地球上的一天由一个白天一个黑夜组成，用时间表示是24小时；同样，月球上的一天也由一个白天一个黑夜组成，但是一个月球日相当于28个地球日，即月球上的一个白天相当于地球上的14天，一个黑夜也相当于地球上的14天。所以，安放在月球上的月基光学望远镜在同一个地点可以长时间观测某一个天体或天区，这对人类认识太阳系、认识天体具有很大的科学价值。很多人都知道，美国哈勃望远镜是在几百千米轨道上看天空，而我国通过嫦娥三号安放的月基光学望远镜则是在月球上看宇宙，肯定要比哈勃望远镜看得更远。

第一次在月球车上安装全景相机及红外光谱仪、X射线谱仪，使月球车行走时既能拍其周围月面的三维全景，又能探测月壤的矿物成分及其形成历史。

由于月夜里月表温度通常是零下180℃到零下150℃，太低的温度使锂电池、氢电池等现有的电池都派不上用场，因而，探月科技团队便研制了可以连续使用30年且在超低温状态下也能工作的核电池……

嫦娥三号登上月球之后，除了代表人类首次在月球上通过月基天文望远镜看地外天体外，月球车上的测月雷达还要探测月球上30米到100米左右的范围，观察月亮的组成，在国际上首次建立集形貌、成分、结构于一体的综合性观测剖面，建立起月球区域综合演化动力学模型。

着陆器上所搭载的极紫外相机，还能在月面上对地球等离子体层进行极紫外成像，探测太阳活动、地磁扰动对地球空间等离子体层的影响。

据了解，太阳风暴会将许多粒子以每秒1000多千米的速度吹到地球，这些粒子被地球磁场捕获以后，便在地球周围形成等离子体层。太阳风暴对人类产生了很多负面影响，同时其蕴含的巨大电力，甚至超过全球发电量，但人类目前还无法使用。为此，科学家一直试图对其进行研究探索。过去人类很难对地球等离子体层进行观测，原因是人类在地球上。美国曾经利用卫星在地球轨道上观测，也只能看到局部。而嫦娥三号在距离地球38万千米的月面，能够看到地球等离子层的全貌，并能通过对其全方位、长期的观测研究，获取地球等离子体层三维图像，有助于人们了解太阳和地球的相互关系。

飞天大片

天有云霞，灿然成锦。

2013年12月1日，长征三号乙遥二十三运载火箭完成了402吨常规推进剂加注。当日下午1点30分，嫦娥三号开始加电；下午6点10分，开始低温推进剂加注；晚上11点30分，进入发射前负三小时程序……

万事俱备，只差一声令下，2013年12月2日凌晨1点30分，嫦娥三号便将准时出发。

在西昌卫星发射中心现场，多少热爱中国探月工程且买到参观门票的人激动地期待着嫦娥三号发射那一刻的到来。

嫦娥三号奔月的大致过程是这样的：长征三号乙遥二十三运载火箭把它直接送入近地点200千米、远地点38万千米的地月转移轨道；在轨飞行约5天后，近月制动，被月球捕获，进入100千米×100千米的环月圆轨道；在圆形轨道运行约4天后，变轨进入15千米×100千米的椭圆轨道；在椭圆轨道又运行约4天后，从高度约15千米的近月点开始动力下降，进行软着陆；着陆月面后，由卫星蝶变成探测器，探测器择机释放月球车；探测器着陆以后开展就位探测；月球车“玉兔”开展巡视勘察。

嫦娥三号的奔月过程看点多多，从发射时便开始了。因为安装在火箭上的三只摄像头会直播它的升空过程。

这三只摄像头分别安装在二级火箭外壁、三级火箭发动机舱和三级火箭仪器舱位置。火箭点火后，安装在二级火箭外壁的摄像头会拍摄下火箭升空喷射的强大火焰。约两分钟后，四个助推器被甩出去，一、二级火箭分离，该摄像头会尽收眼底；仪器舱的摄像头则可以观测整流罩分离和器件分离的过程；三级火箭发动机舱的摄像头可以观看发动机的工作情况。

嫦娥三号一路书写的精彩，还包括近月制动的过程，离月面15千米时降轨的过程，动力下降的过程，在月球软着陆的过程，两器分离的过程，在月球巡视的过程，等等。

千百年来，怀揣探月梦想的人们除了能从神话故事中看到月球生活的点滴虚构内容外，一直未曾知道月球的真实环境到底如何，月球的真实生活又是怎样。于是嫦娥三号的月球生活便成为又一重要看点。

事实上，嫦娥三号将在月球上“生活”很长时间，如何“过夜”一直是令科学家担忧的问题。月球的白天在太阳照射下，温度可超过150℃；而夜间因为无太阳光照耀，月面的温度又降到零下180℃。如果不采取措施，嫦娥三号自带的所有仪器都会被冻坏。

此前，苏联的月球探测器经历过多个月夜，美国的月球探测器却只一个昼夜便结束了使命，嫦娥三号如何应对月夜至寒的考验？

要度过极寒的月夜，嫦娥三号用普通的电池取暖，扮演“卖火柴的小女孩”显然是不行的，真实的月亮一直在童话之外。

“月亮婆婆，莫割我的耳朵，我送你一个馍馍……”

钻研如何解决嫦娥三号在月球过夜这个问题时，故乡关于月亮的童谣在吴伟仁耳边脆生生地响起。通过童谣，他深深地明白，要请求月亮关照嫦娥三号肯定是不行的。要想嫦娥三号能够安全地度过极寒月夜，只有运用科技手段去适应这位“婆婆”才行。

通过反复比对、实验之后，科研人员发现，要满足嫦娥三号在月夜中的“取暖”需求，采用放射性同位素热源（RHU）是最佳途径。

为此，他们对相关的空间用核能源的辐射防护、地面试验验证、核源换装等技术瓶颈进行了攻关。于是嫦娥三号成为我国航天工程中首次应用核能的航天器。

除解决热源问题，科技人员还对嫦娥三号热控系统进行了严格的设计，给嫦娥三号外表用了一种多层隔热阻件材料，可实现双向隔热。这层隔热材料相当于穿在嫦娥三号身上的“空调”：当月球处于白天，月面环境温度高时，热量无法从月面传入探测器内部；当月球处于黑夜，月面非常寒冷时，探测器内部的热量也不会流失。

此外，该热控系统中的两向回路产品、可辨热导热管等均为国际首次使用。

几千年前神话中的嫦娥奔月，带着凄清中的无奈和孤独。

今日“嫦娥”奔月，牵引着世界各地关注的目光。

嫦娥三号成功发射之后，外媒对之表示了高度关注。

美国有线电视新闻网（CNN）报道说，成功发射嫦娥三号，将使中国成为继美、苏之后，第三个将探测器着陆在月球表面的国家。这一新的空间探索成就，距离中国将航天员送上太空仅有十年时间。

俄罗斯媒体称，“嫦娥”飞天标志着中国探月进入新阶段。

英国媒体称，嫦娥三号的成功发射，将成为中国太空计划的重要里程碑，这将是1976年以来，人类探测器首次在月球着陆。

印度新德里电视台称，嫦娥三号的成功发射，体现了中国国际地位的日益提高和不断取得的科技进步。

法新社称，嫦娥三号的成功发射，是中国雄心勃勃的太空计划的最新一步，也是中国全球地位不断提升的标志。

西班牙《国家报》对中国探月计划的实施表示赞誉，“许久没有迎来新客人的月球将马上迎来嫦娥三号的到访。”

日本广播协会电视台报道称，嫦娥三号月球探测器飞天预示着中国的太空探索进程正在加快。中国在2020年前后将建立自己的宇宙空间站。在同一年，神舟十号与天宫一号实现成功对接，年底又有“嫦娥飞月”。“中国科学技术的高度已吸引了世界的关注。”

……

然而，成功发射，只是嫦娥三号迈出万里长征的第一步。

嫦娥三号探月旅程的起点是地球，终点是38万千米外的月球，迢迢旅途，每一步都承担着科技人员赋予它的艰巨任务。

“这是中国航天领域迄今最复杂、难度最大的任务。零窗口发射成功后，嫦娥三号的考验才刚刚开始。”在欢呼声中，吴伟仁内心却相当冷静，因为嫦娥三号到达月球前，至少还需要迈过几道“坎”。

嫦娥一号挑战的是如何从距离月球表面200千米的高度进入月球环绕轨道；嫦娥二号攻克的是如何从地球直接奔向月球的轨道控制技术；而嫦娥三号要降落到完全陌生的月球表面，是我国航天器第一次以零距离的方式，对月面的形貌、月球地质构造进行探测，同时开展月级天文观测，以及空间环境探测。

嫦娥三号研制过程中，开展过很多模拟试验及验证工作。比如，利用前期拍摄的一些照片来模拟月壤，模拟月球车在月壤上行驶，并根据模拟情况设计月球车的各个部件。月球车在相当于地球上六分之一重力的情况下，要承载仪器的话，如何设计它的承重量？月球车的单个部件也要进行下落过程中的前期试验和验证工作。

如何“落月”，这是嫦娥三号奔月过程中必须跨过的、难度最大的一道坎儿。

从距月面15千米高度的地方安全下降至月球表面，嫦娥三号需经过主减速段、快速调整段、接近段、悬停段、避障段、缓速下降段6个阶段的减速。

月球是真空环境，嫦娥三号下降时没有阻力，要减速只能靠装在着陆器下方的几台发动机来实现——当嫦娥三号准备降落时，这些发动机便发动起来，把着陆器往上推，以使其慢慢降落。

为保证降落在合适的位置，嫦娥三号还将像直升机一样悬停。着陆器是智能的，飞到离月球表面约100米高处时，自带相机便会通过拍照反馈信息，如果月面有坑，需要挪地方，它就会自己平移，直到移到无坑的地方再降落。

当嫦娥三号选定着陆点后，再继续缓速下降，探测器在离月面4米之时关闭发动机自由下降——如果发动机不关闭，月尘会影响探测器的工作。

落到月面上后，着陆器会在第一时间把太阳能电池板打开，接收来自太阳的能量，嫦娥三号携带的仪器经过测试后，便开始工作。

探测器月面着陆以后，玉兔号月球车要从着陆器中下到月面，这一步难在一系列复杂的动作，包括从探测器里解锁、移动到转移机构上等。此过程假如出现控制或机械方面的故障，就无法进行下一步，嫦娥三号的实验也便功亏一篑。

着陆器和巡视器（玉兔号月球车），既可自主控制，又可通过地面遥控。地面控制中心根据其传回的数据，包括全景相机拍摄到的着陆地点的地形地貌等，进行路径规划，给探测器发送遥控指令，安排其行动。

预设的路线图很周密，玉兔号月球车也能自主控制并巡视探测，能绕行，能爬坡。

月球没有大气层，各种辐射都是直接到达月面，这对仪器的抗辐射性能提出了很高的要求。

嫦娥三号要落月以及月球车对月球巡视勘察，都需要极为精确的测控控制。嫦娥三号使用了频率高、传递信号快、抗干扰性很强、也很可靠的X频段航天测控网，这比嫦娥一号使用S频段，嫦娥二号以S频段为主、X频段为辅进行试验强太多了。

为了嫦娥三号能顺利执行任务，我国建立了一套深空测控网站。测控网的作用犹如放风筝时握着风筝线的人，如果没有攥好这根线，便会导致整个嫦娥三号奔月计划的失败。

……

这一道又一道的坎儿，嫦娥三号能够迈得过去吗？

为确保嫦娥三号准确实施近月制动，顺利抵达环月轨道，测控系统和探测器系统的专家智慧翩飞，灵感喷薄，经过认真分析计算，研究确定了嫦娥三号第一次轨道中途修正控制策略。北京航天飞行控制中心，这个承载着夙愿与热血、青春与梦想的指挥部，于2013年12月2日15时50分左右，成功地向探测器注入控制参数，启动探测器推力器，顺利实施第一次中途轨道修正。

希冀无须翅膀，手指的轻点和内心的情感完美地结合在一起，便能成就一种优雅的飞翔。此次轨道修正圆满达到预定目标，表明探测器控制与推进分系统工作正常，嫦娥二号犹如天外飞仙，为嫦娥三号顺利开展后续飞行任务奠定了基础。

2013年12月6日17时53分，在北京航天飞行控制中心的精确控制下，嫦娥三号成功实施近月制动，顺利进入环月轨道。虽然只是手指一点之间的事，却凝聚了嫦娥三号测控遥控系统科研人员的多年心血。

为了牢牢地掌控着陆器和巡视器的动向，与之时时“心心相印”，就在嫦娥三号未发射之前，相应的测控系统便已做好了准备。

在嫦娥三号即将发射之际，经过近10天持续的海上航行，承担嫦娥三号大洋测控任务的中国卫星海上测控部远望六号航天远洋测量船，到2013年11月30日时已顺利抵达太平洋赤道附近预定海域，严阵以待，和远望三号、远望五号共同实施海上接力测控，为嫦娥三号月球探测器落月前的奔月之旅指引路线。

嫦娥三号的海上接力测控，远望三号是第一棒，远望五号是第二棒，远望六号为最后一棒。远望六号主要承担嫦娥三号任务发射入轨段和地月转移轨道段的跟踪测控，测控设备包括脉冲雷达系统和S波段统一测控系统（USB）。

远望六号全船设备性能稳定、运行良好，对圆满完成这次远洋测控任务信心十足，因而远望六号船长范耀辉也跟全体船员一样跃跃欲试。

在2013年上半年刚刚成功执行神舟十号测控任务的远望六号被誉为“海上科学城”，是中国自主研发的第三代航天远洋测量船，船长222米，宽25.2米，满载排水量24000多吨。船上各类航天跟踪、测量、测控天线设备林立，能完成对目标飞行器跟踪、测量、遥测、遥控、数据传输等任务，并能与任务中心进行实时通信和数据交换。

嫦娥三号发射入轨段跟踪测控时间约十几分钟，测量任务是监控运载火箭能否将嫦娥三号送入预定轨道；地月转移轨道段跟踪测控持续11小时左右，测量任务是监控嫦娥三号是否按照预定轨道向月球方向飞行。如果飞行轨道出现偏差，将根据安排进行轨道修正。

以前的“嫦娥”与北京航天飞行控制中心之间是点对点数据传输，而嫦娥三号则用网络化数据传输，以及运载火箭入轨图像数据实时传输。

远望六号海上测控任务具有长弧度、长时间、远距离、弱信号等特点，对船载航天测量设备的稳定性、可靠性提出了更高要求。此次任务，远望六号派了近300名船员出海，在靠港码头、长江水道航行和远洋航行期间，针对任务需求，先后完成航行计划制定、船载航天测量设备检修测试、船舶远航任务装载、安全大检查、船员培训、任务联调演练等一系列准备工作，并组织消防、救生、反恐等相关应急预案演练。

海上航天测控不同于陆地，跟踪的探测器在飞行，船舶本身也在航行，因此，航行安全保障至关重要。航行安全主要有船舶及船载航天测量设备安全、人员安全两方面，两者相辅相成。人员安全到位了，船舶安全就有保障；船舶安全了，人员安全才有依靠。

怀揣神圣的使命，远望六号起程了，从港口出航到抵达太平洋任务海区，航程3000多海里。由于船载高精度航天测量设备，远望六号在整个航程中都小心翼翼。

而此时，北京航天飞行控制中心的全体参试人员也为嫦娥三号飞控任务的正常开展做好了各项准备工作。

北京航天飞行控制中心既是指挥调度、轨道控制和数据处理中心，也是测控通信指挥部所在地，在任务中发挥着神经中枢的关键作用。

嫦娥三号飞行控制工作有“三高”：技术状态全新，处置能力要求高；遥操作约束复杂，飞行控制精度高；系统交互多，着陆器和巡视器两器协同程度高。

针对这些难点和新特点，北京航天飞行控制中心先后突破了高精度月面视觉定位、月面巡视动态任务规划、巡视器路径规划与行走控制等关键技术。

正是因为测控系统的“给力”，嫦娥三号发射之后，一切运行正常：长征三号乙运载火箭飞行19分钟后，器箭分离，嫦娥三号顺利进入近地点高度210千米、远地点高度约36.8万千米的地月转移轨道。

2013年12月6日17时47分，近月制动开始进行，紧盯控制画面的吴伟仁既开心，也紧张，更有期盼和祈祷。

地面科技人员发出指令，嫦娥三号探测器器载变推力发动机成功点火，361秒后，发动机正常关机。根据北京航天飞行控制中心实时遥测数据监视判断，嫦娥三号顺利进入距月面平均高度约100千米的环月轨道，近月制动获得圆满成功。

近月制动是嫦娥三号飞行过程中一次关键的轨道控制。与嫦娥一号、嫦娥二号任务分步实施近月制动不同，嫦娥三号制动使用新研制的器载发动机，采用一次制动即达到目标轨道的控制策略。虽然任务风险和难度更大，对探测器控制能力和测控系统的测量精度提出了更高要求，但经过探测器系统、测控通信系统协作攻关，突破了一系列设备研制和轨道控制难题，确保了近月制动圆满成功，为嫦娥三号最终实施月面着陆和巡视探测活动奠定了基础，也让其交出了完满的答卷。

事实上，嫦娥三号必须跨过的这一道道坎儿，都可谓步步惊心。这每一道坎儿的步步惊心，组成了一部惊心动魄的飞天大片！

无论嫦娥三号在哪，吴伟仁的情感都与之紧紧相连。因为嫦娥三号在他心中，就相当于自己的孩子一样。

“嫦娥”离地球的距离越远，吴伟仁内心的牵挂越深。好像黑暗且遥远的旅途尽头，便是幽暗的楼宇里唯一亮着灯的自己的家。

虽然嫦娥三号前行的路上有那么多道坎儿，但有自己领导的团队给予先进、精准的技术支持，吴伟仁相信嫦娥三号一定能出色地完成任务。

不舍昼夜的风景

一道道难关被抛在身后，去往蟾宫的旅途在渐渐缩短。

2013年12月10日21时20分，嫦娥三号在环月轨道成功实施变轨控制，顺利进入预定的月面着陆准备轨道。

最美的绽放总是在不经意间进行的，正如最美的妆容并非在聚光灯下打开一样。嫦娥三号美丽绽放的过程也是如此。

2013年12月10日21时24分，嫦娥三号由距月面平均高度约100千米×100千米的环月轨道，成功进入近月点高度约15千米、远月点高度约100千米的椭圆环月轨道。

嫦娥三号距离月球越来越近，月球的吸引力越来越大。

2013年12月14日，嫦娥三号先后完成点火准备、主减速、快速调整、接近、悬停、避障、缓速下降等动力下降过程，实现从距离月面15千米高度安全下降至月球表面的软着陆，全过程约12分钟。

这个过程精彩纷呈、惊心动魄，却又精准、缜密，步步关联。

在推力为7500牛的我国首台变推力空间发动机的制动下，嫦娥三号从距月面15千米处实施动力下降，相对速度从1.7千米每秒逐渐减为零。嫦娥一号、嫦娥二号的发动机推动力大约是490牛，嫦娥三号所装变推力发动机，推力可在1500牛到7500牛的范围内连续变化，因而更稳、更准。

嫦娥三号，对地球上的无数张望来说，不是绝尘而去；对近在咫尺的月球来说，也不是迎面扑来。这是艺术的接触，是矜持的甜美。

探测器在距月面100米处又来了一次悬停——利用敏感器对着陆区进行观测，以避开障碍物，选择最佳着陆点。

这是何样壮美的一刻啊！北京时间2013年12月14日21时12分，嫦娥三号终于成功着陆在月球西经19.5°、北纬44.1°的虹湾以东区域，成功到达“新家”现场。

让我们再现一下2013年12月14日晚上的经典场面吧：

20时49分：北京航天飞行控制中心发出指令：10分钟准备。心脏就此开始狂跳。

20时52分：长城报告：太阳翼收拢到位。心跳随“天使之翅”的收拢而加快。

20时55分：长城报告：动力下降，各敏感器工作正常。沸腾的向往在涌动。

20时58分：长城报告：探测器工作正常，遥测正常。凌波微步的曼妙即将上演。

20时58分：北京航天飞行控制中心发出指令：1分钟准备。各种胜景蓄势待发。

21时00分：动力下降开始，嫦娥三号此时犹如观音坐莲，飘然而下。

21时04分：北京航天飞行控制中心大屏幕上显示嫦娥三号动力下降高度曲线。

21时05分：降落相机开机，月球苍老的皱纹尽收眼底。

21时07分：各项跟踪正常，遥测数据正常。理想与现实的距离在进一步缩短。

21时10分：降落相机图像出现在北京航天飞行控制中心大屏幕上，下降敏感器工作正常。

21时11分：7500牛发动机关机，嫦娥三号徐徐降落。

21时12分：带着中国人厚重的托付，嫦娥三号成功着陆于荒凉浩渺的月球。

从发射那一刻起计算，离开地球307个小时42分钟后，嫦娥三号与月球之间，终于从38万多千米变成了零距离；而玉兔号和月球间的距离，也从38万多千米缩短为嫦娥三号着陆器的身高4米。

隔世的光阴、千年的梦想在这一瞬间凝固。这期盼已久且神圣的一刻到来，让北京航天飞行控制中心现场响起了热烈的掌声。

嫦娥三号探测器成功降落月球之后，北京航天飞行控制中心随即按计划开展着陆器与巡视器分离的各项准备工作。

2013年12月14日23时45分，地面科技人员对着陆器与巡视器分离的实施条件，包括着陆点环境参数、设备状态、太阳入射角度等，进行了最终检查确认。随后，向嫦娥三号发送指令，着陆器与巡视器分离开始。

于是，安然立于月面的嫦娥三号着陆器，打开了太阳能电池帆板，并调整角度，使之对准太阳，以蓄积能量。

紧接着，着陆器开始调整用于使“玉兔”从其头上下到月面的“梯子”——一个移动平台，将之调整为平行于月球表面。

继而，立于着陆器顶部的“玉兔”开始活动“手脚”，展开太阳翼，伸出桅杆，用桅杆上的全景相机拍摄所处的月面场景，并将之传回地面，以便让地面算出着陆器所在的具体位置。

在“玉兔”忙着拍照并将所拍照片传回地球之时，着陆器也没停着，忙着帮“玉兔”将转移平台搭好。

一切按部就班。

2013年12月15日3时10分，“玉兔”开始向转移机构缓慢移动，小心翼翼地踱步到这个转移平台之上。

4时06分，转移机构正常解锁，往前伸，往下降，接触月面，并在着陆器与月面之间搭起了一架斜梯。继而，“玉兔”沿着斜梯款步而下。

4时35分，“玉兔”踏上月球，潇洒地在月面上滚出了10多米车辙，滚出了第一道醒目的脚印。一边滚，一边开动自身所带的照相机和探测仪，搜集记录与月面有关的数据。

这只可爱的“玉兔”要记录眼前那来自远古的石头和尘沙，这些石头和尘沙曾经风干了月球的多少滴泪，多少情感，一定有一个个根源深及星际空间的故事藏在这些石头和尘沙之中，且亘古不变。偌大的月球该有多少块这样带着传奇故事的石头，有多少粒这样沉默不语的尘沙啊！是不是有多少块石头，有多少粒尘沙，就有多少个宇宙故事和月球秘密呢？

从嫦娥三号落月的那刻开始，着陆器便落地生根，不再移动位置，并在以后的日子里，用自地球所带的各种神奇设备，打量太空，俯瞰大地，展望未来。

在月球亘古未变的寂寞的土地上，珮环叮当、盈盈暗香的“嫦娥”和“玉兔”来了，精巧与铿锵，汇聚成一种感动、一种力量。这一刻，有多少双眼睛感动得泪下啊！中国人登月的千年愿望就此成为佳肴，被欢呼的人们津津乐道。

这一刻，吴伟仁也同样的激动。他比很多人更早品尝到这种视觉的盛宴。

童年神话传说中的月亮是近乎完美的，皎洁、神秘，令人浮想联翩、心生向往。成年岁月里的月亮虽然也明亮如故，却已经带上了淡淡的哀愁和苍凉。这也许是受自己所喜欢的古诗词中与月亮有关的乡愁的影响。

自从事探月科研以来，吴伟仁一直期望能够看到通过自己研制的“嫦娥”系列航天器获得来自月球的真貌。虽然之前，他也饱览了国外月球探测器所拍的月球照片，但他更想通过自力更生看到美丽的月球风景。

嫦娥一号、嫦娥二号让自己看到了月球的“真相”，在地球上洒满柔情光华的月亮，记忆中柑橘、玫瑰、栀子、米兰，还有蛙声中的稻花，伴满地月华的芳香仍在，但嫦娥一号、嫦娥二号镜头中的月亮却毫无光彩，不仅外表灰扑扑的，如一砣圆滚滚的大石包，而且脸上还长满“麻子”，就像一块被黄豆“揍”过、粗制滥造的球状豆腐——看到月亮这副模样，他甚至联想到了成都著名的菜肴——“麻婆豆腐”。

但，这就是真实的月亮啊！素颜远离华丽，毫不矫情的美，更自然。

自嫦娥一号、嫦娥二号之后，吴伟仁便不再满足于绕着圈儿围观月球，因为隔着距离欣赏，月亮虽美如玉盘，却好似蒙了一层朦胧的面纱。搞科研的人，更喜欢真相，更执着于追求真相。

从嫦娥三号离月亮100千米的距离看，月球便不再那么纯净，那么光洁，它伤痕累累的身上，书写着岁月的沧桑，和来自远古的经历。

近些，再近些，沉睡在天空中的月亮变得越来越大，脸上的“麻子”也越来越大，映入眼帘的满是空寂，诗意全无。

没有花，没有草，没有江河，没有湖泊，没有森林，没有动物，没有空气，没有声音，没有生机，没有活力……目光所及，躲不开的是一望无际的荒凉。

这就是月球表面。

冷峻得如同万古寒冰，呆板得如同越世文物，一圈又一圈，一重又一重，这就是月亮。

荒凉的遗迹，弥漫着神秘的气息，深深地感染着渴求揭秘的吴伟仁。在他冷峻的表情里，埋藏着宇宙的记忆。当仰望远方晶晶亮的星星之时，才明白，也许熟悉的地方真的没有风景。

不过，好在他要的不是风景，而是数据。

现在好了，一组组零距离接触的数据，随着玉兔号离开着陆器而源源不断地传了回来。

“玉兔”一小步，中国一大步。

当玉兔号在月球表面上印下第一个脚板印的时候，吴伟仁的心也随着车辙的延伸而更加澎湃如潮。

着陆器降落的地方如预设中演练多遍般平坦，这是成功的最大保证，也为“玉兔”的漫步打下了完美的基础。

当然，月球表面绝对平坦的地方没有，相对平坦的地方也有不少坎坷：大大小小的坑星罗棋布，大大小小的石头零乱杂陈。从着陆器头顶下到月面之后，“玉兔”小心谨慎地行进着，兴高采烈地碾踩在死寂却古老的月尘之上。

整体来看，没有生命也没有生趣的月球千篇一律，索然寡味，甚至慵懒得上万年、万万年也难得洗一把脸，这和喜欢涂脂抹粉、气象万千的地球相比，相当的无趣。

时光回溯到38亿年前，木星和土星轨道发生了共振。神仙打架，凡人遭殃，这两尊大神身上掉落的“兵器”——无数小行星和柯伊伯带天体，把位于太阳系内侧的地球、金星等无辜星体击打得满身是伤，九死一生。而作为地球忠实“跟班”加亲密战友的月球，当然也连带遭殃，不仅被打得浑身是血，还从此娇容尽毁，脸上留下了几十亿年都未能消退的“麻子”坑坑。

地球不一样，姹紫嫣红地一化妆，先前密集的陨石坑，便在岁月和风雨中渐渐消失，宛若从未遭遇过如此“黑打”。

当然，月球妆容俭朴，并不表明其没有内涵。所谓大道无形，“道隐无名”。之前人类对月球的探索，便在月球南极发现了固态水，在月球背面发现了与众不同的环形山，在月球上发现了神秘的巨大洞穴……

一边行走，一边打望，“玉兔”发现自己盈盈漫步的地方的西南方向，有一块金字塔形的巨大岩石，将之拍下来传回了地球。

“月球上也有金字塔？”这张照片令人惊叹。

但吴伟仁却并没有由此便下结论这就是金字塔，且跟地球上的金字塔同质。他要指挥“玉兔”继续探测这块石头的秘密：“玉兔”机械臂上的粒子激发X射线谱仪，能探测月岩的构成；“玉兔”胸前的红外成像光谱仪，能掌握月球上目标物体的几何形状、纹理和物质成分；“玉兔”肚子下面还有测月雷达，能透视月表之下100米的矿物结构……如同电视直播，“玉兔”“目光”所及的信息和数据，都会及时传给着陆器，同时，也能通过无线电波传回地球。

着陆器上的监视相机完整地记录下了自己心爱的宠物——“玉兔”踏上月球的全过程，并及时将成像数据传回了地面。嫦娥三号与玉兔号分离后，双方互拍成像，开展了一系列就位探测和巡视勘察活动。

降落到月球的“玉兔”美吗？如果以其强大的功能为美，它肯定算；如果以静为美，它也肯定算。毕竟文静是大家闺秀的特质啊！

“玉兔”在月球上每小时只能走200米，这个速度用“纤纤作细步”来形容，也许挺恰当的。因为这个速度甚至比地球上大陆龟的爬行速度还要慢一点点。

“玉兔”自己比谁都明白，在月球上，走得快不算本事，不摔跤、不掉进陨石坑里，才算厉害。“玉兔”虽慢，却很机敏。它能爬20°的斜坡，遇到超过20°的斜坡，它也有办法解决，惹不起，躲得起，绕开就是啦！

因为“玉兔”不能蹦，只能爬，它非常明白自己前进时不能掉进坑里——聪明的它会自己绕开直径超过2米的大坑。

登陆月球之后，第一个月昼里，着陆器和月球车不仅圆满完成了工程任务，而且所有科学载荷都顺利开机工作。着陆器地形地貌相机对月球进行了环拍，并首次对地球进行拍摄。“玉兔”身上的全景相机也进行了环拍，获得了彩色立体影像图。

情心所依

嫦娥舞袖巡天庭，玉兔落月世界惊。
五星红旗耀月华，科技先行盼复兴。
烈酒一杯当空叹，逍遥起兴把诗吟。
千古华夏梦成真，赞歌高唱巨龙腾！

这是2013年12月15日，一个名叫赵华的人在平昌论坛上发表的题为“为嫦娥玉兔奔月落月成功而作”的诗。

当嫦娥三号飞升，直奔月球而去，作为中国探月工程总设计师的吴伟仁密切关注其动向之时，他的乡亲们也像他密切关注嫦娥三号奔月一样，密切关注着他，为他自豪。

“嫦娥”是从地球故乡奔向月球的，而吴伟仁则是从大巴山故乡奔向北京的。嫦娥三号通过遥控遥测，牵挂着地球故乡，吴伟仁则是通过缱绻思念，牵挂着自己的故乡。

故乡很好！故乡生养了自己，故乡有亲人，故乡也有恩人。

2008年5月10日上午，吴伟仁正在开会，突然接到弟弟吴雨仁打来的电话，他心里一哆嗦，预感到家里发生了什么事。

虽然他与弟弟妹妹们感情很好，但怕影响他的工作与休息，弟弟妹妹们很少给他打电话，即便打，也只是三言两语便结束通话。弟弟妹妹们平时有啥事，都主要通过发短信告诉他，但他几乎不给弟妹们回短信。不是不想回，而是没有时间。

吴伟仁的猜测在一瞬间得到了验证。

“哥哥，爸爸摔伤了，你回来看看他不？”

手机里吴雨仁看似轻描淡写的话，却把吴伟仁听得惊恐万状。

“二弟，爸爸摔伤了？严重不？”

“可能是中风了，不过不严重，你回来看看吧。”

不严重？中风了还不严重？不严重会直接给我打电话？不严重会让我回家去看看？知道他忙，如果家里有啥事，弟弟妹妹们通常都是给他们的嫂子丛秀荣打电话的。

原来，几天前住在平昌县城女儿家养老的吴伟仁的父亲吴林一，回到乡下得胜镇独柏村4社（改革开放后，改为现名）老家办事时不慎摔倒，因此中风。

吴伟仁的心揪了起来，父亲一生多灾多难，这已经是他第三次中风了。

吴林一第一次中风是在1976年，那时吴伟仁还在上大学。那个草木斑斓的金秋，吴林一将秋收后的稻草旋在一根长在悬崖边的柏树上时，不慎摔下30多米高的悬崖。虽然悬崖下的小河让他捡回了一条命，但他却因此把腰椎、小腿、脚掌都摔骨折了，脑部也有轻微中风。为此，吴伟仁特地回家照顾了父亲一个月，直到父亲身体基本康复，才返校上课。

2002年冬天，吴林一又一次中风。吴伟仁给他买了不少进口药，他幸运康复。

吴林一是一个乐观的人，每当他遭遇大疾之时，总爱说一句话：人，只有站起来，世界才属于他。

父亲的坚强给了吴伟仁不少科研上的启示。

1998年10月6日，母亲去世时，吴伟仁因为工作太忙抽不开身，没有回老家见母亲最后一面，这一直是吴伟仁心中的痛。那之后，每每梦见母亲，都会泪落枕巾。现在父亲身体遭此大劫，心中有不祥预感的他决定，马上回川见父亲一面。

接过吴雨仁的电话之后，吴伟仁马上请假，订机票，并带上身份证直奔机场。在成都下了飞机后，又马上搭乘去平昌县城的大巴，急急地赶往老家。

这次回家，一样归心似箭，但他却没有往日的轻松。一路伴随着他的，是满脑子自己成长岁月里父子亲情的记忆，和心急如焚的忧思。

他终于赶到了父亲的病床边，然而父亲已经认不出他来了。父亲既空洞又茫然的目光，令他心如刀绞。

当他用纸巾给父亲揩眼角的眼屎之时，父亲努力地看了看他，然后口齿含混地对他说："同志，我想见我儿子吴伟仁，我很想他，但是你不能告诉他，不能影响他的工作……"

这就是我那曾经做事风风火火、雷厉风行、身高176厘米的父亲吗？这就是我那识字不多却身体硬朗、精明能干、知晓大是大非的父亲吗？

"爸爸，我就是你的儿子吴伟仁呀，爸爸！"

吴伟仁尽力地忍着，不让眼泪掉下来，但终究还是没有忍住，一下子哭了："爸爸，我就是吴伟仁，是你的大儿子呀！"

这时同样泪流满面的吴雨仁俯下身，对着父亲的耳朵说："爸爸，他就是你的大儿子，我的哥哥吴伟仁啊！"

这时，仍在絮絮叨叨的吴林一，顺势用自己颤颤巍巍的手拉住吴雨仁的衣服说："同志，我伟仁儿子回来时……请你告……告诉他，一定要专心搞……搞探月研究，让'嫦娥'早日跑到月球上去，看看月球上都有啥子，这也是我伟仁儿子搞航天科研以来，他妈妈的心愿。"

"爸爸……"

泪如雨下的吴伟仁一下子蹲了下去，双手抓住父亲的手，贴在自己的脸上，像个孩子似的泣不成声。

吴雨仁扶着吴伟仁的双肩，安慰他说："哥哥，爸爸已经不认识任何人了……我们赶紧想办法救他吧。"

对，赶紧想办法救他！

吴伟仁忍住泪，把医生拉到一边，询问父亲的病情。医生告诉他说，父亲的脑出血很严重，由于年过八旬，又不能做颅脑手术，只能吃药维持。

"医生，那请问我父亲有生命危险吗？"

"唉……你们做儿女的要有心理准备啊，老人家估计在世的日子不多了……"

医生的话将吴伟仁的泪再次催了出来，如决堤的湖水汹涌。

爸爸呀，你生命都到这个时候了，却还念叨着你儿子所从事的探月工程，你怎么就没为自己的病情揪心一下啊！

吴伟仁哽咽地请求医生说："医生，请给我爸用最好的药，为了留住父亲，我即使卖房子也要救他！"

不知是医生真用了最好的药还是什么原因，第二天，吴林一的病情好了一些，他竟然认出吴伟仁来了。

父亲盯着他看了一阵之后，吃力地挤出笑容，含糊不清地说了一句："回来了？"

眼神闪亮了一瞬之后，却又复归无光呆滞，这和以前久不见他便会对他问长问短的情况完全不同。

就在吴伟仁的眼泪又一次涌出之时，吴林一又像是想起什么来似的，语气孱弱地说："我没什么病啊，你不好好工作，那么忙回来干啥子？"

"爸爸，你一直都让我好好工作，要我做一个有出息的人，可是如果你身体病这样，你说我能够安得下心来好好工作吗？"

父亲听了他的话之后，又像一个不醒事的孩子，茫然地看着他，对他所表达的话没有丝毫反应。

医生来输液了，吴伟仁记忆中遭受再大痛苦却从不喊痛的坚强的父亲，却在脑出血昏迷的情况下喊疼，而且眼泪也兀自落了下来，并想拔掉输液管。

父亲的今昔对比令人心碎。

吴伟仁握着父亲枯柴般的手说："爸爸，不输液会更痛的啊！"

不知道是吴林一听懂了吴伟仁的话，还是他一瞬间感受不到痛了，又安静了下来，没再喊痛。这样的情景，让吴伟仁的心比任何时候都痛。

就在这一天，2008年5月11日，吴林一终因抢救无效而去世。老人弥留之际，吴伟仁流着泪问他还有什么心愿未了，语言不清的吴林一嘟囔了很久，只听到"路……""路……"，其他字眼怎么也听不清。于是吴伟仁突然想到了什么，父亲曾经对他说过，要是有一条马路能够通到生产队就好了，便哽咽着对父亲说："我一直想修一条公路，将生产队与村公路连接在一起，如果早修了这条公路，您也不会摔这一跤，也不会中风了……"

听了吴伟仁的话之后，吴林一便没再嘟囔了，不久便含笑离开了人世。

"爸……爸……爸爸……"

吴伟仁断肠地喊，却再没能等来老人的回应。

想想您的背影，我感受了坚韧。
抚摸你的双手，我摸到了艰辛。
不知不觉你鬓角露了白发，
不声不响你眼角上添了皱纹，
我的老父亲，我最疼爱的人，
人间的甘甜有十分，你只尝了三分。
这辈子做你的儿女，我没有做够，
央求你呀下辈子，还做我的父亲。

这时，隔壁病房一个病友的收音机里，传来了刘和刚的歌曲《父亲》，字字句句，深情的演唱，让吴伟仁更是泪雨滂沱。

吴伟仁从来没有想到过，在这一刻，爱与痛的纠缠是如此紧密，如此断肠。在这个世界上，谁还有能力将自己喊回童年？只有父母。可是现在，他却成了一个无父无母的人，失去父母的他顿感自己瞬间无依无靠，无家可归……

回想起父亲弥留之际的话，吴伟仁在悲痛之时，猛然猜到了父亲的遗愿。

这时，手里提着一袋土鸡蛋前来看望吴林一的一位乡亲说，老人家回乡时，正在山上做农活的他看到老人家的身影，连忙前去迎接，并询问了老人家回乡下的原因："大爷，现在你们全家都搬进城了，你还回来做啥子？"

吴林一告诉他说："这里是我的家，我当然想回家看看。而且我们这里山高沟狭，又未通公路，我在琢磨着想法子凑点钱，修条公路，把生产队与村公路连接起来，这样的话，大家出行就方便了。"

吴伟仁没想到，自己的想法竟然与老人的想法不谋而合。

虽然这一次吴伟仁只在老家待了一天，由于工作太忙急急地返回了北京，但回北京后不久，他便将自己4万多元的个人积蓄全部取了出来，寄给二弟吴雨仁，请他组织独柏村4社和5社的乡亲们修路，将生产队的路与村村通的路连接起来，以利村民们出行。

4万元钱并不多，但是用来购买连接那1000多米村道所需的水泥材料却够了。人力都是生产队里的群众无偿付出——为自己修路，当然不计报酬了。

父亲去世以后，吴家的兄弟姐妹全都离开了老家，有的在北京工作，有的在成都工作，有的在重庆工作。但是吴伟仁却还自己拿钱出来为老家修路，全因为他对故乡群众的深厚感情，他的义举得到了乡亲们的交口称赞！

曾国藩说："凡全副精神专注一事，终身必有成就。天下古今之庸人，皆以一惰字致败；天下古今之人才，皆以一傲字致败。"

与依然在老家日出而作、日落而歇的乡亲相比，吴伟仁如今已身居高位，但他却一直谦逊、和蔼，质朴不减当年，更不以自己取得的成就自傲。他正是以曾国藩的这几句经典语录自律。

吴伟仁心里非常明白，正因为父亲和母亲，以及父老乡亲对自己所从事的职业寄寓厚望，对自己的工作积极支持，自己便该更加努力，更加投入地钻研航天科技，片刻不敢懈怠。

旭日上采下的虹

很少有人知道，当“嫦娥”和“玉兔”登上月球的那一刻，坚强的吴伟仁内心除了开心，还有一份充满爱国激情的中国人的荣耀。

联合国《月球公约》(亦称《多国月球条约》)规定，月球是人类共同的财产，禁止任何国家声称对月球拥有主权。但美、苏、日等国为了争夺月球资源，都争相将各自的国旗插上月球。

人类第一个在月球表面硬着陆的航天器，是苏联于1959年9月12日发射的无人月球探测器“月球2号”。值得注意的是，它除了装载了科学仪器外，还带上了一面苏联国旗。

1969年7月，“阿波罗11号”载人飞船在出发前，美国政府要求航天员在登上月球后，在月球表面插上美国国旗。可是，狭小的登月舱怎么放得下一面带着旗杆的国旗呢？思来想去之后，他们将一面美国国旗绑在了登月舱的一个梯子上。就这样，月球上有了第一面美国国旗。

那之后，美国先后6次登上月球，每次都带去了一面美国国旗。

2002年，日本发射的“月球A”探月器在进入月球轨道后，向月面投放了3个研究月震的穿透器，并将日本国旗插在了月球上面。

2008年11月14日，印度空间研究组织宣布，印度月球探测器“月船1号”所携带的月球撞击探测器当天晚间成功撞击月球，这个月球撞击探测器上印有印度国旗图案。

2013年12月14日，嫦娥三号探测器登月时，着陆器和巡视器上也身“披”五星红旗。当着陆器与巡视器分离之后，它们便相互拍照，并将含有五星红旗的照片传回了地球，使中国成为继美国、苏联之后第三个实现月球探测器月面软着陆的国家。

这真如一首期盼已久的圆舞曲，每个音符里都充满欢快。许多人还情不自禁地唱起了《五星红旗》这首歌：

那是从旭日上采下的虹
没有人不爱你的色彩
一张天下最美的脸
没有人不留恋你的容颜
你明亮的眼睛牵引着我
让我守在梦乡眺望未来
当我离开家的时候
你满怀深情吹响号角
五星红旗，你是我的骄傲
五星红旗，我为你自豪
为你欢呼，我为你祝福
你的名字，比我生命更重要

大家欢乐无比的同时，也都热泪盈眶，毫不矫饰地展露那份久违的激动和难以言表的自豪。

“嫦娥”终于登上了月球，这一刻，吴伟仁怀揣几十年一探月亮神秘的夙愿终于实现了。五星红旗闪耀在月球上的时候，他也跟着大伙儿一起落泪了。

是的，在这一天的这一刻，感情出现了强烈的戏剧性效果：吴伟仁和其科研团队哭了，全国人民却笑了；中国探月工程火了，美国、俄罗斯、日本却愣住了；国内觉得也就是探测器去了一趟月球，世界却把中国探月取得巨大成功的新闻转（播）疯了……

每个人都有一个属于自己的美好，每个人也都有一个属于自己的月亮。很多人都曾产生过一探月亮秘密究竟的想法，然而，跟吴伟仁不一样的是，很多人的这类想法却又被成长的岁月和变迁的环境所湮灭——挡不住的诱惑吞噬了刚刚发育的梦的种子。

吴伟仁觉得自己很幸运，在通往理想的路上，彩虹向他弯下了腰，童年里嫦娥、玉兔、吴刚、桂树的故事是那么遥远，然而现在，却又都一下子触手可及。

仰头看天，不让眼泪落下来，心里却喟然感叹：仰之弥高，钻之弥坚，“夫天地之气，茂隆郁积，薰为泰和”啊！

在月球上展示中国国旗，并非宣示主权，而是否定月球属于某个国家，否定月球为某个私人的财产权。

因为虽然联合国《月球公约》强调了月球是人类共同的财产，却有一位叫丹尼斯·霍普的美国人，声称月球是他的私人财产，且倒卖月球土地还成了千万富翁。

出生于1948年的美国男子丹尼斯·霍普是一个喜欢抠字眼的男士，1980年，生活拮据的丹尼斯·霍普无意间发现，1967年联合国发布的《外层空间条约》规定“任何国家不得通过提出主权要求使用、占领或以其他任何方式把外太空据为己有”，却并没有提及并约束任何“个体”行为。于是他突然意识到发财的机会来了，他迅速成立了月球大使馆公司，开始在酒吧和网上出售月球土地。

丹尼斯·霍普将月球上的土地分割成小块，每英亩售价20美元，若要矿产权，则售价25美元。空对空地售卖月球土地，这本来是一件荒诞的事，然而没想到他生意却非常不错，差不多每天能出售225英亩月球土地。全球已有600多万人向他购买月球土地，其中不乏政界名人和好莱坞明星，如美国前总统里根、卡特、小布什和影星汤姆·汉克斯、汤姆·克鲁斯、尼克·基德曼等，其中最大的一笔交易，是一名客户一次购买了260万英亩月球土地。

可以说，丹尼斯·霍普做的完全是无本生意，虽然客户购买土地后，他会为其颁发所有权证书，但客户除了必须支付购买月球土地的费用之外，还需要承担月球所有权证书的印刷费和邮递运费。

因为有利可图，丹尼斯·霍普还在英国、澳大利亚、爱尔兰、匈牙利、加拿大、德国、俄罗斯等国家开设了所谓的“月球大使馆”，“授权”各国销售代理销售月球土地。甚至，2005年，“月球大使馆”还在中国北京设立了办事处，公开叫卖月球土地。不过，这个“月球大使馆”北京办事处在中国开张不到10天，就被工商局查封了。

令人瞠目的是，丹尼斯·霍普称自己是月球土地主权拥有者的说法，却得到了美国政府的支持——他早已通过美国政府关于月球土地所有权的申报手续，成了“毫无争议的月球土地的合法持有人”。

堂堂美国政府怎么会开如此玩笑，支持丹尼斯·霍普梦臆般的行为？

其实美国政府对丹尼斯·霍普的支持并非无据可循。这是因为按照美国法律，允许美国公民提交申请占有任何一片土地，只要这片土地之前没有人申请占有就行。因此，美国加利福尼亚州政府给丹尼斯·霍普颁发了“月球土地所有权证书”。

就这样，丹尼斯·霍普奇迹般地赚取了高达1100万美元的财富，而且这个数字还在不断增加。

由于国际上在太空旅行和太空地产业方面的相关立法还是一片空白，丹尼斯·霍普的月球生意到底合不合法，尚不能定论。也许丹尼斯·霍普自己也意识到了这一点，所以他在坚称自己是合法的月球“地主”的同时，也承认这种行为“本质上，我们销售的就是一种希望，一种新奇，或者说一种乐趣”。

对丹尼斯·霍普售卖月球土地的滑稽行为，纵容者、支持者有不少，反对或者嫉妒者也大有人在。

当然，丹尼斯·霍普出售月球土地的行为，在收获财富、讽刺、谴责、声讨或幽默诙谐的戏说的同时，也多次收到法院的传票。德国和瑞典的消费者，就曾起诉他犯了欺诈罪，法院受理后，最终因缺乏司法管辖权，他非但毫发无损，反而还扩大了名气，增加了月球土地的销量。丹尼斯·霍普不怕这样的官司："这样的官司越多，我的生意越好，感谢这些为我做广告的人。"

不过，丹尼斯·霍普除了收到法院传票以外，还收到过发送到他私人或者公司电子邮箱里的带有辱骂性质、甚至炸弹威胁的电子邮件。

"这也没啥好怕的，每当收到这样的恐怖威胁，我便会及时转给联邦调查局处理……"

丹尼斯·霍普售卖月球土地的故事，当成笑料看也好，当成发财机会看也好，唾之骂之弃之也好，至少说明，月球土地对普通人来说虽遥不可及，却也是很有价值的。如今嫦娥三号登上了月球，并在月球上展示五星红旗，有力地强调了月球为全人类共同财产的属性，其实际意义不言而喻。

"嫦娥"奔月，"玉兔"呈祥。这是我国妇孺皆知的神话故事。如今，嫦娥三号奔月成功，一下子将中国的古代与当代、梦想与现实融会在了一起。

嫦娥三号落月，这是中国航天器首次地外天体软着陆，也是自1976年苏联"月球24号"（LUNA-24）探测器之后，人类月球探测器首次软着陆。

回望历史，1969年7月20日，美国国家航空航天局"阿波罗11号"探月，航天员阿姆斯特朗登上月球后曾豪迈地说："这是我个人的一小步，却是人类迈出的一大步。"

同样，夙梦千年的中国探月工程，自2004年立项以来，十年光阴筚路蓝缕，终于成功登月，也可以豪迈地说："嫦娥"一小步，中国一大步。

半个世纪以前，苏联月球探测器掠月而过；随后，美国人实现载人登月，先后将12人送上月球；而今中国探月虽然起步很晚，却发展迅速，开辟了具有中国特色的探月之路，实实在在的成绩令世界惊叹。

第六章 月背的风景

在没有太空探测器的年代，地球上的人们永远只能看到月球的正面，因而神秘的月球背面，便被赋予了各种神奇的想象、推测、传说：是外星人的基地，是蟾宫所在，是神仙的居所，有金字塔，有巨石阵……

月球背面到底有哪些存在？有哪些不存在？有哪些可能的存在？有哪些不可能的存在？

这个在国际上极具开拓性和创新性任务的圆满完成，开辟了人类月球探测的新领域，树立了国际探月征程上新的里程碑，为人类和平利用太空贡献出了具有先锋性质的中国智慧、中国方案、中国力量。

锁定艾特肯盆地

备份是其原本的使命，但是金子总会发光的。

2013年，嫦娥三号在成功实现月球表面软着陆，圆满完成各项任务后，一夜之间成了人们追捧的明星。

没谁注意到，此时在嫦娥三号背后，有一个独居一隅的身影，却落寞异常。

它，原本跟嫦娥三号孪生，现在却被嫦娥三号绚丽的光环所遮掩，奈何云深梦浅，命运殊异。

其实，它并没有被人们遗忘，短暂的沉寂前面，是光华在望。

在实现绕月飞行、月面软着陆等目标之后，为进一步提升探月成就，2016年1月14日，由中国探月工程重大专项小组审议决定，赋予它一项全新的任务，那就是去月球背面探险，并确定出发时间为2018年。

它，便是曾经默默无闻的嫦娥三号备份航天器；它，在新的使命面前，有了一个全新的名字：嫦娥四号。

虽然都是在月球表面软着陆，但这两个“着陆”却大有不同。

由于月球的自转与公转相同，在没有太空探测器的年代，地球上的人们永远只能看到它的正面，因而神秘的月球背面，便被赋予了各种神奇的想象、推测、传说：是外星人的基地，是蟾宫所在，是神仙的居所，有金字塔，有巨石阵……

月球背面到底有哪些存在？有哪些不存在？有哪些可能的存在？有哪些不可能的存在？

直到20世纪60年代，苏联的“月球3号”探测器传回第一张月球背面影像图，以及美国“阿波罗8号”的3位航天员环月飞行，人类才远观了月球背面蒙着面纱的容貌。

接着，越来越多的探测器去往月球后发现，原来月球是如此“爱面子”，它的背面和正面竟然差异如此之大：正面相对平坦光洁；背面则崎岖不平，遍布坑洞。

除了人们眼中的容貌之外，月球正面与背面的物质成分、地质构造等也相差甚多：月球正面约60%的面积被玄武岩覆盖，背面则几乎都是高地斜长岩。月球上有22个月海，19个分布在正面，只有3个很小的月海在背面。

还有，月球背面月壳最厚处达150千米，而月球正面月壳厚度只有约60千米。

为啥厚此薄彼？科学家为此提出过很多假说，但假说毕竟是假说，只有与之零距离接触，才可能揭开谜底。

科学家推测，也许月球的童年跟地球的童年类似，但由于地球上有水与大气，数亿年的沧海桑田，地球的“童年记忆”早已被抹去，而月球上因为无水无大气，所以它的“童年旧事”还在。要想了解地球的久远往事，月球或许能给出答案。

多少年来，天文学家非常希望找到能屏蔽地球电磁干扰的宁静世界，以监听来自宇宙深处的微弱电磁信号。相比之下，月球背面便是这样的桃花源——月球自身挡住了来自地球的各种无线电信号，去月球背面探测，能在获取集地形地貌、物质成分、浅层结构于一体的综合信息的同时，开展低频射电天文观测，研究宇宙辐射、太阳风、行星及太阳系外天体，以及恒星起源和星云演化，填补射电天文领域在低频观测上的空白。

这，便是科学家决定派嫦娥四号去月球背面探险的重要原因。

嫦娥四号任务实施，将突破地—月拉格朗日L2点轨道精确设计与控制技术，实现首次在地—月拉格朗日L2点的测控、数传中继；突破复杂地形环境条件下的导航控制技术，实现人类首次月球背面软着陆和巡视勘察；首次在月球背面开展地形地貌、月壤、月尘、月壳、射电天文、月球撞击等多方面探测研究。

嫦娥四号任务极具开拓性和创新性，若成功，将开辟人类月球探测的新领域，树立国际探月征程上新的里程碑。

在对嫦娥四号任务进行论证之初，大家一致认为应该赋予其更强大的生命力和功能，在成就它落到月球背面这个极具挑战性的任务的同时，还应该让它飞得更远，飞到其他天体上着陆。

这个想法不错，宏阔又高远。然而嫦娥四号是嫦娥三号的备份，很多零部件与嫦娥三号一同设计生产，如果对其所加任务太多，那它就得“脱胎换骨”才行。因而，专家们最后决定，令其完成月球背面着陆的任务就可以了。

确定了嫦娥四号着陆月球背面这个宏观目标之后，要实现它，还得有配套的工程目标。

嫦娥四号有着嫦娥三号的优良品质，要登陆月球应该问题不大。

其实不然，嫦娥四号虽与嫦娥三号有着旗鼓相当的本事，但这还不够。因为嫦娥四号肩负的任务更重，被寄寓的希望更大，要去的地方也是人类航天器从未到过的亘古洪荒之地。

而且，嫦娥四号要着陆月球背面，风险也很大。

明知山有虎，偏向虎山行。嫦娥四号并非逞能，而是从技术发展的角度讲，在月面更高精度的着陆是未来需要——假如日后要登陆永久光照区，要去月球以远进行深空探测和小行星探测，这一步终究要走，相应的技术迟早都得攻克。

月球背面面积达1900万平方千米，选择在哪儿着陆是个复杂的问题。这个问题由中国航天科技集团五院嫦娥四号探测器研制团队张熇和她的同事们负责解决。

身为该项目执行总监，张熇深感时间紧、任务重。

通过之前嫦娥一号、嫦娥二号对月球的“巡视”发现，月球背面撞击坑的密度明显大于正面，山形崎岖，要保证嫦娥四号落月成功，不撞上石头或掉进坑里，对着陆点有极高的要求。这个着陆点的选定，前后用时几个月。

嫦娥四号对着陆点的要求也有一定的纬度限制。嫦娥三号的着陆区在北纬45°左右的虹湾，热控系统和太阳翼也是按照这一纬度的光照条件设计的，嫦娥四号既不能选择月球背面纬度低的地区，因为那里太热，探测器工作的时长会受影响；也不能选择纬度高的地区，因为那里阳光不足，需要对太阳翼进行较大的修改。所以，必须在南半球或北半球选择和嫦娥三号着陆点纬度相似的中纬度。

再从科学的角度考虑，应选择可能有新发现、能解开大谜团的地方。由于月球南极地区一直备受关注，选择那里意义重大。

划定纬度范围后，接下来就该考虑经度问题了。

嫦娥四号是落在月球背面正中间好呢，还是落在月球背面边缘好呢？

综合考虑地球和月球背面的通信，专家们最终选中月球南极-艾特肯盆地（South Pole-Aitken Basin）为嫦娥四号着陆区。

艾特肯盆地直径约2500千米，深约13千米，是太阳系已知最大的撞击坑之一，被公认为月球上最老、最深的盆地。

2011年，美国国家航空航天局重力回溯及内部结构实验室发射了“退潮号”和“涨潮号”两个绕月探测器，科学家在分析探测器所测月球重力场图时发现，艾特肯盆地下方290千米处，存在巨大质量异常现象，因为这个原因，月球表面竟产生了800米左右的特殊凹陷。根据推算，这些异物质量超过2180万亿吨，面积超过5万平方千米，大约相当于4个成都市或者9个上海市的面积。

研究团队推断，这些神秘的物体有可能是金属，有可能是别的什么物质。

为什么月球上只有艾特肯盆地下方存在巨大质量异常现象？

这些神秘物质到底是什么？

针对这一问题，科学家给出了两种推论：这可能是月球在熔岩状态冷却之后形成的致密氧化物；这可能是陨石撞击留下的宇宙物质。

然而两种推论都有瑕疵，都无法完美解释这一谜题。

假如艾特肯盆地是在数十亿年前被小天体撞击而成的，那这里便蕴含着月球最早的信息，到这里开展精细探测，有助于了解太阳系行星的诞生和演化进程。

在张熇的带领下，着陆器总体主任设计师李飞等人把嫦娥四号的着陆范围确定后，又确定起嫦娥四号的具体着陆地点来。他们经查阅大量文献资料，并向多位航天专家和相关科学家请教，发现月球南极-艾特肯盆地里有一个直径180千米名叫冯·卡门的撞击坑，底部地势相对平坦，能较好地保证嫦娥四号在山峰竦峙的月球背面的着陆安全。

与此同时，他们还觉得，古老的冯·卡门撞击坑表层或浅表月壤中，可能有早期撞击暴露出的深层月幔物质。因为日本“月神一号”探测器获得的数据显示，艾特肯盆地内的月壳厚度较薄；美国“克莱门汀号”月球探测器获得的数据显示，冯·卡门撞击坑底有复杂的岩浆活动，在雨海纪存在重复撞击、月壳熔融的情况。因而在这里着陆，能获得月球背面的土壤特性、环境特性及元素分布等科学数据。

由此可见，登陆冯·卡门撞击坑的科学意义重大。

继而，他们又发现，与冯·卡门撞击坑在经度上相差约13°的地方，还有一个名叫克雷蒂安的撞击坑，能作为嫦娥四号的备选着陆区——假如嫦娥四号在主选着陆区冯·卡门撞击坑无法成功着陆的话，可以在备选的克雷蒂安撞击坑内着陆。

除了科学上的意义，对冯·卡门撞击坑的探测还有人文意义。

冯·卡门撞击坑是以20世纪伟大的航天工程学家、匈牙利裔美国人冯·卡门（1881—1963）的名字命名的。冯·卡门开创了数学和基础科学在航空航天领域的应用，被誉为“航空航天时代的科学奇才”。中国著名科学家钱伟长，中国航天事业的奠基人钱学森、郭永怀，都是他的弟子。

搭建月地鹊桥

嫦娥四号探测器包括两器一星，即月球软着陆探测器（着陆器）、月面巡视探测器（巡视器或月球车）、“鹊桥”中继卫星。

嫦娥四号任务的组织实施体系，由工程总体及探测器、运载火箭、发射场、测控、地面应用五大系统组成。

工程总体由国防科工局探月与航天工程中心承担。

探测器、运载火箭分别由中国航天科技集团五院、中国运载火箭技术研究院、中国航天科技集团八院（上海航天技术研究院）研制生产。

发射和测控任务由中国卫星发射测控系统部负责。测控系统的主要任务是运载火箭和探测器在各飞行阶段及探测器在月面工作阶段的测控、轨道测量与确定、月面目标定位以及落月后着陆器和月面巡视器的控制。

地面应用系统由中国科学院国家天文台承担，负责嫦娥四号探测器探测计划的制定，有效载荷的运行与管理，并通过中继星接收着陆器和巡视器探测数据。

有效载荷由中国科学院和中国航天科技集团有限公司相关单位研制。

确定了地势复杂、崎岖不平的落月地点，接下来就要进行相应的技术攻关，使嫦娥四号具有相比于嫦娥三号更加敏捷的身手，以完成这项艰巨的任务。

首先，要改进嫦娥三号落月之后出现的一些不足设计。

吴伟仁强调，2013年12月15日嫦娥三号着陆器与月球车分离，玉兔号抵达月球表面后，月夜极低气温曾导致裸露在外的电缆发生故障，为了提升整体性能，必须对嫦娥四号月球车进行电缆最小化裸露改进。

要改进的当然不止这一项。

嫦娥四号月球车还采用连接解锁机构，让月球车与着陆器能够精准分离，踏上月球开展科研任务；配备了用于车轮驱动和转向驱动，以及用于机械臂分系统关节驱动的两种电动机；攻克了声表面波器件产品、晶体元器件产品、蓄电池组、连接器、继电器、金属软管、紧固件等核心技术。

在着陆方式方面也有改进。2013年嫦娥三号着陆虹湾时，由于着陆区为地形起伏仅800米的缓坡，以抛物线的形式着陆便可以了。而嫦娥四号着陆地、月球背面南极－艾特肯盆地高山峡谷交错，地形起伏达6000米，必须垂直着陆才行。这就要求为嫦娥四号进行精细化的轨道设计，并制定配套的轨道调整策略。因而，科研人员对原先嫦娥三号在下降过程中的控制策略进行了调整，把先前着陆器在主减速段结束后由斜向前运动的轨迹，改为垂直向下定点运动的轨迹，并提升着陆导航敏感器的性能及作用距离，使之看得更远、飞得更稳、落得更准。

科研人员又给嫦娥四号打造了一颗比嫦娥三号更聪明的“大脑”，以使其在着陆及巡视的过程中，能自主应对复杂状态，或发生短时间通信中断时能照常执行任务，在月球车唤醒之后，又能自觉建立工作状态。

在此基础上，还对嫦娥四号月球车爬坡下坎的移动能力、巡视过程中频繁启停的正常率等进行了加强。

由于月夜最低温度可达到零下180℃，在没有光照的漫长黑夜里，对于依靠太阳能提供能量的嫦娥四号着陆器和月球车来说，如何安全过夜，是一个大问题。

嫦娥四号采用了国内最先进的高效三结砷化镓太阳能电池，能使光电转换效率从原先的28.60%提升到30.84%，而且输出电压、输出电流、抗辐照能力、旁路二极管压降及质量等技术指标，均优于其他电池。

此外，设计团队为嫦娥四号月球车在整个任务过程中，定义了感知、移动、探测、充电、安全、昼夜转换、休眠等多种工作模式，以使其在不同的工作环境中均能正常工作。

……

总之，系统地看，嫦娥四号与嫦娥三号相比，存在着科学目标、工程目标、有效载荷、着陆环境和通信方式五大不同。

在科学目标方面，嫦娥三号的任务是“测月、巡天、观地”，即开展月球形貌与地质构造调查，开展月表物质成分和可利用资源调查，进行月球内部结构研究和日—地—月空间环境探测与月基天文观测。嫦娥四号的任务是在月球背面进行低频射电天文观测与研究，巡视着陆区形貌并对矿物组分及月表浅层结构进行探测与研究，试验性地开展月球背面中子辐射剂量、中性原子等月球环境探测研究。

工程目标方面，因为嫦娥三号要突破月面软着陆、月面巡视勘察，所以需研制月面软着陆探测器和巡视探测器，建立地面深空站及月球探测航天工程基本体系。嫦娥四号则是实现人类首次在月球背面软着陆和巡视探测。

有效载荷方面，嫦娥四号与嫦娥三号“肚量”相同，但所携装备却有异。嫦娥三号携带的有效载荷包括用来观察月球的全景相机、地形地貌相机、测月雷达等设备，用来观测宇宙的月基光学望远镜，用来观察地球环境等离子层的仪器。嫦娥四号着陆器上将携带地形地貌相机、降落相机、低频射电频谱仪等载荷和生物科普载荷；嫦娥四号月球车上将携带全景相机、红外成像光谱仪、测月雷达等载荷。

着陆环境方面，嫦娥三号着陆月球正面的虹湾地区，地势较为平坦开阔。嫦娥四号着陆区为月球背面山峰林立、坑洞遍布的冯·卡门撞击坑，着陆精准度要求比嫦娥三号更高。

通信方式方面，地面可直接与嫦娥三号实现通信互联，而嫦娥四号着陆月球背面，无法与地球保持直接联系，必须另辟蹊径才行。

在过去几十年里，人类发射了100多个月球探测器，其中，有65个着陆月球，但没有一个曾在月球背面着陆。个中原因，除了月球背面地势陡峭外，还因为很难解决地球与月背之间的通信问题：地球发出去的信号被月球挡住，月球背面便接收不到地球信号。

也就是说，嫦娥四号要登陆月球背面，必须解决地月通信才行。

怎么办？

中国探月科研团队想出了一个通信中继传递的办法：在地球与月球背面之间，架起一道测控和数据传输的桥梁——发射一颗能实现地月通信互联的中继星。

这颗中继星，不同于地球轨道通信中继星。地球轨道通信中继星主要作用距离是4万千米左右，地月通信互联中继星作用距离则有40万千米左右，因而无论经费投入、质量、尺寸等，都比地球轨道通信中继星要大得多。

而且，这个地月通信中继星必须安放在地—月系统拉格朗日L2点的轨道上。

地—月系统拉格朗日L2点位于地球和月球两点连线的延长线上，在月球一侧的远端，距月球约6.5万千米，并随着月球一起运行在绕地轨道之上。在地—月系统拉格朗日L2点，既能看见地球，又能看见月球背面，还可以保持和地、月相对稳定的静止状态。

虽然地月通信中继星不是嫦娥四号任务的主角，但它是人类的“千里眼”和“顺风耳”，传递着月球背面与地球之间的信息。

根据嫦娥四号月球背面软着陆探测任务的需求，地月通信中继星与运载火箭在地月转移轨道分离后，需要利用自身的推进系统实现转移，完成绕地—月系统拉格朗日L2点Halo任务轨道的捕获和修正，并在该轨道长期稳定运行。

研制地月通讯中继星的这一开天辟地的任务，落到了该项目总指挥、总设计师张立华和他所带领的团队身上。

张立华是内蒙古人，从小就喜欢阅读航空航天书籍的他，本科毕业后到中国航天科技集团五院攻读航天器总体设计专业的硕士和博士学位，之后留在了该单位工作。

那个时代，航天工业从业人员的收入低，不少人经受不住诱惑，转行经商去了，他却不离不弃，一干就是20多年。

地月通信中继星是张立华经手的第四个研制项目。2015年底接到此研发任务时，他感到压力很大。因为时间很紧，必须在两年半之内完成这个人类首创。而且地月通信中继星作为嫦娥四号任务中关键的一环，成败事关国家形象。

不过压力再大，也得迎难而上，且必须做得最好。

研发过程的个中甘苦及攻坚克难的细节自不必细说，仅地月通信中继星天线的创新设计，已见一斑。

由于通信距离十分遥远，地月通信中继星的通信天线口径要求尽可能大。这件事要在地球上不难做到，但要通过火箭发射到既定地—月系统拉格朗日L2点的轨道之上，就不容易了。因为这要受到火箭空间的限制。

怎么解决这个问题呢？

通过反复研究分析，张立华团队为地月通信中继星选择了一个直径为4.2米的伞状天线方案。

伞状天线的特点，就是地月通信中继星在通过火箭发射时，能像伞一样收起来；进入预定地—月系统拉格朗日L2点轨道之后，又能像伞一样打开，形成大尺寸的抛物面。

由于伞状抛物面天线的精确指向控制存在着复杂的影响因素，方案形成之初，有评审专家对此提出高度质疑。

张立华带着团队认真地分析了影响因素，并制定了严格的控制措施。同时，为解决不确定因素对指向精度的影响，他又组织多方机构调研论证，对风险进行有效控制。最终，他们的方案得到了评审专家的肯定。

方案定下来了，这种天线的加工及装配过程也是难点。因为地月通信中继星天线上有几千个绳系控制点，为确保其在天上不辱使命，他们做了大量试验，在不到4个月时间里，仅整星便做了1300多个小时的地面测试，平均每天测试时间达十多个小时。

除此之外，他们还设想了地月通信中继星飞天后可能出现的各种故障，并给出对应的解决方案。最终，他们按时完成了从方案设计到生产、集成、测试、试验等所有任务。

2018年4月24日，这个能实施地月系内任意目标指向与跟踪控制、整体质量400多千克的通信中继星，被定名为“鹊桥”。

由于地月通信中继星的研制与发射，必须赶在嫦娥四号发射之前，于是2018年5月21日5时28分，在西昌卫星发射中心，“鹊桥”通过长征四号丙运载火箭成功升空。

2018年5月25日，经近月制动，中继星进入月球至地—月拉格朗日L2点转移轨道。

2018年6月14日，中继星经轨道捕获控制，进入环月约6.5万千米的地—月拉格朗日L2点Halo轨道，成为首颗运行在该轨道上的卫星，为嫦娥四号的飞天架起了通信的桥梁。

在地—月拉格朗日L2点轨道上布放通信卫星，为月球背面的探测器提供通信中继，这个想法是由美国国家航空航天局戈达德空间飞行中心的轨道设计天才罗伯特·威拉德·法夸尔（Robert Willard Farquhar）于1972年提出来的。这次“鹊桥”中继星开先河，验证了这一天才设计的正确性。

相关数据与信息要穿越40多万千米的星际旅程，必须要有相关高新技术提供支撑。

对“鹊桥”有多高的精度要求呢？在每秒1000米的高速在轨飞行过程中，其速度控制误差不大于0.02米每秒，这种自主控制能力，无疑是超强的。

另外，“鹊桥”用了很多安全备份遥测遥控指令设计，有效地规避了因距离远或其他未知因素造成的信号中断、信息传送不准确等问题。

“鹊桥”在完成地月之间的通信互联之外，还携带了低频射电探测仪，能在完成“本职”工作的同时，对早期宇宙进行相应的探测。

当然，就算有中继星，地面向月球背面的嫦娥四号发出指令，然后待行动图像传回，这中间也会有时间延迟。这不同于嫦娥三号，地球上的科研人员可直接在监控屏前实时观察执行指令的状况。因而，必须赋予嫦娥四号一定程度的自主功能，以便应对突发状况。

地球幸运儿

迢迢38万千米，吃尽苦头前往月球，其目的当然是为了探秘。

为了探秘，嫦娥四号将把9台科学载荷带到月球背面。

月面环境是可怕的，最高温度接近130℃，最低温度则低于零下180℃，是生命禁区。

那么，在这个生命禁区里，生命能否存活？为此，科学家们决定让嫦娥四号带一个月面微型生态圈去验证一下。

有了这个科学任务之后，2016年，国防科工局、教育部、中国科学院等单位便向社会发出了嫦娥四号生物科普实验载荷创意设计征集“英雄帖”。最终，重庆大学与教育部深空探测联合研究中心提出的“月面微型生态系统”设计方案，从众多应征方案中脱颖而出。

地球上的生物种类很多，但由于嫦娥四号给出的载荷空间和质量有限，因而带上月球的生物种类不可能多。那么，何种生物能有幸率先登月呢？

要从众多物种中选定幸运儿并不容易，“月面微型生态系统”总设计师、教育部深空探测联合研究中心副主任谢更新和他的团队成员为此前后花费了两年多时间。因为所选物种既要具有充分的代表性和顽强的生命力，还要富有科学价值和文化内涵。

蚕卵成为首个拟选的实验对象，理由是蚕不仅家喻户晓，更有丰富的文化内涵。

在古人眼里，蚕是与世无争、自得其乐的伟大生灵，吐丝成茧而后破茧成蝶，神奇的过程如同修仙的精灵。蚕，也象征了中华民族秉持的勇敢、执着、奉献、勤劳、善良、热爱、自强不息、厚德载物精神。

蚕，与衣有关。所谓“君子至止，锦衣狐裘”，蚕所吐之丝，乃霓裳羽衣的原料来源，而霓裳羽衣常比神仙之服。《楚辞·九歌·东君》便载：“青云衣兮白霓裳，举长矢兮射天狼。”元代袁桷《甓社湖》中有“灵妃夜度霓裳冷，轻折菱花玩月明”，也是描写神仙的。蚕在中国古代有着至高的地位。春节里，人们会到蚕神庙、蚕神殿、嫘祖庙烧香点蜡、挂红放炮，祭奠蚕神，以祈求来年风调雨顺、六畜兴旺、人丁平安、蚕事顺遂。

《山海经·海内经》载，“黄帝妻嫘祖，生昌意。”《路史·后纪五》载：“黄帝之妃西陵氏曰嫘祖，以其始蚕，故又祀先蚕。”所谓先蚕，即为最先教人们栽桑、养蚕、织丝的神，又称先蚕神。后来又称祭蚕的仪式为先蚕。《通鉴外记》载：“西陵氏之女嫘祖，为黄帝元妃，治丝茧以供衣服，后世祀为先蚕。”《汉旧仪》载：“春蚕生而皇后亲桑于菀中。祭蚕神曰菀窳妇人寓氏公主，凡二神。北齐始祀黄帝元妃嫘祖为先蚕神，以与妇女相合。嗣后道教；民间皆以其为蚕神，奉祀至今。”

栽桑养蚕是中华民族先祖的智慧创造，它涵养及书写着中华民族的悠久历史和发达的文明，也集中呈现出中华大地农事的华彩。

中国自古以来就以丝绸名扬天下，中国最先走向世界的特色产品是丝绸。“仓廪实而知礼节，衣食足而知荣辱”，中国丝绸影响着世界，促进了东西方交往。德国地质地理学家李希霍芬在《中国》一书中言：“从公元前114年至公元127年间，中国与中亚、中国与印度间以丝绸贸易为媒介。”古有“丝绸之路”，今有“一带一路”。蚕，一定程度地起到了全球一体、互通有无的促进作用。

遗憾的是，由于客观条件限制，载荷不具备蚕从破卵到成蝶的周期保障能力。因为蚕要吃桑叶，嫦娥四号里哪来桑叶？怎么可能在那么短的时间之内生长出一棵桑树来？因而蚕卵选项被迫取消。

深空探测联合研究中心课题组还考虑过搭载乌龟。

“左青龙，右白虎，前朱雀，后玄武”，是古代风水学中的神兽，前面三大神兽好理解，通过字面意思便知道，那么玄武是什么？

《礼记·曲礼（上）》云：“玄武，龟也，龟有甲，能御侮用也。”

《周礼》云龟：“各以其方之色与其体辨之。”

郑注云：“属，言非一也。其色，天龟玄，所谓玄武是也。”

玄武，中国古代神话中的四灵之一，是指二十八宿按东南西北分为四象中的北方玄武七宿。四象在中国传统文化中指青龙、白虎、朱雀、玄武，分别代表东西南北四个方向。北方玄武于八卦为坎，于五行主水，象征四象中的老阴、四季中的冬季，同时也是天之北陆。

中国古代神话中最令妖邪胆战且法力无边的四大神兽是青龙、白虎、朱雀、玄武四兽。玄武为水神，居北海，长寿，是长生不老的象征，冥间亦在北方，故为北方之神。

玄武又可通冥问卜，因此有别于其他三灵。青龙和白虎，只做了山庙的门神；而朱雀则成了九天玄女；独玄武被称为玄天上帝、真武大帝，为道教所奉之神。

关于玄武的最早传说始于夏朝。夏朝建立者禹的父亲鲧，字玄冥，即玄武，系灵龟化身。

深空探测联合研究中心课题组拟选乌龟上月球背面，除了对这些文化内涵的考虑之外，还因中国探月工程跟美国与苏联的探月工程相比，如同“龟兔赛跑”。

但是，由于尺寸、活动空间、氧气各方面的制约，这个想法最终也只能放弃。

就这样，实验科普团队经过重重筛选，在尽量考虑具有生物实验意义、达到科普目的、向世界展示中国重大工程技术水平的情况下，在充分考虑月球背面抗辐射、抗高低温、抗震动及真空等苛刻条件的情况下，最终选定的物种是棉花种子、油菜种子、拟南芥种子、马铃薯、酵母和果蝇卵。

这个生物实验载荷的内容，当然不只是遴选什么植物、什么动物上月球，还要为这些动植物打造包括罐体、水、土壤等在内的生存环境，同时配备照相机、摄像机等设备。

在采光方案上，最初有两种：一种是使用技术很成熟的白炽灯光；第二种是采用自然光。课题组考虑到此次载荷不仅仅是做一个太空生物研究，还要向大众普及生物学知识，便又花费大量时间和精力研制特殊装置，以利用照到月面的太阳光。

这个总质量不能超过3000克的嫦娥四号生物科普实验载荷、一个由特殊铝合金材料制成的圆柱形罐子，除了凝聚深空探测联合研究中心实验团队、重庆大学相关人员的智慧之外，参与研制者还有来自湖南大学、北京航空航天大学、哈尔滨工业大学、中国航天科技集团涉及机械、控制、环境、生物、光学、能源等领域的高校团队和企业团队的成员，大家分工合作，创造未来。

人类探月梦，一梦几千年，何况是去月球背面。

能去月球背面探险，是一件伟大的事，能与之发生关联，备感荣幸。

几十年前，人类接连不断地探月，缘于美苏太空争霸。正如美国前总统肯尼迪所说："我们选择去月球，不是因为它很容易，而是因为它很难。"

因为难，所以哪个国家若能实现探月之梦，便凸现其科技实力、军事实力和经济实力。

与已经沉寂的探月往事不同，中国探月选择去往人类从未去过且更加艰难的月球背面，实力的彰显更是如此。

2018年下半年的一天，得知中国要发射嫦娥四号探测月背时，美国一位科学家在一个国际会议上向吴伟仁提出了合作请求：“能不能延长中继星的使用寿命？能不能在嫦娥四号上放美方信标机？”

吴伟仁表示，应该没问题。不过，吴伟仁也有疑问：“你们希望中继星工作时间长一点干什么？”

对方说：“我们也准备到月球背面去，希望你们的中继星别提前关机，到时候我们也可以用一下。”

美方说，作为回报，愿意提供一些数据支持。

10年前，美国曾发射了一颗重达1.9吨的月球勘测器（LRO）。在确定嫦娥四号的探月计划后，美方又提出一个请求，希望能预知嫦娥四号具体的着陆时间和地点，以便他们的月球勘测器可以调整到嫦娥四号着陆点上空，记录嫦娥四号着陆瞬间的精确信息。

细想，这个要求挺有意味的。

往事如烟，却拂之不去。当年美国建国际空间站之时，中国想参与其中共同研制，美国却无情地关上了大门。而今，中方也完全可以拒绝美方的要求。不过，中国有大国的气度和担当精神，认为科学家有国界、科学无国界，全世界深空探测科学家能够合作，这是好事。

最终，中国同意提供给美方他们想要的信息，美方则将月球勘测器卫星（LRO）的相关信息提供给中方。

中国就是这样，始终怀揣人类命运共同体的梦想，致力于与全球合作，和平开发太空。在载人航天工程和空间站建设过程当中，中国先后与俄罗斯、德国、法国、欧洲航天局等多个国家和组织开展合作，分享成果。

在中国的探月工程方面，也是这样。探月之初，嫦娥一号获得的全月影像图数据、嫦娥二号获取的7米分辨率全月影像图数据、嫦娥三号获取的月球正面月表科学数据等，都先后通过探月工程地面应用数据发布系统，向全球开放。

嫦娥四号同样重视国际交流与合作，希冀为人类深空探索做出更大贡献，因而，2015年4月，中国国家航天局特地在技术指标先进性、科学目标创新性等原则的基础上，面向全球为嫦娥四号征集搭载载荷。

于是先后有10多个国家发来近20份搭载申请，这些申请高度体现了各国相关领域的技术优势。经过遴选，确定了如下载荷：在着陆器、中继星以及与中继星一同发射的一颗环月小卫星上，装载由中国和荷兰科学家研制的低频射电探测仪，以探测地球两极的射电爆发，聆听低频的宇宙之声，探寻宇宙大爆炸之初的神秘因子；在探测器上装载由德国研制的月表中子与辐射剂量探测仪，以测量能量中性粒子辐射和着陆器附近月壤中的相关物质含量，以估算月球上的氦-3、水等资源储量；在巡视器上装载由瑞典研制的中性原子探测仪，以测量太阳风粒子在月表的作用情况……

最终，嫦娥四号任务配置了13台载荷，其中包括9台中国自主研制的科学载荷，以及与德国、瑞典、荷兰、沙特合作的4台科学载荷，这些载荷分别搭载在嫦娥四号着陆器、巡视器、中继卫星和环月微卫星龙江二号上。中国也将与这些载荷的研制单位组建国际科学家团队，对载荷所获数据进行相应的分析研究。同时，中国国家航天局还将与各国航天机构、科研院所、空间探测爱好者，分享这些载荷所获科学数据。

当月球背面处于月昼之时，嫦娥四号探测器两侧的光伏发电板能将太阳能转化为电能，为之提供动力。但光伏发电板在有阳光的月昼还行，进入没有阳光的月夜就麻烦了。

在嫦娥三号探月的过程中，由于在月夜里没有通过太阳能转化的电能，探测器不得不休眠。嫦娥四号则采用了一种中俄合作、能在极端环境下仍保持稳定性的新型能源——同位素电源。

这种温差式放射性同位素在衰变时会产生热能，在月夜里，这些热能可以为仪器设备供热，保证航天器在零下180℃的环境中不被冻坏。同时，利用半导体塞贝克效应，还能将这些热能转变为电能。

温差式放射性同位素电源不是嫦娥四号第一次用，美国与苏联率先对其进行研究，美国曾在所发射的20多个航天器上，安放过40多个放射性同位素电源。

早期温差式放射性同位素电源使用的放射性同位素是钋-210。2006年6月，中国原子能科学研究院同位素研究所研制成功国内第一个钚-238同位素电池。温差式放射性同位素电源为太空领域、恶劣环境或一些特殊场合工作的航天器供应能源。

在嫦娥四号的测控方面，中国在南美建设的阿根廷深空站也参与了进来；欧洲航天局测控站也给予了支持保障。

对于与中国的合作，瑞典航天局太阳系统科学部部长约翰·科勒激动地说："我们的载荷是要测量太阳风和月球背面月表的相互作用，这将会是拓展人类对太阳系认知的重要机会。中国是目前唯一在进行月球探测的国家，这对我们是一次难得的机会。"

探索月背奥秘

嫦娥四号的发射，所使用的火箭是长征三号乙运载火箭。这款火箭是长征三号甲系列运载火箭的第95次发射，2018年的第13次发射，也是长征系列运载火箭的第294次发射。

长征三号乙运载火箭，系长征三号甲系列火箭之一，是在长征三号甲运载火箭的基础上捆绑了4个助推器而成的。

长征三号甲系列火箭与北斗卫星、风云卫星的发射等中国航天大事件紧密相连，是长征系列运载火箭高强度、高密度发射的主力。长征三号甲系列火箭的技术性能、发射频率、年发射量及高达98%的发射成功率，一直处于世界领先水平，被誉为金牌火箭。

在中国探月工程方面，从嫦娥一号、嫦娥二号、嫦娥三号到探月工程第三期再入返回飞行试验器，长征三号甲系列火箭因其适应能力出色、发射轨道多样、入轨精度精确，成了嫦娥系列卫星奔月旅程中的专用“坐骑”。

由于地球和月球之间的位置并非一成不变，嫦娥四号奔月的轨道高度，从嫦娥三号的38万千米，提升到了42万千米。迢遥之路，对火箭的可靠性提出了更高的要求。

在最合适的时间里把嫦娥四号发射出去，可以节省不少燃料。为了实现这个目标，火箭发射团队从几百条轨道中优选出了最佳发射轨道。而最佳发射轨道对应的时间窗口，只有紧邻着的两天里的四个窗口，非常局促：第一天的第一个窗口有效发射时间仅有两分钟，如果错过，备用窗口时间更短，仅有一分钟；第二天也是这样。

为了确保发射成功，以金志强为总指挥的中国航天科技集团一院长征三号乙遥三十火箭研制队伍采取了一系列措施，强化质量管控，落实责任制，择优配套产品，加强试验考核，严格技术状态管控，加强风险分析与控制等，使嫦娥四号探测器设计入轨精度较嫦娥三号任务设计入轨精度提升了30%以上。

他们在低温发动机选配上，为长征三号乙运载火箭装配了4台单机，择最优的2台用于本次任务。不仅如此，还特地将单机产品通电老炼时间增加了50小时，系统综合试验考核次数也相应增加；又围绕嫦娥四号任务窄窗口发射、冬季发射等特征开展专题风险分析，制定了520项预案；还在嫦娥三号发射的基础上，进行了65项技术状态的改进。

由于长征三号乙火箭使用了一部分液氢、液氧低温燃料，按照传统的操作模式，一旦第一天没能发射，重新组织发射需要一周以上的时间，这就会错过发射窗口。

针对这一难题，他们开展了“低温加注后推迟24小时发射”的技术创新，拓展了液氢、液氧低温推进剂加注后的火箭在2天内多窗口发射的适应能力。

也就是说，研制团队一方面采用适应多窗口、窄窗口约束的轨道设计技术，另一方面对火箭主要分系统和重要单机进行了可靠性设计和冗余改进，以确保火箭能准时发射。

嫦娥四号任务研发的艰难程度不言而喻，即便是到了临近发射时，相关工作也不轻松。

有人统计，仅在嫦娥四号发射前的92天里，驻守发射场的团队成员每天工作将近12个小时，先后完成17项专项试验、131项主线任务、212小时着陆器加电、99小时巡视器加电等任务。

γ 关机敏感器研制中需要大量的吊高试验，不论严寒酷暑，这支队伍都以饱满的精神投入试验。

一次紧张的吊高试验一做就是近20小时，项目技术负责人王征及其团队成员全程紧盯数据，不敢有丝毫疏忽。

这样的工作，就像在刀尖上跳舞，要知道 γ 射线对人体是有危害的。

中国航天科技集团五院总装与环境工程部探月工程总装班组班长刘福全及其组员，承担着嫦娥四号探测器的总体装配集成任务。

嫦娥四号构型特殊，月面工作环境也特殊，没有任何经验可以借鉴。刘福全带着团队攻克了多项总装难题：在整器对接的狭小空间内，优化发动机高温隔热屏安装流程；为保障探测器和月球车释放分离试验高质量完成，将悬臂式架梯的设计构想变为现实；实现发射塔架高精密对接下的整器圆环吊具的可靠拆装……

当嫦娥四号的一切设备、载荷都研发、制造以及总装完工之后，预定于2018年12月8日的发射时间到来了。

在嫦娥四号发射的前一天晚上，多少人依依不舍地摩挲着探测器和月球车，喃喃自语："宝贝们啊，一定要听话啊，一定要好好飞，不要走偏了，不要摔下去了！"

说着说着，泪水便落了下来。

这些年来，嫦娥四号就像他们的孩子一样，让他们付出，让他们牵挂。现在，要放手让其探月了，成败在此一举，难免百感交集。

这一刻吴伟仁也落泪了。身为中国探月工程的总设计师，他平时镇定自若地指挥着千军万马，从一个胜利走向另一个胜利，但其实他的内心是相当细腻的，情感相当丰富。

出门看天色，进门看脸色。嫦娥四号出发在即，天气情况至关重要。

俗语说，万事俱备，只欠东风。但卫星发射，怕的却是风。冬季发射，海拔8000米到1.2万米之间，高空风成为影响发射的重要因素。在世界航天发射史上，高空风导致失败的案例不在少数。

火箭和卫星状态都很稳定，现在关键在于气象。嫦娥四号发射前夕，张滢和她的团队面临考验，心里装满着美好的期盼。

作为西昌卫星发射中心气象保障组组长，张滢已连续为15次发射任务提供精准气象保障。2018年全年，她有200多天在西昌山沟里的发射场度过。

从嫦娥一号开始，历次探月发射任务中，西昌卫星发射中心一直保持着分秒不差地在预先计算好的发射时间里零窗口发射的纪录。零窗口发射意义重大，以嫦娥一号为例，节省了120千克燃料，延长了4个月工作寿命。

要实现零窗口发射，需多个系统、子系统良好协作才行。

发射嫦娥四号，是时年38岁的陈政第十三次担任发射系统指挥员。虽然喊倒计时指令的影像令人艳羡，却没有想象的那么轻松。作为“01指挥员”，他相当于整个发射系统的大管家，负责协调发射任务流程和进程控制，任何疏忽和失误都可能错失发射窗口。

嫦娥四号发射时，“80后”工程师何龙的任务是按下发射按钮，点燃引擎，放飞火箭。

听到发射指令之后，只要按一下发射钮，万众瞩目的嫦娥四号便如离弦之箭，一飞冲天，奔向遥远的蟾宫，多带劲！多有意义！

这是当然的！可这并非只是按一下发射按钮这么简单。

何龙的工位前有3块屏幕，屏幕上总共有200多盏闪烁的状态灯。每盏灯什么时候亮、什么时候灭、什么时候一秒闪一次、什么时候两秒闪一次，他都必须了如指掌。任何一盏灯的状态出现异常，都不能按下发射按钮。

因为每盏状态灯的另一端，都连着一个分系统或操作岗位。

2018年12月8日2时23分，伴随着巨大的火箭轰鸣声，“乘坐”长征三号乙运载火箭的嫦娥四号探测器，在西昌卫星发射中心成功发射，向数十万千米之外的月球飞去。

凌晨3时许，嫦娥四号发射成功，陈政和几位分系统指挥员兴奋地拥抱，并合影留念。

这一刻，在发射中担任低温动力系统指挥，年仅29岁的航天科技集团一院总体设计部动力总体设计师王夕，也有了一种刚结束战斗般的兴奋与松弛。

就在2018年12月8日凌晨，长征三号乙运载火箭发射前30分钟，在这次发射场身处最重要岗位之一的他和同事们却发现了一个突发状况。

细节决定成败，王夕顿时冷汗直冒。

时间非常紧迫，王夕和同事们立即按事先所做预案操作。

虽然故障很快被排除，但王夕悬着的心却并没有放下来。

继而火箭点火升空，地面测控人员全程跟踪测量，直到星箭分离，此次发射任务取得圆满成功，他才瞬间释怀。

这一刻，在西昌卫星发射中心参与嫦娥四号中继链路顶层规划设计，并作为嫦娥四号着陆器测控数传分系统主任设计师的刘适，也松了口气。不过，全面负责分系统研制工作，以及主要负责分系统射前状态设置和产品状态确认的他，很快又投入到了接下来的忙碌工作之中。发射成功，并不代表嫦娥四号探月任务的完成，后续事务还有很多。

出生于1985年的刘适从刚进中国航天科技集团五院起，就知道做一个航天人很苦，除了在办公室里要坐得住，还得进沙漠戈壁、林海雪原，但他热爱这份职业。

在西昌，在进行无线测试的时候，他要爬到很高的发射塔上去。这或许能够一览众山小，但更上一层楼的感受却并不美妙，就算没有恐高症，那个风也大得令人两股战战。

不巧的是，刘适就有恐高症，所以这个经历让他很煎熬。但他深深地明白，这就是工作，这就是使命，即使再害怕，也要坚持，且必须完美地完成任务。

为了保证嫦娥四号的成功发射，他从2018年9月份开始便在位于大山深处的西昌卫星发射中心待着。望尽群山，从层林尽染到银装素裹，远离亲人的他从无怨言。嫦娥四号成功发射后，他又只休整了两小时，便坐上了回西昌市的大巴，并乘早班飞机回北京航天飞行控制中心——嫦娥四号在轨飞行的26天里，他必须一直坚守岗位。

嫦娥四号着陆器总体主任设计师李飞也在此次航班上，他也得急急赶回北京航天飞行控制中心驻守监控。

同一航班返京的齐天乐和马千里，他俩的故事，既温馨又感人。

娇小可人的齐天乐和高大魁梧的马千里是高中时的同桌，他们于2013年进入中国航天科技集团五院，2017年加入嫦娥四号探测器研制团队，并成了同一办公室的同事。从此，爱情，是他们专享的甜蜜；事业，是他们共同的追求。

2018年9月9日，是两人提前一年多时间便定好的婚礼日期，无奈和嫦娥四号出厂的时间、发射的时间撞上了。

“婚礼的事推后吧，眼前嫦娥四号的发射更重要！”

他们商量之后，一致做出了这个决定。

嫦娥四号的发射固然重要，但婚姻大事也不能耽搁啊！何况二者并不矛盾，只要时间协调好了，便能喜上加喜。

领导和同事为他们办了这桩大喜事。

于是，他们度过洞房花烛夜的方式便是匆匆收拾行装，因为第二天便要奔赴大凉山深处的西昌卫星发射中心，开启3个月的特殊“蜜月”，执行嫦娥四号发射任务。

在发射场紧张的工作中度“蜜月”浪漫吗？

应该说一点也不浪漫，因为他俩多数时间都是在厂房里坐在电脑前度过的。但是这样的婚姻却是幸福的，也有着特别的纪念意义。晚饭后他们一般都会散步赏月，想到天上的月亮与自己工作的关联，这样的幸福，是别的夫妻无法体验的。

发射任务完成后，急急转战回京者还有王夕。

对中国航天科技集团一院总体设计部动力总体设计师王夕来说，虽然他入职航天工业不到2年，是一个航天新人，但因已完成7次发射任务，却又是一名发射“老兵”。2018年，中国以全年航天发射39次的成绩，排名世界第一。王夕所在的中国航天科技集团一院发射23次，全都取得成功。

要想取得发射率百分之百的成功，每一步都得做到极致才行。美国“挑战者号”航天飞机在发射升空73秒后发生爆炸，致7名航天员全部遇难，事故的原因仅是一个不起眼的圆形橡胶圈在当天较低的气温下发生了性能变化。因而，整个火箭发射系统工程里，任何一个细节的疏忽，都可能引起严重的后果。

虽然这一切都既累又紧张，但是王夕却觉得非常值得。

不仅如此，父母也为他深感自豪。每次火箭发射成功之后，父母都会发微信朋友圈信息表示祝贺，并强调他是团队成员之一。这让他心里有着满满的成就感。

嫦娥四号发射成功也不例外，王夕的母亲除了发微信朋友圈，还情不自禁地给他写下了微信留言：

“云母屏风烛影深，
长河渐落晓星沉。
嫦娥应悔偷灵药，
碧海青天夜夜心。”

祝贺你，我的最值得骄傲的帅儿子，你终于实现了儿时的梦想。

小时候天天追着我们问月球上、火星上会有什么，我记得你爸回答得很有意思：“儿子，等我有钱了，就带你去一趟。”

我记得2007年你高考进清华大学那年嫦娥一号发射，你算了一下说：“估计嫦娥四号是我去发。”

为了这句话，你奋斗了11年，我们也期待了11年。

今天晚上你圆了你的梦想，也以最好的姿态展现了你的能力和勇气，我们为你自豪！

嫦娥四号着陆器任务包括发射、地月转移、环月、动力下降、月面工作5个阶段。在前三个阶段，测控通信系统通过直接对地链路完成测控任务，后两个阶段因在月球背面执行，需要中继卫星为其提供中继转发服务，配合完成相关探测任务。

2018年12月8日2时23分，嫦娥四号从地球出发，进入倾角28.5°、近地点高度200千米、远地点高度约42万千米的地月转移轨道，开启揭开月球背面神秘面纱的征程。

4天之后的12月12日，嫦娥四号完成近月制动，被月球捕获，飞入近月点约100千米的环月轨道，成为一颗绕月探测器。

这时，“鹊桥”中继星把直径4米多的“大伞”（太空通信天线）指向飞行中的着陆器，然后进行4次中继链路测试和多项在轨测试，确保地面、中继星、着陆器之间的信息传输正常，为实施月球背面软着陆奠定基础。

12月30日，嫦娥四号探测器成功在环月轨道实施变轨控制，顺利进入着陆轨道，择机降落。

2019年1月3日上午，探测器核心系统——制导导航与控制分系统软件设计师陈尧注视着监测屏，不敢眨眼。因为嫦娥四号几乎是盲降，这让他感到特别紧张。

按照时间点推算，嫦娥四号应该落月了，他希望看到监测屏有新的数据出现。有之，就说明嫦娥四号落月正常；否则……

那么，此时嫦娥四号的情况怎样呢？

在经过26天的长途飞行之后，2019年1月3日上午10点15分，嫦娥四号开始自主执行我国第一座深空测控站佳木斯站为它精心准备的预定指令，着陆器上7500牛变推力发动机开机，让正以大约1.7千米每秒速度环月飞行的自己踩“刹车”，以便在离月表15千米高处近月点、月球背面的南极－艾特肯盆地上空，实施动力减速下降。

10时21分，着陆器上的降落相机开机，记录它即将踏足的月背处女地。

嫦娥四号上有4台图像传感器小相机，包括3台监视相机和1台降落相机，这是中国航天科技集团五院508所研制的。这4台相机在嫦娥四号到达月面的前后不同的时间节点各司其职，或为嫦娥四号保驾护航，或为嫦娥四号记录风景。

降落相机安置于着陆器的底部舱内，在着陆器降落过程中，它以较高的帧频进行拍照，直观地反映月球表面地貌特征和区域地质情况，并直播降落全程。

嫦娥四号身上这些只有巴掌大小、最重不超过700克的相机，集成了光、机、电、热等多项先进技术和自动曝光、实时图像压缩等智能化功能，在太空恶劣的辐射、温度环境下，能承受从地球发射时的强烈冲击和振动，并具备动态防抖清晰拍摄的能力，更具长寿命、高可靠性能，是真正轻小便携的“航天智造”。

为了让4台相机发挥各自功能，无论是软件硬件，科研人员都在原来嫦娥三号图像传感器相机研制的基础上，进行了适应性修改。因为嫦娥四号探测器只有通过“鹊桥”中继星才能与地面监测站通信，这就使得数据传输的码速率大幅度降低。于是降落相机增加了高压缩比图像数据性能，以解决动力下降过程中实时图像观察与科学数据采集的需求。

在降落相机拍摄照片的同时，堪称盲降的嫦娥四号还进行着快速姿态调整，以避开身边的巨石、深坑。

下降的速度越来越低，在距离月面2000米左右时，探测器通过光学成像，识别自己下方陨石坑和大石块等地形特点，小心避障。

10时25分，嫦娥四号在距离月面100米左右的空中悬停下来，在不到30秒的时间之内，通过激光扫描三维成像仪，对月表环境进行成像识别和精确障碍检测，以便在怪石丛中选出一个相对平坦、较为安全的地点着陆。

相比嫦娥三号着陆的虹湾地区，嫦娥四号的着陆区周围有海拔10000米的高山，且遍布大小不等的撞击坑，高度落差在8000米左右，冯·卡门撞击坑的海拔更为负6000米。

二者之间的区别，用吴伟仁的话说，嫦娥三号的着陆地，好比华北大平原；而嫦娥四号的着陆地，则类似于中国西南的崇山峻岭。

因而，嫦娥三号以抛物线的形式降落在月球表面就可以了，嫦娥四号则必须垂直降落，否则便会撞上山体，或跌进沟壑。

嫦娥四号发现自己所在的100米下方的月面有4个坑，必须避开，便又从悬停处出发，朝西南方向移动了8米左右。

选定着陆地点后，嫦娥四号的横向、纵向速度都为零，姿态正上悬停。

接着，在水平速度为零、垂直速度控制在1.5米每秒的情况下，从离月面100米高的悬停处进一步下降。在距离月面30米高度时，着陆器垂直速度低于每秒3.8米，水平速度低于1米每秒。

这时，由中国航天科工集团 γ 关机敏感器研制团队所研制的 γ 关机敏感器，在近月环境下精确测量着陆器与月面距离，待嫦娥四号距离月面2米时，发出关机信号，精准关闭轨道控制和姿态控制发动机。

当天上午10点26分24秒，飞越迢迢星际空间、怀揣人类重托、克服重重困难、1吨多重的嫦娥四号着陆器，潇洒地踏上了复杂而又特殊的月球背面东经177.6°、南纬45.5°附近约有8°倾角的预选着陆区、月球南极－艾特肯盆地冯·卡门撞击坑内的土地。

继而，着陆器太阳翼展开并充电、定向天线展开并指向“鹊桥”中继星。在一个多小时后的11时40分，嫦娥四号将自己所拍月背影像图通过“鹊桥”传回了地球。

最美的分离

这是人类历史上第一张近距离拍摄的月球背面照片，原始、荒芜、苍凉。古老传说中仙人居所高处不胜寒的琼楼玉宇，以及现代推测中神秘莫测的外星文明基地，被掀开了期待的一角，为它辛劳、牵挂于它的人们终于看到了真实的月球背面。

着陆月球背面的嫦娥四号比嫦娥三号更厉害。6年前，嫦娥三号在嫦娥二号绕月飞行所获取的超高分辨率图像的引导下，成功软着陆月球正面，而嫦娥四号着陆时却没有精确的地形成像用作参考。

嫦娥四号着陆月球背面的过程，对地球上的人们来说，属事后方知。因为月球背面的嫦娥四号与地球之间的信息传输存在时延性，没办法现场直播。地形复杂，却智慧地完成着陆，人们不禁欢呼，嫦娥四号真是太聪明了！

聪明的当然不是嫦娥四号，而是中国探月工程研发团队，是他们赋予了嫦娥四号这种智慧。

着陆时间短、难度大、风险高，对中国探月工程研发团队来说，是一个很大的考验。在落月过程中，虽然嫦娥四号有着嫦娥三号月面软着陆的能力，但是由于二者着陆地点存在巨大差异，所以嫦娥四号着陆时只能依靠自主的能力去实现。

中国探月工程研发团队在嫦娥四号的系统设计上，充分考虑了如何提高着陆精度的问题：在环月阶段增加了轨道修正；调整了动力下降控制策略；在距离着陆区上方一定高度时，增强了垂直下降应对复杂地形的能力。

嫦娥四号成功落月，传回地球的各项数据各项指标都特别完美，多少人开心得哭了。

张熇就是其中之一。

嫦娥四号工程的实施，压力大，强度高。短发、清瘦、柔情内敛的张熇平时给人的印象是干练、专注且精益求精，以及较起真来不怒自威。她用矢志不渝的坚毅与激情奉献热血，逐梦星辰深空。平时的工作中，她用飞天智慧和百折不挠，掩饰住了自己女性的柔情，但此时，她却禁不住掩面而泣。

这时，已是74岁高龄的中国科学院院士、中国航天科技集团五院深空探测和空间科学首席科学家叶培建，走到她的面前，紧紧地握住她的右手，摇了又摇。

此时无声胜有声。同样的激动！同样的百感交集！

这一刻，注定会被载入人类历史。

相似的这一刻，也曾在中国探月工程一路走来的征途中出现。

2007年10月24日，嫦娥一号成功发射，经地球调相轨道进入地月转移轨道，同年11月5日被月球捕获，在距月面200千米圆轨道开展绕月探测时，北京航天飞行控制中心内，多少白发苍苍的专家欢呼雀跃，时年78岁的嫦娥一号总设计师孙家栋，还走到一旁掏出手绢偷偷擦拭泪水。

2013年12月2日，嫦娥三号成功软着陆于月球雨海虹湾地区，中国因此成为全球第三个掌握月面软着陆技术的国家。那一刻，在北京航天飞行控制中心内，多少人激动得热烈相拥，时年43岁的嫦娥三号总设计师孙泽洲，更是泪流满面……

十五年，几代人，为了拓展中国人在宇宙中的活动边界，呕心沥血。每每成功，或笑或哭，或欢呼或拥抱，或鼓掌或颤抖……这是心怀宇宙、奋斗不辍后的荣耀。

航天器研制是一个非常复杂的系统工程，每一次成功，都凝聚着千千万万航天人的智慧和汗水。航天器研发的过程，也是中国航天人才培养的过程。

中国航天科技集团五院嫦娥三号、嫦娥四号、火星探测器系统总设计师孙泽洲，35岁时被破格任命为嫦娥一号副总设计师，38岁时被任命为嫦娥三号总设计师。在航天领域，这样的例子很多。

叶志玲是中国航天科技集团五院嫦娥四号数据管理分系统主任设计师，在十多年的时间里，身为软件设计师的她，先后参与了嫦娥一号、嫦娥二号的研制。由于工作能力突出，后来她被提拔为数据管理分系统的主任设计师。

和叶志玲一样，中国航天科技集团五院嫦娥四号中继星飞控主管设计师陈罗婧，在参与航天事业的第10个年头，性格温柔的她迎来了设计嫦娥四号卫星轨道控制的任务。

陈罗婧和她的同事所做的，就是让“鹊桥”中继星处于正确的位置，以最佳的效能发挥作用。

接受这项任务之后，她每天都处于连轴转的忙碌状态，即使完成设计任务，嫦娥四号探测器试验队进驻发射场之后，也是如此。那段时间，她一个人留在北京航天飞行控制中心，每天加班到十一二点，周末也不能休息。

忙碌的工作虽然令人内心充实，但陈罗婧觉得很对不起家人。

那段日子，除了充实，也有煎熬、悲痛和泪水。就在“鹊桥”中继星发射前三天和发射后第二天，她的外婆和奶奶相继去世。她没时间回家奔丧，只能请父母代自己表达对外婆和奶奶的哀悼；由于丈夫也是航天人，刚满周岁的小女儿没人照顾，她只能将之托付给邻居。

而今，“鹊桥”中继星助力嫦娥四号，使之成为人类首个在月球背面软着陆的探测器，陈罗婧各种情感瞬间爆发，哭成了泪人。

…………

然而，就在中国探月工程团队因为嫦娥四号成功着陆月球背面而欢呼之时，团队外的世界，却骤起波澜。

经过27天的飞行，嫦娥四号成功着陆于月球背面，并通过“鹊桥”中继卫星传回首张近距离拍摄的月背影像图，不仅开创了人类探测器首次在月球背面安全软着陆的纪录，也使中国成为自嫦娥三号成功着陆月球正面之后，世界上第一个在月球正面与背面均成功完成探测器软着陆的国家。

在太空探索领域，月球一直是全球空间探测的焦点，因而嫦娥四号成功着陆月球背面这件事本身，引起了全球各界的极大关注。

一些国际组织、航天机构、空间科学机构、国家元首、各国官员及友好人士，纷纷向中国表达祝贺。联合国外空司迪皮蓬司长表示，嫦娥四号任务标志着空间探索历史上一个令人难以置信的里程碑，这不仅是中国取得的巨大成功，也是国际航天界迈出的一大步。

嫦娥四号成功落月，中国两家媒体在第一时间发布了其成功登陆月球背面的消息，美国有线电视新闻网迅速进行了转发。

但随之而来却是戏剧性的一幕：几分钟后，他们在报道中给出的链接却打不开了。

这一情况立即引发了各种猜测甚至嘲讽。

“怎么央视一直在播英国脱欧和中国功夫的内容呢？”

“这种操作让人看不懂，神似美国的载人登月，嫦娥四号登陆月球背面失败了？”

当然也有肯定的留言，其中不乏外国人。

“对嫦娥四号成功登陆月球背面充满信心：99%。对中国官方迟迟不说话的焦躁程度：100%。”

“这两家媒体删除消息的原因，可能是未被授权。”

所幸，当日中午中央电视台《新闻30分》宣布了这一消息，央视国际版随后又播出了关于嫦娥工程的专题节目，各种猜测才随之消失。

紧接着，美国国家航空航天局在月球勘测轨道飞行器的任务博客上，也公布了月球勘测轨道飞行器所拍摄到的嫦娥四号登陆月球的落点照片，证明那些小白点是嫦娥四号太阳能电池板的反光。

虽然当时美国月球勘测轨道飞行器所处位置不佳，导致勘测嫦娥四号落月过程任务失败，却拍到了嫦娥四号成功登陆月球的重要证据。这强有力地打击了外媒的虚假传言，狠狠地回击了不怀好意者的质疑。

随之，美国商业内幕网发文称，中国最初没有公布嫦娥四号具体在哪着陆。因此，在中国国家媒体分享了第一次着陆的图像后不久，美国国家航空航天局月球科学家诺亚·彼得罗将其与月球勘测轨道飞行器拍摄的图像进行了对比，确定了嫦娥四号探测器在冯·卡门撞击坑内的准确位置。

美国国家航空航天局月球研究员马克·罗宾逊在博客中说，飞行器在拍摄这张照片时，距离着陆点有330多千米，这使得嫦娥四号着陆器“只有大约两个像素那么宽”，而“小月球车在照片中根本找不到”。其实，这并非美国国家航空航天局第一次使用月球勘测轨道飞行器研究中国登月。2013年12月30日，科学家们还利用该飞行器定位了中国在月球表面的嫦娥三号探测器。

获悉嫦娥四号成功着陆月球背面，时任美国国家航空航天局局长吉姆·布里登斯廷（Jim Bridenstine）第一时间发推特，祝贺中国嫦娥四号成功登陆月球背面，并指出这是人类历史上的第一次，更是一项令人印象深刻的成就。

之后，一度尴尬的美国有线电视新闻网，又以“中国月球车在月球背面成功着陆”为题，进行了报道：“中国成功将探测器送上月球背面，这是历史性的第一次。这对中国来说是一个巨大的里程碑，中国正试图将自己定位为一个领先的太空大国……”

美国消费者新闻与商业网也在第一时间进行了报道：月球背面是人

类长久以来未知的区域，嫦娥四号成功登陆月球背面，创造了历史。探测器在月球背面着陆是一个技术上的挑战，因为在探测器接近月球背面的时候，没有直接与其传递信号的方式。为了克服通信上的难题，中国成功发射了“鹊桥”中继卫星绕月飞行，这是一个创举。

纽约时报官网报道：嫦娥四号成功着陆月球背面，开启了人类探月历史的新篇章，充分证明中国在深空探测领域已达到世界领先水平。因为在嫦娥四号着陆月球背面之前，还从没有人类的航天器到过这里。关于月球的形成和早期演化过程目前仍是谜团，而这些谜团反过来又为太阳系的历史提供线索。如果嫦娥四号探测任务成功，就可以回答有关月球作为地球唯一一颗天然卫星的基本问题。此外，此次任务还将在月球背面进行首次射电天文学实验，并就植物能否在月球上生长首次进行研究——这是人类在地球之外开展长期任务的关键的一步……

美国太空新闻网报道：嫦娥四号成功着陆月球背面，标志着中国在月球探索的道路上又迈出了一大步。这是绝对重要的一步。嫦娥四号着陆月球背面的意义不亚于哥伦布发现新大陆。这一开创性的探索将不仅打开人类了解月球的大门，而且将重塑人类对整个太阳系的认知。因为月球是人类了解其他类地行星的基石，一旦人类掌握了从未被探索过的月球背面的历史与进化，便可能进一步掌握水星、金星、火星和地球的历史和进化。

美国天文学杂志官网指出：嫦娥四号登陆月球背面，既是人类空间探测史上的首次，也是中国探月工程的一项重大成就，将为世界各国研究人员提供一个有关月球上未知区域的新的数据宝库。嫦娥四号登陆月球背面不仅具有重要的历史意义，还将获得月球背面的一手数据，这有助于人类了解太阳系早期甚至宇宙早期的情况。

英国每日电讯报官网报道：以前人类发射的航天器曾拍到过月球的远端，但还没有一艘航天器或探测器在月球背面着陆过。英国马拉德空间科学实验室物理学教授安德鲁·科特斯认为，嫦娥四号从月球背面带回的信息，将有助于人类更深入地了解月球的形成。

英国广播公司报道：之前人类的探测器都是在月球正面着陆，嫦娥四号是首个在月球背面着陆的人类探测器，所携带的仪器将分析月球背面未被探索过的地质构造，还把地球上的六种生物带上了月球，并尝试建立微型生物圈……这是空间探索中的里程碑事件。

英国《卫报》报道：嫦娥四号成为首个在月球背面着陆的探测器，是人类太空探索中的重要历史时刻，是人类科技取得的一次重大胜利，是中国实现太空雄心的重要一步。

除此以外，外国网友也在一些社交媒体上热议、祝贺。

“中国再次向世界展示了什么叫作突破不可能，相信中国由此会有更多追随者，希望未来有一天能看到美国航天员在月球背面同中国航天员握手的一幕。”

“中国成功将探测器降落在月球背面，从官方公布的照片来看，探测器已经触碰到了月球背面的土壤，这件事情美国没做到，俄罗斯也没有做到……”

…………

月球背面南极－艾特肯盆地迎来嫦娥四号这个首位地球访客之后，人们又期待着嫦娥四号月球车能尽快踏上这片永远背向地球的亘古荒原。

嫦娥四号月球车名叫玉兔二号。

这个名字，从2019年1月3日这天开始使用。

这个名字并非随意而取，而是跟玉兔号一样，来自征名。从海内外热心人士所取的42945个月球车的名字中，通过层层筛选，网友投票，再加上专家评审，遴选出来的。

芳名已有，且灵动、亲切，那么它什么时候迈步于月球呢？

在万众瞩目中，2019年1月3日22时22分，玉兔二号巡视器与嫦娥四号着陆器成功分离，顺利驶抵月背表面。着陆器上的监视相机对此过程进行了全程监视，实现两器解锁、巡视器驶离连接支架等关键过程的监测，同时将玉兔二号在月球背面留下的第一道痕迹的影像图，由“鹊桥”中继星传回了地面。

玉兔二号踏上月球背面的土地，贾阳、张玉花和他的同事们开心不已，因为这是他们几年来付出后的收获。

为了应对着陆月背的挑战，嫦娥四号探测器副总设计师、曾担任我国首台月球车玉兔号设计师的贾阳和他的同事们，对玉兔二号进行了多项改进创新，赋予了其更自主、更可靠的性能，以使其能在月球上走得更远。

玉兔二号从外观上看，与玉兔号恰似孪生，但体重却比玉兔号要轻不少，只有约140千克，是全球迄今质量最小的月球车。

除此之外，玉兔二号在继承玉兔号优良性能的基础上，还增加了一些新功能，以应对月球背面复杂地形条件，及满足中继通信新需求和科学目标实际需要。

着陆器在月球上降落后，玉兔二号要从嫦娥四号着陆器怀里走出去，平稳到达月面，要考虑的因素很多：假如着陆器降落的地方地势不平坦，玉兔二号能承受多大的倾斜角才能平稳到达月面？它在月面迈步之前，是顺着两个梯子到达月面的，这两个梯子一定是平行的吗？如果梯子之间有异面角度，最大允许值是多少……

贾阳和同事们为此进行了几千种可能情况的试验与分析，穷尽了各种极端情况，对最后算出的可能情况又增加难度做了试验，并做好相应预案。

中国航天科技集团八院嫦娥四号探测器副总设计师张玉花，在加入探月团队前，从事了18年载人航天工程工作。2006年她进入探月领域后面临许多挑战，其中之一就是模拟月球车在月壤上行走。

当月球车在从吉林运来的模拟月壤的火山灰上行走时，整个试验场尘土飞扬，灰尘吸入体内或粘在皮肤上，刺激得人十分难受。在夏天，为避免扬起灰尘，不能开空调，室内温度达到40℃，张玉花和同事们戴着口罩，穿着雨衣、雨鞋，大汗淋漓地做试验，却毫无怨言。

2013年玉兔号随嫦娥三号成功登月后，每每看到天上的月亮，张玉花的内心都充满着亲切与牵挂，感觉月亮与自己是如此亲近。

谁知，玉兔号在行走了约114米后突然不动了，这个打击让她急火攻心，满口生疮，说话的声音也嘶哑起来。她当时想，如果能载人登月，把她送上月球就好了，她就可以去解决玉兔号不动的问题。

如何杜绝玉兔号曾经出现的问题再次在玉兔二号上出现，是团队研制玉兔二号时面临的挑战与难点。

由于嫦娥四号着陆点有一定坡度，周围还有四个撞击坑，偏东、北、南，所以玉兔二号先往西，再往北行走，这个路线的撞击坑稍微少一点，障碍少一点。

玉兔二号这个能力的获得，离不开邢琰及其团队的用心工作。

中国航天科技集团五院嫦娥四号研制任务队伍里，月球车制导导航与控制系统主任设计师邢琰的工作，是带领团队从无到有研制我国第一套月面巡视探测制导导航与控制系统，让月球车在月球背面成功走出第一步。

制导导航与控制系统是月球车的大脑和神经。月球车到达月面之后在哪里、去哪里、怎么去，都需要通过这一系统来实现。

月球车的制导导航与控制技术与卫星、飞船不同。为了让月球车能自主寻找安全路径，邢琰及其所带团队花了几年时间，设计了十多种运动控制律，进行了上千次仿真验证，才遴选出最优的安全路径规划和精准的跟踪控制方法。

在嫦娥四号着陆月面以后，邢琰的目光紧锁玉兔二号的脚步，就像看护家里的孩子一样，片刻不舍游离。

家庭生活中，邢琰有两个孩子，月球车却让她付出更多——为了月球车的研制，她将老大送进了全托幼儿园，又给刚出生几个月的老二断了奶。

一想到几千年几万年，或者一亿年后，月亮上还有人类的遗迹，而他们就是这些遗迹的创造者，她就觉得这份工作十分有意义。

现在月球车能成功行驶，且万无一失，他们这些设计人员一直绷紧的神经才敢松弛下来。

2019年1月11日，嫦娥四号着陆器与玉兔二号巡视器正常工作，科研人员根据嫦娥四号导航相机拍摄的着陆环境信息，通过“鹊桥”中继星发送遥控指令。于是玉兔二号全景相机对着陆器进行了成像，着陆器地形地貌相机对玉兔二号进行了成像。

经过地面数据接收与处理之后，北京航天飞行控制中心大屏幕上呈现出了着陆器和玉兔二号的互拍影像图，图像清晰显示了彼此周围的地形地貌，以及各自身上喷涂的醒目的五星红旗。

开天辟地的收获

人类探月起步于20世纪六七十年代，美国甚至还创造了登陆月球的奇迹，但之后，人类对月球的探测却主要通过绕月探测器遥感拍摄，或者通过探测器撞击月球的手段，再也没有人登陆月球。而今中国的嫦娥四号却把月球从未展现给人类的背面，清晰地呈现在了世人的面前。

嫦娥四号的主要任务是开展月表地形地貌与地质构造、矿物组成和化学成分、月球内部结构、地月空间与月表环境等探测活动，建成基本配套的月球探测工程系统。

为尽快把着陆月面的图像传回地球，着陆器和月球车都会在第一时间把定向天线指向“鹊桥”中继星，以建立中继链路，尽量快地让牵挂它们的人们了解它们的工作状态，以及周边的地形情况，进而规划路线，开始月面巡视。

着陆于月球背面这片洪荒天地之后，嫦娥四号着陆器上配置的低频射电频谱仪、搭载的德国月表中子及辐射剂量探测仪，以及玉兔二号月球车携带的全景相机、探月雷达、红外成像光谱仪等重要仪器，便立即好奇地打量起异星风情，对落月所在的月球表面开展起科学探测来。

嫦娥四号探测器上装有监视相机、降落相机，巡视器上装有导航相机、全景相机、避障相机等十多台相机，既有黑白相机，也有彩色相机。

全景彩色相机能拍摄嫦娥四号着陆区和巡视路线上的高分辨立体影像图和地形地貌成像；导航相机及避障相机能获取巡视器周围影像，并通过双目成像进行三维恢复，为路径规划提供依据；监视相机用于监视着陆器与巡视器释放分离的过程……

从全景相机拍摄的图片分析，与嫦娥四号着陆区多石块的表面相比，冯·卡门撞击坑表面几乎没有石块，估计这里月壤的形成经过了很长的时间，原有的石块都被砸碎了。

探月雷达向地下发射2束电磁波，根据回波信号获得月表下的信息。频率高的一束用于探测月壤的精细结构，但能探测的深度只有约50米；频率低的一束用于探测月壤下面的物质和结构，探测深度约500米。

高频雷达信号表明，所探测的月面地区月壤很厚，达12米。而阿波罗计划月壤钻机只能钻取到2米左右，远比实际月壤厚度要浅。在嫦娥四号着陆区，月壤之下是从撞击坑溅射过来堆积成厚约22米的角砾岩层。

雷达探测结果清晰显示，玉兔二号行走路线上的月壤主要是从冯·卡门撞击坑东北角的芬森坑抛射过来的，并不是由下面的玄武岩破碎形成的。

低频雷达信号则发现，玉兔二号的巡视路径下覆盖了多次撞击事件的角砾岩，以及间隙喷发的玄武岩浆。

玉兔二号携带的成像光谱仪，能对月壤和石块的成分进行探测，得到从0.4微米到2.4微米波段的探测目标的反射光谱。根据这些光谱，可以计算出不同矿物的含量。

2019年2月11日20时，玉兔二号再次进入月夜休眠模式，落月后在月面累计行驶约120米。嫦娥四号着陆器于同日19时完成月夜设置，进入休眠。

第二月昼期间，嫦娥四号着陆器和玉兔二号巡视器工作稳定，数据传输正常。

玉兔二号在第三月昼期间，对石块、车辙进行了科学探测。探测的石块最大直径约20厘米，离月球车距离约1.2米。

那段时间，在陨石坑内还发现了一块神秘印记，虽然它小得不能再小了，但是它的异常，正是人类探月的渴求。它或许是月球上可能存在水的一个证据？因为它结构特殊，颜色和形状都不同于周围的土壤和岩石，它表面有光泽，像是被水浸染又风干的泥土，且被什么东西黏在了一起。

这是什么东西？

月球走过的悠悠岁月之中，难道曾经也有过并非死寂漠然的缤纷景象？这凝胶状的东西是水，是冰，还是某种生物的分泌物？

这不太可能是水或冰。月昼来时，月面那么高的温度，假如有水有冰，也早就蒸发了。科学家认为，这应该是陨石撞击月球表面，高温高压融化陨石坑周围的陨石和角砾岩后，冷却凝结而成的玻璃状物体，因而有光泽。

之前“阿波罗15号”和“阿波罗17号”从月球带回的岩石样品中，也有类似物质。

嫦娥四号着陆月球背面后，还发现冯·卡门撞击坑底部存在重力异常现象，下方的物质密度非常高。

后经探测，发现陨石坑底部往下数百千米处，含有大量铁和镍，而月球其他地方却不存在这种情况。这一发现证明了数十亿年前，一颗直径约200千米的铁镍小行星撞击月球，形成冯·卡门撞击坑的推测。

2019年5月16日凌晨，国际学术期刊《自然》杂志载文，由中国科学院国家天文台副台长、研究员李春来领导的团队，通过对嫦娥四号在月球背面获得的探测数据分析，得出结论：月球背面南极-艾特肯盆地存在以橄榄石和低钙辉石为主的深部物质。

李春来是中国探月工程月球与深空探测研究部主任、中科院月球与深空探测总体部副总设计师、探月工程一期和二期地面应用系统总设计师、探月工程三期副总设计师兼地面应用系统总设计师。

一个问题一直以来困扰着科学家们：月球表面以下60千米—1000千米的月幔到底由什么物质组成？月球早期演化理论认为，月壳由岩浆洋中较轻的斜长石组分上浮结晶形成，而橄榄石、辉石等较重矿物则下沉形成月幔。科学家们希望从美国和苏联取自月球的样品分析中找到月幔准确物质的直接证据，无奈并无所获，所以这一推论一直未得到证实。

那么，这是否说明富含橄榄石的月幔假说是错误的呢？

带着揭开月球深部物质成分神秘面纱的使命，嫦娥四号探测器踏上了月球背面的南极-艾特肯盆地，并获得了相关数据。

国家天文台和仪器研制单位、中科院上海技术物理研究所组成的研究团队，通过分析这些数据，发现嫦娥四号着陆区月壤光谱所展现出的低钙辉石的吸收特征，与月球正面月海玄武岩质月壤光谱的吸收特征存在显著差异。

进一步分析后得知，嫦娥四号着陆区月壤物质中橄榄石含量相对最高，低钙辉石次之，高钙辉石最少。因而他们觉得，这种矿物组合很可能代表了源于月幔的深部物质。

不过，在分析相关数据的过程中，他们也有过疑问：早期研究结果表明，月球背面南极-艾特肯盆地内冯·卡门撞击坑表面存在玄武岩，那么这些不同于玄武岩的橄榄石、低钙辉石等月幔深部物质，又是如何出现在这里的？

继而，他们又通过研究覆盖着陆区域的高分辨率遥感图像数据和高光谱数据，发现嫦娥四号着陆器和玉兔二号位于玄武岩的撞击溅射物上，这些溅射物来自月球背面东北方向受月外物体撞击而形成的芬森坑内。

李春来研究团队认为，数十亿年前，月球背面南极－艾特肯盆地形成时，已将月壳减薄或完全剥离。芬森坑是在盆地形成之后由小天体撞击所致，撞击的过程相当于在盆地里打了一口井，将其下月幔部分的物质挤压溅射了出来，呈辐射状的溅射物一部分落在了冯·卡门撞击坑里。巧的是嫦娥四号正好落月于此，并用红外光谱仪进行了成像。

成功揭示月球背面的物质组成，证实了先前世界科学家对月幔富含橄榄石相关推论的正确性，这是嫦娥四号探测月球的又一重大成就。

同时，研究团队又结合这些矿物颗粒度较细小的特点，提出了其形成机制，即月球背面南极－艾特肯盆地在受到月外天体大撞击形成之时，不仅砸出了一个巨大的盆地，还使月球深部物质熔融，形成岩浆湖，并在冷却的过程中分异结晶形成盆地基底。随后，芬森坑撞击事件，又将这些基底岩石砸得抛射在嫦娥四号着陆区位置。再之后，在数十亿年间，又有大量陨石撞向月背，将这些物质粉碎成了月壤。

就这样，科学家们根据嫦娥四号采集的数据，获得了对月球内部物质组成、早期撞击历史、岩浆喷发历史以及月壤形成机制和太空风化特性等的新的认识。

2020年2月6日，嫦娥四号再次“醒来”，这是它来到月球背面的第27个工作日。此时，玉兔二号位于嫦娥四号着陆点的西北部，距离着陆器430米。

嫦娥四号一如既往地工作，代表人类在月球背面“旅游”。

在巡视中，玉兔二号发现，在它的视野范围之内，出现了一块很奇怪的岩石，如尖笋般钻出平整的月球表面，有着三角形的形状和锋利的边缘，又像一块石碑。

通常而言，在漫长的数十亿年时间里，月球表面的岩石在撞击、热循环压力，以及来自宇宙的其他力量的作用下，早已失去原有形貌，变得棱角全无，或泯然于茫茫月壤之中。但是，这块岩石却很特别。

当它的照片被玉兔二号传回地面之后，科学家惊异连连，开始了各种推测。以异类的形态存在于所处环境之中，这块石碑到底有着怎样的故事？

要揭秘它的来头，当然不能靠猜测。

虽然科学家们只能在凡间仰望，但没关系，玉兔二号能代劳打探。

玉兔二号遵循指令驶向它，在对其进行红外光谱成像之后，又分析了它脚下及身边的土壤，以便确定它的“族群”和“血脉渊源”。

它是真的很年轻？抑或是大隐隐于市、在许多陨石撞击中表面物质被吹走后暴露出来的地下岩石？定论如何，尚需研究，但它能与玉兔二号缘聚，既可以说是一块突兀出现的拦路石，又可以说是一块丰碑。

不要觉得嫦娥四号在月球上发现一块“石碑”，或者发现一处殊异于所处环境中的印迹之时，科学家们的激动是大惊小怪。也许，它们在嫦娥四号的月球旅途中，算不上了不起的发现，但对于月背探索还是空白的人类来说，每一次发现，意义都是非凡的，都能一定程度地揭开月球的秘密，都足以记载在中国及人类的航天史上。

除了对月球背面的土壤、岩石、宇宙射线等的研究之外，在这个过程中，嫦娥四号月面微型生态圈，也开启了在荒凉月表培育生命的实验。

令嫦娥四号生物载荷总设计师、教育部深空探测联合研究中心副主任谢更新和他的团队成员开心的是，嫦娥四号传回的数据显示，它在软着陆时，载荷内温度达到30℃，而此前预测的温度是20℃。在这种环境之下，生物试验舱内，喜温耐热的棉花种子顽强地长出了第一片叶子，实现了人类首次在月球背面开始培育生命的先河。

在嫦娥四号传回的载荷生物实验照片中，谢更新猜想其他种子也发芽了，果蝇卵也孵化了。由于照片中只有棉花发芽的状态非常清楚，所以他们只公布了棉花种子发芽的情况。

这顽强的生命，在月球上活了20天，虽然最后在零下100℃的低温中死去了，看起来有些遗憾，但是这个实验还是很成功的。在微重力、高辐射、高真空、高温差环境下，月球上的这第一片绿芽，为未来月球基地的建设奠定了相关研究基础，也给人类带来了希望。

嫦娥四号除了在古老的月球背面撞击坑内进行着陆区地形地貌探测，巡视区月表、浅层结构和物质成分探测，空间环境探测，以及月表生物圈科普试验以外，还开展了超地月距离的反射式激光测距技术试验。

在前无古人的月球背面之旅中，嫦娥四号相继完成了中继星链路连接、有效载荷开机、两器分离、巡视器“午休”及唤醒、两器互拍等任务。

嫦娥四号突破了一系列技术难点，开展了一系列探测研究，为中国航天创造了多个首次：

首次实现航天器月球背面软着陆和巡视探测。

首次利用运行在地—月拉格朗日L2点的中继通信卫星，实现月球背面与地球之间连续可靠的中继通信。

首次实现月球背面着陆器和月球轨道微卫星的甚低频科学探测，运载火箭达到国际先进水平的多窗口、窄宽度发射和入轨精度。

首次在月球背面开展月球表面科学探测和低频射电天文观测，填补了世界月球科学探测领域多项空白。

首次进行超地月距离的激光测距技术试验。

首次开展国际合作载荷搭载和联合探测。

首次在月面开展生物科普实验。

首次实测月夜期间浅层月壤温度。

……

科学家通过研究分析嫦娥四号着陆器和玉兔二号月球车在月球背面所采集的数据，取得了多项成果：

月球背面巡视区形貌和矿物组分研究成果。利用玉兔二号搭载的可见和近红外光谱仪、全景相机及测月雷达等数据，对着陆区光谱、石块分布、浅层结构等进行分析，获得着陆区形貌，物质矿物组成、来源及特性。通过原位探测直接得到月球深部物质组成，揭示出月球背面，特别是南极－艾特肯盆地复杂的撞击历史。月壤的形成与演化证据，给日后南极着陆和巡视探测选址提供了重要参考。

月球背面巡视区月表浅层结构研究成果。根据嫦娥四号着陆器测月雷达和相机数据以及其他多源数据，研究建立嫦娥四号着陆区地层剖面及多期次溅射物覆盖关系。着陆区溅射物累计厚度约70米，表面为芬森撞击坑溅射物；在巡视区深度40米范围内，存在3种不同地层单元，包括12米范围内的细粒月壤层、12米—24米的碎石层、24米—40米的溅射物沉积和风化产物层。这些结果首次揭开月球背面地下结构的神秘面纱，极大地提高人类对月球撞击和火山活动历史的理解，为月球背面地质演化研究带来新的启示。

月面中子及辐射剂量、中性原子研究成果。利用嫦娥四号着陆器月表中子与辐射剂量探测仪和中性原子探测仪探测数据，获得了月表高能粒子辐射环境谱、月表中性原子能谱结构和反照率。证实了能量中性粒子的能量与入射太阳风的速度有很强的关联性。这为开展太阳风与月表微观相互作用研究提供了重要支撑，促进了对月表辐射风险的认知，为未来月球航天员所受月表辐射危害估算及辐射防护设计提供了重要参考。

月基低频射电天文观测与研究成果。因为没有大气层保护，月球是一个完全暴露在宇宙之中的行星，宇宙空间的很多射线、粒子的身影都留在月球上面，所以，研究月球，能探索宇宙起源，破解有关地、月、深空的关系。嫦娥四号着陆器平台的低频射电频谱仪，在月球背面首次成功开展的低频射电天文观测，获得了40兆赫频率以下的月球背面着陆区电磁环境本底频谱和低频射电三分量时变波形数据。这些有效观测数据，对于研究太阳低频射电特征和月表低频射电环境具有重要科学意义。

曾经，欧洲航天局有去月球背面开展低频射电探测的计划，无奈最后由于种种原因而搁浅，不过此次在嫦娥四号项目上与中国进行了合作。

一个民族如果不抬头仰望星空，那这个民族是没有希望和未来的。

从嫦娥四号的诞生，到地月空间的旅行，从着陆在永不可见的月球背面，到月球车迈开脚步，嫦娥四号跨越40万千米的精彩，是中国探月工程科技人员用拼搏与汗水换来的。

中国探月工程一路走来，十分不易，除了自己攀高登峰研发的艰难之外，还要忍受国际同行的冷嘲热讽、质疑打击。

2007年嫦娥一号绕月成功之后，用微波探测仪在月球轨道上对全月面进行微波探测，绘制出了世界上第一幅“微波月亮”。而美国的“阿波罗”只是以降落点作为样本，扩大为全月模型，因此实测与推断之间便存在差距。于是，国际会议上的相关深空专家便提出了不少刁难性问题，但中国的数据实实在在，不怕被质疑。

质疑的过程也就是一个释疑的过程。

美国人曾预测，未来核聚变的原料氦-3，这种地球上几乎没有的物质，月球上有100万吨到500万吨。但是根据嫦娥一号微波遥感探测仪探测的结果估算，月球上正面、背面的氦-3只有接近100万吨。经过一段时间的质疑与解惑，当中国发布这个结论后，世界上便再没有一个国家出来反驳了。

随着中国嫦娥系列探月卫星次第升空，并取得次次成功之后，世界同行的观念也开始发生根本性变化。要知道在20世纪50年代，美国、苏联所发探月卫星，成功率仅为40%。

不仅如此，由美国出资每年一次的探月深空探测系列国际会议，也开始主动邀请中国参会，并请中国代表在会上作报告了。

20世纪50年代末，美苏之间爆发了人类史上第一轮大规模无人探月、载人登月竞赛，先后发射了上百个航天器。但人类最开始制造的航天器的登月方式是硬着陆，这种着陆方式非常原始，相当于将航天器扔到月球上，而不顾星载设备的安全。

1966年，苏联“月球9号”探测器成功在月面实施软着陆，美国“勘测者1号”也在同年完成月面软着陆，从而开启了月面软着陆的探测时代。

算上嫦娥三号，人类前后有19个着陆器在月面实现软着陆，其中苏联7次实现月面软着陆，美国包括“阿波罗计划”6次载人登月在内，共11次实现月面软着陆。

嫦娥四号实施月球背面软着陆巡视探测，实现了我国无人月球探测从追赶到引领的转变，推动了月基科学的不断深入、月球资源的开发与利用，使中国一举跻身世界探月方队的前三。

嫦娥四号在对月壤的密度、厚度进行真实探测的过程中发现，月壤最深大概100米，最浅大概几公分，平均值为5到6米，这和美国阿波罗号推断出的数据有差异。月球出现的时间越长，月壤便越深，嫦娥四号所探测到的月壤厚度，比推断的要浅不少，据此数据分析，月球历史大概只有35亿年左右。

嫦娥四号写下人类探索浩瀚宇宙的崭新篇章，因此获得不少殊誉：

2018年全球太空主要探索成就揭晓，嫦娥四号名列其中。这些成就包括美国帕克太阳能探测器发射、“洞察号”登陆火星、寻找系外行星的TESS卫星发射升空、“OSIRIS-REx号”探测器抵达小行星Bennu、“旅行者2号”到达星际空间，以及中国的嫦娥四号登陆月球背面。

2019年2月15日，中国国家航天局、中国科学院和国际天文学联合会联合召开新闻发布会，向全世界发布嫦娥四号着陆区域月球地理实体命名。嫦娥四号着陆点命名为天河基地；着陆点周围呈三角形排列的三个环形坑，分别命名为织女、河鼓和天津；着陆点所在的冯·卡门撞击坑内的中央峰命名为泰山。

这些名字是经国际天文学联合会批准的。这是我国月球探测工程科学数据成果在月球地理实体命名上的又一次重要应用。

“天河”是中国古代对“银河”的别称，“天河”的中文含义还有“开创天之先河”之意。嫦娥四号成功实现月球背面软着陆及巡视勘察，便是开创了人类月球探测历史的先河。

根据国际天文学联合会的命名惯例，着陆点名称之前需加一个拉丁词语Statio，因此嫦娥四号着陆点天河基地的英文名称便为Statio Tianhe。

目前，月球上只有两个地点被命名为基地：一个是天河基地；另一个是静海基地（Statio Tranquillitatis），这是美国“阿波罗11号”的着陆点。

织女、河鼓和天津，则为我国古代天文星图“三垣四象二十八宿”中的星官。织女又称织女一，俗称织女星。河鼓又称河鼓二，俗称牛郎星。织女和河鼓系二十八宿的牛宿。天津又称天津四，系二十八宿的女宿。织女、河鼓和天津，分别位于天琴座、天鹰座和天鹅座，是三个星座所包含的最亮的恒星。

七夕夜晚的星图中，织女星位于银河的西侧，与东侧的牛郎星隔银河遥遥相对，天津四则位于北方位置，处于银河之中。天津作为古代星官，其寓意为“银河渡口，跨越银河的桥梁”，在中国古代神话传说中为护送牛郎织女的仙女。

天河、织女、河鼓和天津这四个名称与中继星“鹊桥”名称相呼应，组成了高度关联、内涵丰富、情节完整的名称体系。

冯·卡门撞击坑内的中央峰泰山，位于嫦娥四号着陆点西北方向约46千米处，其“海拔”为负4305米，相对坑面高度约为1565米。

泰山是我国首次获得的“山”类月球地理实体名称，这也是自

1985年后33年时间里国际天文学联合会再一次批准命名“山”这一类月球地理实体名称。

在此之前的2010年8月和2015年10月，我国分别获得国际天文学联合会批复的嫦娥一号和嫦娥三号着陆区地理实体名称，到2019年2月4日止，我国获批的月球地理实体名称共计12个。

月球地理实体命名从侧面反映了一个国家在月球探测及其科研工作中所取得的成就，体现了一个国家的综合实力和科技发展水平。

我国利用月球背面高分辨月面影像数据对月球地理实体命名的申报获得批准，这是对嫦娥四号任务开创人类先河伟大壮举的高度肯定，是嫦娥四号项目所取得的又一项重要成果，也是我国对世界月球探测的重大贡献。

这一年，嫦娥四号任务还被评为第三届国际月球村研讨会优秀探月任务，这是该协会自成立以来所授予的首个优秀探月任务奖；嫦娥四号团队被英国皇家航空学会授予年度全球唯一团队金奖……

2020年6月，嫦娥四号任务团队的优秀代表，荣获国际宇航联合会2020“世界航天奖”，这是该奖项设立70年来首次授予中国航天科学家。

嫦娥四号任务团队又被美国航天基金会授予2020年度美国航天基金会金奖，这是该年度航天基金会唯一金奖。

嫦娥四号任务的圆满成功，标志着中国科学家为人类和平利用太空贡献出了具有先锋性质的中国智慧、中国方案、中国力量。

嫦娥四号在月球上开展的探测卓有成效，但是，科学家们最期待的是能够亲身接触月壤，而不是根据数据分析。

这个愿望，便由嫦娥五号来实现。嫦娥五号的任务便是将月壤带回地球。

第七章 采集月球青春

追星怀月，清灵静心。

探月时光在日复一日的鏖战中度过，其间的苦涩与艰难无以尽述，但成果也如月之恒，心中的快慰，更如日之升。

从50多年前中国成功发射首颗人造地球卫星东方红一号，到嫦娥五号首次实现地外天体采样返回，太空世界，中国人用坚实的脚步书写着成就梦想的足迹。

手心里全是汗

中国探月工程在取得从嫦娥一号到嫦娥四号的成功之后，便轮到嫦娥五号大显身手了。

2009年，在探月二期工程实施的同时，中国启动了探月三期工程的方案论证和预先研究。

2011年，探月三期工程正式立项，任务目标是实现月面无人采样返回。该工程规划了2次正式任务和1次飞行试验任务，分别命名为嫦娥五号、嫦娥六号和嫦娥五号高速再入返回器。其中，嫦娥五号规划为中国首个实施月面取样返回的航天器。

嫦娥五号立项之后，身为中国探月工程总设计师的吴伟仁，给大家布置起了“作业”：

嫦娥五号由工程总体和探测器、运载火箭、发射场、测控与回收、地面应用五大系统组成，是我国探月工程“绕”“落”“回”三步走中“回”的内容。

嫦娥五号工程总体的责任单位为国家航天局探月与航天工程中心；运载火箭系统由中国航天科技集团所属中国运载火箭技术研究院，即中国航天科技集团一院抓总研制；探测器系统由中国空间技术研究院，即中国航天科技集团五院抓总研制；实施发射、测控与回收由中国卫星发射测控系统部负责；地面应用系统由中国科学院国家天文台抓总研制，并负责科学数据和样品的接收、处理、存储管理等工作。

嫦娥五号与之前的嫦娥系列月球探测器相比，有许多不同，吴伟仁一一道来：

外观造型不同。嫦娥一号、嫦娥二号是单独的卫星；嫦娥三号和嫦娥四号由着陆器和月球车组成；嫦娥五号从上到下，由负责从月面起飞的上升器、承担落月和采集任务的着陆器、转移月壤样品再入地球的返回器以及承担地月往返运输任务的轨道器组成。

任务目标不同。嫦娥五号要实现三大工程目标：一是突破窄窗口多轨道发射、月面自动采样与封装、月面起飞、月球轨道交会对接、月球样品储存等关键技术，提升中国航天技术水平；二是实现中国首次地外天体自动采样返回，推动中国科学技术重大进步；三是完善探月工程体系，为载人登月和深空探测奠定一定的人才、技术和物质基础。

除此以外，嫦娥五号还将开展着陆区的现场调查和分析，对着陆区域的形貌特征和地质背景进行勘测，记录与月球样品相关的现场数据，建立现场数据与实验室分析数据之间的联系，以便获得月球成因和演化历史的权威证据。

最终归宿不同。嫦娥一号完成任务后受控撞月；嫦娥二号完成任务后，脱离月球轨道向更远更深的太空飞行，对小行星图塔蒂斯进行飞越探测，成为我国第一个行星际探测器；嫦娥三号和嫦娥四号执行落月探测任务后，归宿是留在月球；嫦娥五号则是去月球采集月壤，并将其带回地球。

从发射入轨到返回地球，嫦娥五号将经历11个飞行阶段：

一是发射入轨阶段。被运载火箭发射后，进入地月转移轨道，开启探月旅程。

二是地月转移阶段。完成器箭分离，展开太阳翼，进行地月转移，进入预定轨道。

三是近月制动阶段。以合适的速度进入环月圆轨道后，再进入距离月面200千米左右的轨道。

四是环月飞行阶段。在动力下降初始点，完成轨道器与返回器组合体（轨返组合体）和着陆器与上升器组合体（着上组合体）的分离；着上组合体降轨、变轨后准备着陆月球，轨返组合体则继续环月飞行，等待上升器带着所采月壤到来。

五是着陆下降阶段。着上组合体经过减速、接近、悬停、避障、缓速下降后，下落到月球表面。

六是月面工作阶段。着上组合体在2天时间内，完成月壤的钻取、表取、封装。

七是月面上升阶段。上升器离开月球，进入相应的环月飞行轨道。

八是交会对接与样品转移阶段。在环月轨道上，上升器与轨返组合体完成交会对接，上升器中存放的月壤通过轨道器转移到返回器中。

九是环月等待阶段。携带有月壤的轨返组合体与对接舱分离并进入月地入射点，等待月地入射窗口的到来，以便返回地球。

十是月地转移阶段。轨返组合体在距离地球5000千米高处时，实现轨道器和返回器的分离，返回器独自踏上回归地球的旅程。

十一是再入回收阶段，这个阶段是指返回器回到地球，以及月壤回收的过程。

立项不易，实施更难。吴伟仁强调，嫦娥五号任务的技术难点主要在轨道设计、月面采样封装、月面起飞上升、月球轨道交会对接与样品转移、月地入射、地球大气高速再入返回等关键环节，研制工作事关中国探月三期工程的成败，大家一定要打赢这场大仗、硬仗。

探月的时光在日复一日的鏖战中度过，其间的苦涩与艰难无以尽述，但成果也如月之恒，心中的快慰，更如日之升。

追星怀月，清灵静心，十年磨一剑，嫦娥五号探测器终于研制出来了，个中艰难，慢慢解读。

对于任意一颗卫星来说，发射，都是其任务实施的基础。嫦娥五号也是如此。

虽然长征三号甲火箭、长征三号丙火箭以及长征三号乙火箭承担了发射之前嫦娥探测器的任务，但嫦娥五号探测器体重太大，在立项之时，我国还没有大运载能力的火箭，能够将之送向月球。

事实上，早在1986年，“大型运载火箭和天地往返运输系统”便成为“863计划”的主题内容之一，但研制工作并未因此开始。

时光飞逝，进入20世纪90年代，诸多问题逐渐在老旧的长征火箭中暴露出来。同时，随着航天强国火箭技术的不断升级，运载能力低、芯级直径小、型号偏多、可靠性不高、发射准备周期长、推进剂毒性较大且价格昂贵的中国火箭，也在逐渐丧失曾居世界第二的优势地位。而中国载人航天工程未来空间站及其他大卫星的发射，又需要大型运载火箭。

因此，研制能提升运力指标、丰富推进剂种类、高可靠性、低成本的新型火箭的论证再次提上日程，并确定了“一个系列、两种发动机、三个模块”的总体发展思路，以及“通用化、系列化、组合化”的设计思想。

“三个模块”是指使用液氧/液氢的5米直径模块，使用液氧/煤油的3.35米直径模块、2.25米直径模块；“两种发动机”是指新研制的地面推力50吨YF-77氢氧发动机和地面推力120吨YF-100液氧/煤油发动机；在三个模块基础上第一步组合制造出5米直径芯级的大型运载火箭，再进一步组合制造出3.35米直径芯级的中型运载火箭和小型运载火箭，最终形成近地轨道运力覆盖1.5吨—25吨，地球同步转移轨道运力覆盖1.5吨—14吨的系列。

于是，2006年新一代运载火箭基本型（构型D）获得立项，进入方案设计。

本来新研制的火箭与原长征火箭有很大的不同，但是综合考虑，还是将其归口为长征火箭麾下，且定名为长征五号系列。

2009年，长征五号运载火箭进入初样研制阶段，并完成了以5.2米直径整流罩和5米直径火箭舱段为代表的大部分箭体结构的制造、生产、试验等技术，并在中国首次实现了火箭全型号数字工程化应用。

2009年与2010年原本作为长征五号系列中衍生型号的小型、中型火箭，分别独立形成长征六号与长征七号，长征五号系列中仅剩下5米芯级直径的大型火箭。同时，为避免火箭运载能力交叉重叠，长征五号系列的基本型构型D转变为近地轨道构型B、地球同步转移轨道构型E两种型号，并分别被命名为长征五号乙和长征五号。

2013年7月，长征五号运载火箭完成了全箭模态试验、各动力系统试车，整流罩分离试验等大型地面试验，并开展生产、总装和测试。

2016年11月3日，历经10年研制的长征五号火箭在中国文昌航天发射场首飞成功，突破了以大直径箭体结构设计制造与试验、三型大推力发动机等为代表的12大类247项关键技术，使我国火箭的运载能力，从1970年长征一号首飞时的300千克，提升到了25吨级。填补了大推力无毒无污染液体火箭发动机的空白，且多项重要性能指标进入世界前列。

在大推力运载火箭长征五号一步步从图纸变成实物且首飞成功的这段时间，走过相似路程的嫦娥五号的研制也接近尾声，2017年4月17日，春风一样令人欣悦的消息传来：嫦娥五号将于当年底升空。

这真是太好的事。

由于质量太大，嫦娥五号的发射非长征五号遥三运载火箭莫属。

然而，万事俱备，只欠东风之时，东风却出了问题。

2017年7月2日，长征五号遥二火箭在发射后346秒时突发故障，发射任务失利，原定于2017年底发射嫦娥五号的时间，只得往后推延。

这种突然出现的挫折折磨了很多人，而最受煎熬的，无异于李明华和他的团队。

为了更好地完成长征五号遥二火箭归零的工作，为后续多项重大航天工程提供坚实的基础，中国航天科技集团党组研究决定，设立总指挥，并任命中国航天科技集团第一研究院党委书记李明华出任这个角色。

临危受命，成为长征五号火箭最终决策者的李明华，遇到了很大的阻力，也克服了很多困难。

长征五号遥二火箭发射失利了，那么问题出在哪儿？只有找到问题，才能解决问题。

经过无数次试验，最终确定了问题所在——发动机上的某个关键部件，因经受不住工作过程中的强烈震动，从而出现裂纹……

要解决这个问题，有两种解决方案：一种是重起炉灶，另行设计；另一种是将就现有设计，更新局部设计方案。

重起炉灶另行设计，时间哪来得及？再说了，已经研制了8年时间，要重新研制，是不是又得耗上至少8年时间？

而将就现行设计方案，只更新局部设计的话，能行吗？不行的话也得走重新设计的路子，那不是更耽误时间？

两种方案均如虎卧道，要冲过去都不轻松。

经过大量的分析研究，李明华决定在现有方案的基础上解决主要问题，对震动予以抑制。因为这样倘若能解决已经出现的问题，便能满足国家重大工程建设的时间节点。

面对太多的担心，在最终决策会上，李明华坚定地说了三句话：第一句话是“这个方案是我定的，出现任何结果，特别是不利结果由我负责，不需要大家负责，我来承担责任”。第二句话是“方案确定下来以后，全线必须集中精力，全力以赴推进这个方案的实施。如果谁不按照要求开展工作，出现问题，谁就要负相应的责任”。第三句话是“推进方案的过程中如果遇到什么问题可以找我，由我来解决”。

正是这三句话明确了研制方向，坚定了大家的信心。

2019年3月3日，参加全国政协会议的吴伟仁在回答完记者关于玉兔二号最新情况的问题后透露：2019年底中国准备发射嫦娥五号，实现从月球采样返回的任务，中国也因此有可能成为继美国和俄罗斯之后第三个采样返回的国家；2020年，中国还将发射首个火星探测器，实现对火星的环绕、着陆和巡视探测。

这个消息是令人振奋的，因为人们一直期待这一天早些到来，尤其是2017年7月2日长征五号遥二火箭发射失利之后，更是如此。

但是，这个消息却令李明华及他的团队成员心中的压力倍增：攻克难关的时间并非十年八年或者更长，而一直迫在眉睫地进行着倒计时！

经过整个团队的上下一心合力攻关，长征五号最终迎来了最为关键的一次发动机试车。

2019年12月27日20时45分，长征五号遥三运载火箭在中国文昌航天发射场点火升空，发射飞行试验取得圆满成功。

在试车的那天，李明华非常紧张，紧张得手心里全是汗。但是试车之时的各项数据比预想的要好得多，又让他悬着的心落了地。

之后，为做到万无一失，又进行了多次试车，数据一致性非常好，之前出现的问题得到了有效解决，为长征五号遥三的飞行打下了坚实的基础。

就这样，在这908天的时间里，研制团队负重前行，彻底攻克了发动机方面的技术难题。

这一年，我国共实施34次航天发射，成功地将78颗卫星发射入轨。除了长征五号遥三运载火箭发射成功外，在海上发射运载火箭的试验也取得了成功，使我国成为世界上第三个掌握此技术的国家；还有高分七号卫星发射成功入轨，并初步实现高分辨率对地观测系统任务目标。

此外，北斗导航系统全年成功发射7次共10颗卫星，全球组网进入冲刺期；快舟一号甲运载火箭在6个小时内，打破同一发射工位和同一型号火箭发射时间间隔的最短纪录。

长征五号遥三运载火箭成功发射，吴伟仁也非常开心。

这些日子里，身为中国探月工程总设计师的他，可谓忧心如焚。

多年如一日夜以继日地操劳，殚精竭虑地研发，使得吴伟仁的视网膜严重损伤，每每发作，令人痛苦难当，其间虽进行过多次激光治疗，但疗效并不显著。特别是在这段等待的时间里，由于急火攻心，他眼睛的病情还越来越重。

最令他难受的是，到2020年初时，他的一只眼睛还出现大出血，甚至几乎失明，肩负着中国探月工程“绕”“落”“回”三步走中最重要的“回”重任的嫦娥五号发射在即，自己的眼睛却出现如此严重的问题，这可怎么办？

“吴总，您眼睛的病情非常严重，必须立即进行一场较大的手术。”

在又一次于百忙之中抽出时间去医院检查时，医生告诉他说。

“能不能暂时不做手术，等嫦娥五号去月球成功取回月壤之后再做手术？”

虽然眼睛钻心地痛和胀，看东西视线模糊不清，但是想到嫦娥五号的任务，他却顾不上自己的眼睛。

“吴总，您的眼睛再不做手术的话，就会失明了啊！失明了，您还怎么指挥探月工程的千军万马呢？”

天啊！自己要成独眼龙吗？他心里非常紧张。

可是再一想，独眼龙就独眼龙吧，自己的眼睛耽误得起，中国探月工程却耽误不起。个人的痛苦与国家重大工程的成功相比，又算得了什么！

“您放心吧！探测器在月亮上的安全您负责，您的眼睛我们负责！”主治医生坚定地对他说，“而且治好您的眼睛，更有利于嫦娥五号的发射与返回！”

主治医生的话给了吴伟仁极大的信心和莫大的安慰。

幸运的是，主治医生精湛的医术和强烈的责任担当，使他的眼睛如愿恢复健康，从而能够全神贯注地投身到中国探月工程中去。

2020年7月23日，计划着陆火星巡视探测的天问一号在文昌成功发射，也再一次证明，长征五号运载火箭的性能是可靠的。

长征五号遥五运载火箭于2020年9月下旬由远望运输船队安全运抵海南文昌清澜港，继而又通过公路运输方式分段运送至文昌航天发射场，并按照发射流程，陆续完成了总装、测试等各项准备工作。

长征五号运载火箭长56.97米，起飞质量863吨，箭体直径5米，捆绑4个3.35米直径的助推器，动力源是液氢液氧燃料，起飞推力超过1000吨，近地轨道运载能力可达25吨级，地球同步轨道运载能力可达14吨级，运载能力、运载效率等性能均为世界先进水平。

嫦娥五号的发射任务是长征系列运载火箭的第353次发射。

嫦娥五号探测器能被送入近地点200千米、远地点41万千米的地月转移轨道的话，就不需要自身加速，可直接沿着大椭圆轨道飞行，到达近月点附近时再通过减速，被月球捕获，进入环绕月球的轨道。然后完成下降、采样、上升、返回等系列任务。

2020年11月17日上午，搭载嫦娥五号探测器的长征五号遥五运载火箭活动发射平台，于当天早晨7时40分，从发射场垂直测试厂房滑出，平稳行驶约2个小时之后，安全到达发射场一号发射工位，等待窗口期的出现，以便凌晨发射。

可能有人会问，为何要选择凌晨发射嫦娥五号呢？

因为月球探测属于深空探测，在凌晨发射最有利于长征五号遥五运载火箭的奔月轨道设计；火箭飞向宇宙空间的时候，正好是地球把太阳光挡住的时候，能避免过多太阳辐射对探测器的影响，以及太阳风对地面测控的干扰；晚上天空云层薄，有利于信号传播，便于地面对嫦娥五号的控制；如果白天发射的话，强烈的阳光使得地面的天文望远镜无法看到探测器的具体情况，而凌晨整体环境亮度比较低，火箭喷射的火焰在太空中更为显眼，有利于地面的光学和测量设备进行目标跟踪、观测；夜晚空气凉爽，火箭整流罩的温度会比白天发射时低一些，能保护整流罩……

飞翔星际的牵挂

由于地球和月球的位置关系一直在变化，嫦娥五号发射的窗口只有3天，2020年11月有2天，2020年12月有1天，每天50分钟，接近于零窗口。

为节约燃料，嫦娥五号不仅要满足地球和月球之间距离最短的要求，还要满足轨道分析与轨道设计最恰当，所以窗口相对较短。

也就是说，一旦在发射窗口时间内不能实施发射，嫦娥五号的奔月计划就会受影响。

为确保火箭在发射窗口时间里准时发射，长征五号运载火箭总设计师李东及他的团队采取了变射向、变滑行时间的发射方案，设计了5条轨道，每条轨道对应10分钟的发射窗口。

长征五号遥五运载火箭是低温火箭，射前流程、射前动作比常规火箭复杂得多，如果只采用一条轨道，没有备用轨道，假如火箭出现异常，应急处置完就错过了发射时机。因此，窄窗口多轨道技术是提高发射概率和发射可靠性的重要措施。有了这个技术支撑，便可在发射窗口期内，根据发射时间通过软件自动选择轨道，即使发射前某个时段出现异常，应急处置延迟几分钟，仍有发射机会。

2020年11月22日22时30分，距离嫦娥五号发射还有30小时，推进剂开始加注。此时，海南文昌航天发射场发射指挥中心4楼指控大厅灯火通明。

在忙碌的身影中，有一位慈祥的老人，微笑着看着大家，脸上充满自豪与期待。

他是中国运载火箭技术研究院运载火箭系列总设计师、国家月球探测工程副总设计师、中国工程院院士龙乐豪老先生。

虽然他曾亲眼见证了此前由他主持研发的所有火箭顺利发射升空的情景，但是当嫦娥五号发射在即，早已退居二线、时龄82岁的他，依然兴致勃勃地来到发射现场，希望见证这伟大的一刻。这份令他钟爱一生的事业，可谓千巡有尽，寸衷难泯，一叠更比一叠情深意长。

2020年11月23日，嫦娥五号探测器发射前一天，一众航天专家来到发射塔架下，与嫦娥五号探测器作别。虽然心中充满无尽的自豪与祝福，却又感情复杂，依依不舍。因为从今一别，两地相思入梦频。

13时30分，距离发射还有15个小时，被包裹在火箭整流罩里，安装在火箭顶端的体重8.2吨、身高超过7米的嫦娥五号探测器系统开始加电唤醒。在完成功能检查和联合测试并确认状态正常后，2020年11月23日18时30分，长征五号遥五运载火箭开始加注液氧推进剂，火箭发射进入倒计时。

2020年11月24日，农历十月初十，文昌天空的月亮，笼罩着一份渴盼嫦娥五号奔它而去的喜气。

4时27分，发射推进剂液氢和液氧加注完毕。

4时30分21秒，在“01”指挥员胡旭东响亮的倒计时口令和点火命令后，搭载着嫦娥五号探测器的长征五号遥五运载火箭，拖着喷薄而出的耀眼且猩红的火焰腾空而起，一头钻进天幕，朝着月亮奔去。

冲天而起的，还有人们心中的盼望。

在人们仰望的目光中，长征五号遥五运载火箭的火焰颜色诗意地变化着，先是红色，然后金黄，再后蓝色……

红色代表吉祥、喜庆、火热、幸福、豪放、斗志、轰轰烈烈、激情澎湃，以及积极乐观、热情主动、勇于挑战。

金色象征高贵、华贵和辉煌，闪耀、光辉、光明、至高无上，以及温暖与幸福。金色也是照耀人间、光芒四射的太阳的颜色。

蓝色是天空和大海的颜色，是永恒的象征，代表深远与忠诚，美丽、文静、理智、安详与洁净，是渴望之花，渴望神秘的事物及经历，并与理想有关，而且能够取得胜利。

由于蓝色具有沉稳、理智、准确的意象，在商业设计中，通常成为科技商品或企业形象的主题。蓝色又代表博大胸怀及永不言弃的精神，还是希望的代名词……

颜色的变化，其实也是仰望着的人们心情的变化。

4时33分，助推器分离。

4时36分，整流罩分离。

4时39分，一、二级火箭分离。

4时43分，火箭二级一次关机。

5点05分，火箭二级二次关机。

5时06分，主发动机关机。

5时07分，调姿结束，器件分离……

在长征五号运载火箭带着焰尾拔地而起的几分钟内，中国航天科工集团二院23所研制的两部固定式脉冲测量雷达快速采集火箭的距离、方位、俯仰等精确坐标信息和径向速度数据，确保了指挥控制中心第一时间掌握全局，做好安全控制。

因为不受雨、雪、台风等天气因素的影响，这种测量雷达此前圆满完成了对长征七号、长征五号首飞等数十次飞行任务的测量，为嫦娥五号安全飞行奠定了扎实的基础。

在此次任务中，中国航天科工集团二院23所还研发了装在嫦娥五号及长征五号火箭中，主要应用在测控、应答机等分系统的声表面波滤波器。

在航天器发射中，如果出现信号干扰，地面就无法控制其飞行轨道，声表面波滤波器能轻松过滤掉高次谐波、镜像信息、发射漏泄信号以及各类寄生杂波等干扰信号，为发射场指挥控制中心准确地遥控火箭的飞行助力。

长征五号遥五火箭飞行经过起飞、助推器分离、整流罩分离、一、二级分离、二级二次启动、末速修正、器箭分离等10个飞行阶段、70个时序、无数个动作，历时2200多秒后，成功地将嫦娥五号月球探测器送入地月转移轨道。

发射取得圆满成功。

虽然这一刻来之不易，比计划晚了3年多，但是表现却非常好，不仅发射精度很高，还节省了200多千克燃料。

嫦娥五号发射成功的那一刻，身为长征五号运载火箭第一总指挥的李明华在激动之余，心里深深明白，对于航天人来说，其实每一次成功，都是下一次挑战和超越的开始。

就在2020年11月24日这天，在嫦娥五号探测器成功发射之际，由海南省人民政府主办、国家航天局指导的2020年文昌国际航空航天论坛在海口召开。

论坛开幕式上，吴伟仁及俄罗斯国家航天集团公司驻华代表弗谢沃洛德·别德里茨基，法国图卢兹太空城博物馆馆长让·巴普蒂斯特·德布瓦等300余名航空航天领域的院士、专家学者、产业精英，围绕航空航天产业的发展，展开交流探讨。

2020年文昌国际航空航天论坛选在这一天召开很有意思。因为当天凌晨发射嫦娥五号，白天该论坛便开幕。设想一下，万一当日凌晨嫦娥五号发射失利，作为主办国中国的航空航天专家们，在当日白天正常召开的这个国际航空航天论坛上该有多尴尬！

之所以将这两项重大事件安排在同一天，且一先一后，其实彰显了中国航空航天科技人对嫦娥五号成功发射的信心，彰显了中国航空航天人对深空探测的信心！

嫦娥五号升空之后，对其进行轨道控制是很重要的。轨道控制就是一根无形的情感线、风筝线。

2020年11月24日22时06分，一飞冲天的嫦娥五号3000牛发动机工作约2秒钟，顺利完成第一次轨道修正，继续飞向月球。

嫦娥五号在飞行过程中，受多种因素影响，可能会“出轨”，需要根据测定的实际飞行轨道与设计轨道之间的偏差，完成对应的轨道控制，以避免“失足”。不过总体来说，嫦娥五号在轨精度较高，轨道修正量也不大。

在嫦娥五号第一次轨道修正后的第二天，在2020年文昌国际航空航天论坛上，吴伟仁说，嫦娥五号之后，中国将建设国际月球科研站，以开展月球科学技术研究、资源开发利用技术验证，并按照“共商共建共享”的原则，与国际同行合作，在月面建设和运营相应的科学实验设施，以进行月面探测、天文与对地观测、基础科学实验等。

尽管那时嫦娥五号正在飞往月球的旅途之中，还未采集月壤，更未将月壤带回地球，但是身为中国探月工程总设计师，吴伟仁对嫦娥五号任务的完成有着满满的信心。

此时的嫦娥五号也的确争气，在奔向月球的道路之上，心无旁骛。

2020年11月25日22时06分，嫦娥五号两台150牛发动机工作约6秒钟，顺利完成第二次轨道修正。在轨飞行约41小时的它，距离地球已达27万千米。

迢遥万里，孤独前往。但嫦娥五号各系统状态良好。

其实它并不孤独，因为在这个过程当中，地面测控通信各中心和台站，一直正常地与它保持着联系。

牵挂它的，还有它的“娘家”——负责总研制的中国航天科技集团五院。嫦娥五号是该院负责总研制的第300个航天器，虽然从东方红一号到北斗卫星，再到载人飞船、空间站等众多航天器，都出自该院，但是该院对嫦娥五号的总研制并不容易，除了对之前299个航天器成熟科技集大成之外，还突破了十多项核心技术。

十月怀胎，一朝分娩，都令娘亲牵肠挂肚，何况十年怀胎？

看到嫦娥五号的出色表现，中国航天科技集团五院给它写了一封情真意切的信。

亲爱的嫦娥五号：

……

得知你身心俱佳，状态良好，我们也很安心。

回想起一路走来，七年始得长成，三年强健筋骨，如今在万众瞩目中启程，大家都称赞你的风采，身为家人，欣慰之余也心痛你的不易。

为了你的安全！这次家里三百多名科技人员奔赴发射场，另有两百人参加飞控，全程给你支持，确保程序正确，指令正确，状态正确。所以请你放心，今日的目光一刻都没离开过你。

北京冬夜渐浓，你在太空也要做好保暖。

祝安好！

随信附上，叶培健院士为你写的一首七律，与你共勉。

牵挂你的家人们

2020年11月25日

其情切切，可见一斑。

是的，嫦娥一号总设计师，“人民科学家”国家荣誉称号获得者叶培健院士，专门为嫦娥五号写了一首诗——《七律·嫦五》：

十年精心巧梳妆，
蟾宫往返五姑娘。
胖哥送妹走地月，
自动降落采月样。

起飞对接转宝藏，
高速再入回收场。
探月三步胜收官，
二〇二〇写辉煌。

诗出豪肠，七分酿成了荣耀，还有三分，寄托着希望。

对嫦娥五号的近月制动，开始于2020年11月28日。

虽然近月制动技术在嫦娥一号任务中就已掌握，而且我国已实现航天器月球正面和背面软着陆及巡视探测，积累了比较丰富的经验，但是嫦娥五号的近月制动，还是有许多新变化。

在嫦娥三号、嫦娥四号任务中进行近月制动的发动机推力达到7500牛，而为了控制嫦娥五号的体重，由中国航天科工集团六院为其量身打造的新型发动机，变推力却只有3000牛。重达8吨，比嫦娥三号、嫦娥四号重太多的嫦娥五号进行近月制动，使用的发动机变推力却小了一半多，小牛拉大车，能完成任务吗？

按理是不行的，但为了解决质量变大却推力较小的问题，嫦娥五号任务决定采取两次近月制动的方式。

2020年11月28日晚上8时58分，嫦娥五号经过约112小时奔月飞行，在距月面约400千米处成功实施3000牛发动机点火，约17分钟后，发动机正常关机。

因为嫦娥五号太重了，地面指挥它在进行第一次刹车时，先进入一个环月的大椭圆轨道。

嫦娥五号近月制动之后能够顺利进入环月轨道，多亏了北京航天飞行控制中心的轨道团队一刻不停地牵挂着它，可以说它在天空中1分钟，他们就得牵挂60秒。

这是北京航天飞行控制中心轨道室主任陈明和他的同事们的工作状况。

嫦娥五号任务各飞行阶段相互制约的条件很多，对轨控策略设计、轨道控制精度和应急轨道重构的要求，均是最严苛的。

第一次近月制动之后，牵挂着嫦娥五号的、远在38万千米之外的地球之上的中国航天科技集团五院的设计师们，思及它的第二次近月制动，还想对它叮嘱些什么，又给它写了一封信：

亲爱的嫦娥五号：

……

分别寥寥数天，你已经穿越茫茫太空，伴月飞行了。

第一次减速制动，你动作干脆，姿态优美，更难能可贵的是，这次减速制动，是你自主决策、自动操作完成的。我们不禁感慨，你真的成熟了，能干了！

“父母之爱子，则为之计深远。”作为你的亲人，我们何尝不是这样。为你量身定制睿智的GNC系统，使你面对复杂情况，能做出正确判断，下达正确指令；为你研发最强大脑——中心控制单元，让你在没有家人帮助的时候，也能及时处理各方数据，实时自主控制主发动机和姿态发动机，把控自己的飞行路线，快慢有度，控制精准……

有了这些装备，你就可以独当一面，在陌生环境、未知风险前从容不迫，稳妥安全。所以即使我们牵肠挂肚，也要放开你的手，让你自己往前走。

第二次近月制动你一定要按预定计划关机啊，要是稍晚一点儿，你可就要撞上月球了。不过我知道你已经为此做好了充足的准备，我们也实时观察着你的一举一动，准备好了预案。等待你的好消息。

今天是农历十月十五，我们凝望又大又圆的月亮，想着你，祈祷你的这次月球之旅，十全十美，圆圆满满。

牵挂你的家人们

2020年11月29日

这份情感，真应了“尺素申，尺素申，尺素频申，如相亲，如相亲”。

2020年11月29日20时23分，嫦娥五号进行第二次近月制动及轨道修正，从椭圆环月轨道进入200千米的环月圆轨道。自此，也开始进入控制任务最紧凑的阶段，大量重要、密集的动作将接踵而至、接连完成。

11月30日4时40分，在科技人员的精确控制下，嫦娥五号着陆器与上升器组合体和轨道器与返回器组合体分离，轨道器与返回器组合体继续在平均高度约200千米的环月轨道上飞行并等待日后和上升器交会对接，着陆器与上升器组合体则择机实施月面软着陆，进而开展自动采样等后续工作。

着陆是嫦娥五号的一大关键节点，不能安全着陆、成功着陆，嫦娥五号就无从取得月壤，嫦娥五号任务也就宣告失败。

想到嫦娥五号落月很关键，2020年12月1日，中国航天科技集团五院又给嫦娥五号写了一封信，对其千叮咛，万嘱咐。

亲爱的嫦娥五号：

马上就要落月了，来信中能体会到你的镇静，我们对你的自主控制能力也很有信心。可是你要在短时间内完成一系列难度系数很大的动作，我们还想再叮嘱几句。

这次落月和前面两个姐姐的不太一样，一方面要满足采集月壤的需要，另一方面，那里将是你起飞回家的发射场，平整度要求特别严格，千万不要有大的凸起和大的凹坑，坡度也要符合之前告诉你的要求，记住了没有？

和近月制动一样，落月也要由你自主完成，要步步小心。距离月面比较远的时候，记得拍个照，把大型障碍物剔除掉；到了距离月面100米时，悬停一下，再拍个照，精确识别选好落点。之后你要斜向下飞行，边下降边注意避障，飞到选定着陆点的正上方后竖直下降，在距离月面较近时记得提前关闭主发动机，然后利用着陆腿的缓冲实现软着陆。

我们担心距离月面较近的时候，主发动机会激起月尘，迷了你漂亮的眼睛，所以特别设计了一个盖子。有月尘的话，你就把眼睛闭起来，等月尘散去再睁开，一闭一睁，你就到了月亮啦。

另外关于“挖土”，也得嘱咐两句。钻取过程中，你一定要用为你专门配备的智慧控制器一边感受月壤硬度，一边调整自己的速度和力度。这个感觉只能靠你自己体会了，记得用巧劲，以柔克刚。

……

牵挂你的家人们

2020年12月1日

在蛮荒中挖掘神秘

家人的牵挂与叮嘱，既给了嫦娥五号信心，也让它更增专注与细致，唯恐辜负厚爱，有辱使命。

2020年12月1日22时57分，嫦娥五号着陆器与上升器组合体从距离月面约15千米处开始下降，7500牛变推力发动机开机，逐步将下降速度从约1.7千米每秒降为零。

主动减速、快速调整、迅速接近、精准选点、悬停避障、缓速下降……嫦娥五号着陆器与上升器组合体，沉着、稳健地在深空世界，高度自主地完成这一系列高难度动作。

嫦娥五号任务的落月和近月制动一样，都只有一次机会，必须一次成功，否则便失败了。

由于涉及采样后上升器的月面起飞，所以，嫦娥五号落月的过程也是在为后续上升器月面起飞选择“发射场”的过程。这个“发射场”不能有太高的凸起，不能有太深的凹坑，而且越平缓越好。因此，嫦娥五号对着陆点的位置精度和平整度的要求，是嫦娥三号、嫦娥四号着陆点不能比的。

为了选址正确，落点准确，嫦娥五号采用了已在嫦娥三号和嫦娥四号上应用过的、由中国航天科技集团五院502所研制的制导导航与控制系统“粗精接力避障”方式。

在该系统的指挥下，着陆器与上升器组合体先是大推力反向制动减速，快速调整姿态，并对预定着落区地形进行拍照识别，避开大的障碍，实现“粗避障”。当着陆器与上升器组合体在降到离月面100米处时悬停，再次对着陆区域进行精确拍照，实现“精避障”。接着飞到着陆点正上方，然后竖直下降，在接近月面时关闭发动机。最后利用嫦娥五号着陆器与上升器组合体着陆腿的缓冲实现软着陆。

制导导航与控制系统的稳定工作离不开各种数据的支持。由中国航天科技集团五院西安分院研制的微波测距测速敏感器，能感知嫦娥五号的落月路径，并传递相关信息。

这部雷达在着陆器与上升器组合体距离月球表面约15千米时开机，在距离月面约6千米时开始工作。它能探测着陆器与月球表面的距离，以及着陆器下降的速度，并将之提供给制导导航与控制系统，以便着陆器判断降落的落点并调整速度。

发动机为嫦娥五号安全落月提供了动力保障，但普通宇航发动机是无法完成月面安全软着陆任务的。因为月球上没有空气，无法利用与空气的摩擦实现减速，降落伞也用不上。为完成探测器动力下降、悬停等动作，要求发动机具备推力深度调节能力，由中国航天科技集团六院研制的7500牛变推力发动机，解决了这个问题。

要让嫦娥五号平安到达月球，落月高度控制技术必不可少。也就是说，飞速冲向月球的嫦娥五号在距离月面一定高度的时候，不及时“刹车”就会撞毁。

嫦娥五号落月最后阶段的发动机关机，需要有精准的指令。中国航天科工集团三院35所王征研制团队开发的γ关机敏感器，就是落月过程中的“刹车指令员”。

落月过程开始后，置于嫦娥五号底部的γ关机敏感器便实时测量自己与月面的距离。当嫦娥五号降到距月面不足5米的高度时，便发出关机指令，关闭轨道控制和姿态控制发动机。

γ射线具备受外部环境干扰小、精度高等特点，因而被应用于对精度、可靠性要求最高的载人航天和探月任务中。之前已在神舟飞船任务中得到了很好的应用，保障了航天员的着陆安全；后来又在中国探月工程中确保了嫦娥三号及嫦娥四号的落月安全。

但为了令嫦娥五号的表现更出彩、更精准、更可靠，他们继续投入大量精力，设定着陆器的多种工作环境、垂向速度、倾斜姿态，及月面坡度下的关机高度、精度，进行试验验证，并在模拟的月球环境下进行 γ 关机高度的参数标定。

谁都知道 γ 射线对人体有辐射危害，然而作为 γ 关机敏感器研制团队的负责人，王征却身先士卒，每到安装 γ 源的时候，他都亲自处理。王征这样做是为了给团队成员树立信心，因为新员工心中难免有顾虑。

在他的影响下，大家也都争先恐后，冲锋在第一线，如战场上的战士。

当然，研发人员也并非赤膊上阵，他们对 γ 源采用了严格周密的防护措施，制定了放射源操作预案、安全规范，还会对相关人员进行定期辐射安全体检和培训，最大限度地保证人身健康不受影响。

发动机关闭之后，嫦娥五号着陆。虽然月球引力较小，降落高度不高，但降落时依然会存在很强的冲击力，所以必须在嫦娥五号的“腿”上设计相应的着陆缓冲系统，以保证探测器不翻倒、不陷落、不砸毁。

为了给嫦娥五号打造四条集缓冲、支撑于一体的“腿”，中国航天科技集团五院机构分系统团队，在继承嫦娥三号、嫦娥四号“腿”基因的基础之上，精心设计出了具有完全自主知识产权的产品，使得着陆缓冲能力提高了30％，同时还保证了机构减重5％的要求。

在保证嫦娥五号安全落月的过程中，还有两个精妙的设计发挥了重要作用。

一是着陆器制导导航与控制系统借助了上升器月面起飞时要用的

星载中央控制计算机和星敏感器，这既节约了成本，又减轻了质量。

星载中央控制计算机是卫星的“大脑”，负责卫星中绝大部分计算任务，决定着任务的成败。这种计算机不仅要求智慧超常，还得确保在恶劣的环境下能稳定运行，否则一旦“死机”，后果不堪设想。

星载计算机的研制，是嫦娥五号系统总指挥、总设计师、中国科学院院士杨孟飞的拿手好戏。为了保证星载计算机的可靠性能，他先后提出了包括“冗余技术”在内的几种应对措施。“冗余技术”就是让2台或多台计算机同时运行，在一台计算机发生故障的时候，迅速将任务转移到其他计算机上。2台或多台计算机互为备份并行工作，不仅保证了星载计算机的正常工作，还大大地提升了计算速度。

二是担心距离月面较近时主发动机会激起月尘，污染星敏感器，中国航天科技集团五院502所的研发人员为此专门设计了一个盖子，当嫦娥五号接近月面时，便用这个盖子把星敏感器的镜头盖起来，待落月之后月尘散去，再把这个盖子打开。

嫦娥五号的预选着陆区为月球正面最大的月海风暴洋西北部的吕姆克山区域。

这个吕姆克山，从地球上看是一片广阔黑暗的阴影，嫦娥五号为何要选择这里着陆并采样呢？

一是嫦娥五号降落在一个相对平坦的地方比较安全；二是吕姆克山便于通信；三是此地纬度不高，有合适的热条件，便于探测器工作；四是此地无太高的凸起，无太深的凹坑，有利于上升器采样后从月面起飞。

除此以外，这里距离美国“阿波罗号”系列飞船6次登月采样的地点以及苏联飞船3次登月采样的地点距离都在1000千米以上，是人类探测器从未到访过的地方。

此前，科学家通过对美国和苏联带回的月球样品进行研究发现，月球火山活动在35亿年前达到顶峰，随后逐渐减弱直到停止。但月球表面有些特征又表明，月球某些区域可能含有20亿年至10亿年前才形成的火山熔岩。

月球火山活动究竟是何时停止的？

2018年，中国地质大学教授肖龙及同事发表了一篇论文，建议嫦娥五号在吕姆克山东部着陆，他推测吕姆克山地区约形成于12亿年前，是整个月球最年轻的区域，在那里采集月壤并进行研究，有助于揭开月球的火山活动和演化历史。

2020年12月1日23时，嫦娥五号探测器即将在月面着陆，此时在北京航天飞行控制中心的飞控大厅里，人们紧张地工作着，根据嫦娥五号着陆过程中降落相机所拍着陆区域影像图，及时准确地给出相应的指令。

23时11分，嫦娥五号降落在月球正面西经51.8°、北纬43.1°的吕姆克山脉以北预选着陆区。轻盈一落，顿时令北京航天飞行控制中心飞控大厅内欢声一片。

为它忙、为它累，是真累，却不悔；劳心苦、劳力苦，是真苦，但面对收获，却比吃了蜜还甜。

成功是由一滴一滴汗水浇灌出来的，也是由一个又一个喜悦构成的。嫦娥五号落月了，他们期盼接下来的月壤采集也是顺利的、成功的。

采集月壤，是嫦娥五号最关键的操作任务之一。

月球采样是嫦娥五号任务的核心环节之一。

中国航天科技集团五院的科研人员为嫦娥五号精心设计了两种采样模式：钻取和表取。

苏联月球采样用的是钻取方式，钻头为中空结构，他们借鉴了这种方式，设计的指标为钻到月球表面两米以下，以得到深层样品的层理信息。

考虑到仅用钻取的方式获取的样品比较单一，他们又设计了利用机械臂末端固定铲挖型的采样器，从月球表面抓取样品，以便能够表层和次表层的月壤都能采集到一些。并考虑通过钻取获得样品0.5千克，通过表取获得样品1.5千克。

为什么取这么一点月壤呢？好不容易去一趟月球，不能多取一些吗？

这跟火箭的运载能力有关：当初打算取回月壤的质量为2千克，并在此基础上设计嫦娥五号探测器，结果嫦娥五号探测器的质量达到了8.2吨。

如果要取更多月壤的话，那么探测器的很多指标都会增长，就算设计出了那样的探测器，也没有那么大运载能力的火箭可以发射它。

为使钻取任务圆满完成，中国航天科技集团五院529厂为嫦娥五号设计的钻取子系统，是从16种设计方案中遴选出来的。其钻头不仅具备对8级硬度岩石的钻进能力，能在人工智能的帮助下，针对不同颗粒度的月壤进行切、削、拨、挤、排，而且无论钻头在月表遇到怎样的情形，都能在“回转”“冲击”和“回转＋冲击”三种工作模式及不同参数之间，实现自由切换，同时排粉能力也很强。

“取得着、封得住”是钻取子系统的核心技术之一。为保证取得的岩芯在提出过程中不会掉落，系统采用开放式构型的“8”字形超弹性合金丝作为封口方案，与取芯软袋末端进行一体化缝合，依靠弹性收缩力来实现简单可靠的封口。

2020年2月2日4时53分，经过3个多小时的持续作业，嫦娥五号钻取子系统顺利完成钻取采样任务。

在月球钻取月壤不容易，挖土铲表取月壤也是一件技术活。

挖土铲一头是一个小铲子，一头是浅表钻，可以360°无死角操作，能通过由中国航天科技集团四院401所研制的表采关节臂电机组件完成铲挖、浅钻、拾取等动作。

长3.7米用于表取的机械臂臂杆由数十个关节组成，考虑到装在机械臂各个关节的电机暴露于月表环境中，要耐受太阳光下超过130℃的高温和比地球上大得多的辐射，以及真空环境下难以散热而带来的性能衰减，研制团队在一个电机壳体中装了2台电机，提供双保险。又增加了突然断电情况下对机械臂位置的保持功能，以免机械臂落在月面被摔伤。

因为着陆区域条件较好，与专家们先前研判的可能是沙漠与戈壁交界处的比较坚硬的地貌有差异，所以嫦娥五号的月壤采样工作比预想的顺利。

由于地面不仅有空气，还漂浮着各种固体颗粒，若月球样品接触到这些物质就不纯粹了，科研价值就会大打折扣。为确保在真空环境的月面所取月球样品在返回地球的过程中不被污染，嫦娥五号在月面对样品进行了密封封装。

因此，中国航天科技集团五院510所给嫦娥五号研制了专门用于自动承接、封装月球样品，并妥善密封保存的密封封装子系统。

该系统位于嫦娥五号探测器最顶端，由主体框架、密封容器组件、盖体组件和开合机构组件等组成。在月面工作阶段，该系统根据预先设定的指令开始工作，先解除盖体锁定，让盖体竖直抬升、转动一定角度，将容器口完全敞开；待所有样品装入容器后，盖体原路返回，通过火工组件锁紧，并进行高真空密封。

2020年12月2日22时，嫦娥五号顺利完成月球表面自动采样，并将所采集的月球样品保存在了上升器携带的贮存装置中。

12月3日，嫦娥五号月球钻取采样及封装完成之后，新华社设计了一席场景对话，既形象又生动，消解了科技的枯燥：

月球："前一秒还在欢迎你的到来，后一秒你就把我土挖了？"

嫦娥五号回复月球："来都来了，怎么不得带点'土'特产回去？"

吴刚："要不要尝尝冬天的第一杯桂花酒，庆祝一下？"

火星回复月球："热闹都是你们的，我什么也没有。"

月球回复火星："这下知道谁才是真的'火'了吧？"

嫦娥五号回复火星："不对啊，我兄弟'天问一号'几个月前就去找你了呀！"

火星回复嫦娥五号："别问，问就是他飞了4个多月还没到。"

天问一号回复火星："实在是太远了，心疼地抱住胖胖的自己。"

国家航天局回复天问一号："你已经不算胖啦！嫦娥五号重量有8吨多呢！"

嫦娥五号回复国家航天局："别报体重，给我留点面子吧。"

美少女小编回复嫦娥五号："这不是什么秘密，听说你进行了两次近月制动，但凡你体重轻点都不用踩两脚刹车。"

嫦娥五号回复美少女小编："那还不是因为有轨道器、返回器、着陆器、上升器四个部分，我容易吗我？"

长征五号遥五运载火箭回复嫦娥五号："你就是胖，别解释了，送你上天的时候差点没把我累死。"

国家航天局回复嫦娥五号："欲戴王冠，必承其重。这是我国首次地外天体采样返回任务，对于我们未来的月球探测来说，更是奠基之作呢。"

由于嫦娥五号上升器月球起飞有时间窗口限制，从2020年12月1日着陆到2020年12月3日飞离，必须在月球白天的48小时内完成采样封装等科学任务，并在月球入夜、进入极寒环境前离开月面。

嫦娥五号的采样仅用了19个小时便完成了任务，这为接下来在月球进行一场五星红旗的升旗仪式赢得了时间。

这面重12克、尺寸为2米×0.9米的红旗，被收纳在"旗杆"里，固定在基座上，展开前一直处于密封状态。嫦娥五号升旗的时候，在1

秒钟之内，经过解锁、支架展开、支架固定等一系列动作，以卷轴打开的形式，展现了出来。

这个动作，创造了中国航天的一个首次——月球上出现了第一面织物五星红旗。

这是有效载荷分系统的一个关键项目，嫦娥五号任务有效载荷分系统总设计师周昌义记不清自己带着团队为此忙碌了多少个日夜。

在嫦娥五号任务启动时，科研人员考虑如何在月球上打上中国烙印，大家不约而同地都想到了亮国旗，因为这能激发同胞们的民族自豪感。

一面看起来并不大的国旗，要成功地在月球上展示，这创意不错，实施起来却并不容易。嫦娥三号着陆器与玉兔号月球车让中国国旗首次出现在月球上；嫦娥四号探测器还将中国国旗带到了月球背面。而这次要亮的国旗是真国旗，而非像嫦娥三号、嫦娥四号探测器以及玉兔号月球车所亮的喷涂在其上的国旗图案。

是真国旗，就得有独立的国旗展示系统。

国旗展示系统布置在嫦娥五号着陆器舱外，由月面国旗、压紧释放装置、展开机构三部分组成。

接到任务之初，研制团队设计了记忆合金展示和折扇展示等方案。记忆合金方案是以卷轴的形式展开国旗，折扇方案则是以先折叠再打开的形式展开国旗。

由于自运载火箭抛掉整流罩后，国旗展示系统一直暴露在极端恶劣的环境中，既有±150℃左右的温差，还有高强度的宇宙辐射，普通材料的国旗放在月面上的话很快就会褪色、串色，甚至分解。因而在选材方面，颇费周章。国旗材料必须满足这样的条件：染色性好，展开时拥有足够强度，没有折痕。

承担此项任务的中国航天科工集团航天三江四院九部的科研人员，为此做了很多理论研究和模拟试验，结果发现，虽然有些纤维材料的强度很高，但染色性不好，折叠后的恢复性也差；有些染色性较好，折叠后恢复性好，但强度又达不到要求；而强度能保证，染色性也好，折叠后的恢复性也不错的材料，又不能做到在±150℃左右的温差环境下不粘连、不破碎……

为了做出适合在月球上展示的国旗，他们在一年多时间里，查阅了大量文献资料，并广泛开展调研论证，还与武汉纺织大学及相关科研机构合作，先后用几十种纤维织物及染料，进行了数十次模拟月球环境热循环、热真空、紫外线辐射，以及能防静电、防月尘试验。最终，找到了一种能满足各项条件的新型复合材料和与之配套的旗面加工工艺。

在选折扇式还是卷轴式方面，通过高低温试验后发现，卷轴形式展开的国旗比较平整，不会出现褶皱等情况，因而最终采用的是卷轴式的国旗展开方式。

旗面尺寸大小也是经过了综合考虑的：国旗展示之后，通过嫦娥五号着陆器自带的全景相机所拍的照片不仅要醒目，还要有月表、深空，以及着陆器的成分，因此，国旗太大或太小都不适合，都无法呈现出如上必不可少的元素。

由于国旗展示系统有质量的限制，要求在1千克以内，相应设备还必须灵巧且身轻如燕，因而研制团队尽量将结构件做薄、做小。

国旗要能顺利展开，不仅要求火工品、压簧、固体润滑性能优越，解锁、支架展开、支架固定等步骤准确无误，还得保证转台转动到位，全景相机正常工作，载荷数据处理器正常工作。只有这样，才能保证拍到国旗展开的照片。

要做到这一切，每一个环节，都必须正确才行。

火工品是嫦娥五号着陆器上国旗展示系统中的第一个环节，如果它无法起爆解锁，后续动作便无法进行。

火工品是易燃易爆物，对环境条件十分敏感。由于火工品在奔月过程中经历了低温，及月球恶劣的高低温差环境，为了防止其不合时宜地自爆或在关键时刻不能引爆，研制团队将其放在模拟月球极大温差环境的零下196℃的液氮罐里和高温环境下进行了几十次试验，以确保它能正常工作。

在国旗展示系统中的两根扭簧，则是机构支架展开的动力源。

弹簧的弹性系数在零下5℃到25℃的范围内一般不会发生变化，如果超过100℃和低于零下30℃都会导致强度降低，弹性系数变差。

为满足在月面展开的特殊要求，研制团队找到弹簧生产厂家，按照要求专门定制，然后在试验室里对弹簧进行高低温、长期压紧、拉伸等试验，以保证其可靠性。

连接国旗的展示支架也是关键构件，如果它出了问题，国旗便无法挂起来。

国旗的展示支架为活动部件，月球特殊的冷热温差，极易致其发生冷焊，即两块接触金属在太空环境下粘连在一起的现象，从而导致展开失败。为了解决这个问题，科研人员对支架所有活动部件均采取了固体润滑措施。

就这样，研制团队十年攻关，一一攻克了系统设计、材料选用、加工工艺等各个方面的诸多难题。

当然，所有研制完成之后，嫦娥五号着陆月球能否顺利展开国旗还说不好。只有等它登陆月球之后一试身手，才知分晓。直到嫦娥五号着陆器采集完月壤，随着地面指挥口令的发出，五星红旗应声打开，鲜艳夺目，大家悬着的一颗心才顿时落了地。

面对全景相机第一时间记录下的中国在月球表面首次实现织物版国旗的独立展示画面，北京航天飞行控制中心大厅里顿时响起了热烈的掌声，周昌义和他的同事们更是激动得热泪盈眶，为自己是一名中国航天人而深感自豪。

完成这一神圣的仪式之后，嫦娥五号上升器就该起飞返回了。

朝着地球飞翔

这是我国第一次地外天体起飞。

一次航天任务里出现两次发射起飞，在我国航天史上是第一次，对于嫦娥五号任务北京总调度、“0号”指挥员刘建刚来说，也是第一次。

嫦娥五号上升器月面起飞，不同于地球上的火箭发射。运载火箭在地球起飞有一套完备的发射塔架系统，可以把火箭摆在预设的姿态位置和瞄准的方向上，飞行轨道也是经过一遍遍计算得出的，发射技术很成熟，发射经验很丰富。

而嫦娥五号上升器月面起飞却没有平坦的起飞地点，没有完备的发射塔架系统。上升器的发射台是着陆器，上升器起飞存在初始基准与平台姿态不确定、发动机羽流导流空间受限、地月环境差异等问题。同时，由于月球上没有导航星座，上升器只能根据着陆器的情况来确定起飞时的姿态和方位。上升器起飞后，也需在地面测控辅助下，借助自身携带的星敏感器实现自主定位定姿。

在地面发射场发射火箭有一定的时间窗口，嫦娥五号上升器的发射时间却没有过多的选择，因为起飞时间跟上升器后续与轨道器交会对接紧密相关，不容错过。

虽然为确保上升器顺利起飞，中国航天科技集团五院嫦娥研制团队在进行大量试验验证的基础上，建立了一整套系统保证任务，但是，由于月面地形复杂，又存在一定坡度，能否成功起飞有着太多的不确定性。面对随时可能发生的紧急情况，只有及时、精准、正确地处理才行。年仅30岁的刘建刚深知自己身上的重任，他将应急预案烂熟于心，力争应对自如。

2020年12月3日深夜，月面起飞进入倒计时，刘建刚全神贯注地注视着屏幕上不时切换的画面和密密麻麻的数据，如果发现有异常状况，便马上应急处理。

他面前的操纵台上有国内测控站、国外自管站、参试各系统和北京航天飞行控制中心内部等不同按钮，他像钢琴大师一样准确无误地敲击按钮，演奏优美的旋律。

上升器在起飞前数小时进入准备程序，相关人员根据上升器的姿态和位置信息，计算其起飞时间、轨道调整参数等数据，并输入上升器的控制系统中。

当起飞控制参数及各类延时指令输入完成，且检查无误之后，刘建刚下达了30分钟准备点火的口令。

口令的发出看似轻松，他内心却有着万钧压力。

美好的、伟大的、壮丽的……也包含不可预知的，各种情感，都在他脑海中潮涌。

在激动而又紧张的心跳中读秒。

倒数10分钟，发动机开机准备，着陆器与上升器开始分离。

倒数5分钟，点火准备，着陆器与上升器电信号解锁。

倒数3分钟，点火准备。

倒数1分钟，点火准备。

……

随着屏幕上倒计时计数逐渐变小，北京航天飞行控制中心第一指挥厅里满座寂然，唯有人们心脏的狂跳声，和着倒计时的节奏，一起澎湃。

2020年12月3日23时10分21秒，伴随着刘建刚倒计时口令的响起，嫦娥五号上升器3000牛发动机点火。

大屏幕上的嫦娥五号上升器正在上升，并在预设的指令中进行调姿，然后竖直飞升。

到达一定高度后，又自觉拐弯，以一定角度转入轨道入射段，使其和轨道器与返回器组合体实现轨道共面，为交会对接做准备。

这个过程飞行约250千米，用时约6分钟，然后顺利进入交会对接初始轨道。

这时上升器距离月面约200千米。

上升器月面起飞成功！

大厅内响起了雷鸣般的掌声。

刘建刚还不敢松懈，在上升器姿态稳定后，他必须争分夺秒地组织各测控站进行捕获跟踪，以获取轨道数据。这些数据对上升器与轨道器的交会对接，起着至关重要的作用。

直到上升器进入近月点高度15千米、远月点高度189千米、倾角29.5°的预定轨道，并向各方向发出月面起飞初轨根数及月面上升轨迹文件，他的任务才告一段落，一直紧张的心弦才舒缓了下来，全身都充满着开心。

没有可调整的起飞地，没有成熟完备的发射系统，但在航天科技人员的精心控制和引导下，嫦娥五号却完成了这一载入中国航天史册的壮举。

这一天是来之不易的。

来之不易的不仅仅是创新和技术攻关的艰难，更有长征五号遥二运载火箭在2017年7月发射失利之后，嫦娥五号发射时间的推迟所带来的内心煎熬。

当时随着发射时间的推延，嫦娥五号被封存时，谁都担心嫦娥五号探测器元器件在长期贮存的过程中发生性能衰减，从而影响任务的准确完成。

在这些担心者中，有一个半路出家的航天人，他的心是嫦娥五号探测器有效载荷的一部分，而嫦娥五号探测器有效载荷则是他心的全部。

2020年12月1日22时57分，嫦娥五号着陆器与上升器组合体开始实施动力下降，此时在北京航天飞行控制中心，他紧盯着电脑屏幕的双眼布满血丝，狂跳的心紧系降落相机传回的画面，着陆器与上升器组合体掠过一座座环形山，不断下降的状态，牵扯着他的神经：包括嫦娥五号载荷之一降落相机在内的有效载荷分系统，是他负责的事。

这个人是周昌义。

作为中国科学院国家空间科学中心研究员、嫦娥五号任务有效载荷分系统总设计师，他带领团队所研制的七类载荷被嫦娥五号带上月球：一个任务是为嫦娥五号保驾护航，采样探月；另一个任务则是给月球送去一份中国庄严。

周昌义1965年生于湖北省汉川市。也许他的人生本就应该与航天有关联，因为在他出生的这一年，国家第七机械工业部制定的1965至1972年运载火箭发展规划获批，中国正式立项研制航天运载火箭，航天建设开启重要篇章。

1970年4月24日，我国酒泉卫星发射中心将第一颗人造卫星东方红一号送入太空，村里的广播一整天都在播放喜讯。

“什么是人造卫星？”

周昌义问父母。这个问题难住了父母，因为父母也是第一次听说。于是他们面对儿子好奇的眼睛，只好说：“等你上学了，学了文化就知道了。”

好奇，是知识积累的阶梯。上学后周昌义特别爱学习，各科成绩都很好，从村小学、乡初中，到市里的高中，他的成绩一直名列前茅。1982年，他考入武汉大学物理系光学物理专业，毕业后分配至北京某研究所工作。

1999年11月20日，神舟一号飞船成功发射之时，一位同学对周昌义说，中科院有个单位在做载人航天科研，很有意思，问他是否愿意加入其中。

跟卫星有关，还是能载人的卫星，要去的单位就是当年研制出东方红一号的单位……这太好了！周昌义心里很高兴，想也没想便答应了。

自此，他成了中科院国家空间科学中心的一名员工。

当然，光环往往都是显耀给别人看的，成了中国航天人一员之后，他才明白，航天人真实的工作并不多彩。刚到中科院国家空间科学中心那一阵子，他被派去航天城值班，监控航天器的运行情况，负责设备的数据判读。神舟三号飞船发射前夕，他又被派去酒泉卫星发射中心，为有效载荷数管设备保驾护航，在戈壁一待就是数月。

这种工作很苦，没有诗意，却不乏自豪感。因为这世间再苦的事只要热爱，就是甜蜜。而幸福无非就是改变不能接受的，接受不能改变的。感动于前辈的披荆斩棘，他更坚定了一辈子都要干航天的决心。

在中科院国家空间科学中心，周昌义先后参与了载人航天、双星计划以及嫦娥一号、嫦娥二号、嫦娥三号、嫦娥五号等多次重大航天科研任务，积累了丰富的经验。他和同事设计的星载有效数据管理系统，强有力地保障了神舟飞船一次次遨游太空，保障了双星计划、暗物质粒子探测卫星悟空号等顺利开展各项实验。2011年嫦娥五号探月任务正式获得国家批复后，为嫦娥五号设计有效载荷分系统的任务交给了他的团队。

周昌义团队负责的有效载荷分系统，是为实现月球与深空探测工程的科学目标而设置的。他们的工作是把科学载荷研制单位组织起来，把不同的载荷集成起来，统一对接卫星系统或探测器系统。

经过反复论证，他们决定为嫦娥五号探测器配置7类设备，包括国旗展示系统、降落相机、全景相机、全景相机转台、月球矿物光谱分析仪、月壤结构探测仪、载荷数据处理器多种有效载荷。这些有效载荷能够在月表形貌及矿物组分探测与研究、月球浅层结构探测等科学探测任务中发挥重要作用。

这些设备必须精心设计，每类设备都要求达到一专多能。比如：降落相机具备两种成像模式，可分别拍摄400万和100万像素的照片；降落时，每秒钟成像1幅，每6秒传回1幅实时图像。全景相机的最近对焦距离可达0.5米，具备静态拍照和动态摄影功能；在转台带动下，能实现水平180°、俯仰115°的转动。

周昌义和他的团队设计的这套分系统是有严格质量限制的，最初分配的质量是20千克，之后为保证采样返回的工程目标，探测器总体将有效载荷分系统质量又砍掉了2千克，但功能性能指标不能降。

为了减重，他们用镁合金替代铝合金，机箱壁采取减薄层叠式设计，又采用超轻电缆、轻小型连接器，最终将7类有效载荷总质量控制在了18千克之内。

2015年8月，分系统各类设备初样研制完成；2016年5月，各类设备正样研制完成，转入整器测试、试验……

有效载荷分系统的设备分别由北京、上海、沈阳、西安、武汉等城市的7家单位承担研制。作为总设计师，周昌义对其研制进度、质量情况要求很严。有一次，他发现一家第一次参加航天设备研制的单位质量意识不强，有一个电机的齿轮头在打孔安装的过程中出现了开裂，觉得替换一下就可以了。但周昌义却意识到问题的严重性，“一个齿轮打裂了，那其他齿轮会不会有暗伤？”

他要求从零件最初的设计查起，看看设计方案、零件材料、加工装配工艺，以及生产管理等内容有没有问题……最后花了3个多月时间，彻底搞清了问题所在，确保产品质量无隐患。

一枚直径不到1厘米的齿轮，引发了技术和管理双归零。该研制单位的领导感慨：“这是一次教训，也是一次学习，通过这次归零，我们的管理水平上了一个新台阶。”

在地面上严苛要求，是为了让设备在月球上不出故障。在嫦娥五号研制过程中，尽管在很多方面进行了可靠性设计和验证，他们还是为有效载荷分系统准备了27项故障应对预案。

2017年6月，有效载荷分系统完成第一次出厂评审，整合装入嫦娥五号探测器。周昌义团队正盼望着高奏凯歌的那一刻，谁知就在临门一脚之时，火箭系统却出了问题。

嫦娥五号探测器不能按照原定计划发射升空，这让大家的心都揪了起来：假如长征五号火箭出现的问题不能及时解决，嫦娥五号拖延发射的时间太长的话，元器件老化，设备质量下降该咋办？

担心归担心，周昌义没有忘记利用这段时间把准备工作做得更充分。他坚信，大家这么仔细，这么认真，嫦娥五号任务一定能圆满完成。

为尽量避免设备老化，中国航天科技集团五院为嫦娥五号专门建造了一个“闺房”——一间充满氮气的密闭房子，并且每隔一段时间，各系统的软件、硬件都会加电检测，以确保工作正常。

长征五号遥五运载火箭于2020年9月下旬由远望运输船队安全运抵海南文昌清澜港，继而又通过公路运输方式分段送至文昌航天发射场。那段时间，周昌义也带着试验队员来到了文昌，开展发射前测试。虽然经过了这么多年准备，他对嫦娥五号各载荷的性能感到信心十足，但是任何一个检查步骤他仍不敢轻慢，都要求务必逐一确认性能状态正常。

值得高兴的是，整个嫦娥五号研制团队的一切努力都没有白费，嫦娥五号不仅成功飞天，成功着陆，成功采集了月壤，还成功地传回了相关数据。

嫦娥五号探测器落月后，国家航天局发布了一张落月全景照片，连探测器的支撑腿在月壤表面“站”出的浅坑都清晰可见。这是全景相机的作品，这张备受点赞的照片，令周昌义深感欣慰。

2020年12月4日下午，国家航天局发布了嫦娥五号在月球表面进行国旗展示的照片，这是继嫦娥三号、四号任务之后，五星红旗又一次展现在月球表面，也是五星红旗第一次在月表动态展示。这一刻，周昌义长舒了一口气，心里感觉比吃了蜜还甜。

2020年12月6日凌晨5点，嫦娥五号上升器朝月球轨道上等着它的轨返组合体飞去，准备与之完成交会对接。

太空中的托付

如果说，等待是一种命中注定的美丽坚持，那赴约则是既神圣又诗意的使命。

2020年12月3日深夜，嫦娥五号上升器进入环月轨道，准备与轨返组合体交会对接，然后将样品转移到返回器中，由返回器接力带回地球。

可能有人会问，为什么嫦娥五号不带着月壤直接回地球，而要转移来转移去呢？

原因很简单，嫦娥五号在到达月球之前，无法携带足够返回地球的燃料。

在38万千米之外高速运行的飞行器上，要实现轨返组合体与上升器无人交会对接，不仅在我国尚属首次，也是人类航天史上的首次。因为人类此前的无人月球采样任务，采用的都是月面起飞直接返回地球的方式，而没有如此浪漫的迎来送往。

而且，这次轨返组合体与上升器的交会对接，不是通过碰撞式实现的，而是通过“拥抱”实现的。

嫦娥五号的交会对接要求两个航天器的相对位置误差不能超过5厘米。由于上升器质量为300多千克，轨返组合体质量达2000多千克，如果采用碰撞式对接的话，一旦控制不好，上升器就有被撞飞的风险。

2011年1月，中国探月工程三期正式立项，干了30多年航天的胡浩走马上任，履职嫦娥五号探测器总设计师时，深感责任重大，前路坎坷。

考虑到两个航天器质量差异巨大，他觉得用在相对速度为零的状态下“搂紧”对接的方案比较好。

但是，他的提议却遭到了部分专家的反对，反对的理由是此方案机构运动太多，环境太复杂，执行可靠性太低……

从航天系统的实施角度来讲，风险点确实多，如果一步出状况，整个任务都将失败。

因而，这对航天器的姿态、测控精度等提出了更高要求。

为保万无一失，研究团队广泛查阅国内外资料，提出了4种对接方案和9种转移方案。之后通过多轮论证，决定采用连杆棘爪式转移机构。具体地讲，便是用轨返组合体上的3个抱爪，去抓上升器上的3个对接杆，然后抓紧抱拢，使两器连成一体。

这种像人类拥抱一样的对接方式，在世界上属首创。

为了使上升器与轨返组合体能成功地实现交会对接和月球样品转移，相关研究团队攻克了一个又一个难关。

由于地球上没有类似太空的环境，研发团队只能设法创造这个环境。而去创造这个环境本身也是创新，也需攻关。甚至，创造这个环境的时间可能比研究具体技术的时间还长。

负责此项技术攻关的中国航天科技集团八院805所研制团队构建了整机特性测试台、性能测试台、综合测试台、热真空试验台四大测试系统，通过不断地测试、优化，确保自动对接与样品转移过程的万无一失。

高度自主的对接与样品转移、微重力、弱撞击等复杂的对接要求，每一项可靠性验证，都凝聚着研制人员的智慧和汗水。他们累计开展了661次对接和518次样品转移试验，有意地一次次在试验中加入小故障，让对接机构自动判别，自动排除故障。

上升器在月面采样期间，环月飞行的轨返组合体为了迎接它的到来，先后完成了4次轨道调整及支撑舱分离等操作。

当上升器进入交会对接初始轨道后，先绕月球飞行，在这个过程中完成远程导引，直至来到轨返组合体斜上方，才开始交会对接。

交会对接也讲“良辰佳期”：时间早了无法完成，时间晚了又可能撞坏彼此。

这个度的掌握，是通过微波、激光、成像等多种距离方位测量、速度测量手段，以及相应的控制技术得以实现的。

中国航天科工集团二院25所交会对接微波雷达总工程师孙武，带着团队负责这项技术的攻关和相应设备的自主研制。

月球轨道微波雷达是一组成对产品，由雷达主机和应答机组成，分别安装在轨道器和上升器上。微波雷达就像轨返组合体和上升器的眼睛，能精确地让它们看到彼此的位置与姿态，并通过双向通信，引导二者实现交会对接，保证月壤安全转移。

火箭发射后，微波雷达随嫦娥五号探测器飞行约7天到达月球轨道，随后兵分两路，各行其是：雷达主机及天线随轨返组合体环月飞行，应答机及天线则随着着上组合体落月，并完成月壤采样。

微波雷达主要应用距离在20米到100千米的中远程范围之内，在我国载人航天工程任务的交会对接中，已成功运用多次，我国相关科研人员在此方面已积累了相当丰富的经验。但在距离38万千米之外的月球轨道实现交会对接，还是第一次。

研究团队攻克了相位干涉仪测角、大宽角度测量等关键技术，采用创新的误差补偿算法，将微波雷达的测角精度从0.15°提高到了0.1°，使对接双方在距离20米时，上升器对接机构抱爪的锁定圆面的半径从之前的5厘米缩小为3厘米，大幅提升了精准对接的胜算。考虑到着上组合体在落月时会激起扬尘，降低测角精度，研究团队还特地给装有应答机的上升器戴了防尘罩。

在上升器进入环月轨道，和轨返组合体相距100千米时，月球轨道交会对接微波雷达开机工作，不断地为导航控制分系统提供轨返组合体跟上升器间的相对运动参数，并进行双向通信，两器依此调整位置与姿态。

2020年12月6日5时42分，微波雷达成功引导轨返组合体和上升器在环月轨道上交会对接，全过程精彩漂亮、井井有条：1秒捕获，10秒校正，10秒锁紧，用时仅为21秒，与设定的时间分秒不差。

在全世界关注的目光中，嫦娥五号轨返组合体和上升器的圆满对接过程表现完美，这是孙武和他的团队对产品质量“零缺陷”及“一次成功”追求的结果。

为了做到“温柔”相对，精准对接，他们曾做过7项单机试验、3项分系统试验和5项系统试验，并针对月球轨道的特殊应用，增加了抗月尘试验、抗干扰试验和交会对接无线兼容试验验证，以保证其可靠性。

嫦娥五号上升器跟轨返组合体交会对接后，接着便进行月壤的转移。

2020年12月6日6时12分，轨返组合体利用2套倒三角形构型的棘爪，通过4次伸缩，将上升器中装有月壤样品的容器，移动到了返回器里。

没有卫星导航，全程依靠自主，在一抱一抓之间，寂寞了多少亿年的月壤，第一次踏上前往地球“定居”的旅程。

为了保证轨返组合体在月球轨道上成功地从上升器中取得月壤样品，研制团队曾经制定了35项故障预案，可喜的是，这些预案最后一项都没用到。

这背后，是研制团队寒暑易季的十年付出，他们殚精竭虑埋头苦干，突破了轻小型弱撞击式对接、复杂接口自动样品转移、对接与转移一体化等关键技术；解决了轻量化设计、高集成性高对接精度、在多重约束条件下实现大行程物品自动转移等技术难题，不仅为嫦娥五号任务的实施奠定了技术基础，还填补了我国在轻小型对接机构工程化研究领域的空白，为后续大型卫星近地轨道补给维护任务，及其他深空探测任务奠定了技术基础。

2020年12月6日12时35分，嫦娥五号轨返组合体跟上升器成功分离，进入环月等待阶段，准备择机返回地球。而上升器则按地面指令离轨，于当日7时30分降落在月面经度0°、南纬30°附近的预定落点，与嫦娥三号、嫦娥四号蟾宫相伴，永驻月球。

2020年12月12日9时54分，轨返组合体经历约6天时间的环月等待，实施了第一次月地转移入射，从近圆形轨道进入近月点高度约200千米的椭圆轨道。

2020年12月13日9时51分，轨返组合体实施第二次月地转移入射，在距月面约230千米处，4台150牛发动机点火助力，使之成功进入月地转移轨道。

为何要连续实施两次月地转移入射呢？

因为重达8.2吨的嫦娥五号探测器是“四器组合”，在减去了着陆器、上升器后，轨返组合体的质量只有2000千克，如果用大推力发动机就会导致加速度太大，搭载的液体燃料晃动和帆板震动，从而影响轨道入射精度。因此，科研人员采用了多台小推力发动机同时点火的方式。为了达到足够的飞行速度，又采取了两次点火的方式。

为确保返回器精准降落至位于内蒙古的指定降落场内，2020年12月14日11时13分，轨返组合体上的两台25牛发动机工作28秒钟，完成第一次月地转移轨道修正。

2020年12月16日9时15分，轨返组合体上的两台25牛发动机又工作8秒钟，顺利完成第二次月地转移轨道修正。

2020年12月17日凌晨1时许，轨返组合体在距南大西洋海平面高约5000千米处解锁分离，返回器独自完成回归地球的最后一段旅程，并在距地面高度约120千米处，以11.2千米每秒、接近第二宇宙速度的高速度进入地球大气层。

这个速度，相当于民航客机高空巡航速度的45倍、汽车在高速路上行驶速度的300多倍，而一般从近地轨道返回的航天器速度大多为7.9千米每秒的第一宇宙速度。

如果嫦娥五号返回器采用神舟飞船同样的防热技术和返回方式的话，这么高的速度进入大气层，将会受到极大的大气阻力以及与大气摩擦所产生的高温的考验。神舟飞船返回舱为什么呈乌黑状态？这是它在返回地球的过程中被大气层剧烈摩擦产生的高温烧灼的结果。而嫦娥五号遇到的温度会更高，接近2000℃。由于返回器再入的速度提高一倍，再入热量将提高8至9倍，因此，嫦娥五号进入大气层后如不及时减速，有可能会被烧毁。

要解决这个问题，方法有两个：一是增加热盾厚度以抵抗高温；二是调整返回角度，降低返回速度。

由于嫦娥五号返回器携带有2千克月壤样本，增加热盾厚度会使探测器增重，因此，嫦娥五号总指挥、总设计师杨孟飞，选择了第二种方法。

他带领中国航天科技集团五院总体设计部的设计师们，在反复研究美、苏经验的基础上，结合嫦娥五号返回器的实际情况，决定借助地球大气层，让嫦娥五号返回器以半弹道跳跃式的方式返回，以降低速度。即嫦娥五号返回器先以第二宇宙速度冲入地球大气，然后借助大气层提供的升力跃出大气层，在滑行一段距离后，再以第一宇宙速度进入大气层。

这就像我们童年时打水漂一样，用一个石片斜着打在水面上，在石片进入水面之后，水的作用力会使石片弹出水面，并飞一段距离；继而，重力又令其再次进入水面之下，并缓慢坠水。这种返回方式，学名便叫“半弹道跳跃式返回”。

选择这种再入大气层的方式确实可以降低返回器的飞行速度，但可行吗？

这是一个世界级难题。

相比近地轨道航天器返回，嫦娥五号面临的气动问题更加复杂，再入热环境条件更为严酷，对气动数据的精准度要求更为苛刻。

因为高速再入会使返回器的复杂流动效应影响增大，外形适应的不确定性增加；而且由于返回器的尺寸很小，再入飞行的稳定性也会大大下降……

如何实现安全返回，是嫦娥五号任务令人头疼的几大攻关难点之一。

在嫦娥五号立项之初，以导弹动力技术和航天工程管理专家王礼恒院士为代表的航天专家便提出，嫦娥五号高速返回是我国首次尝试，应该进行事先验证。

因此，中国探月工程特地增加了一次试验飞行任务，以验证嫦娥五号的返回方案是否可行。这个飞行任务就是2014年10月24日，由长征三号丙火箭发射升空的探月工程三期再入返回飞行试验器——嫦娥-5T任务。

嫦娥-5T只是在月球飞了几圈，然后便于当年11月1日，服务舱与返回器分离，返回器以半弹道跳跃方式再入地球大气层，在内蒙古四子王旗预定区域顺利着陆，回到地球。

嫦娥-5T省掉了落月环节，因为要验证的不是怎样落月的方案，而是在进入地球大气层之后如何先降速再返回的方案。

验证的结果令人满意。这种方案使嫦娥-5T的结构和防热系统的压力都得到了缓解，最后平平安安地落在预定回收区范围内，圆满完成了任务，验证了太空"打水漂"、热防护、再入制导导航与控制等月地高速再入返回关键技术的可靠性。

嫦娥-5T的服务舱则继续进行拓展试验，完成了环绕地—月拉格朗日L2点的探测，为之后嫦娥四号中继星“鹊桥”在此定点打下了基础。

实际上，从月球高速返回，人类并没有多少可选的路径。要么直接返回，也就是弹道式再入；要么借助大气层摩擦力缓冲速度后再入，也就是半弹道跳跃式再入。

苏联于1968年发射的“探测器6号”完成绕月飞行后，首次实现跳跃式再入返回；随后，美国阿波罗飞船带着航天员和样品返回时，也采用了这种方式。而苏联的“月球”系列、美国的“星尘”和“起源”，以及日本的“隼鸟”等探测器，则直接采用弹道式再入方式。

两相比较，各有优劣：采用弹道式直接再入的返回舱，无法进行姿态和轨道调节，对轨道设计、分离释放和落点预报能力要求很高；采用半弹道跳跃式的返回舱系统配置和制导控制方案更为复杂，质量也要大得多。

嫦娥五号返回器返回地球的整个过程环环相扣，所用时间在15分钟之内。

为了使返回器可控，中国航天科技集团五院502所为嫦娥五号配备了制导导航与控制系统。返回器中的计算机会根据自己的位置和速度等相关信息，结合落点进行制导处理，自动规划一条最佳飞行路径，然后通过向安装在返回器外的发动机发送喷气控制指令，调整返回器姿势，使返回器沿着规划轨迹飞行。

另外，嫦娥五号返回器采用球冠钟形体构型，顶部有两片稳定翼，在返回过程中即使出现动力失效等问题，也能自动恢复至预设姿态。

就这样，嫦娥五号返回器在人们热烈的关切中，朝着预选着陆区内蒙古四子王旗飞来。

积力之所举

若云霓之望，每个热切关注它的人，都被翘首以盼热切等待的激动所折磨。

当嫦娥五号返回器在天上翩翩舞蹈着朝地球飞来之时，嫦娥五号着陆地内蒙古四子王旗着陆场也正忙碌着迎接它的凯旋。

四子王旗着陆场，位于内蒙古中部的阿古木郎大草原。

这里被选定为航天器回归的港湾，始自1992年我国载人航天工程正式启动之时。因为这里地势开阔，人迹罕至，建筑物密度小，不容易发生危险；这里地表足够坚硬，没有大江大河，能保证航天器不会陷入泥中或掉进水里；这里常年干燥少雨，晴天较多……

1999年11月21日凌晨3点41分，在太空中飞行了21个小时的神舟一号成功降落在这里，从此，中国成为继俄罗斯、美国之后，第三个突破飞船回收技术的国家。

之后神舟二号、神舟三号、神舟四号返回舱相继在这里成功降落，又为中国实施载人航天飞行奠定了技术基础。

2003年10月16日，神舟五号飞船在这里成功着陆，航天员杨利伟自主出舱，使我国成为继苏联、美国之后第三个能够独立开展载人航天活动的国家。

2005年10月17日，神舟六号飞船在这里成功着陆，航天员费俊龙、聂海胜顺利出舱，创造了我国载人航天飞行多人多天的历史。

2008年9月28日，神舟七号飞船在这里成功着陆，航天员翟志刚、刘伯明、景海鹏顺利出舱，创造了中国人在太空行走的历史。

2011年11月17日，神舟八号返回舱在这里着陆，标志着我国成功突破了空间交会对接及组合体运行等一系列关键技术。

2012年6月29日，神舟九号飞船返回舱在这里顺利着陆，航天员景海鹏、刘旺、刘洋安全返回祖国怀抱。这次任务是我国首次有女航天员参加的载人飞行任务，开展了我国首次载人空间交会对接试验。

2013年6月26日，神舟十号飞船在这里安全着陆，航天员聂海胜、张晓光、王亚平顺利出舱。这是我国载人航天工程的首次应用性飞行，任务的圆满成功，进一步巩固了我国载人空间交会对接技术。

2016年11月18日，神舟十一号飞船在这里安全着陆，航天员景海鹏、陈冬顺利出舱，实现了中国载人航天工程三步走中，从第二步到第三步的过程，为中国空间站建造运营和航天员长期驻留奠定了坚实的基础。

20多年来，这里执行了从神舟一号到神舟十一号的全部着陆任务，已经建立了相应完善的指挥、测控、跟踪设施及搜寻队伍。

和神舟飞船返回舱相比，嫦娥五号返回器的体积只有其七分之一，但着陆面积却是载人飞船的16倍，在冰天雪地的夜间寻找如此小的目标，可谓大海捞针。

如果返回器着陆当天遭遇降雪天气，空中搜索分队直升机很有可能无法起飞实施搜索救援。为了给上级指挥决策提供精准的气象数据支持，酒泉卫星发射中心气象分队结合近30年的历史资料，重点对西伯利亚寒流影响、降水量等重要指标进行了监测。

除了降雪天气，能否准确预测风向和风速也很重要。因为风速过大，对降落伞的影响就很大，返回器有可能飘出指定着陆区域几十甚至上百千米，大大增加搜救难度。因而气象分队要随时根据风力和风向的变化情况，计算出一个较为精准的落点位置。

为了保障此次任务圆满完成，气象分队提前3个月便进驻着陆场区，每天24小时不间断地观测地面至高空25千米的温度、湿度、压力、风向、风速等气象数据。

在此次着陆场搜救任务中，天链二号01星建立起搜救空中分队通信直升机与北京航天飞行控制中心的信息传输链路，实现了图像、话音、调度等业务数据的实时传输，为搜救任务圆满成功奠定了坚实基础。

在着陆场区周边设置了5个测控站点，新增了1个雷达站点，能在嫦娥五号返回的途中为北京航天飞行控制中心提供相应数据，以便计算出嫦娥五号的准确落点位置。

在距离着陆场测控阵地40多千米外的草原深处，还有一个光学观测点。那里有先进的大型光学实况记录系统，能对可见光、红外光进行远距离探测和记录，直观而生动地展示嫦娥五号返回器的状态。

担负嫦娥五号返回器搜索任务的中国酒泉卫星发射中心搜索回收分队，在冰雪的夜间进行了近30次着陆区地形勘察，对回收区内的一些危险地貌进行标注，累计标注通信铁塔100余座，测风塔30余座，牧民点2800余处，以及沟壑、断崖、小湖泊等。

之后，又开展了3次夜间搜索回收专项训练、1次积雪暗夜极寒条件搜索回收演练、3次全系统综合演练。还将雷达的测量数据经过处理送到直升机和搜索车辆上，以引导直升机和车辆搜索接近返回器。

嫦娥五号返回器离地球母亲越来越近了。

此时的四子王旗着陆场狂风暴雪气候恶劣，但搜索人员不畏严寒，做好了准备。在着陆场万里之外的印度洋上，中国卫星海上测控部所属的远望三号船也抵达测控任务海域，为嫦娥五号的凯旋保驾护航。

航天器在大气层中高速穿行时，表面会因与空气摩擦产生等离子鞘套，屏蔽掉与地面的联系，这便是“黑障”现象。尽管嫦娥五号返回器内部已写入了一些应对失控的重要指令，在与地面“失联”的情况下，可以应对自如，但远望三号船能够完成返回器“打水漂”时处于“黑障”状态下的遥测、外测、光学测量任务：S频段统一测控设备在返回器进入“黑障区”前的100秒窗口内，便及时给返回器发出调姿指令；光电经纬仪能直观地提供返回器飞行影像信息；单脉冲雷达则负责返回器“黑障区”的外测任务。

返回器在万众的牵挂下归心似箭地朝着地球家园奔来，在距离地面近1万米高度时，减速伞与主伞相继拉出，返回器完成最后减速并保持姿态稳定。

继而，经历23天迢遥旅程，在闯过月面着陆、自动采样、月面起飞、月轨交会对接、再入返回等多个难关后，历经重重考验的嫦娥五号返回器，如一颗耀眼的明星，携带着月球样品，于2020年12月17日1时59分，成功着陆在内蒙古四子王旗大草原上。

嫦娥五号任务圆满完成，周昌义及他的团队所准备的故障预案无一启用，令他开心不已。

这一刻，吴伟仁也开心不已，开心得握成拳头晃了晃表达成功的手也在颤抖。

“吴总，您千万别激动！千万别激动！”

助手见状赶忙提醒他。

“我知道……我知道……”

助手最担心的是吴伟仁在嫦娥五号成功返回地球时因激动而流泪。

然而，吴伟仁还是激动了，还是流泪了，以至于眼睛瞬间充血了。

“吴总，你不能流泪呀！您的眼睛刚做完复明手术不久，医生特别强调过的啊……”

可是，今天他能不流泪吗？

这是一个什么样的日子啊！

这是一个对他来说有着无比幸福和无比成就感的日子！

这是一个对中国来说开天辟地的日子！这是一个对世界来说重圆

梦想的日子！这是一个践证中国方案的日子！

是的，在高尖科技领域！在航空航天领域！在深空探测领域！在九天揽月领域！在宇宙探索领域！

吴伟仁当然记得医生曾经对他的谆谆嘱咐："虽然您的眼睛手术很成功，视力也康复如初了，但是您可不要再像以前那么过度操劳、过度用眼了。而且遭遇悲欢之事时也不要过于激动，因为激动会落泪，落泪会揉搓眼睛……"

不像以前那样操劳用眼？任务这么重，事情这么多，这怎么做得到呢？

只能尽量了。

遇到悲欢之事时不激动，这个能够做到！毕竟自己已经一把年纪了，经历的世事不少，情感不会再像从前那样脆弱了。

然而，现在嫦娥五号成功取回月壤，奋斗了这么多年，这伟大的一天终于到来，之前深以为自己能够做到"遇到悲欢之事不激动"的他，还是情不自禁地泪如雨下，让他的助手担心得不得了……

是啊！在这样一个既特别更伟大的日子里，身为中国探月工程总设计师，比别人付出得更多、身上承受的压力更大的他，又怎么能够控制得了自己内心汹涌的情感？又怎么能够做到不百感交集激动万分？

中国科学院院士、嫦娥五号总设计师杨孟飞也是激动得热泪长流。

这些年里，他带领团队，突破了嫦娥五号轨道设计和控制技术、气动技术、热防护技术、再入制导导航与控制技术、异构式环路热管技术、轻小型化设备技术、轨道设计和控制技术等关键技术，验证了返回器半弹道跳跃式返回再入关键技术，实现了中国航天器首次以第二宇宙速度返回地球……探月千古事，一路走来，经风历雨，得失寸心知。

2020年12月1日23时11分，嫦娥五号探测器成功着陆在月球正面预选着陆区，并传回着陆影像图时，NASA科学任务理事会副局长托马斯·祖布钦（Thomas Zurbuchen）在社交媒体上发信息:“祝贺中国嫦娥五号成功着陆。这不是一项简单的任务。”

《华盛顿邮报》报道称，嫦娥五号在月球着陆，执行开采月球岩石和土壤并将其运回地球的任务，这是中国探月任务中最新的一次，显示了中国作为太空探索力量的崛起。

《纽约时报》称，嫦娥五号从发射到向月球轨道飞行的全过程都在国家电视台直播，包括装在火箭上的摄像头拍摄的画面。这表明，中国对本国太空计划的信心在增强。

2020年12月17日凌晨，嫦娥五号返回器携月壤样品平安返回地球，圆满完成任务后，海外各界更是赞誉一片。

美国国家航空航天局希望中国分享嫦娥五号的成果:“月球样本被送回地球后，我们希望人人都有机会研究这些宝贵的货物，这将推动全球科技进步。”

有点讽刺意味的是，美国国会在2011年通过的“沃尔夫条款”中明确规定，美国国家航空航天局如未经国会批准，不允许与中国进行任何形式的航天合作，包括对中国航天人士的官方接待。

美联社报道，嫦娥五号月球探测器带回了最近40多年来首次从月球采集的岩石和土壤样品，这是中国迅速发展的航天计划的一个新的里程碑。

《华尔街日报》评论称，这是中国空间探索的最新努力，也是人类自20世纪70年代以来首次将月球样本带回地球。中国对月球的探索，以及对地球最高峰、最深海底和南北两极的探测，标志着中国增强科学能力和民族自豪感的努力。

俄罗斯科学院航天研究所所长彼得鲁科维奇评论说，嫦娥五号任务取得圆满成功，没有任何故障和问题。

负责国际合作的俄罗斯联邦航天局副局长谢尔盖·萨维利耶夫祝

贺称：“中国国家航天局完成了月球采样的重要探索，毫无疑问，这是中国航天事业值得铭记的历史性事件。”

俄罗斯科学院航天研究所核物理行星学部主任米特罗法诺夫说：本世纪人类有望启动月球开发，嫦娥五号此次成功完成任务，积累了经验，为探索“月球宝藏”开启了大门。

欧洲航天局对嫦娥五号任务给予全力支持，并对嫦娥五号取得的成功表示祝贺。

英国泰晤士报网站上有文章说，中国航天项目抵达了一个新的里程碑，成为时隔40多年来首个完成落月采样并返回地球的国家。

英国《卫报》报道，继美国和苏联之后，中国是第三个从月球取回样本的国家。美国和苏联一共取回近400千克岩石和土壤，但其年龄都非常古老，在30亿年以上。先前的观察显示，月球表面可能存在10亿年到20亿年前形成的火山熔岩。如果嫦娥五号取回的样本能证实这一点，便将改写月球历史。

法新社报道称，嫦娥五号携带着月球岩石和土壤样品安全返回地球，令中国成为继美、苏之后第三个能从月球采集样品的国家。嫦娥五号的旅程，再一次高调地展示了中国成为航天超级大国的雄心。

印度多家媒体在当天报道了嫦娥五号成功返回地球的消息，并称这项具有里程碑意义的任务已实现了中国的数个第一次，包括第一次在地外天体的采样与封装，第一次在地外天体上点火起飞，第一次在月球轨道上无人交会对接，等等。

南非天体物理学家、西开普大学物理与天文学系教授利沃思表示，中国探月工程的顺利实施是人类探索太空的巨大成就。这不仅仅是登月，更极大地丰富了全人类的相关知识，南非乃至全非洲都渴望与中国合作。

……

2020年12月17日晚，嫦娥五号返回器在位于北京的航天科技集团五院进行了全面检查，科研人员庄重地取出装有月球样品的容器，进行称重，并再次封装。

跟着嫦娥五号一起返回地球的，除了月壤，还有由探测器搭载上月球的北京2022年冬奥会和冬残奥会的吉祥物“冰墩墩”“雪容融”，以及国际奥委会会旗和国际残奥委会会旗各一面，北京冬奥会会旗和北京冬残奥会会旗各一面，会徽两对，吉祥物徽章两对等物品。

2020年12月19日，嫦娥五号所取共计1731克的月球样品，由国家航天局局长、探月工程总指挥长张克俭交给中科院院长侯建国，月球样品储存、分析和研究工作由此拉开序幕。

嫦娥五号从月球上带回月壤的消息，引起国际同行高度关注，他们纷纷给中国国家航天局、中国政府、其他相关机构发来贺电，并表达出渴望获得月壤、共同开展研究的意愿。

人类已经很久没有从月球带回月壤了，上一次还是40多年前。

月壤是从月球固体岩石圈到太阳系空间的过渡带，对月壤的研究不仅涉及月球本身，还涉及太阳系早期演化的历史记录、月岩和月壤的宇宙线暴露与辐照历史、太阳风的组成、太阳表层的成分特征、小天体和微陨石撞击月球的历史记录等重要信息。

美国、俄罗斯已经从月球取回了月壤，尤其是美国，所取月壤有380多千克，为啥还对嫦娥五号取回的月壤月岩这么充满渴望?

其实中国带回的月壤月岩样本和美国、苏联带回的月球物质存在着很大的不同。因为美国和苏联采集的月球样品的形成年龄超过30亿年。而相关科学家认为，嫦娥五号降落的吕姆克山区域，形成年龄大约在12亿年至13亿年之间，研究价值较高。

嫦娥五号返回器带着月壤凯旋之后，华盛顿大学麦克唐奈空间科学中心主任布拉德·乔利夫说，这些样本的年龄将有助于填补大约30亿年前至10亿年前月球历史的知识空白。“我向中国同行致敬，因为他们执行了一项非常艰巨的任务；对样本进行分析所取得的科学成果将持续影响许多许多年，希望国际科学家能参与进来。”

美国国家航空航天局相关官员在社交媒体上说：“这些样本将有助于揭开地月系统的秘密，和对太阳系历史获得新的了解。”

那么，嫦娥五号取回的月壤该怎么用？好不容易得到的东西，该不该跟别国分享？

2021年3月9日，吴伟仁在参加全国政协会议期间接受采访时说，这些月壤将发挥几个方面的作用：一部分用于科学研究，中国会就这些月壤的结构构造、物理特性、化学成分、同位素组成、矿物特点和地质演化等方面，进行长期的、系统性的研究，以提升人类对月球起源、演化历史的认知；一部分入藏国家博物馆，用于向公众展示，进行科普教育；一部分依据国际合作公约和多边双边合作协议，以及我们国家编制的月球样品和数据管理办法，与全球科学家共享研究；还有一部分会按照国际惯例，作为国礼相送一些友好国家。

月球样品是人类共同的财富，中国愿意以平等合作、互惠互利的方式，跟国际同行共同研究，共享成果。

在23个日日夜夜里，经历了11个飞行阶段、23次轨道控制、6次分离控制等复杂环节，以及月面降落、月面采样、月面起飞、月球轨道上无人交会对接、带样返回等高风险环节，嫦娥五号探测器为我国探月工程“绕”“落”“回”三步走计划画上了圆满的句号。

正如《淮南子》作者云，“积力之所举，则无不胜也；众智之所为，则无不成也”，从立项到发射，十年漫长的时间里，嫦娥五号任务团队虽然曾遭遇过太多挫折，承受过太多煎熬，但每一步进程，却无不闪耀着令人自豪令人仰望的亮点，书写着攻坚克难的成就。

嫦娥五号实现了我国开展航天活动以来的四个首次：着陆器通过钻孔、铲挖的方式首次在月球表面自动采样并封装；首次从月球表面起飞；首次在38万千米外的月球轨道进行无人交会对接；首次带着月壤以接近第二宇宙速度返回地球。

作为中国复杂度最高，技术跨度最大，最具代表性、影响力、挑战性、创新性、带动性的航天系统工程，嫦娥五号任务的圆满完成，不仅突破了一系列关键技术，实现了中国航天科学技术水平的历史性跨越，还为载人登月和月球基地选址提供了数据，为人类探索太空中的其他星球奠定了基础，对我国完善探月工程体系、开展月球科学研究、组织后续月球及星际探测任务，具有承前启后、里程碑式的重要意义。

嫦娥五号任务的圆满完成，使中国一跃成为世界上第三个将月球样本带回地球的国家，提升了中国在世界航天领域的竞争力和话语权。

回首中国探月工程16年来的披荆斩棘，跋山涉水，虽然艰难，但是“六战六捷”，获取了分辨率7米全月图、首幅月球正面和背面地质剖面图；填补了月球背面甚低频天文观测的国际空白；带回了1731克月壤，及大量月球地质、环境、形貌等原始科学数据，带动了空间物理、空间天文、行星科学等基础学科的发展……

吴伟仁无尽感慨：“为实现揽月梦想，与月亮相约，我们一直在努力，一直在前进，一直在付出，也一直在收获！”

中国人探月的逐梦之旅，每一步都脚踏实地，亦如吴伟仁当年在大巴山崇山中的水稻田里插秧一样矢志奋斗、炽烈始终，正因为这样的默默付出，才有了令人艳羡的收获与成就。

第八章 九天漫步

自上古至今，人类一直对繁星灿烂、苍茫浩荡的宇宙投入关注和好奇，以及持之以恒的探秘。历史的河流行进到今天，祖先们创世之初留下来对天空求索的痕迹已淡若烟岚，但不断探索的步伐却从未停止。

中国探月工程“绕”“落”“回”的成功，证明了我国有探测火星的能力。火星是离地球第二近的行星，火星上也有大气层，主要成分是二氧化碳，密度相当于地球40千米高空时大气的密度。科学家希望能把火星改造得像地球，使之成为人类的第二个栖息地。

通向太空之门

探月工程既是国家工程，更是人类工程。

1957年10月4日，苏联成功发射了人类历史上第一颗人造地球卫星，引发世界媒体对此壮举大声喝彩，并高度评价其对人类未来的积极意义。

人类首颗人造卫星的成功发射，让见证了这一奇迹的时任苏联最高领导人赫鲁晓夫激动不已，即使时隔很久，只要一提到此事，他快意的心情依然难以平复，所说的话也十分“可爱”：他说当时见到这枚被冠名为“R-7”还未发射的火箭时，感觉自己就像“闯进大商场的老农民”，他小心翼翼地触摸并轻轻敲击火箭的外壳，想弄清楚这个家伙是否结实。“我们什么都做了，就差没去舔它，尝尝它是什么味道。”说这话时，他完全像一个刚刚见过大世面的可爱的孩子，“好像一群绵羊第一次看见了一扇新大门……”

尽管事后美国总统艾森豪威尔在记者招待会上轻描淡写地表示，苏联不过是把“一只小球送上了天”，“并没有引起我的忧虑和恐惧”。但很显然，艾森豪威尔的话言不由衷，因为此后美、苏两个超级大国间的太空竞赛就此拉开了帷幕，其中最为激烈的，便是探月竞赛，你争我抢如火如荼。这种十分烧钱的比拼，终因不相上下而最终偃旗息鼓。

就在中国探月工程披荆斩棘励精图治拼搏奋进时，世界上新一轮探月热潮也正在兴起。

2004年中国宣布探月工程计划的同一年，美国小布什政府也宣布了“太空探索新构想”。2005年，美国又推出了“星座计划”，言称力争在2015年让美国航天员重返月球，并在月球建立基地。

2003年9月27日，欧洲航天局第一个月球探测器“Smart-1号”顺利升空，受此鼓舞，也声称将在2020年将航天员送上月球。

继而是日本，也计划在2020年前在月球建造进行科学研究的基地。并于东京时间2007年9月14日成功发射了日本第一颗绕月探测卫星“月亮女神号”。

还有印度，也说要在2015年让航天员登上月球，于印度时间2008年10月22日上午发射了“月船1号”探测器，之后又发射了“月船2号”探测器……

有意思的是，美国重返月球计划却像戏剧一样跌宕：小布什任总统时所制定的重返月球的“星座计划”被奥巴马政府砍掉了，理由是美国财政无法提供这一大笔开支。

奥巴马下台后，特朗普政府又于2019年5月，签署了“1号太空政策指令”，宣布启动名为“阿尔忒弥斯”的探月计划，并将于2024年把男女各一名美国人送往月球，登陆地点为月球的南极，并将再次携带月球样品返回地球。

“阿尔忒弥斯”计划是继“阿波罗”登月成功之后美国又一项庞大的月球探测工程。该计划还允许美国国家航空航天局的承包商将月球的水冰转换成火箭燃料或开采月球矿物，用来建造登陆平台。

然而这个令人仰视的登月计划，也因美国总统易主，而变得扑朔迷离起来。

在新一轮的探月热潮中，又怎少得了俄罗斯？

冷战时期，苏联探月规模仅次于美国，共实施了64次探月任务，并在月球探测方面创造了多项世界第一。因而俄罗斯希望在新世纪里继续探月事业，再续荣光。

俄罗斯联邦航天局的探月新航天器分别名为“月球25号”（Luna-25）、“月球26号”（Luna-26）和“月球27号”（Luna-27）。

“月球25号”探测器计划在月球南极寻找水的痕迹，并测试软着陆技术。

“月球26号”探测器计划于2024年发射，在100千米高度的环月轨道上飞行，绘制高精度月面地图，为俄罗斯后续月球探测器挑选着陆区。

“月球27号”探测器计划于2025年发射，着陆月球南极，并携带月球车进行科学考察。该项目曾是俄印联合项目，后因故解除了合作，成了俄罗斯的独立项目。

除了上述三个探测器，俄罗斯还计划在2027年发射“月球28号”探测器，进行无人采样返回探测任务。之后发射的“月球29号”会携带一辆更大的月球车去月球采样。

进入21世纪，美国提出载人登月计划后，俄罗斯也启动了载人登月研究，并打算研制超重型运载火箭、新一代飞船和着陆器，实现载人登月并建立月球基地。

然而，由于受资金限制，俄罗斯重返月球计划中的几个探测器发射时间一推再推。原计划于2012年发射的“月球25号”，便多次推迟发射时间……

有人说，在上一轮探月热潮中，美国和苏联比拼得很厉害，但这一次，无论是美国还是苏联，其计划都未完全落实。

而中国的目标，是在2020年实现无人探测器登月采样返回，一步一个脚印走过来的中国探月工程，将之变成了现实。

在无人探月及机器人探月之后，中国还计划于2024年发射嫦娥六号前往月球南极进行采样返回。嫦娥六号是嫦娥五号的备份星，之所以要去月球，原因也是月球南极很有可能存在水冰资源。水资源除了能解决航天员饮用水的问题，电解形成的氢气和氧气还可作为火箭氢氧发动机的燃料。

而计划于2030年发射的嫦娥七号，会开展月球南极资源详查，对月球的地形地貌、物质成分、空间环境进行综合探测。

计划于2035年发射的嫦娥八号，将进行包括运用3D打印技术验证是否能利用月壤建房等关键技术在内的月面试验，以便未来在月球建立科研站或科研基地……

也就是说，在月球研究上，中国设定了四个目标：在地球上研究月球；在月球轨道上研究月球；在月球上研究月球；在月球上建立探测基地研究深空。

当然，要在月球上建立探测基地并非易事，必须构建适合人类生存的生态环境才行。

所幸中国探月工程已经解决了在超低温环境下工作的同位素电池问题，能为基地保持恒温提供电源。

嫦娥五号胜利完成月球取土任务之后，中国航天科研团队又给已立下赫赫战功的嫦娥五号轨道器一个发挥余热的机会，派其前往日—地拉格朗日L1点探测。

嫦娥五号轨道器于2020年12月17日与返回器分离，自2020年12月21日转入长期管理阶段，在约88天的转移旅程中，任务团队先后为它实施了2次轨道机动和2次中途修正，2021年3月15日13时29分，它成功被日—地拉格朗日L1点捕获，成为我国首颗进入日—地拉格朗日L1点探测轨道的航天器。

日—地拉格朗日L1点位于太阳与地球的连线之间，距离地球约150万千米。这里是地球与太阳之间的引力动平衡点，来自各方的引力大小基本相同，航天器位于该位置时，更容易保持相对稳定的运行状态，在节省燃料的同时，可以不间断地观测太阳或地球向阳面，是放置太阳观测站的最佳位置。

吴伟仁透露，未来10年，中国除了将在月球南极建立国际月球科研站以外，还会到火星上采样，在近地小行星“2016HO3”表面采样。

在此之前，人类还对彗星和小行星进行过采样探测，并获得一些地外星球的样品：

1999年，美国发射了“星尘号”彗星探测器。2004年，“星尘号”遭到数百万彗星微粒撞击后，于2006年将45千克星际尘埃带回地球。这是人类首次带回彗星样本。

2001年，美国发射“起源号”空间探测器，在日—地拉格朗日L1点累计采样850天，采集到大约10至20微克太阳风粒子。2004年探测器返回舱在下降过程中因撞地而损坏，最终只收集到部分太阳风粒子。

2016年，美国发射“冥王号”探测器，去贝努小行星采样。2018年8月“冥王号”抵达贝努，开展了为期两年的科学研究后，于2020年10月20日采集到了样本，如果2023年9月能顺利带回地球的话，这便将是美国首次采集到小行星样品。

2003年5月9日，日本发射了“隼鸟1号”探测器，去糸川小行星采样，并于2010年回到地球。日本因此成为全球首个在月球之外的原始小天体上成功采样并返回地球的国家。

2014年，日本发射“隼鸟2号”探测器，去“龙宫”小行星采样，也成功采到了样本。

日本计划在2024年通过火星卫星探测项目，对火星卫星进行采样返回任务。

美国、俄罗斯以及其他欧洲国家也正在计划火星采样任务。

火星探测战犹酣

火星是太阳系八大行星之一，是太阳系由内往外数的第四颗行星，属于类地行星。火星的直径约为地球的53%，自转轴倾角、自转周期均与地球相近，公转一周约为地球公转时间的两倍。火星之名来自其橘红色的外表，这种颜色因含铁所致，却像正在燃烧。

火星是沙漠行星，没有稳定的液态水体。火星上有大气层，主要成分是二氧化碳。火星沙尘暴发生频繁，气候恶劣。

与地球相比，火星的地质活动不太活跃，地表地貌大部分于远古形成，地势崎岖，太阳系最高的山奥林帕斯山和最大的峡谷水手号峡谷均在火星之上。火星另一个独特的地形特征是南北半球的差别明显，南方是古老、充满陨石坑的高地，北方则是较年轻的平原。

火星到地球的最近距离约为5500万千米，最远距离则超过4亿千米。两者之间的近距离接触大约每15年出现一次。1988年火星和地球的距离曾经达到约5880万千米，而在2018年两者之间的距离则达到约5760万千米。2003年的8月27日，火星与地球的距离仅为约5576万千米，是6万年来最近的一次。

火星被认为是太阳系中最有可能存在地外生命的行星。

火星近日点和远日点之间的温差将近160℃，这对火星的气候产生了巨大的影响。据研究，早期的火星与地球十分相似，几乎所有二氧化碳都被转化为含碳的岩石。但由于火星缺少地球的板块运动，未能像地球一样使二氧化碳再次循环到大气中，从而无法产生意义重大的温室效应。因此，即使把火星拉到与地球离太阳同等距离的位置，火星表面的温度仍比地球上的温度冷得多。

水是生命之源，也是文明之源，地球上因为有水，从而有了文化。

1965年，美国“水手4号”火星探测器首次飞掠火星之前，科学家猜测火星上有液态水。因为人类用望远镜观测到火星上的明暗特征犹如地球上的陆地和海洋；而火星上的一些细长条纹则被认为是灌溉用的运河。虽然之后证实火星上的细线并不存在，可能只是眼睛的错觉，但火星的确可能拥有液态水，甚至生命：欧洲航天局于2003年6月2日发射的“火星快车号”和美国国家航空航天局于2005年8月12日发射的“火星勘测轨道飞行器”的雷达资料显示，火星两极和中纬度地表下存在大量水冰。

滔滔的洪水曾在远古的河道里流过，这部灾难大片发生在数十亿年前。有证据表明，火星上曾产生过大洪水，火星地面上仍有迹可寻的一些小河道十分清楚地证明了这一点。

然而，遍绕山川的水系，却停滞在了时间的上游：由于火星引力小，这些液态水慢慢变成了水蒸气升腾而去，或凝固成冰，存在于火星两极，及地表之下。

对于火星上有冰存在的直接证据于2008年6月20日被美国“凤凰号”火星探测器发现。“凤凰号”在火星表面挖掘时，发现了8粒白色物体，图像传回地球后，研究人员揣测这些物体不是盐就是冰，而4天后这些白粒却凭空消失了，因此判断是冰——只有冰才可能升华，而盐不会。

2008年7月31日，“凤凰号”在火星上加热土壤样本时，也鉴别出有水蒸气产生。

2013年3月初，美国国家航空航天局“好奇号”火星车发现火星岩石中存在含水矿物质的可靠证据，科学家对该火星车挖掘的泥岩岩石粉末样本分析表明，火星远古时期的环境状况适宜微生物生存。

火星是离地球第二近的行星，火星也有大气层，虽然很稀薄，主要成分是二氧化碳，但有大气就好办，所以科学家希望能将之改造成人类的第二个栖息地。

人类最早对火星的探测，始于1962年苏联发射的“火星1号”火星探测器。

然而，“火星1号”在飞离地球1亿千米时，却与地面失去联系，从此下落不明。虽然“火星1号”成了一个悲伤的句号，却被视为人类火星探测的开端。

有了这个开端，火星探测的竞赛便在美国和苏联之间激烈地开始了。

1965年，美国“水手4号”探测器飞越火星，在距离火星1万千米处拍摄了21幅照片。

1971年，苏联“火星2号”在火星着陆。

1972年，美国“水手9号”沿火星轨道飞行成为火星的第一颗人造卫星，环绕火星轨道进行长期考察。

1974年，苏联“火星6号”和“火星7号”探测器在火星着陆，探测结果没有公布。

1976年，美国“海盗1号”和“海盗2号”在火星着陆。

1989年，苏联“福波斯1号”“福波斯2号”飞往火星途中失踪。

1993年，美国“火星观察者号”飞抵火星轨道前失踪。

1996年，俄罗斯“火星96号”发射失败。

1997年，美国“火星环球勘探者”进入火星轨道。

1997年，美国“火星探路者”在火星着陆。

1998年，美国发射“火星气候探测器”。

在美国和俄罗斯呈胶着状的火星探测竞赛如火如荼地进行了30多年后，日本和欧洲航天局甚至印度等也参与了进来。

1998年7月，日本发射“希望号”火星探测器，但以失败告终。

1999年1月，美国发射“火星极地着陆者”探测器。

2001年4月，美国发射“奥德赛号”火星探测器，发现火星表面可能有丰富的固态水。

2003年6月，欧洲航天局发射“火星快车号”。

2003年6月携带“勇气号”火星车的美国“火星探测流浪者号”探测器升空。次年1月在火星表面成功着陆，原定运行3个月，却超期服役数年，2009年3月22日后失去联系。

2008年5月，美国“凤凰号”探测器成功登陆火星。

2012年8月6日，美国国家航空航天局首辆核动力火星车“好奇号”在火星成功着陆。

2013年11月5日下午，印度发射首颗火星探测器“曼加里安号”。

科技强国为何对火星探测大感兴趣？主要原因是想寻找人类可以赖以生存的第二星球。

人类对火星了解甚少，虽然火星上是否有水已解开谜团，但火星是否曾经有过、甚至现在仍有外星文明的存在，却迷雾重重。

1988年7月7日和12日，苏联成功发射“福波斯1号”和“福波斯2号”两个火星探测器，以探测火星及其卫星火卫一。这两款探测器各重4吨，装有无线电太阳能电池板、姿态推力装置、电视摄像机等科学仪器。它们能在太空飞行200天后，到达接近火星的轨道，在距火卫一几十米时，释放一个永久性自动站，对火卫一进行460多天的科学考察，以便为将来载人登上火星探明道路。

遗憾的是，“福波斯1号”在前往火星途中因出现无线命令错误而失踪。“福波斯2号”于1989年1月29日成功抵达火星上空开始正常工作，但工作到当年3月25日时也失踪了。在失踪之前，传回的最后几张照片震惊了所有苏联太空专家——在火卫一下面，悬浮着一个估算长约25千米、直径约1.5千米的雪茄状神秘UFO！

迫于“福波斯任务”国际合作者的压力，苏联公布了“福波斯2号”传回地球的最后一段录像数据，这段录像后来曾在加拿大和欧洲的几家电视台播出。

然而这并不是完整的录像资料，不知用意如何，苏联官方将“福波斯2号”失踪前拍下的最后几幅画面剪切了下来。

不过，1989年4月，苏联专家在英国《新科学家》杂志上发表文章时，仍笼统地称“福波斯2号”在火星表面和火星大气中看到了一些“非常奇怪、令人困惑的东西”。

苏联解体后，这些画面及照片才被俄罗斯航天员马里娜·波波维奇偷偷带到西方，在一个不明飞行物研讨会上进行了公布。

“福波斯2号”失踪的原因是什么呢？苏联专家推测：它可能被什么东西摧毁了。

人类进行火星探测，初尝神秘诱惑，渐次如火如荼，但令人好奇的问题是：这会否打开一个潘多拉魔盒？

或许，火星之谜展示了这样一个事实：死亡的高贵亘古和生命的卑微短暂。

或许，今天的火星是远古的天堂倒塌在环境变迁上的一个破败不堪的碎影？

揭秘是人类最大的乐趣，探索犹酣，岂能止步？

……

2013年12月17日，在中国科协主办的“探月梦中国梦”科学家与媒体面对面活动上，吴伟仁展望了我国探月工程后续任务和火星探测的未来。而我国的火星巡视探测器天问一号，已于2020年7月23日，从文昌火箭发射场出发，踏上了远征的旅途。

其实在此之前，中国已经进行过一次火星探测，那个火星探测先锋名叫萤火一号。

萤火一号其名，源自我国古代对火星称谓“荧惑”的谐音。该探测器由上海航天技术研究院总研制，前往火星时携带了等离子体探测包、磁强计、掩星接收机、光学成像仪4种探测仪器。

萤火一号的任务目标是对火星的空间磁场、电离层和粒子分布变化规律，以及火星大气离子逃逸率进行探测。此外，还将探测火星地形地貌、沙尘暴及火星赤道重力场。

2011年11月8日，萤火一号装在俄罗斯火星采样返回探测器“福布斯－土壤”内部，并与之一起发射升空。然而刚过一天，俄罗斯方面便宣布“福布斯－土壤”变轨失败。北京时间2012年1月16日1时45分，“福布斯－土壤”及所搭载的萤火一号坠落在太平洋海域。

但天问一号不一样。2021年5月15日7时18分，天问一号着陆巡视器成功着陆于火星乌托邦平原南部预选着陆区，中国首次火星探测任务着陆火星取得圆满成功。

月球不是你想象

了解火星前，最该了解的是离我们最近的月球。

月球是人类探索太空星球的第一站，也是探索包括火星在内的太空星球的中继站。

与一些国家跳跃式地拟定探测计划不同，中国航天工程是形成体系、连贯实施的，每一步都会为下一步打基础，因此，幸福的青鸟一直长栖枝头，高吟着一曲曲调悠扬的凯歌。

看到中国在探月科技上所取得的巨大成功，欧洲航天局的负责人曾开玩笑地说:“到了美国人再次将星条旗插在月球上的时候，他们会发现上面已经有了中餐馆。”

美国国家航空航天局局长也猜测，中国人会在美国重返月球之前登月成功，这没有悬念。

虽然中国在探月工程方面取得了一些成绩，但是与美国和俄罗斯曾经取得的成绩比，还存在差距，何况世界新一轮月球探测热潮已经扑面而来。

确实，月球探测值得继续深入，因为月球本身存在着太多谜团。

月亮的本质不仅仅是孤独，是苍凉，是皎洁，是暗夜的冷，是月昼的烫。探月至今，人类得到了不少来自月球的科学数据，对月球的了解依然不过是皮毛。

月球宛若一个巨大的迷宫，引领着人类走向一个又一个神秘的未知。

吸引力的产生，主要源于对月球了解太少。

从起源上看，月球是一颗高深莫测的星球，它的表面结构有着许多令人费解之处。

由于自转速度等原因，月球永远一面朝着地球，一面背对地球。月球面对地球的一面，似乎光洁许多，而月球背面则环形山密布，山高沟狭，这是为什么呢？

甚至，月球上有一些现象的存在，似乎只为证明人类的科学是错误的。

对于月球的起源，犹如春风里为爱低吟的少男少女，既迷恋又一知半解。科学家提出了三种假说：月球和地球均是46亿年以前，由一团宇宙尘埃生成的；月球是地球的孩子，某一天遭到太空飞来的巨大陨石的撞击，从太平洋中飞出去一块，成为月球；月球是被地球引力俘获的一颗宇宙星球。

地球与月球同源说、地球分裂出月球说、月球被地球捕获说，三种假说哪种更准确？

从1969年7月20日，美国“阿波罗11号”宇宙飞船首次登上月球开始，人类先后6次登上了月球，带回月球表层原始标本2000多块，重约400千克。但数千位科学家在分析这些标本之后，却震撼和动摇了月球与地球同源说与分裂说两种假设。

对太阳的年龄，多数科学家认为，应该在50亿年左右，而地球的年龄应该在46亿年左右。目前，在地球上发现的最古老的岩石有35亿年，被发现于东非大裂谷里。

然而令科学家惊异的是，将月表岩石用最先进的“钾－氩测定法”测定后发现，有的月岩年龄为36亿年，有的月岩年龄为43亿年，有的月岩年龄为45亿年，有的月岩年龄竟然高达70亿年。

甚至，“阿波罗12号”飞船带回的月岩中，有两块年龄高达200亿年，是迄今为止宇宙中所发现的最古老的东西——科学家们在对“威尔金森微波各向异性探测器”传回的观测数据进行分析和计算后得知，宇宙的准确年龄约为137.3亿年。

要知道，这些来自月球的岩石均是信手拈来。科学家由此推断，月球在地球形成之前很久很久便已在宇宙存在了。

当然，对这个观点，也有反驳之声。

美国西南研究院的一批行星科学家说：月球是在太阳系诞生了9500万年后形成的，月球的年龄大约为44.7亿岁。这个研究结果发表在2014年4月的《自然》杂志上。

这个项目的科学家分别来自法国、德国以及美国，他们模拟了水星、金星、地球和火星四颗类地行星的成长过程，然后分析得知，地球曾被一颗火星大小的天体撞击从而形成月球，这颗天体带来的物质遗留在了地球上。

这项研究的带头科学家是在法国尼斯天文台工作的赛斯·雅各布森。他说:“通过这样一个‘地质时钟’的实验，我们基本上确定了月球形成的时间，再也不用依赖同位素年龄测定的方法就能确定这个时间。我们在做模拟的时候，这个发现自己从259个模拟中跳了出来，并且在一切旧的模拟中都适用。”

这些科学家说，地球遭到撞击形成月球后，地壳中就出现了容易和铁元素共生的铂、铱等亲铁元素，这是地球跟月球之间最直接的联系。

根据这些地质化学的测量方法，新的“地质时钟”把月球的形成时间追溯到太阳系形成的9500万年之后，误差为±3200万年。这跟其中一些同位素年龄测定方法得出的结论一致，不过跟另外一些结论仍有差别。

月亮，这个太空中流浪的孩子，它到底从哪里来，又将往何处去，不得而知。它那颗亿万年前就一直在等待、又不知在等待谁的孤寂的心，没有人能够猜得透。

还有科学家一本正经地称：要解释月球不存在，似乎要比解释月球存在更容易得多。

月球古老的岩石已使科学家焦头烂额，然而，如果拿这些月岩与其周围的土壤相比，月岩便算晚辈了——科学家们对带回地球的月壤进行分析后得知，月壤的年龄至少比月岩的年龄大10亿岁。

这个结论令人惊诧。

按理说，月球土壤应该是月球岩石粉碎后形成的，那么它就应该与月球岩石同岁。如果一个孩子比他父母的年纪还大的话，只能说明这个孩子并非他父母的亲生孩子，而极有可能是外来的、捡来的。月壤与月岩年龄上的巨大差异，也只能说明，月球土壤极有可能来自月球之外，而非月球“亲生”。

还有，月球是实心体还是空心体，也一时没有定论。

读过《天问》者，都知道“厥利维何，而顾菟在腹”一句诗。“顾”是“藏”的意思；“菟”，菟丝子，一年生草本植物，这里指的是兔子。“顾菟在腹”这句诗好翻译，却颇令人费解：屈原说月亮是空的，并问月亮为何肚子里养一只兔子。这是艺术手法，还是屈原生活的那个时代的人便知道月球是空心的？

无独有偶。1950年，英国皇家天文学会的月球研究权威人士威尔金斯博士写了一本《我们的月亮》，该书中也说月球是个中空的球体：“有各种迹象向我们暗示，月面下有30千米—50千米的壳体。”

在人类未登上月球之前，科学家们推测：月球岩石的密度可能略小于地球岩石的密度。然而，“阿波罗”登月计划带回来的月表岩石密度却远远大于地球岩石，每立方厘米3.2克—3.4克，而地球岩石的密度是每立方厘米2.7克—2.8克，且月球越往下，其密度更高。

照此推测，月球的总质量就会比现在计算的大得多，相应的，其引力强度也要大得多。然而，月表引力却只有地表引力的六分之一。

这种情况的出现，只能说明一个问题：月球是一个巨大的空心球体。

1969年7月20日，美国航天员阿姆斯特朗在首次登上月球时，在月表安放了月震侦察测量仪，以后的几次登月活动也都安放了这种仪器。这些仪器能自动工作，并在工作时把测量到的月球震动数据传回地球。

当“阿波罗13号”宇宙飞船进入月球轨道后，航天员用无线电遥控的方式，让飞船的第三级火箭撞击月球，其能量相当于11吨TNT炸药爆炸的强度，撞击月球的地点在距“阿波罗12号”安放的月震仪140千米处。这次人为制造的月震深度达35千米—40千米，震动时间长达3小时20分钟。美国国家航空航天局的地震专家们对这个震动时间惊愕不已：这个震动时间也太长了啊！因为依地球上人类已经掌握的科学常识，实心金属球体被撞击后，声音很快便会消失；而空心金属球体被撞击后，声音却要震荡很久才能止息。

难道月球是一个空心球体？

科学家不甘心这样的结论，又利用“阿波罗14号”上升段的火箭去撞击月球，结果又引起了一场长达3小时的月震，深度还是35千米—40千米；此后，又利用“阿波罗15号”的火箭制造月震，震波传了1100千米，震波持续了1小时。如果用同样的方法在地球上制造地震，震波只能传一两千米，并会很快停止震动。

从月球震动的特点来看，月球的震动很像空心球体的震动。因此，在这一事实面前，就连最保守的科学家也认为，虽然不能由此得出月球内部完全是空洞的结论，但至少它可以证明，月球内部存在着一些空洞。

当然，以上这几次试验还不能得出这个结论，因为光有月震的横波，并不能完全说明问题。如果月球确是中空的，那么，纵波不会通过月球中心，而横波则会在月球壳体上反复震荡。科学家希望月球能发生一次较大的陨石撞击，通过测量纵横月震波传播的时间差异，来证明月球内部是否中空。幸运的是，这种概率极低的事件竟然发生了。

1972年5月13日，一颗被科学家们取名为“巨象”的陨石撞击月面，其能量相当于200吨TNT炸药爆炸后的威力，如果月球是实心球体的话，“巨象”造成的巨大震动传到月球内部，这种震动就应该反复几次。然而，“巨象”引起的震动传入月球内部之后却如泥牛入海，发生这种情况只有一种可能：震动的纵波，在传入月球内部后，被巨大的空间吞噬了。

由是判断，月球也许是个中空球体。可是，按照宇宙形成的理论，自然形成的星球绝不会是空心体，否则巨大的压力会将之压扁。

在距月面35千米—40千米深的壳体下部，存在一个巨大的空间？月球这个巨大的空间里究竟有什么？谁“制造”了这个空间？“制造”这个巨大空间用来干吗？

月球设若是中空的，那么，之前一切科学解释就全是笑谈，而最好解释月球空洞存在的理由便是，月球就是一个巨大的UFO。

面对古老的月亮，年轻的人类读不透它苍老的内心。

月球环形山为何像智慧生命所为，那么规整？

有人说月球环形山是陨石撞击月球留下的印迹。但按常理，陨石对行星撞击的印迹与陨石的大小、速度成正比，大的陨石撞击后形成的陨石坑既深且大，小陨石撞击后形成的坑既浅且小。但月球的环形山却并无此规律：月球环形山不论多大，深度却几乎一致，有些环形山直径达到160千米以上，深度也只有2千米—3千米，与一个直径10千米左右的环形山留下的深度差不多。这就奇怪了，难道说，撞击月球的陨石不论大小，力量都是一致的吗？

月海为什么是圆形的？且深浅几乎一致？

在月球背对地球的一面，有众多的环形山，而月球正对地球的一面，环形山却很少，构成月球正面地貌的主要是月海，包括风暴洋、澄海、雨海、静海等，总面积1125万平方千米，占了月球面积的三分之一。奇怪的是，月海一般呈圆形，深度也几近相等。

按现有的科学解释，巨型陨石或小行星的撞击一般会形成环形山，或巨大的深坑，它们都是圆形的，而且由于反作用力的结果，在环形山或陨石坑的中间，一般会有一块突出的地貌。但是，月海虽然很圆，却平坦如镜，既无四周的环形山，也无中间的突出地，因此它不可能是陨石撞击月球后形成的；如果月海是由于熔岩喷发形成的，外流的炽热熔岩也应该是个极不规则的形状，绝不可能是圆形的。那么，月海为什么会是圆形的呢？

难道月亮之谜亦如树之年轮，是轻易不给人看的？而让人看到的时候，它就死了？

所有的深爱都是魅力，都是干旱最渴望的甘霖，都是伸手不见五指幽暗梦境里的呼吸，都是无垠海面上的远眺无极，都是感情浪花的生生不息。因而，月亮之谜，对孜孜不倦的探索者来说，就是深爱，就是魅力。

九天漫步

月球之谜远不止这些。

还有，从地球上望月球，在圆月之时，我们便会很容易地看到，月球的左边月海分布，呈暗色，而右边则是一片皎洁。再看这黑白分布的图形，简直就是一幅黑白太极八卦图。

月球正面图为何像太极八卦图？这是一种巧合，还是某种无法解释却又神秘的科学？

月球上的放射性现象也令人费解。

当“阿波罗15号”的航天员们使用温度计时，发现读数高得出奇。这表明，月球亚平宁平原附近的热流温度很高，这个温度甚至可能使这片土地马上就要熔化，由此推断，月球的核心一定更热。然而，进一步的推测却得知，月心温度并不高，航天员温度计所测量的这些热量是从月球表面大量放射性物质发出的。

这些放射性物质是从哪来的？假如它们来自月心，那么它们是怎么到的月面？

再有，人类最初几次月球探险表明，月球是个干燥的天体。一位科学家曾断言，它比戈壁大沙漠要干燥100万倍。“阿波罗计划”的最初几次奔月都未在月球表面发现任何水的踪迹。可是，“阿波罗15号”却探测到月球表面有一处面积达100平方英里的水气团。

科学家们就此产生了争鸣。

有科学家说，那是美国航天员废弃在月亮上的水箱漏水造成的；可宇宙飞船的水箱能产生那样一大片水气吗？那当然也不会是航天员的尿液，航天员的尿液更少，怎么可能产生100平方英里的水气？而唯一可能的就是，那是月球自己撒的一泡“尿”，它来自月球内部。

月球如果自己有“膀胱”，有一套“消化系统”，这不是更可怕吗？

“阿波罗”飞船的航天员们在探月时发现，月球表面有许多地方覆盖着一层玻璃状的物质，这表明月球表面曾被炽热的火球烧灼过。有科学家分析认为，这层玻璃状物质并不是巨大的陨星撞击产生的。其具体成因是什么，有待进一步解开。

曾经，人类的探测和研究表明，月球几乎没有磁场。可人类在对从月球上带回地球的岩石进行研究后却发现，月球曾经有过强大的磁场。这一现象也令科学家大惑不解：如果月球曾经有过磁场，那么它就应该有个铁质的核心，可是可靠的证据却显示，月球不可能有这样一个核心。如果月球没有这样一个铁质的核心，那么它便可能从别的天体获得过磁场。然而，科学推断，月亮也不可能从别的天体获得磁场。假如月亮曾从地球或者别的星球获得过磁场的话，那它就应该且必须离地球或别的星球很近，会被地球或别的星球强大的引力撕得粉碎。

事实上，月球一直完好无损地悬于太空之中，这就无法用传统科学来进行解释了。

1968年，围绕月球飞行的探测器首次显示，月球的表层下存在着物质聚集结构，存在着巨大的质量。因为当宇宙飞船飞越这些结构上空时，由于其巨大的引力，飞船的飞行会稍稍低于规定的轨道，而当飞船离开这些结构上空时，飞船速度又会稍稍增加。科学家们认为，这些结构就像一只牛眼，由重元素构成，隐藏在月球表面月海的下面。

……

亘古不变的月亮怀揣着一个又一个未解之谜。一次注目便会产生一次联想，一次联想又会变成一种动力。

任何事业的成功都不是一蹴而就的，蜿蜒前行的道路即便没有荆棘，也有坎坷。

有时候，当一个惊喜突然直愣愣地出现在眼前的时候，我们想得最多的也许不是这个惊喜的价值，却可能想的是何不来一个更大的惊喜？

祖先们创世之初对天空探索的蛛丝马迹，虽已淡若烟岚，但人类凭借自己智慧不断探索的步伐却从未停止。对神秘月亮的了解渴望尤其如此。

探秘月亮是深空探测的起点。因为通常意义上讲，距地球150万千米以外属于深空，而从40万千米到150万千米之间的太空除了月亮却没有更大的行星可探测。中国探月，也是为深空探测打基础，探月能够取得成功，紧接着探测火星、金星便成为可能，因为这两个星球离地球最近。

带着求解月亮之谜的渴望，带着人类命运共同体开拓者光荣的使命感，带着对先辈赐予自己童年生活中的美好神话，和遐思飞扬的向往，中华民族将继往开来，乘胜前进。

亦如吴伟仁所说:“正在向航天强国宏伟目标迈进的中国，探索浩瀚宇宙是义不容辞的历史使命，思想跨过恒星的距离，遥望未来的美丽家园，牧星耕宇。”

因而，我国自己“编剧”、自己“导演”的那种万人空巷、全神贯注，且自豪仰望的探月大片，那种我们曾经不止一次经历过的热爱无边的细节，不舍昼夜的风景，依然会以连续剧的方式上演，且愈来愈精彩……